귀신 저택

気の毒ばたらき

옮긴이 이규원

한국외국어대학교에서 일본어를 전공했다. 문학, 인문, 역사, 과학 등 여러 분야의 책을 기획하고 번역했으며 현재 전문 번역가로 활동중이다. 옮긴 책으로 미야베 미유키의 『이유』, 『얼간이』, 『하루살이』, 『미인』, 『진상』, 『피리술사』, 『괴수전』, 『신이 없는 달』, 『기타기타 사건부』, 『인내상자』, 덴도 아라타의 『가족 사냥』, 마쓰모토 세이초의 『마쓰모토 세이초 걸작 단편 컬렉션』, 『10만 분의 1의 우연』, 『범죄자의 탄생』, 『현란한 유리』, 우부카타 도우의 『천지명찰』, 구마가이 다쓰야의 『어느 포수 이야기』, 모리 히로시의 『작가의 수지』, 하세 사토시의 『당신을 위한 소설』, 가지야마 도시유키의 『고서 수집가의 기이한 책 이야기』, 도바시 아키히로의 『굴하지 말고 달려라』, 사이조 나카의 『오늘은 뭘 만들까 과자점』, 『마음을 조종하는 고양이』, 하타케나카 메구미의 『요괴를 빌려드립니다』, 아사이 마카테의 『야채에 미쳐서』, 『연가』, 미나미 교코의 『사일런트 브레스』, 기리노 나쓰오의 『일몰의 저편』, 하라다 마하의 『총리의 남편』, 안도 유스케의 『책의 엔딩 크레딧』, 고이케 마리코의 『이형의 것들』 등이 있다.

KINODOKU BATARAKI — KITAKITA TORIMONOCHO 3
by MIYABE Miyuki
Copyright © 2024 MIYABE Miyuki
All rights reserved.
Originally published in Japan PHP Institute, Inc.
Korean translation rights arranged with RACCOON AGENCY INC., Japan
through THE SAKAI AGENCY and JM CONTENTS AGENCY.

이 책의 한국어판 저작권은 THE SAKAI AGENCY와 JM CONTENTS AGENCY를 통한 MIYABE Miyuki와의 독점계약으로 도서출판 북스피어에 있습니다. 저작권법에 의해 한국 내에서 보호를 받는 저작물이므로 무단전재와 무단복제를 금합니다.

미야베 미유키 지음
이규원 옮김

키신 저택

미야베 월드 제2막

宮部みゆき

気の毒ばたらき

북스피어

제1화	통수치기	007
제2화	귀신 저택	247
편집자 후기		505

일러두기
＊작게 표시된 본문의 주는 옮긴이 주입니다.
＊괄호로 표시된 주는 원저자의 주입니다.

제 1 화

수기 / 통치

1

 구름 한 점 없는 파란 하늘 한가운데 솔개 한 마리가 빙빙 돌고 있다. 후카가와 십만 평 가장자리, 초겨울 찬바람 한 줄기가 기타이치의 귓불을 때리고 지나간다.
 사루에 공방에서 나오는 폐지를 비롯해서 불쏘시개가 될 만한 것들을 모아두었다가 수레에 싣고 요코가와 운하변 오기바시마치에 있는 대중탕 '조메이탕'으로 갔지만, 가마 담당 기타지는 어디에 갔는지 보이지 않았다. 그 대신 가끔 인사하는 노파가 이도 없는 입을 오물거리며 기타이치에게 말했다.

"많이 다쳤다고 들었는데, 다 나았나보네. 이건, 병문안 못한 게 미안해서."

노파가 사방등 심지꾸러미를 내밀었다.

에도 저잣거리는 동짓달도 중순에 접어들어 첫 도리노이치음력 11월 유일酉日에 오오토리 신사鷲神社 축제 때 서는 장도 끝났다. 올해 동짓달에는 유일酉日일진 가운데 닭의 날. 자축인묘 등 12지이므로 각 지지는 매달 두세 번은 돌아온다이 세 번이나 있으니 화재가 많을 거라고 한다. 지붕이 새고 여기저기 기울어진 조메이탕이지만, 거기 붙어 있는 빼어난 달필로 적은 '불조심火ノ用心' 표어만은 새 것이다.

"어이쿠, 고맙습니다."

노파는 기타이치가 오캇피키처럼 활약하다가 다쳤다는 소식을 어디서 들었을까. 기타지가 말했나? 그 녀석 말고 또 누가 있겠나. 그렇다면 녀석이 평소 목욕탕에서 그런 얘기를 떠벌인단 말인가?

기타이치는 뜻밖에 기쁘기도 하고 의아하기도 해서 눈을 동그랗게 뜨고 말았다. 고마우셔라.

"이걸로 등불 켜고 기도할게요. 내년 '쥐 축제' 때는 저도 쥐 심지로 보답하겠습니다."

"호호, 고마운 말씀."

여탕 없이 남탕만 있고, 본업이 의심스러운 자들이 종종 모여드는 여기 목욕탕에는 이 노파와 남편으로 짐작되는 영감 외에도 노인 여럿이 일하고 있다. 노인들은 목욕탕에 고용된 것 같지는 않고, 그렇다고 주인의 친척도 아닌 듯하다. 아무튼 그 점은 여전히 수수께끼이지만 이곳 노인들이 모두 친절하고 잘 도와주는 사람들임은 분명하다. 사실 수상하기로 치자면 기타지가 제일 수상쩍다. 뒤뜰에 쓰러져 있던 낯선 녀석을 이곳 노인들이 데려다가 보살피고 일자리와 밥과 잠자리도 주었다고 한다. 기타이치는 기타지와 어찌어찌 인연이 닿아서 어울리고 있는데, 이곳 노인들은 그런 기타이치에게도 이렇게 신경을 써준다.

동짓달 첫 번째 자일子日에 대흑천님께 공양하며 복을 비는 행사가 '쥐 축제'이다. 사람들은 그날 사방등이나 등잔에 쓰는 심지를 구입하는데, 이를 특별히 '쥐 심지'라고 부르며 가내 평안을 주는 부적처럼 여겼다. 그러므로 그날 밀초가게나 방물가게는 쥐 심지를 사려는 손님들로 붐비고, 물건이 동나 사지 못할 때도 있다.

기타이치는 올해 이런저런 일에 시달리느라 쥐 축제를 까맣게 잊고 지냈다. 이렇게 생각지도 못한 길상물을 한 꾸러미나 받으니 정말 기쁘다.

조메이탕에 짐을 부린 수레는 얼마 전 느티나무집의 가신 오우미 신베에가 어디선가 구해다 준 것이다. 신베에는 어엿한 사무라이지만 신분에 구애받지 않고 '뭐든지 해결사'를 자처하며, 어지간한 상인보다 제작과 거래에 밝고 일손과 재료를 조달하는 연줄도 가지고 있다. 이 수레도 어려움에 빠진 누군가에게 지혜를 빌려주고 답례로 받았다고 하는데, 사무라이 정장 차림으로 달캉달캉 소리 내며 수레를 끌고 공방에 불쑥 나타나 모두를 놀라게 하고 당황하게 만들었던 것이다.

보다 못한 공방장 스에조 영감이,

"신 씨, 이런 걸 손수 끌고 오시면 곤란합니다. 동네 꼬마를 불러서 몇 닢 쥐여주고 여기로 가져다주라고 시키셨어야죠. 아시겠습니까."

하고 나무라자 오우미 신베에는 머리를 긁적였다.

기타이치가 파는 문고는 일종의 종이상자여서, 어지간히 특별한 경우가 아니면 수레로 실어 나르는 일이 없다. 수레 손잡이를 잡는 것도, 등 뒤로 바퀴 소리를 듣는 것도 평소에 없던 일이라 파랗게 갠 하늘 아래 마음이 설렜다. 모처럼 끌고 왔는데 빈 수레로 돌아가기가 아까워, 뭐 싣고 갈 만한 것은 없을까 하며 어느새 궁색한 티를 내고 만다.

──그런 물건이 기다렸다는 듯이 길가에 떨어져 있을 리가 없지.

제풀에 웃으며 빈 수레를 끌고 가는데 주간지重願寺 옆 무가저택 담장 근처에 열 살 언저리로 보이는 사내아이가 주저앉아 있었다. 유자가 많이 담긴 망태기를 메고 있는데, 넘어지는 바람에 망태기에서 굴러 나왔는지 유자 두어 개가 옆에 떨어져 있다. 사내아이는 많이 아픈지 두 다리를 오므린 모습으로 유자를 주워 담을 기력도 없어 보였다.

길가에 떨어져 있긴 했는데, 물건이 아니라 사람이다. 기타이치는 놀라서 사내아이에게 물었다.

"얘, 무슨 일이야?"

사내아이는 눈물을 글썽이며 띄엄띄엄, "조, 종아리, 땡겨서" 하고 끙끙거렸다. 종아리에 쥐가 난 것이다. 어느 쪽이냐고 물으니 양쪽 다 그렇다고 한다.

"아프겠는걸."

웃는 얼굴로 사내아이의 다리를 살살 펴주고 양손으로 주물러주었다. 누를 때마다 아파하던 사내아이도 점차 움츠러들지 않게 되고 눈물도 말라갔다.

"동지도 지났는데 이 많은 유자는 어디 쓰려고?"

"동지가 지났으니까, 안 팔리고 남은 것들 중에 때깔 칙칙하거나 흠집 있는 것들을 헐값에 사 오는 거죠."

껍질째 반으로 잘라 꿀에 담가서 내다팔 거라고 한다.

"이야, 맛있겠다."

사내아이는 기타이치가 향하고 있는 사루에 목재창고 쪽에서 도미오카초로 돌아가는 중인 모양이다.

잠시 보살펴주었지만 여전히 제대로 걷지 못하는 듯했다. 기껏 보살펴주다가 이제 와서 방치하고 떠나는 것도 몰인정한 짓이다.

"이 수레로 데려다줄게."

"네? 그래도 괜찮아요?"

"빈 수레잖니. 자, 타라, 타!"

사내아이와 유자 망태기를 실으니 삐거덕거리던 수레바퀴 소리가 사라졌다. 빈 수레일 때보다 잘 구른다. 기타이치와 사내아이가 속을 터놓고 이야기하는 가운데 수레는 달캉달캉 움직였다. 사내아이는 열한 살, 이름은 산키치. 엄마와 누나까지 세 식구가 살며, 도미오카초 하치만 님도미오카하치만구富岡八幡宮 신사의 애칭 근처에서 경단장사를 한단다.

"노점이나 다름없는 가게지만 우리 집 경단이 시중에서 최고 맛있어요!"

그 말을 들은 기타이치 배에서 꼬르륵 소리가 났다. 마침 잘됐다, 아이를 데려다주는 김에 경단을 사서 후유키초 마님을 찾아뵙자. 경단과 쥐 심지가 좋은 선물이 될 것이다.

휑뎅그렁한 목재창고 거리를 지나가자 다시 초겨울 찬바람이 기타이치의 뺨을 치며 귓불을 살짝 꼬집고 지나간다.

"산키치네는 언제부터 경단 장사를——."

그 순간 질문이 어중간하게 멈추었다. 방금 전까지 구름 하나 없이 솔개가 떠 있던 겨울 하늘 한쪽에 잿빛 연기 한 줄기가 피어오르고 있었기 때문이다.

하늘하늘 폴폴 꾸역꾸역. 기둥이라고 할 만큼 굵지는 않고 막대기라고 할 만큼 가늘지도 않은 연기 줄기.

——저 동네라면.

여기에서는 한참 멀다. 눈짐작으로는 신오오하시 조금 남쪽이다. 목재창고 근처에 있는 기타이치 위치에서는 오른쪽 대각 방향으로 멀리 건너다보이는 곳이다.

그곳에서 피어오르는 연기다.

잿빛 연기. 점점 검은색이 짙어진다. 시간이 갈수록 연기 기둥 위쪽이 넓어지고 있다.

"우와……."

산키치가 수레 짐칸에 무릎으로 서서 연기 나는 쪽을 가리켰다.

"불난 거 아녜요?"

그 말꼬리를 낚아채듯 최초의 비상종 소리가 들렸다. 소리가 멀다. 아직 멀다. 하지만 기타이치가 멈춰 있는 동안 처음 비상종을 친 망루에서 다음 망루로 잇달아 번져가며 비상종 소리가 늘어갔다.

저쪽은 후카가와 모토마치다.

타계한 센키치 대장의 문고가게가 있는 곳.

"큰일났네."

기타이치는 앞뒤 잴 것도 없이 뛰기 시작했다.

올 연초에 센키치 대장은 제철도 아닌 복어를 먹다가 중독되어 급사하고 말았다. 대장의 유지에 따라 오캇피키 자리는 수하 가운데 누구도 물려받지 못했다. 어쩌다 보니 기타이치가 오캇피키를 흉내 내듯 활약한 적은 있지만, 본인에게는 아직 오캇피키가 될 각오가 없었다. 후카가와 주민 대부분도 기타이치를 대장의 후계로 바라보지 않을 뿐 아니라 기타이치가 대장의 수하 중 맨 끄트머리에 있는 자라는 사실도 모르고 있을 터였다.

한편 대장의 생업이던 문고가게는 만사쿠라는 최고참 수하가 물려받았다. 만사쿠는 성실하지만 주변머리가 없는 남자다. 어린 기타이치가 대장 손에 이끌려 가게에 들어왔을 때 만사쿠는 이미 가게에 기숙하고 있었다. 나이는 서른이 넘었고, 오타마라는 아내도 있었다. 그는 잇달아 자식을 낳아 지금은 열두 살 아들을 필두로 여섯 명이나 된다. 조사쿠라는 장남은 기타이치와 마찬가지로 멜대를 메고 문고 행상을 하고 있다.

센키치 대장의 '붉은 술 문고'는 원래 뚜껑에 가문이나 옥호를 그려 넣는 소박한 물건이었는데, 점차 사계절 풍경이나 길상물을 그려 넣거나 그런 그림을 오려 붙여서 아름답게 꾸미게 되었다. 대장이 타계하자 이런 치장이 센키치 대장의 착상임을 주장하듯 멋지게 제작한 화압을 추가하면서 비로소 '붉은 술'이란 별칭을 사용했다. 모조품 등장을 방지하려는 궁리였다.

만사쿠·오타마 부부는 대장이 타계하자 대장을 관리하는 핫초보리 나리, 대장과 배포가 잘 맞던 후카가와의 유력자나 마치[町 상공업자와 서민들이 사는 지역. 에도에는 수백 개의 마치가 있었으며, 각 마치는 자치제로 운영되었다] 임원들의 뜻을 묻고 그들 모두의 허락 아래 문고가게를 물려받았다. 그러므로 당연히 붉은 술 문고 화압을 찍을 자격이 있다.

한편 기타이치는 대장이 타계한 뒤 아무것도 물려받지 못했다. 부모나 다름없던 대장이 타계하자 거처까지 잃고 맨몸으로 거리에 나앉을 판이었다. 마침 나가야 관리인 도미칸이 나가야의 방 한 칸을 내주고 기타이치가 그때까지 해오던 대로 문고를 사입하여 행상을 할 수 있도록 주선해준 덕분에 간신히 굶주림을 면할 수 있었다.

상황이 크게 개선된 것은 대장의 부인 마쓰바——후유키초 마님이 기타이치를 도왔기 때문이다. 높이 사줄 구석이라고는 몸을 아끼지 않고 일하는 성실함뿐, 외모를 보나 두뇌를 보나 무엇 하나 신통한 구석이 없는 기타이치지만 마님은 그런 기타이치를 좋게 평가했다. 게다가 생전에 대장이 기타이치의 장점을 잘 알고 있었노라고 격려까지 해주었다.

이런 뒷배 덕분에 기타이치도 붉은 술 문고 화압을 찍을 수 있도록 허락받아 만사쿠가 물려받은 공방에서 물건을 사입하지 않고 자체적으로 문고를 제작하는 공방까지 갖출 수 있었다.

때문에 만사쿠·오타마 부부와 기타이치는 사이가 틀어졌다. 아니, 사실 기타이치를 심하게 미워하고 증오한 것은 (소처럼 과묵한) 만사쿠보다 그의 처 오타마였다. 가는 말이 고와야 오는 말도 곱다고, 기타이치는 자신을 야박하게 대하는 오타마에게 대거리하다가 말다툼을 벌이기도 해서 오타마의 감정을 잘 알았고 나름 각오도 되어 있었다. 다만 기타이치는 제 입으로 그 사실을 떠벌이거나 하지는 않았다. 한편 오타마는 말다툼을 계기로 여기저기에 기타이치 험담을 하고 다녔다. 은혜도 모르는 놈이라는 둥 뒤통수치는 놈이라는 둥 개돼지보다 못한 고아 녀석이라는 둥.

지금은 주위 사람들 모두가 문고가게 부부와 기타이치가 견원지간임을 알고 있다.

"그런 걸 불구대천의 원수라고 하는 거야."

기타이치에게 불구대천의 원수 운운한 이는 기타이치처럼 '도미칸 나가야'에 세 들어 사는 오카요라는 여자애였다. 모친 오히데와 단둘이 살며, 가까운 습자소에 다닌다. 그 습자소 훈장 부베 곤자에몬도 기타이치가 적잖이 신세를 지고 있는 사람이다.

"오카요 짱이 제법 어려운 말도 아네. 부베 선생한테 배웠냐?"

"아니. 마루 짱과 깃 짱한테 들었어."

습자소 친구들인 모양이다.

"물론 복어는 우리의 원수지. 센키치 대장을 저승에 데려간 정말 얄미운 생선이니까불구대천의 '불구부구'의 일본어 발음 '후구'는 복어를 뜻하는 '후구'와 음이 같다."

"그거, 생선 복어를 말하는 거였어?"

"당연하지. 복어는 철포나 마찬가지야. 맞으면 죽으니까독물에 '중독되다'와 총탄을 '맞다'는 동일한 동사 '아타루'를 쓴다!"

그렇게 오카요를 어리둥절하게 만들어 놓고는 이내 후회했다. 이런 어린애들까지 자신과 만사쿠 씨의 불화를 알고 있다니, 너무 볼썽사나운 일이다.

──센키치 대장을 뵐 낯이 없는 부끄러운 내분 아닌가.

내년 백중날, 대장의 혼이 돌아와 그 큼지막한 주먹으로 잠자는 기타이치를 한 대 때릴지도 모른다. 그럼 어떠랴. 이마에 큰

혹이 불거져도 상관없으니 대장이 살아서 돌아와 주시기만 한다면…… 하고 생각하니 어느새 눈물이 핑 돌았다. 이것도 바로 얼마 전 일이다.

적당히 화해해야겠다고 생각하고 있었다.

만나야 한다면 손아래인 내가 먼저 찾아가야 한다고 생각했다.

돌이켜 보면 만사쿠에게는 얻어맞은 기억이 없다. 처 오타마는 늘 야박했지만 기타이치만 그런 대접을 받은 건 아니다. 다른 선배들도, 출입하는 거래처 사람들과 하녀들도 오타마에게 매서운 잔소리를 들어야 했다.

기타이치는 독립했다. 자기 일처럼 나서서 도와준 사람들──마님, 도미칸, 오우미 신베에, 스에조 영감, 작은 나리 에이카 같은 사람들 덕분이다. 그들에게 어른이 되었음을 보여주고 싶었다. 누가 험담했다고 똑같이 응수하는 어린애가 아님을 보여주고 싶었다.

조메이탕 노파가 걱정해주던 기타이치의 부상은 목숨이 걱정될 만큼 심각한 것은 아니었다. 그러나 다치게 된 과정은 목숨을 잃어도 이상할 게 없을 만큼 위험했다. 실제로 차디찬 에도 앞바다에 익사체로 떠올랐을지도 모른다.

그때의 경험이 기타이치를 조금 성장하게 했다. 죽음의 문턱까지 갔다가 돌아오니 영혼의 모양이 살짝 바뀌었다. 이대로는 안 되겠다고 생각한 지점들이 있었다.

만사쿠 내외와 화해하자. 화해까지는 못 가도 내가 먼저 고개를 숙이자.

올 연말이나 내년 초가 좋은 기회 아닐까? 해가 바뀌기 전에 말끔하게 정리한다는 점에서 정월 인사보다는 섣달 인사를 빙자하는 편이 낫지 않을까. 나 혼자 갈까? 역시 도미칸 씨에게 동행해달라고 할까? 만사쿠 씨는 젖혀두고, 오타마 씨가 기왕 사납게 주먹을 쳐들었으니 이쪽에서 그 주먹을 받아줄 뭔가를 내밀어주지 않으면 무안해하겠지.

정말이지 이번만은 저쪽에서 아무리 저주하고 조롱해도 나는 반드시 고개를 숙이겠다.

굳게 결심했는데.

센키치 대장이 일군 문고가게가 불타고 있다.

가게는 굵은 검은 연기와 잿빛 연기에 휩싸이고 거의 모든 창문으로 내부의 불길이 보였다. 혀처럼 날름거리는 작은 불길도 보이고 감당할 수 없을 만큼 커다란 불길도 보인다.

주위는 아비규환이다. 대낮에 일어난 화재지만 인근 주민들은 모두 악몽이라도 꾸는 양 아우성치고 신음하고 도망치고 있다. 그런데 사람들의 동작이 굼뜨다. 악몽이라는 끈끈한 아교에 들러붙은 파리떼 같다.

달려온 소방대원들만 온전한 인간처럼 움직이고 있다. 기타이치는 지금까지 16년을 살아오면서 대형 화재를 겪은 적이 다행히 없었다. 그래서 바로 지금 난생 처음 소방대 깃발을 올려다보았고 용토수에도 시대에 쓰던 펌프식 방수 기구도 보았다.

진화 작업은 물을 뿌려 끄는 방식을 지향하지 않는다. 다른 건물로 번지는 일을 막으며 불씨를 꺼야 하므로 불에 타는 재료로 지어진 건물을 때려 부수는 것이 중심이다.

센키치 대장의 문고가게가 파괴되고 있다.

북쪽에서 부는 초겨울 바람은 화재의 열기를 만나 열풍으로 변하여 대피하는 사람들과 밀려드는 구경꾼들을 날려버릴 기세로 거칠게 불어댄다. 기타이치는 마게일본식 상투를 틀 수 없을 만큼 성긴 자기 머리카락이 지글지글 눋는 냄새를 맡았다. 그래도 문고가게로 접근하려는데 누군가 뒤에서 목깃을 콱 붙들며,

"바보자식, 물러나!"

라고 호통을 쳐서 귀가 먹먹해졌다.

연기가 맵고 시큼하다. 마시면 안 돼. 목에 감은 수건을 고쳐 매서 입을 막았다. 손가락이 떨려 매듭을 제대로 지을 수 없었다. 내가 왜 이래.

불티가 날아오른다. 바늘귀만큼 작은 금붕어들처럼 허공에서 빙빙 예쁘게 돈다. 거기에 한눈이 팔려 있는데 불티가 눈과 뺨을 따끔하게 찔러 아픔을 남긴다.

구경꾼 사이에서 만사쿠와 오타마를 부르는 소리가 날아올랐다. 자식 여섯 명을 부르는 목소리도 들린다.

점심때다. 자식들이 모두 문고가게 안에 있을 공산이 크다. 습자소를 다녀도 점심 먹으러 집에 돌아와 있을 시간대다.

기타이치의 온몸에 피가 역류하고 눈알이 뱅뱅 돌았다. 서 있기도 힘들어 비틀거리며 구경꾼 무리에서 빠져나왔다. 그러자 누군가의 손이 팔을 붙들었다. 뭐라고 악을 쓰고 있다. 기타이치 귀에는 들리지 않는다. 귀머거리가 되어버렸다.

"──씨!"

악을 쓰는 것이 아니다. 울부짖고 있다. 그냥 팔을 붙든 것이 아니다. 기타이치에게 매달리고 있다.

"기, 기타 씨."

기타이치는 그제야 정신을 차렸다. 눈앞에 조사쿠가 있었다. 얼굴은 그을음투성이고 옷은 어깨까지 벗겨져 가슴께가 훤히 드러났다. 그을음에 꺼멓게 변한 것은 알겠는데 피부가 발갛게 변한 까닭은 무엇일까.

화상이다.

"아, 안에서 도망쳐 나왔니?"

기타이치는 조사쿠의 어깨를 붙들고 거칠게 흔들었다. 아랫볼이 통통한 조사쿠의 얼굴이 그 순간 무너졌다. 두 눈에 금방 눈물이 차오른다.

"나, 나는, 밖에 있었어."

불이 번질 때 조사쿠는 집 안에 없었다. 그런데 화상을 입은 이유는 문고가게에 뛰어들어 가족을 구하려고 했기 때문이다.

뒤늦게 상황이 파악되자 기타이치는 조사쿠를 껴안아 그 자리에서 끄집어내려고 했다. 조사쿠는 재빨리 기타이치에게 저항했지만, 힘이 빠졌는지 기타이치가 잡아끄는 대로 끌려왔다.

"무사해서 다행이다. 다시는 목숨을 함부로 하지 마. 엄마 아빠는 무사할 거야. 그렇게 요란하게 불길이 올랐으니까 금방 알아차리고 모두 도망치고 있어. 대낮에 시작된 불이니까. 너는 여기서 기다려. 내가 상황을 보고 올게."

헛소리처럼 정신없이 말하고 기타이치가 문고가게 쪽으로 돌아가려고 할 때 한층 커다란 붕괴음과 함께 흙먼지와 연기와 그을음을 가득 품은 열풍이 불어왔다.

"벽을 무너뜨렸다아!"

"지붕이 무너진다아!"

"부숴! 쳐부숴!"

불을 꺼! 소방대원들의 거친 목소리가 어지러이 오간다. 기타이치는 무릎이 풀려 땅바닥에 두 손을 짚고 주저앉아 심한 기침을 연발했다.

이후로 뭐가 어떻게 되었는지 알 수 없었다. 정신을 차리고 보니 문고가게에서 여러 골목을 벗어난 자리에 주저앉아 있었다. 텅 빈 빗물통 하나가 바로 옆에 뒹굴고 있다. 사람들이 옆을 오가지만 기타이치 옆에는 아무도 없다——라고 생각했는데,

"정신이 드냐."

머리 위에서 목소리가 내려오고 주렁주렁 길게 풀어헤친 머리카락 사이로 시원하게 생긴 눈이 보인다.

기타지다. 어디서 나타난 거야, 이 녀석.

기타이치는 눈을 끔쩍거리며, 자기가 머리꼭대기부터 발끝까지 그을음투성이임을 깨달았다.

"……나."

어떻게 된 거야? 묻기 전에 기타지가 기타이치 옆구리로 팔을 넣어 힘껏 일으켜 주며 쏘아붙이듯 말했다.

"바보 녀석."

하늘을 뒤덮었던 연기는 아무 일도 없었던 것처럼 깨끗이 사라지고 없었다.

2

 그래도 화재치고는 작은 규모라서 다행이야――라고 도미칸이 말했다.
 "결코 작은 불은 아니었지만 그나마 대낮에 일어난 화재였으니까. 시야가 좋은 덕분에 소방대원들도 과감하게 주변 건물을 금방 부숴나갈 수 있었지. 덕분에 문고가게 하나만 타고 끝났어."
 한곳뿐이었다. 센키치 대장이 남긴 문고가게는 홀랑 타서 형체도 찾을 수 없었다. 하지만 한곳뿐임을 아마 대장도 기뻐하리라. 다행히 사망자는 한 명도 없고 크게 다친 사람도 없다고 한다.
 "만사쿠 내외와 아이들도 모두 무사해. 직인이나 점원이나 이웃 주민들도 살짝 데이고 그슬린 정도로 끝났어. 다행이야, 정말 다행이야."
 기타이치도 여기저기 가벼운 화상과 찰과상만 입었을 뿐 크게 다친 데는 없었다. 목이 따끔거리는 것은 연기를 마신 탓인데 그 정도는 하루면 나을 거야, 라고 도미칸은 말했다. 에도 저잣거리에서 잔뼈가 굵은 나가야 관리인이어서 화재나 그 뒤처리에 어느새 익숙해진 것이다.
 기타이치의 손바닥만 한 방에는 이웃 세입자 오히데 · 오카요 모녀, 시카조 · 오시카 부부, 대각 방향 방에 사는 오킨이 들어와 있었다. 불이 난 후카가와 모토마치는 기타나가호리초의 도미칸 나가야에서도 엎어지면 코 닿을 곳이라 한때는 모두 제정신이 아니었다고 흥분해서 떠들고 있었다. 그때 도미칸이 나타나 화재가 최소한의 피해로 진압되었음을 알려주자 한층 신이 나서 떠들었던 것이다.

멜대를 메고 행상을 다니는 도라조·다이치 부자나 노점상 다쓰키치는 낮에는 장사를 하느라 집을 비워서 시카조가 유일한 남자였지만 아쉽게도 연약한 노인이다. 여차하면 우리 여자들끼리 한 덩어리가 되어 대피하자고 이야기가 되어 있었다고 한다.

"평소 화재나 홍수를 만나면 어떻게 할지 얘기해 둔 게 있거든요."

마주보며 고개를 끄덕이는 오히데와 오킨의 얼굴을 도미칸은 무슨 눈부신 거라도 보는 양 쳐다보았다.

불은 무섭다. 문고가게가 불타 없어진 것은 안타깝고 슬프다. 하지만 최악의 사태는 면했다. 그 안도와 기쁨에 모두 들떠서 수다가 그칠 줄 모른다. 기타이치도 도미칸과 세입자들이 떠드는 소리를 듣다 보니 놀라서 뒤집혔던 영혼이 천천히 제자리를 잡아가는 기분이었다.

이윽고 수다가 일단락되자 시카조가 문득 생각났다는 듯이 물었다.

"한데 기타 씨를 데려다 준 청년은 어디 사는 사람이야?"

그러자 오카요가 동그란 눈을 눈깔사탕처럼 더욱 동그랗게 뜨며 냉큼 나섰다. "나도 봤어요. 그 사람, 기타 씨와 함께 장사하는 사람이죠?"

두 사람 모두 기타지를 말하는 모양이다. 화재 현장 옆에서 넋을 놓은 채 길바닥에 주저앉아 있던 기타이치를 부축해서 아마도 도미칸 나가야까지 데려다준 것 같다. '아마도' '같다'고 말하는 까닭은 기타이치 본인은 머릿속이 멍한 상태라 그때 그곳에서 기타지를 만난 기억은 있지만 나머지는 흐릿하기 때문이다. 연기를 너무 많이 마신 탓일까.

"비쩍 마르고 머리카락이 새끼줄처럼 치렁치렁 지저분한 놈이죠?"

기타이치가 묻자 시카조와 오카요가 마주보고 웃었다.

"저런, 기타 씨 말이 좀 심하네."

"화재 현장에서 구해준 사람이지?"

"⋯⋯네. 그 녀석이 뭐라고 하던가요?"

"나는 얼굴만 보았을 뿐이고, 마누라하고는 무슨 이야기를 하는 것 같던데."

시카조가 말하고 옆에 있는 오시카에게 눈길을 향했다. 채소와 각종 절임을 파는 이 노부부는 오미키돗쿠리_{신전에 올리는 한 쌍의 술병}처럼 늘 붙어 다닌다. 동네 목욕탕에 갈 때나 따로 움직일 것이다. 두 사람 모두 느긋한 성품에 말꼬리를 끄는 가벼운 사투리를 쓴다. 오시카는 원래 괜찮은 집안 출신이라는 말을 들었지만 한 번도 그걸 내세운 적이 없다.

오시카는 살짝 고개를 젓고, "나도 얘기는 해보지 않았어요. 그 젊은이가 그을음투성이가 된 기타 씨를 출입구 옆에 앉히더니 마침 가까이 있던 나에게 꾸벅 인사하고는 바로 가버립디다."

그때 오시카가, 화재 현장에서 왔느냐? 기타이치 씨를 구해준 거냐? 물 한 잔 마시고 가라고 말했지만,

"눈 깜빡할 사이에 자취를 감춥디다. 발이 그렇게 빠른 사람은 첨 봤수."

기타지 녀석, 하여간 못 말리는 놈이라니까. 좀 상냥해도 될 텐데. 기타이치는 멍하니 기억을 떠올렸다. 그때 녀석이 나한테 뭐라고 불평했던 것 같은데. 화난 얼굴로.

"나나 오히데 씨나 새카매진 기타 씨밖에 못 봤어요." 오킨이 아쉬운 듯이 말했다.

"기타 씨를 구해준 은인이라면 인사를 했어야 하는데." 오히데도 동조했다.

여전히 연기로 탁해진 기타이치의 머릿속이지만, 이 배짱 있는 모친과 누님이 새카만 몰골로 주저앉아 있는 기타이치를 발견하자 괴조처럼 괴성을 지르고는 번갈아 가며 물을 퍼다 머리에 끼얹어 준 것은 기억난다. 가까운 이웃들이 집 안에 길어다 두었다가 묵힌 물까지 남김없이 가져다 썼는지 쌀겨 냄새도 나고 시궁 냄새도 났다.

"화재로 집을 잃은 주민들을 위해서 '후쿠토미야' 주인이 목재 하치장 한쪽에 가설주택을 지어준다고 하셨네. 자네들도 젓가락, 밥공기, 냄비와 솥, 옷과 신발, 아이들 장난감 등 필요하겠다 싶

으면 뭐든지 가져다주게."

나는 이제 이재민들 식사를 수배하러 가봐야 해—— 하며 도미칸이 자리에서 일어섰다. 그러고는 방을 나갈 때 덧붙였다.

"기타 씨, 나중에 후유키초에 들러봐. 마님이 걱정하고 있으니까."

그 말에 기타이치는 퍼뜩 정신이 들었다. 화재로 집을 잃은 사람을 제외하면 제일 먼저 위로받아야 할 사람. 센키치 대장의 손때가 묻은 가게와 집을 잃어버린 마님이다.

기타이치는 거세게 도리질해서 자신을 다그쳤다. "지금 당장 찾아봬야겠어요."

"마음 단단히 먹고 가게. 마님보다 오미쓰가 먼저 울어대는 통에 정신이 없어. 마님이 마음 놓고 슬퍼할 수 있도록 기타 씨가 힘써 줘야 해."

도미칸의 그 말을 들으니 대장에 얽힌 이런저런 기억과 문고가게에서 보낸 날들이 떠올라 기타이치는 울음을 터뜨릴 뻔했다.

"이래서야 힘을 쓰겠어요?"

오킨이 꾸짖었지만 기타이치는 아무 말도 할 수 없었다.

후유키초 셋집에 도착하자 오미쓰가 기타이치 얼굴을 보고 목놓아 울었다. 기타이치도 덩달아 울었다. 잠시 후 마님에게 위로를 받고 추억을 나누는데 후쿠토미야의 심부름꾼이 달려와 도시락을 3인분 주고 돌아갔다. 문고가게가 불타버렸다는 소식을 들고 제일 먼저 위로하러 달려온 후쿠토미야 큰지배인에게 마님이 부탁해 두었던 것이다.

"오늘 저녁은 오미쓰도 아무 일 하지 말고 쉬도록 해. 두 사람 모두 그렇게 울었으니 배가 다 꺼졌겠지."

마님의 배려를 받으니 기타이치의 머리에 떠오르는 기억이 있었다. 언젠가 센키치 대장이 했던 말이다.

──아무리 큰일을 겪어도 사람은 밥을 먹고 차를 마시고 측간에 간다. 당연한 일이지. 사고를 당하거나 어려움에 처할 때일수록 그 당연한 일상을 거르지 않도록 신경 쓰는 걸 잊지 말아라.

그렇게 하고 싶지만 대개는 까맣게 잊어먹거든요, 대장. 저는 아직 어리잖아요.

대장은 어른이었고 마님도 어른이다. 어른 부부였다. 어릴 때 시력을 잃어 세상과 거리를 두고 집 안에 틀어박혀 지낸 마님이지만 마음의 빛은 잃지 않았다. 젊을 때부터 오캇피키로서 분주하게 활약하며 세상의 거스러미나 균열을 질리도록 목격해 온 대장은 암흑과 흙탕 속에서 희미한 빛을 발하는 마님이라는 꽃을 놓치지 않은 채 소중하게 보살피고 사랑하며 살아왔다.

보기 드문 부부였는데 왜 대장은 혼자 세상을 등졌는가. 왜 마님을 홀로 남겨두었느냔 말이다.

왜 만사쿠와 오타마 같은 사람에게 문고가게를 물려주었나. 누가 결정했나. 대장이 타계하고 1년도 안 돼서 가게를 잿더미로 만들어버리다니, 그 부부는 그냥 그릇이 쪼그마한 게 아니라 얼뜨기 칠뜨기였던 거다.

눈물이 썰물처럼 빠지자 목 안쪽에서 말들이 넘쳐 나왔다. 아니, 그냥 '말'이 아니었다. 비난이고 욕설이고 증오고 모멸이었다. 기타이치와 오미쓰는 각자 토해낼 뿐 아니라 서로가 서로의 분노를 받아먹고, 더 크게 부풀려 토해내고는 그것을 다시 서로 나누어 먹었다.

마님은 잠자코 두 사람을 지켜보기만 했다. 두 사람이 악담을 쏟아내기 시작할 때부터 제풀에 지쳐 입을 다물 때까지 기다렸다.

그러더니 기타이치에게 "목욕물 좀 데워줘"라고 일렀다.

"오미쓰도, 미안하지만 목욕 좀 도와줘. 오늘 저녁만큼은 잠자리에 들기 전에 목욕물로 몸을 데워야겠구나."

기타이치도 오미쓰도 마다할 리 없었다. 기타이치는 실내 욕탕의 아궁이 앞에 쪼그리고 앉아 불쏘시개를 던져 넣고 대통으로 입김을 불었다. 물이 적당히 뜨듯해지자 오미쓰가 마님 손을 잡고 욕조로 들어갔다.

"물 어때요?"

"딱 좋구나, 고마워."

오미쓰가 욕조 물에 적신 수건으로 마님을 닦아주고 있는지, 잔잔한 물소리가 들린다.

"기타이치, 듣고 있어?"

"예."

"지금 우리 작은 가마에 불이 얼마나 세게 타고 있지?"

"잔잔한 정도예요."

"그 불이 갑자기 확 튀어나오면 어떡하지?"

"확 튀어나오다니요?"

"너는 아무것도 하지 않았지만 갑자기 바람이 들어오거나 불쏘시개 기름종이 때문에 불길이 커져서 네 얼굴을 삼키듯 달려든다면? 옷소매에 옮겨 붙고 아궁이 앞에 있던 땔감에 옮겨 붙고 욕탕 외벽 삼나무판자로 달라붙어서."

마님 목소리와 하얀 김 너머로 오미쓰의 목소리가 들렸다. "왜 그런 무서운 말씀을 하셔요."

"오미쓰는 어떠니? 지금 아궁이 밖으로 불길이 번지면 어떻게 끌 거야?"

오미쓰는 대답을 하지 않는다. 물 젓는 소리가 멈추었다.

"오미쓰. 부엌 화덕불은 확실히 꺼졌니? 타다 남은 숯은 제대로 묻었니? 그 주변에 불이 붙을 만한 것을 방치하지는 않았니? 사방등은 어때? 촛대다리가 덜걱거리지는 않니?"

오미쓰의 침묵. 기타이치도 아무 말도 할 수 없었다.

"영 재수 없는 소리지?" 하고 마님은 계속했다. "우리는 대낮에 일어난 화재를 겪은 참이지. 하지만 불은 언제 어디에나 있어. 지금도 기타이치 눈앞에 있고."

마님의 말투가 조금 냉정해졌다. 기타이치도 마님이 무슨 말을 하고 싶은지, 왜 갑자기 목욕물을 데우라고 했는지 이해할 수 있었다.

 기타이치는 대통을 꼭 쥐고 입을 꾹 다물었다. 더러운 말들을 뱉었다.

 ──화재가 일어나기 직전까지만 해도, 별로 내키지 않더라도 만사쿠 씨, 오타마 씨와 화해하자, 내가 먼저 고개를 숙이자는 기특한 생각을 했으면서.

 그런 생각은 어디로 싹 날아가 버리고 나오는 대로 욕설을 뱉고 말았다. 마님의 저 예민한 귀 앞에서.

 "화재가 무서운 것은 아무도 예상하지 못할 때 일어나기 때문이야."

 그저 목욕물을 데웠을 뿐. 찬을 조리고 구웠을 뿐. 가끔 작은 불을 사용해서 공예품을 제작하거나 불꽃 튀는 작업을 하고 있었을 뿐. 밀초나 등잔불을 사용하고 있었을 뿐.

 "아무리 조심해도 몇 가지 작은 실수와 불운이 겹치면 어 하는 사이에 일어나고 마는 것이 화재야. 목욕물 데우는 기타이치에게나 화덕을 사용하는 오미쓰에게나 남의 일이 아니지. 내일은 자기 일이 될 수 있어."

 그러니 불을 낸 사람을 비난하지 마.

 만사쿠와 오타마를 비난하지 마.

 "게다가 아직은 누구 잘못인지 모르잖아. 상황을 전혀 모르니까."

 죄송합니다, 하고 오미쓰가 울음 섞인 소리로 속삭였다. 기타이치는 아궁이 앞 바닥에 무릎을 꿇고 엎드려 절했다.

"저 기타이치도 사죄드립니다. 못난 짓을 했습니다. 용서해주세요."

잠시 뜸을 두고 나서 차르르 물 젓는 소리가 났다.

"슬픈 건 나도 마찬가지야."

그제야 비로소 마님 목소리가 눈물에 젖었다. 다시 한 번 차르르. 아, 세수를 하시는구나.

"안타깝구나. 정말 안타까워."

불구경과 싸움구경이 에도의 꽃이라고? 허세로라도 절대 해서는 안 될 말이지.

이튿날 한겨울 이른 아침의 맥없는 햇살 아래 기타이치가 우물가에서 세수를 하는데 나가야 출입문 쪽에서 달캉달캉 수레바퀴 소리가 났다.

"안녕하세요. 문고장수 기타이치 씨 계세요?"

하루하루 근근이 먹고사는 세입자들은 한겨울에도 일찍 일어난다. 이내 여럿이 다가와,

"기타 씨, 손님 오셨어."

하는 소리에 밖으로 나갔다가 깜짝 놀랐다. 어제 사루에 주간지 앞에서 만난 사내아이, 도미오카초의 경단가게 집 아들 산키치였다. 아이 옆에는 산키치를 두 배로 불려서 여자로 꾸며 놓은 듯, 너털웃음이 나올 만큼 얼굴이 꼭 닮은 여인이 한 명 있었다.

산키치의 모친일 것이다.

"아, 기타 씨."

산키치의 볼이 반들반들 빨갛다.

"어제는 고마웠어요. 수레 돌려주러 왔어요."

"우리 아들을 도와주셔서 고맙습니다."

경단가게 모친은 허리를 크게 꺾으며 고개를 숙였다.

기타이치는 부끄러웠다. "아, 아뇨, 저는 한 게 없는걸요. 오히려 아이를 그런 데다 놔두고 사라져서 죄송합니다."

기타이치가 목재하치장 근처에 수레를 버리고 사라지자 산키치는 하는 수 없이 수레를 끌고 경단가게로 돌아갔다. 가게 앞에서 저간의 사정을 말하자 거기 있던 손님이,

——그 젊은이라면 필시 붉은 술 문고를 파는 기타이치 씨로군. 아이오이바시 근처 도미칸 나가야에 살고 있을 거야.

라며 일러주었다고 한다.

"기타 씨, 제법 유명한가봐."

"대단한걸."

시카조와 오시카가 경탄하자 기타이치는 볼이 뜨거워졌다. 산키치처럼 반들반들 빨개졌다.

"웬 손님?"

자기 집 문밖으로 얼굴을 빼쭉 내민 오카요와, 잠자리에서 나와 기타이치 바로 옆에서 기지개를 켜며 뚝뚝 뼈 소리를 내던 다이치가 입을 모아 말했다.

"냄새가 좋은걸."

"냄새가 좋아."

나중에 밖으로 나온 오킨도 콧방울을 움찔거리며 말했다. "어머나, 정말이네."

경단가게 모자는 얼굴을 마주보고 씩 웃었다. 두 사람 뒤에는 손잡이를 내린 수레가 서 있었다.

"기타이치 씨, 여기 오느라 또 수레를 빌리고 말았네요."

과연 쪽빛 보자기에 싼 네모난 뭔가가 수레에 실려 있었다.

"고마운 마음에 여러분께 우리 가게 경단을 드리고 싶어서……."

경단가게 모친이 보통이 매듭을 풀자 3단 찬합이 나왔다. 호사스러운 칠기는 아니고 나뭇결이 다 보이는 소박한 찬합이었다. 아, 저기서 나는 냄새였구나.

"고시안 경단, 미타라시 경단, 이소베야키 경단_{고시안은 고운 앙금을 속에 채우거나 겉에 끼얹은 경단. 미타라시는 간장과 설탕을 전분액에 섞어 끼얹은 경단. 이소베야키는 김 조각을 붙인 경단.}"

"우리 가게가 자랑하는 맛입니다."

와아! 환성이 터진다. 간밤에 만취해 돌아와서 여전히 자고 있는 도라조를 제외한 세입자들이 어느새 모두 나와 있었다.

"내가 물 끓일게요!"

"우리 집 풍로를 써!"

"쓰케모노를 내와야겠다."

"잔을 모아야 해."

"어디에 모으나."

"저 찬합 놓는 데 딱 맞는 쟁반이 우리 방에 있어"라고 말한 것은 노점을 하는 다쓰키치였다. 평소 욕설과 불평을 달고 사는 노파도 아들 뒤에 숨어 찬합에 눈길을 보내고 있다.

"꼬챙이에 꿴 경단이네. 작은 접시는 필요 없어? 수건이면 되나?"

오카요가 노래하듯 말하며 팔짝팔짝 뛴다. 여보! 아이, 여봇! 도라조도 오킨에게 엉덩이를 얻어맞고 비칠비칠 일어나 나왔다.

"이 냄새는 뭐야? 어디서 떡쌀 찧나?"

"세밑은 한참 남았잖아요, 하여간 술주정뱅이라니까정월에 먹는 떡은 연말에 미리 찧어서 준비해 두는 풍습이 있다."

다이치가 도라조를 붙들고 우물가로 끌고 가려 하자 모두들 웃었다. 그때 나가야 출입구에 또 다른 사람이 나타났다.

"어, 선생님!" 오카요가 반가워한다.

"마침 잘 오셨어요. 선생도 이 냄새 맡고 오셨어요?" 하고 오히데가 놀린다.

나타난 사람은 근방에서 습자소를 운영하는 부베 곤자에몬. 오카요를 가르치는 부베 선생이다.

"안녕하세요."

일동이 저마다 인사를 한다. 하지만 기타이치는 맛있어 보이는 경단 냄새에 입안 가득 고였던 침이 이내 마르는 것을 느끼고 있었다.

―― 전에도 있었는데. 이런 일이.

9월 10일 아침, 기타이치가 행상 나갈 준비를 할 때였다. 부베 선생이 찾아왔다.

―― 아침 일찍 무슨 일이죠?

선생이 가져온 것은 흉흉한 소식이었다. 후타쓰메바시 옆 도시락가게 '모모이'에서 일가족 세 사람이 살해되었다는 참혹한 사건.

"서, 언생."

기타이치 목소리가 접질렸다. 조금씩 밝아지는 힘없는 햇빛 속에서 부베 선생의 얼굴이 서릿발처럼 굳어 있었다.

"미안하네, 기타이치."

기타이치 마음에 있는 불안을 선생은 다 들여다보고 있었다.

"내가 이른 아침에 자네를 찾아왔다면 별로 좋은 소식은 아니겠지."

하지만 어쩌겠나. 도미칸이 전해달라고 부탁했으니. 기타이치는 오늘 행상을 나가지 말고 나가야에 대기하고 있으라고 한다.

"어제 화재를 방화로 의심하고 있다고 하네."

방화.

누군가 문고가게에 불을 질렀다고?

"오늘 아침 오타마가 반야_{상공업 종사자와 서민이 모여 사는 마치는 막부의 직접 지배가 아닌 자치로 운영되었다. 마치마다 자치용 사무실을 두었는데, 이를 '반야'라고 한다. 화}

재 감시 망루, 검문소 등을 겸하는 경우가 많은, 현대의 파출소에 해당하는 곳이다)에 끌려갔네. 자세한 상황은 아직 모르지만 곧 사와이 나리가 기타이치를 불러서 심문할지도 모른다고 하더군."

당황할 이유는 전혀 없네. 아랫배에 힘 꽉 주고 마음의 준비를 하고 있게.

"도미칸도 여기저기 소식을 전하며 뛰어다니고 있네. 후유키초에는 후쿠토미야에서 사람을 보내 돌봐주기로 했다더군. 아무튼 자네는 여기서 차분히 기다리고 있게."

부베 선생은 굵은 숨을 토하고 마치 사과하는 것처럼 눈초리를 늘어뜨렸다. 그러다가 입꼬리를 올리며 말했다.

"이 좋은 냄새는 뭔가."

기타이치는 그 자리에 있는 사람들을 가만히 둘러보았다. 막 쪄낸 매끈매끈한 경단처럼 새하얘진 얼굴, 얼굴, 얼굴들을.

3

부베 선생은 습자소 제자 중에 어제 화재가 번지는 것을 막기 위해 철거한 집 아이도 몇 명 있었다면서 후쿠토미야가 짓고 있는 가설주택으로 당장 가보겠다고 했다. 그 말을 들은 경단가게 모친과 오히데와 오킨이 얼른 경단 일부를 싸서 선생에게 내밀었다.

"가설주택은 목재하치장에 있죠? 나중에 더 가져다드릴게요."

"그럼 어서 돌아가야겠네."

경단가게 모자가 나가야 출입구를 나가자 자리바꿈하듯 가미노하시 밑에 있는 반야에서 보낸 심부름꾼 아이가 기타이치를 불렀다.

──방화 의심이 있다.

부베 선생이 가져온 흉흉한 소식은 기타이치 뱃속에 돌처럼 뭉쳐 가라앉아 있다. 그 돌의 무게에 마음이 흔들린다.

사와이 나리는 왜 기타이치를 부르려고 할까. 무엇을 묻고 싶은 걸까. 흔들리는 마음은 어두운 쪽으로 기울었다.

센키치 대장의 문고가게를 물려받은 만사쿠·오타마 부부와 기타이치는 사이가 좋지 않다. 특히 오타마하고는 대판 싸우다가 기타이치가 거침없이 쏟아붙이고 결별한 과거가 있다.

──지금부터 당신들과 나는 적이야.

오타마에게 그렇게 쏘아붙였다. 그때 주위에 문고가게 직인과 점원이 몇 사람 있었다. 큰소리로 대거리했으니 가게 밖에까지 들렸을지도 모른다.

문고가게 내외와 기타이치는 사이가 나빴다. 서로 혐오하고 미워했다. 주변 사람들이 그렇게 생각했어도 어쩔 수 없다. 서로가 숨기지 않았으니까.

문고가게의 화재가 정말 방화였다면 기타이치는 방화범으로 의심받아도 어쩔 수 없는 상황에 있다. 적어도 조사해볼 만한 사람 가운데 하나로 꼽혀도 어쩔 수 없다. 사실 도미칸 나가야 이웃들도 모두 한순간은 비슷한 생각을 했으니까 얼굴이 경단처럼 하얘졌으리라.

방금 전까지만 해도 맛난 경단을 가운데 놓고 와자지껄 좋아하던 것이 꼭 거짓말인 듯 눈앞이 캄캄해지고 목이 바싹 탔다.

나의 말본새가 좋지 못했다. 오타마에게도 너무 오만했다. 귀엽게 봐줄 구석이 전혀 없었다. 이래서는 저승의 대장도 슬퍼할 거라고 스스로를 돌아보며 후회하고, 내가 먼저 고개를 숙이자고 결심한 참이었다. 누가 묻기 전에 목청껏 외치고 싶다. 나는 만사쿠 씨와 오타마 씨를 전혀 원망하지 않습니다. 나쁘게만 받아들인 것은 내 잘못이었습니다. 정말입니다, 믿어주세요.

아서라, 아서. 지레 나쁜 쪽으로만 넘겨짚는구나. 사와이 신임 나리는 나의 공을 인정해주셨다. 덕분에 노련한 검시관 구리야마 나리와 연줄이 생겼을 정도다. 나는 신용을 얻었다. 그런 나를 방화범으로 의심할 리가 없지.

 어제 검은 연기를 보고 아무 생각 없이 문고가게로 달려간 것도 결코 이상한 행동은 아니지 않은가. 센키치 대장의 손때가 묻은 문고가게니까. 나에게 소중한 가게이며 후유키초 마님에게는 소중한 추억이 깃든 집이다. 그러니까 나는 아무 생각 없이 달려가서——.

 달려가서, 그리고 무엇을 했더라? 불끄기나 건물 철거 작업을 도왔나? 도망치는 사람들을 도왔나? 짐을 끌어내거나 노인과 어린이를 업어주었나?

 ——아무것도 기억나지 않아.

 기억나는 것은 그을음과 재에 범벅이 되어 길바닥에 주저앉아 있다가 조메이탕의 기타지에게 도움을 받은 일뿐이다.

 ——화재 현장에서 바보처럼 넋 놓고 앉아 있기만 했는지도 몰라.

 그냥 아무 도움도 안 된 것을 넘어 매우 수상쩍은 행동은 아니었을까?

 이리저리 생각할수록 마음의 기울기가 가팔라져 간다.

 반야의 구조는 어디나 비슷해서, 출입문 안쪽에 자갈을 깔고 폭 2칸짜리 울타리를 두른 시라스_{죄인을 문초하고 재판을 하는 공간}가 있고, 그 오른쪽에는 체포에 쓰는 무기 3종(쓰쿠보_{2~3미터 자루에 가시가 많이 달린 T자형 머리를 장착한 체포 도구. 상대방의 머리카락이나 옷자락을 얽거나 몸통을 벽에 밀어붙일 때 유용하며, 많은 가시는 범인의 역공을 방지한다.}, 사스마타_{2~3미터 자루 끝에 U자}

형 금속 머리를 달아 상대방의 목이나 팔을 바닥이나 벽면에 밀어붙여 제압하는 도구, 소데가 라메야 2미터 자루 끝에 미늘 달린 갈고리가 여러 개 달린 도구. 갈고리로 상대방의 옷을 얽어 매서 제압한다)이 세워져 있다. 기타이치는 도미칸 나가야가 있는 기타나가호리초에서 도미히사초, 사가초 근방까지를 관장하는 이 반야에 일상적인 볼일부터 중요한 볼일까지 다양한 이유로 출입해 왔지만, 체포 무기 3종과 시라스가 지금처럼 초조하고 두렵게 느껴지기는 처음이었다.

혼조 후카가와를 담당한 도신 사와이 렌타로는 시라스 뒤 3첩 마루에 앉아 두 발을 시라스에 내려놓고 무릎 위에 펴 놓은 얇은 문서를 끼운 서류판을 내려다보고 있었다.

3첩 마루에는 늘 반야를 지키는 서기가 앉아 있는데, 기타이치가 잘 아는 얼굴이지만 오늘은 표정이 평소와 딴판이었다. 서기는 나누시자치제로 운영되는 마치의 책임자나 지누시마치의 토지나 건물의 소유자에게 급료를 받는 견실한 일자리다. 성실한 사람이 아니면 감당할 수 없다. 이 반야의 서기도 온화하고 차분한 아저씨인데, 지금은 얼굴뿐만 아니라 몸 전체가 나무판처럼 딱딱하게 굳어 있다.

한편 사와이 신임 나리는 평소와 다름이 없다. 차분하고 냉정하다. 문서에서 힐끔 눈길을 들고 짤막하게 불렀다.

"오, 기타이치."

기타이치는 시라스에 무릎을 꿇고 조아렸다. 이미 죄인이 된 기분이다. 면적이 1첩 남짓밖에 안 되어도 시라스는 이런 효과가 있는 장소인 것이다.

"안색을 보니 문고가게 화재를 방화로 의심한다는 소식을 들은 게로구나."

이 동네는 말이 너무 많단 말이야…… 나리는 문서를 팔랑팔랑 넘기며 중얼거렸다.

"너는 최근 언제 문고가게에 들렀지?"

어제 갔었습니다. 하지만 그건 연기를 보고 깜짝 놀라서였어요! 기타이치의 대답이 열탕이 넘치듯 치밀고 올라오다 목구멍에 막혔다. 끄윽, 하는 트림 비슷한 숨소리가 새어나왔다.

"뭐, 들를 일이 없다는 건 잘 안다."

다시 낮은 소리로 말하고 나서 사와이 렌타로는 그제야 기타이치 얼굴을 똑바로 보았다. 기타이치는 고개를 더 숙이고 조아렸다.

"어떻게 오해하고 있는지는 모르지만."

사와이 렌타로의 말투에 희미하기는 하지만 재미있어하는 경쾌함이 묻어난다.

"아무도 너를 방화범으로 의심하지 않아."

응? 기타이치는 몸을 웅크린 채 고개만 들고 올려다보았다. 사와이 렌타로는 솜씨 없는 날품팔이 목수가 서툴게 박은 못처럼 입술 한쪽을 구부리며 기타이치를 내려다보고 있었다.

"물론 만사쿠네 문고가게와 네 문고 공방이 적이라는 사실 정도는 나도 안다. 과묵한 만사쿠는 젖혀두고 기가 드센 오타마가 걸핏하면 여기저기 네 험담을 짖어대고 다녔고 너도 마냥 당하고

만 있지는 않았다던데."

이내 굽은 못 같은 입술이 온전한 미소로 변했다.

"오, 오타마 씨가."

기타이치는 그제야 목소리를 찾았다.

"제 험담을 짖어대고 다녔다고요?"

개도 아니고, 여간했어야지.

"들개가 무색하도록 말이지." 나리는 웃음을 지으며 턱 끝을 손가락으로 살살 긁었다. "정작 네 귀에는 안 들어간 모양이구나."

듣지 않기로 작정하고 있었기 때문이다. 굳이 일러바치러 오는 (반갑지 않은) 오지랖 넓은 사람도 요즘 기타이치 주변에는 없다.

"너에 대한 오타마의 악담이 이만저만 아니었다. 남편 만사쿠조차 넌더리를 낼 정도로."

그러니 신경 쓸 거 없다, 라고 말했다.

"만사쿠네 문고가게는 센키치의 가게를 물려받아 '붉은 술 문고'라는 이름을 내세웠지. 네 문고 장사에는 후유키초 과수댁의 뒷배가 있어서 '붉은 술 문고' 도장을 찍고 있고. 그렇지?"

사와이 렌타로의 얼굴을 똑바로 올려다보며 기타이치는 고개를 크게 끄덕였다. "네, 그 화압을 받았습니다."

"말하자면 분점을 차려준 거나 마찬가지지. 세상 사람들도 대략의 사정을 알고 넘어갔던데, 오타마는 그게 못마땅해서 험담을 늘어 놓았던 거다. 후카가와 모토마치 반야에 끌어다 놓았으니 지금은 조금 얌전해져 있겠지만."

3첩짜리 마루 안쪽에는 같은 면적의 마루방이 있다. 그 안쪽 판자벽에는 범인을 구속하는 쇠고리가 걸려 있다.

사와이 렌타로의 '얌전해져 있겠지만'이라는 말에 기타이치의 시선은 저도 모르게 쇠고리로 빨려들었다. 물론 아무에게도 채워져 있지 않다.

기타이치의 시선을 느끼고 사와이 렌타로도 그쪽을 쳐다보았다. 쇠고리를 보고는 고개를 살짝 끄덕이며 말했다.

"오타마도 체포된 건 아니다."

그 말을 듣고서야 기타이치의 마음 밑바닥에 가라앉아 있는 돌이 움직였다. 마음도 그제야 움직이고 희미한 빛이 비껴들었다.

"이것저것 묻고 있을 뿐이다. 마음이 놓이느냐?"

그 물음에 기타이치는 입을 꾹 다문 채 고개만 끄덕였다.

"아, 죄송합니다."

"괜찮다. 그런데 너는 참 속도 좋구나."

오타마를 걱정해주다니——라고 말했다.

아닙니다. 제가 의심을 받는 거 아닌가 하는 걱정이 가득했습니다. 그뿐입니다. 그냥 그 정도밖에 안 되는 놈입니다.

한데 눈물이 스며 나온다. 이상하다.

무릎 위 문서철을 가만히 닫고 사와이 나리는 말했다.

"어제 처음 불길이 오른 곳은 문고가게 통용문 옆 쓰레기함이었다."

올해 2월 중순, 도미칸 나가야로 옮길 때까지 기거하던 집의 통용문이지만, 기타이치는 그곳에서 쓰레기함을 본 기억이 없다.

"문고를 제작할 때 나오는 자투리종이를 부엌에서 나오는 쓰레기와 함께 그 쓰레기함에 담아두었다가 화덕 불쏘시개로 쓰고 있었다더군."

기타이치는 저도 모르게 눈을 동그랗게 뜨고 말았다.

"전에는 달랐느냐?"

"네." 기타이치는 눈초리의 눈물을 닦았다. "자투리종이도 돈 받고 팔 수 있으니까 쓰레기함에 넣지 않았습니다. 제 공방에서도 따로 상자를 마련해 두었습니다."

"그런 차이가 있군." 사와이 나리는 서기를 돌아다보았다. "잠깐 측간에 다녀와라."

지금부터 나누는 대화는 '기록하지 말라'는 뜻이다. 서기 아저씨는 냉큼 알아듣고,

"그럼 잠깐 실례하겠습니다."

기타이치를 격려하듯 곁눈으로 쳐다보며 미소를 보여주더니 반야를 나갔다. 나무판처럼 딱딱하던 표정이 많이 풀어져 있었다.

사와이 렌타로가 고개를 살짝 갸웃거리며 말했다.

"경쟁 상태였으니 만사쿠네 물건을 사다가 꼼꼼히 뜯어봤겠지?"

"아뇨, 한 개도 사지 않았습니다."

"신경 쓰이지 않았나?"

"듣고 있던 평판만으로 충분했습니다."

"좋지 않은 평판이었겠군."

"센키치 대장 시절에 비해 문고가 쉽게 망가진다는 평이라면 몇 번 들어본 적 있습니다."

"종이 질을 낮췄기 때문이야."

"나리께서도 아셨군요."

"아버님한테 들었다."

사와이 렌타로의 부친은 선대 혼조 후카가와 담당 도신 사와이 렌주로이다. 지금은 핫초보리를 떠나 홀가분하게 하이카이 사범을 하면서 문조를 키우는 데 열중해 있다는 소문을 들었다.

"장마가 시작될 때였나. 만사쿠네 가게에서 산 문고를 창가에 두었다가 비를 조금 맞혔는데 바로 못쓰게 되고 말았다며 역정을 내시더군."

──굵은 소낙비도 아니었어. 장마철에 잠깐 지나가는 비였을 뿐인데 이 모양이구나.

"저승의 센키치도 화가 나서 유령으로 나타날 판이라고 하시던데, 기타이치, 너는 대장 유령을 본 적 있나?"

"아쉽지만 없습니다."

그 대답에 사와이 렌타로는 뜻밖이다 싶을 만큼 환한 표정을 짓고 하하하, 웃었다.

"문고가게로서는 너무 오래가지 않게끔 만드는 것도 한 가지

방법이긴 합니다."

 시라스의 자갈은 동글동글하지만 거기 무릎을 꿇고 있자니 정강이가 점점 아파왔다. 기타이치는 몸을 조금 꿈틀거리고 내쳐 말했다.

 "특히 붉은 술 문고는 계절에 맞는 화조풍월 그림이 매력이므로 계절이 지나면 적당한 시기에 망가져주는 정도가 딱 좋다고 센키치 대장은 종종 말했습니다."

 그러자 사와이 렌타로가 윗몸을 쓱 내밀었다.

 "허나 네 문고는 아주 튼튼하게 만들고 있지 않느냐? 잘하면 이듬해 같은 계절이 돌아올 때까지 버틸 만큼."

 놀랐다. 사와이 가의 도신 부자는 만나면 그런 이야기도 나눈단 말인가.

 "그것은, 저는 이제 막 장사를 시작한 처지라 그렇습니다."

 "장사를 막 시작했으니까 더 자주 사게 만드는 편이 좋지 않겠나."

 "아직 어떤 자인지 알 수 없는 행상에게 돈을 척척 쓰는 기특한 손님은 드뭅니다. 저로서는 당장의 벌이보다 단단하게 잘 만든 문고라는 걸 널리 알리는 게 먼저입니다."

 ──우선은 기타 씨의 붉은 술 문고에 '신용'을 담아서 팔아야 해.

 이것은 스에조 영감의 조언이고 그 조언에 두말없이 찬성한 오우미 신베에의 의견이기도 했다.

기타이치가 저간의 사정을 더듬더듬 이야기하자 사와이 나리는 허리를 곧게 펴고 고쳐 앉아 "그렇군" 하며 무릎 위의 얇은 문서철을 집어 들었다.

"센키치가 일으킨 가게를 센키치가 쌓아올린 신용과 함께 물려받은 만사쿠가 방심을 했군."

이번에는 손에 든 문서를 둘둘 말며 물었다.

"이 문서는 센키치 시절부터 문고가게의 단골이던 우에노 이케노하타에 있는 요리점 주인이 작성했는데 어떤 문서인지 짐작할 수 있겠느냐?"

둘둘 만 문서를 오른쪽 눈에 대고 망원경 보는 시늉을 했다. 나리에게 아이 같은 면이 있었나.

"단골이라면, 주문장인가요?"

"같은 주문장이라도 이런 물건을 만들어 달라는 내용은 아니다. 저번의 그 물건은 미흡했으니 이번에는 이러저러하게 만들어 달라는 내용들이다."

만사쿠가 가게를 물려받아 단골들에게 인사를 마친 올해 3월 20일부터 지난달 초까지 그 요리점이 만사쿠의 문고가게에 보낸 것이라고 한다.

"어제 화재 현장에서 가게 점원이 다급하게 들고 나온 종이묶음에 섞여 있던 거다. 이런 주문장을 그렇게 던져 두었다는 사실부터가 너무 안이한 거지."

정말 말씀하신 그대로입니다.

"만사쿠와 오타마는 가게뿐만 아니라 문고 만드는 직인, 그림 그리는 화가, 그림을 오려 붙이는 부업하는 사람들, 단골들까지 고스란히 물려받았지만……."

가게 내부는 계속 어수선해서 그 요리점 같은 오랜 단골들로부터 불평이 끊이지 않았다고 한다.

"이렇게 견책하는 글을 보내주는 곳은 그나마 애정이 있는 단골이라고 해야겠지. 아무 말도 없이 거래를 끊어버린 단골들이 양손 손가락이 모자랄 만큼 많다고 하더군."

"저도 내밀한 사정까지는 몰랐습니다."

"문고가게를 떠난 손님이 너희 쪽으로 가진 않았느냐?"

만약 그랬다면 내가 모를 리 없다. 지금까지는 한 곳도 없다.

"그래? 뜻밖이군."

그런 손님은 있을 수 없다. 기타이치로서는 납득할 수 있었다.

"오래 전부터 찾아주던 단골이라면 더욱 더, 만사쿠 씨 가게에서 저희 쪽으로 갈아타는 것은 센키치 대장의 묘를 짓밟는 짓이니 절대 그럴 수 없다고 생각하시겠죠."

그런가, 하며 사와이 렌타로는 턱 끝을 쥐고 비틀었다.

자리를 비켜준 서기는 아직 돌아오지 않고 있다. 기타이치는 마침내 쑤시기 시작한 정강이를 달래려고 엉덩이를 조금 들었다.

"어제 머리에 지저분한 수건을 두른 여자가 통용문 쓰레기함에 불붙은 기름종이를 던져 넣고 도망치는 모습을 본 사람이 있다."

방화하는 순간을 본 사람이 있다——.

"매일 센다이보리 운하를 따라 돌아다니는 넝마주이 영감이다. 아직 눈이 좋은 노인이라, 도망치는 여자의 옆얼굴을 분명히 봤다고 한다. 다만 기운이 없어 크게 소리칠 수가 없었지. 다리가 약해서 여자를 쫓지도 못했고."

노인이 어찌할 바를 모르고 허둥대는 가운데 쓰레기함에서 연기가 오르고 이내 불길이 솟아 판자문으로 옮겨 붙었다.

"하필 요즘 날이 가물어 판자문이 바짝 말라 있었지."

목재하치장에서 보았던 연기 색깔을 떠올리자 기타이치는 지금도 가슴이 철렁했다.

"불을 붙이고 도망친 여자는 오소메. 사흘 전까지도 만사쿠네 가게에 기숙하며 식모로 일했다. 기타이치도 잘 알지?"

오소메 씨. 기타이치는 순간 정강이가 쑤시는 것도 잊었다. 발등을 누르는 동글동글한 자갈의 딱딱한 감촉을 잊었다. 시라스에서 몸 전체로 천천히 스며드는 냉기도 잊었다.

"부엌일을 거의 혼자 도맡던 사람입니다. 저도 오랫동안 신세를 졌고요."

──기타 씨, 받아, 잔반이야.

다른 점원이나 직인, 선배들 눈이 있어서 오소메는 기타이치에게 남들이 먹다 남은 것밖에 줄 수 없는 탓에 짐짓 큰 소리로 그렇게 말했다. 매 끼니때마다 그랬다. 다섯 끼에 한 끼 정도는 오소메가 따로 덜어둔 조림류나 구이류나 커다란 주먹밥을 '잔반'이라고 속이고 내주었다.

"제가 정말 신세 많이 진 분입니다. 오소메 씨는 그런 방화 같은 짓을 할 사람이 아녜요!"

대뜸 소리치고 나서야 깨달았다. 사흘 전까지 식모로 기숙하며 일했다고?

"오소메 씨는 미아로 헤매던 제가 대장 손에 이끌려 문고가게에 왔을 때 이미 기숙하며 일하고 있었습니다."

기타이치는 오소메를 처음 만났을 때를 기억하지 못한다. 그정도로 당연한 풍경처럼 문고가게에 있던 식모였다. 아마 나이가 올해로 쉰 살이거나 그 안팎일 것이다. 몇 년 전인가, 그해가 자기 띠의 해라고 했었다. 그래, 쥐띠라고 했었지.

──오소메 씨가 그래서 부지런하구나.

생쥐처럼 바지런한 사람이었다. 부엌을 책임진 사람으로서 누구보다 일찍 일어나고 늦게까지 깨어 있었다. 식솔들 입에 밥이 들어가도록 늘 마음을 쓰고 궁리하며 살림을 꾸렸다.

"사흘 전 오타마가 오소메를 쫓아냈다."

오소메가 가게 금고에서 돈을 훔쳤다고 몰아세우며.

"내 눈으로 봤다, 똑똑히 봤다고 오타마가 다그치고, 그 자리에서 점원들이 오소메의 옷을 벗겨가며 숨긴 돈을 찾으려고 했지만."

무지기 하나만 걸친 오소메에게서는 동전 한 닢 나오지 않았다.

"그러자 삼켰을 거라고 다그치더니 부엌 물 단지까지 가져다가 물을 잔뜩 마시게 해서 토하게 만들려 했다더군."

보다 못한 만사쿠가 그제야 말리고, 도난 건을 불문에 부치는 대신 문고가게를 떠나라 명했다고 한다.

"점원과 직인, 함께 일하던 하녀 중에 누구 하나 오소메를 두둔하지 않았단 말인가요?"

기타이치가 부르르 진저리치며 묻자 사와이 렌타로가 입을 굳게 다문 채 고개를 저었다.

"그 문고가게도 변하고 말았군요."

맨 끄트머리에 매달려 살던 기타이치도 지내기가 결코 불편하지 않던 센키치 대장의 문고가게하고는 다른 가게가 된 것이다.

"오소메 씨가 그런 일을 당한다는 걸 내가 알았다면 한밤중에라도 달려 나가 어떻게든 했을 텐데."

온몸을 도는 피가 뜨거웠다. 분노의 열이다. 그런데도 손은 차갑고 손톱은 새하얘졌다.

잠시 침묵한 뒤 사와이 렌타로가 불쑥 말투를 바꾸었다.

"늦었구나."

서기가 돌아온 것이다. 이때를 기다렸다는 듯이 나리는 돌돌 만 서류를 품에 찔러 넣고 기하치조_{하치조지마 섬에서 나는 풀을 삶아낸 물로 염색한 비단에서 유래하며, 노랑 바탕에 다갈색 줄무늬가 특징이다} 넓적다리를 가볍게 치며 일어섰다.

"네가 오소메를 숨겨주지 않았다는 것은 잘 알겠다. 고생했다, 기타이치."

헐. 기타이치는 온몸이 얼어붙었다. 내가 그런 의심을 사고 있었다니.

서기가 너그러운 미소를 지으며 말했다.

"후쿠토미야 목재하치장의 가설주택에서 지내는 사람들이 고생하고 있을 거야. 가서 도와주지그래, 기타 씨."

4

후쿠토미야가 목재하치장 한쪽에 급히 지은 가설주택은 움집을 옆으로 나란히 늘어놓은 듯한 엉성한 공동주택이었다. 철없는 말이겠지만 제법 활력이 넘치고 있었다. 집 잃은 사람들, 그들을 도우러 온 사람들, 당장 필요한 일용품을 들고 온 사람들, 그리고 공동 가설주택 옆에 급조한 화덕에서 밥을 짓는 사람들. 화재의 충격과 공포는 옅어지고 일상을 빨리 재건하자는 긍정적 활기가 공간을 채우고 있었다.

놀랍게도 도미오카초의 경단가게는 정말로 산더미처럼 많은 경단을 기증했다. 실행이 빠르다. 경단을 나눠주는 사람은 가게 점원으로 보이는 남녀 젊은이고 경단가게의 모친과 산키치는 보이지 않았다. 아마 가게에서 바쁘게 일하고 있을 것이다.

"오오, 기타 씨."

뒤에서 들려온 소리에 기타이치는 더욱 놀랐다. 어찌된 일인지 오우미 신베에가 와 있다. 하카마 자락을 걷어 올리고 소매를 멜빵으로 단속하여 두 팔뚝을 드러냈는데, 그 팔뚝이 색 바랜 유카타와 수건들을 한아름 안고 있었다.

"어제 비상종이 울릴 때 마침 다카바시의 기원에 있었네."

낯익은 손님 몇 사람과 즉각 밖으로 뛰어나가, 화재를 피해 달아나는 사람들을 돕거나 짐을 옮겨주었다. 그 인연으로 이렇게 가설주택에도 몇 번이나 찾아왔다고 한다.

"이건 기원 근처 주민들이 모아준 거네."

품에 안은 것을 끙, 고쳐 안아 보였다. "이런 물건은 아무리 많아도 얼마든지 쓸 데가 있으니까." 나날이 추위가 더해가는 철인데 이마에 살짝 땀이 배어 있다.

신베에의 이마에서 반짝이는 땀을 보고 기타이치는 가슴속 앙금을 일단 잊기로 했다. 오소메, 방화, 오타마. 생각해봐야 당장 방법이 없다. 그보다는 일을 하자!

"한심하게도 저는 제 일로 경황이 없어 이제야 도우러 왔네요. 자, 뭘 할까요?"

"그럼 저쪽으로 가서 쪽 염색 시루시반텐을 입고——지금 등을 보이고 있는 저 사람한테 물어보게. 이 구역을 관리하는 책임자니까. 가설주택이 완성되었으니 다음은 후쿠토미야 옆에서 이곳까지 물길을 연결해야 할 거 같은데."

물을 댈 수 있다면 가설주택 사람들이 일일이 먼 데까지 물을 길러 가지 않아도 될 것이다.

"자재를 옮겨야 하니 일손은 많을수록 좋다고 했네."

신베에가 턱짓으로 가리킨 시루시반텐을 걸치고 작은 등이 보이는 사람을 향해 기타이치는 얼른 달려갔다.

그로부터 족히 두 각(약 네 시간) 동안 기타이치는 목재를 져 나르고 흙 부대를 만들고 쓰레기나 잡동사니를 실어내고 정돈하고 비로 쓸어 청소하고 바닥을 고르고 책임자가 시키는 대로 실을 잡고 길이를 측정하고 후쿠토미야와 가설주택 사이를 몇 번이나 왕복하며 열심히 일했다. 문득 무릎이 후들거릴 만큼 허기가 졌다.

"애야, 잠깐 쉬면서 밥 먹고 와라."

도미오카초 경단가게에까지 이름이 알려져 있는 기타이치지만 후쿠토미야의 연락을 받고 신자이모쿠초 쪽에서 불려왔다는 행수와 수하 목수들 앞에서는 그냥 어린아이였다. 오히려 마음이 편했다. '센키치 대장의 말단 수하였던 기타이치'로 비치지 않는다는 것만으로도 양 어깨가 가벼워진 느낌이다.

"예, 그럼 잠깐 쉬겠습니다."

화덕 하나로는 큰 솥에 밥을 짓고 다른 화덕으로는 국을 끓이고 있다. 토란과 근채류와 튀김을 듬뿍 넣은 된장국이다. 냄새가 좋아 군침이 도는데——.

그때 밥 짓기를 돕는 여자들 가운데 한 사람을 발견하고 기타이치의 군침은 이내 말라버렸다. 가슴이 철렁했다. 상대도 기타이치를 알아보고 숨을 삼켰다.

"어머, 기타 씨, 수고가 많네. 거기 앉아. 금방 내줄 테니까."

화덕 주변에는 빈 나무통이나 나무상자, 디딤대, 테두리가 그을린 고리짝, 물 얼룩이 있는 함 등 이곳에서 취사를 담당한 사람들이 잠깐 앉아 쉴 수 있도록 잡다한 물건들을 놓아두었다. 어느새 점심때는 물론이고 참 때도 지나서 지금은 기타이치 말고는 아무도 없었다. 취사를 맡은 여자들도 다음 끼니를 지을 때까지

불이 꺼지지 않도록 살펴보며 숨을 돌리고 있는 모양이다.

"자, 여기."

주먹밥 접시와 된장국 사발을 가져다준 이는 센키치 대장이 생전에 즐겨 찾던 조림가게의 안주인 오나카였다. 노점보다 나을 것도 없는 그 가게는 기타모리시타초에 있다. 부부가 운영하던 조림가게였지만 남편이 몇 년 전 폐병으로 타계한 뒤 오나카가 혼자 꾸리는 중이다. 양념은 진한 편이고 조림은 큼지막했다. 잘 팔리는 반찬은 오리알조림인데, 수량이 제한되어 있어서 대장도 미리 주문해두지 않으면 살 수 없었다.

살집이 있고 아랫볼이 통통하고 미간이 넓어 청개구리처럼 애교 있는 얼굴을 가진 오나카는 문고가게의 식모 오소메와 친했다. 나이도 비슷하다.

문고가게의 부엌을 책임진 오소메는 어지간한 찬은 손수 만들어 식솔들을 먹였지만 "조림만큼은 오나카 씨를 당할 수 없다"고 말했었다.

——역시 돈 주고 사먹을 만해. 내가 똑같이 만든다고 만들어봐도 이 맛이 안 나거든.

그런 기억이 떠올라 기타이치의 가슴은 서늘하게 식고 말았다. 오나카도 마찬가지일 것이다. 주먹밥을 먹는 기타이치를 놔두고 화덕 옆으로 간 오나카가 곧 물잔을 들고 돌아왔다. 아까부터 내내 추운 듯이 몸을 웅크리고 있다.

"이것 좀 봐, 톱으로 써도 되겠어."

계절에 어울리지 않는 채소무늬 물잔은 심하게 이가 나가 있었다. 안에는 따끈한 물이 담겨 있다.

"뜨거우니 조심해."

오나카는 기타이치 손에서 빈 접시와 사발을 거두어 설거지통에 담더니 잠시 숨을 골랐다.

"오소메 씨 소식은 들었어요."

기타이치가 먼저 이야기를 꺼냈다. 오나카는 흠칫 눈길을 들고 기타이치 얼굴을 보았다.

"……그래."

"그 일로 지금 오타마 씨가 후카가와 모토마치 반야에서 조사를 받고 있대요. 사흘 전──불이 난 어제부터 세면 이틀 전에, 오소메 씨가 가게 돈을 훔쳤다고 소동이 벌어져서 훔쳤느니 안 훔쳤느니 다툰 끝에 오타마 씨가 오소메 씨를 해고했다더군요."

이에 원한을 품은 오소메가 혹시 문고가게에 불을 지른 것은 아닌가──.

"오나카 씨도 들으셨어요?"

오나카는 기타이치의 눈을 쳐다본 채 이를 악문 표정으로 고개를 한 번 까딱했다.

"근방 사람들은 다 알고 있지. 기타 씨, 여기서 문고가게 사람들을 만났어?"

만난 적 없다. 만사쿠와 자식들도 가설주택 어딘가에 있을 텐데, 아직 찾아서 만날 정도로 결심이 서지 않았다. 아니, 어떤 얼굴로 만사쿠를 만나야 좋을지 알 수 없었다.
 "불 지르는 걸 봤다는 사람이 놀라서 허둥댔다니까 불 번지는 것보다 오소메가 불을 질렀다는 소문이 더 빨리 퍼졌겠지."
 이 말은 옳지 않다. 기름종이를 던져 넣은 사람은 '수건을 쓴 여자'였다. 오소메라는 증거는 없다.
 "오나카 씨, 오소메 씨를 숨겨주고 있어요?"
 오나카가 눈을 부라렸다. 이런 이야기만 아니었다면 오나카 얼굴 앞으로 손바닥을 내밀며 "눈동자 떨어지겠어요!" 하고 웃을 판이다. 아아, 그러고 보니 이것은 기타이치가 어렸을 때 오소메가 종종 던진 농담이었다. 배고픈 기타이치가 따뜻한 밥이나 경단이나 만주를 받아먹고 "우와, 맛있다!"라며 눈을 동그랗게 뜨면, "그러다 눈알 흘리겠다"라고 웃으며 눈동자 받는 시늉을 했다.
 "혹시 숨겨주고 있다면 나한테는 사실대로 말해줘요."
 바보처럼 대놓고 묻는 기타이치의 얼굴에서 오나카는 눈길을 떼지 못했다. 눈초리가 붉어지고 눈물이 어른거렸다.
 "숨겨주고 싶어도 어디 있는지 알아야지."
 오나카의 입초리가 바르르 떨린다. 오나카 씨도 내내 참고 있었구나, 하고 기타이치는 깨달았다.
 ──오소메 씨가 불을 지를 리가 없잖아!
 그렇게 소리치고 싶은 것을. 큰소리로 아우성치고 싶은 것을. 오소메를 의심하는 사람들의 멱살을 잡고 머리통이 떨어져라 흔들어주고 싶은 것을.

"그렇다면, 하나하나 물을게요." 기타이치는 목소리를 낮추며 오나카에게 얼굴을 기울였다. "오소메 씨가 돈을 훔쳤다고 의심받고 있다는 사실을 오나카 씨는 언제 아셨어요?"

오나카는 잠깐 생각하며 미간에 주름을 모았다.

"아마 소동이 일어나고 다음날일 거야. 점심때 온 손님이 센키치 대장의 문고가게에서 사달이 난 것 같다고 일러주어서……."

"그럼 오나카 씨는 그때 오소메 씨를 만나지 않은 건가요?"

"만나지 못했지. 마지막으로 얼굴을 본 게 거의 보름 전일 거야."

오나카는 곧 주위를 힐끔거리며 경계했다. 화덕 옆에 불을 지키는 여자만 하나 있고 다른 여자들은 어디로 가서 일손을 거드는지 보이지 않았다. 진흙투성이 남자 두 명이 모모히키^{통이 좁은 작업용 바지}와 배두렁이라는 씩씩한 차림으로 다가와 양손에 주먹밥을 하나씩 쥐고 재채기를 하며 떠나갔다. 멀리서 말뚝 박는 망치소리가 들린다.

"기타 씨도 알겠지만 만사쿠 씨가 물려받은 뒤로 문고가게 매출이 뚝 떨어졌잖아."

그래서 오타마는 살림에 드는 돈에 까다로워졌다.

"예전처럼 오소메 씨가 큰 냄비를 들고 우리 가게에 조림을 사러 오는 일도 드물어졌지."

──돈 주고 찬을 사먹을 거면 내가 뭐하러 식모를 고용해. 돈 함부로 쓰지 말아요!

"언젠가 오소메 씨가 그렇게 오타마 씨 흉내를 내는 바람에 둘이서 한참 웃었지만, 실은 웃을 일이 아니라는 생각이 뒤늦게 들더라고."

솥에 붙어 있어야 장사가 되는 오나카와 문고가게를 나서면 일이 되지 않는 오소메이니 특별한 볼일이 없으면 만나기도 어렵고 서로에게 무슨 일이 생겨도 바로 전해줄 연줄도 없었다.

"나도 얼마나 걱정이 되던지…… 그 이야기를 들은 뒤로는 늘 근심뿐이었어. 그래서 다음에 오소메 씨를 만나면 같이 조림가게나 해볼까 생각했거든."

──우리 가게에 와서 같이 조림가게나 해볼래?

"아줌마 두 명이 먹고사는 데는 우리 가게의 솥 하나면 충분해. 폐병 걸린 남편 약값도 조림 팔아서 댔으니까. 오소메 씨 먹을 밥 정도야 어떻게든 벌 수 있고, 아줌마라도 둘이 붙어 있으면 마음 든든하고."

빠른 말로 한탄하는 오나카의 목소리가 이 대목에서 흔들렸다. 오열이 섞이더니, 그걸 삼키려고 손으로 입을 틀어막는다. 그래도 신음 같은 소리가 새어나왔다.

"하, 하루라도 빨리, 그 말을 했어야, 하는데. 그랬으면, 이런 사달은."

오열을 틀어막으니 눈물이 쏟아졌다. 빈 사발에 눈물이 떨어졌다.

"오소메 씨가 의지할 만한 곳으로 어디 짚이는 데는 없어요?"

오나카는 입을 틀어막던 손을 떼고 숨을 토했다. 코를 킁 풀고 눈을 끔쩍거려 눈물을 수습하더니,

"나 말고는—— 기타 씨"라고 말하며 손등으로 코 옆을 눌렀다.

"오소메 씨가 갈 데 없다고 찾아오면 기타 씨는 힘이 돼줄 거지?"

기타이치는 가만히 고개를 끄덕였다. "나 말고 도미칸 씨도 있어요."

"관리인님이라면 꾸짖지 않을까. 어떻게든 수습해줄 테니까 문고가게로 돌아가라고 할 거야."

하지만 도미칸은 의외로 그런 사람이 아니다. 무조건 참다가는 귀한 수명만 쪼그라들 거라고 천연덕스럽게 말해버리는 대담한 구석이 있는 나가야 관리인이다.

세 사람 가운데 누구라도 좋다. 돈을 훔쳤다고 추궁 당할 때 오소메가 도움을 구하며 와주었다면 오나카도 도미칸도 기타이치도 틀림없이 옹호하고 도와주었으리라. 오소메가 문고가게를 떠나도 생계를 마련해주거나 마땅한 연줄을 찾아주었을 것이다.

——그랬다면 오소메 씨가 방화범으로 의심받는 일도 없었다.

어디까지나 '의심'이다. '방화 같은 걸 할 처지로 내몰리지는 않았잖느냐'는 말은 아니다.

가당치 않은 의심을 받으며 오소메는 지금 어디에 있는가. 왜 나타나지 않는가. 방화 같은 짓 하지 않았다, 억울하다고 왜 호소하려고 하지 않는가.

오나카도 쓰디쓴 걸 깨문 듯이 도리질을 하며 말했다.

"달리 생각나는 사람은 없어. 오소메 씨와 친한 사람이라면 문고가게에 주문을 받으러 드나들던 점원이나 행상 정도겠지. 그런 사람들 중에서는 아마 내가 제일 친했을 테지만."

문고가게에 출입하는 상인에 대해서는 문고가게 사람들에게 물어보면 더 정확하게 알 수 있다. 그러기 위해서도 기타이치는 마침내 자리에서 일어나 만사쿠 가족을 만나야 한다.

"오나카 씨가 아는 범위에서 오소메 씨가 돈 문제로 힘들어한 적이 있나요?"

이 물음에 오나카는 기타이치에게 저열한 농담이라도 들은 것처럼 턱을 홱 당기며 몸을 뒤로 물리더니 언짢은 표정을 지었다.

"기타 씨, 그 사람이 남의 돈이나 훔칠 위인으로 보여?"

"돈을 훔쳤는지 묻는 게 아녜요. 오소메 씨가——,"

"그런 일이 있을 리 없잖아. 쥐똥만 한 급료를 받으면서도 다음 하치만신사 마쓰리 때 기부하겠다고 소중히 모아둘 만큼 신실한 사람이야."

기타이치도 알고 있다. 오소메의 기모노와 오비는 온통 기운 자리투성이였고, 쪽진 머리에는 이가 숭숭 나간 낡은 회양목 머리빗여성의 머리장식으로 쓰이는 머리빗 하나만 꽂았다. 한때 문고가게 사람들 사이에 기뵤시시중에 일어난 사건이나 화제를 흥미 본위로 다룬 이야기에 삽화를 곁들인 책가 유행했을 적에 출입하는 세책점 사람이 값을 깎아 줄 테니 빌려보라고 유혹해도 오소메는 꿈쩍하지 않았다.

통수치기 • 65

사치는 물론이고 값싼 취미조차 오소메의 생활에서는 찾아볼 수 없었다. 애써서 절약하는 것이 아니라 오소메에게는 당연한 일상이었다. 기타이치가 아는 오소메는 그런 식모였다.

기타이치는 주인이 바뀐 문고가게를 떠나 도미칸 나가야로 옮길 때 오소메와 특별히 요란하게 헤어지지는 않았다. 평소처럼 문고가게에 계속 드나들며 '붉은 술 문고'를 사입해야 먹고살 수 있는 처지였으므로 오소메하고도 언제든 만날 수 있으리라 생각했기 때문이다.

오소메도 기타이치가 거처를 옮긴다는 데 놀라거나 아쉬워하는 기미는 없었다. 센키치 대장이 사라졌으니 예전처럼 지낼 수는 없다고 생각했을 것이다.

──그럼 잘 가, 기타 씨. 배고파 죽겠다 싶을 때는 찾아와.

밝게 웃으며 그렇게 말해준 기억이 난다. 아마 기타이치도 "그럴게요"라고 대답했던 것 같다.

다행히 후유키초 마님 댁에서 자주 저녁을 얻어먹게 되어서 기타이치가 오소메에게 뭘 부탁한 적은 한 번도 없었다. 오소메는 기뻐했을까 조금은 쓸쓸하다고 생각했을까.

어떻게든 찾아내야 한다.

"맛있네요. 잘 먹었습니다. 만사쿠 씨를 만나러 가볼게요."

기타이치는 오나카에게 물잔을 돌려주고 일어섰다.

오나카가 기타이치의 얼굴을 올려다보며 입술을 살짝 깨물고 나서,

"방화범은 화형에 처한다며?"

화형이라는 말 자체가 너무 뜨거워 견딜 수 없는 듯이 빠르게 뱉어내듯 물었다.

"센키치 대장이 계셨다면 오소메 씨를 그렇게 몰아세우지 않았을 거야. 귀한 식솔한테 무서운 누명을 씌우는 걸 대장은 용서하지 않을 테니까."

오나카의 눈가와 입가도 분노한 듯 움찔거렸다. 그러니까 기타 씨, 실수하면 알지? 저승의 대장도 지켜보고 있어.

왜 내가 이런 훈계를 들어야 하지?

"아쉽게도 이제 대장은 없어요."

그 말만 남기고 기타이치는 자리를 떴다. 그럴 생각은 없었지만 남들 눈에는 도망치는 것처럼 보였으려나.

대장은 이제 없다.

대장이라면 어떻게 했을까, 누구를 만나서 담판했을까. 이제는 직접 물어볼 수 없다.

생각해, 기타이치. 생각해, 생각해.

똑바로 쳐다볼 수가 없어. 너무 어렵다.

"엇, 미안합니다."

고개를 떨구고 마음의 눈뿐만 아니라 얼굴에 달린 눈까지 감고 있었는지 누군가와 어깨를 부딪치고 말았다. 조금 비틀거린 기타이치보다 상대방이 먼저 사과했다.

"제 잘못입니다, 글을 쓰면서 걷다니. 죄송합니다."

상점 점원으로 보이는 젊은이──아니, 그리 젊지만은 않은데? 안색이 좋고 피부가 팽팽하고 머릿기름을 듬뿍 써서 다듬은 상투도 훌륭해서 젊게 보이긴 하지만 실은 삼십대 정도 아닐까.

줄무늬 옷은 유키쓰무기_{이바라키 현 유키 지역에서 나는 작은 점무늬나 줄무늬가 있는 질긴 명주}인가? 얇은 솜옷 찬찬코_{소매 없는 한텐}를 입고 있다. 외출복으로는 흔히 보기 힘든 옷차림이다.

남자는 걸으면서 기다란 종이다발 한쪽을 철한 것처럼 보이는 장부에 뭔가를 적고 있었다. 장부를 왼손에 들고 오른손으로 붓을 놀렸는데 장부에는 많은 글이 적혀 있다.

"저야말로 한눈을 팔았군요."

기타이치가 사과하자 두 사람이 고개를 마주 숙이는 모습이 되었다. 그 바람에 남자의 머릿기름이 다시 향을 뿜었다. 약냄새처럼 코를 살짝 찌르는 냄새였다. 이것도 흔치 않은 냄새다.

"여기 계신 분들은 거의 맨몸으로 대피하신 분들이니 부족한 물건이 많습니다. 빨리 조달해야죠. 그럼 이만 실례합니다."

남자는 기타이치 곁을 가볍게 스쳐지나가며, 아아, 진짜 화재는 무서운 거구나, 라고 혼잣말을 했다. 그러다가 곧 갓난아기를 안은 여자와 마주치자 얼른 장부와 붓을 들어 올리더니,

"거기 아주머니, 기저귀는 충분하세요? 저런, 아기가 화상을 입었나요? 그 어깨 말입니다. 아주머니도?"

모자에게 친근하게 다가서서 아기 팔을 만져보며 이야기를 이끈다.

"말기름이 효과가 좋다는데, 가져다드리죠. 세상에 이게 무슨 일입니까. 딱하네요, 정말 딱하네요. 제가 최대한 도와드리겠습니다."

어찌된 영문인지 기타이치는 그 대화에 끌려 가만히 쳐다만 보고 있었다. 남자는 모자와 헤어져 목재하치장 출입구 쪽으로 걸어갔다. 뒷모습과 걸음을 보니 다시 생각이 바뀌었다. 아직 삼십 대는 아니네.

왜 이렇게 신경이 쓰일까. 아무것도 아니잖아. 지금 나는 만사쿠를 만나러 가기 싫어서 딴청을 피우고 있을 뿐이다. 기타이치는 딴청을 날려버리려고 킁, 힘껏 콧김을 뿜었다.

5

"이게 누구야, 기타이치잖아?"

거친 말투가 귀에 익었다. 고개를 돌려 이쪽을 돌아다보는 볼이 야위고 코끝이 뾰족한 얼굴도 낯익다.

"나라하치 형님."

나라하치는 올해 초 센키치 대장이 수하들 가운데 누구도 후계자로 지정하지 않은 채 죽었다는 것을 알자 바로 문고가게를 떠난 선배 가운데 하나다. 그 뒤로 소식을 듣지 못했다.

나이는 기타이치보다 열 살쯤 많을 것이다. 선배가 많았지만 나라하치는 그중에서도 기타이치를 잘 대해주었다고 할 수는 없는 사람이다. 대장의 수하라고 해도 처지가 다 달라서, 문고가게에 기숙하는 형도 있고 출퇴근하는 형도 있었다. 한 달에 몇 번만 얼굴을 비치는 사람도 있고, 오봉이나 연말연시에만 인사를 오는 사람도 있었다.

나라하치는 매달 한 번쯤 찾아왔고, 그렇다고 일정한 직업이 있지도 않은 듯했다. 먹을 게 떨어지면 대장을 찾아와 얻어먹다가 다시 훌쩍 자취를 감추었다. 적어도 기타이치의 눈에는 그렇게 어중간하고 무책임한 수하처럼 보였다.

하지만 지금은 꽤나 고압적인 모습이다. 옷차림도 그리 호사롭지는 않지만 예전에 비하면 한결 낫게 입었다. 굽이 비스듬하게 닿아 삐딱하던 나막신이 아니라 제대로 된 조리를 신었다.

"오랜만이네요."

기타이치가 인사하자 나라하치는 왠지 입술을 일그러뜨리며 당장 침이라도 뱉으려는 시늉을 한다.

집을 잃고 대피한 문고가게 사람들은 가설주택의 남쪽인 이곳에 모여 있는 듯했다. 불이 나자 급하게 들고 나온 짐들이 출입구인 장지문 옆에 어지럽게 쌓여 있다.

그 옆에 그을음으로 지저분해진 나무상자에 만사쿠가 고개를 떨구고 앉아 있었다. 화상을 입었는지 목덜미와 상완, 양쪽 정강이에 고약을 붙였다. 얇은 유카타 위에 여기저기 누덕누덕 기운 솜옷을 걸치고 있지만 여전히 추워 보인다. 탁주 같은 안색에 눈초리만 벌겋다.

나라하치는 그런 만사쿠 앞에 버티고 서서 양손을 품에 찌른 채 내려다보고 있었던 것이다. 이재민을 위로하기 위해 달려와 옛 선배를 위로하는 모습처럼은 보이지 않는다.

그래도 기타이치는 일단 나라하치에게 제대로 고개 숙여 인사했다.

"오, 오랜만입니다. 제가 여전히 행동이 굼떠서 문안 인사가 늦어졌습니다. 면목 없습니다."

그러고는 허리를 조금 숙인 채 만사쿠에게 다가가,

"그것만 입으면 추울 텐데 솜옷은 없으세요?"

기타이치가 그렇게 묻는 순간 만사쿠 코에서 콧물이 한 줄기

주욱 흘러내렸다. 추위 탓이 아니라 울고 있었던 것이다.

"쓸데없는 소리 하지 마!"

나라하치가 소리쳤다. 채찍을 울리는 듯 날카롭게 질책하더니 한 걸음 옆으로 내디뎌 기타이치와 만사쿠 사이를 가로막았다. 양손은 여전히 품에 찌른 채 발만 움직이다니, 이리 무례하고 뻔뻔할 수가.

센키치 대장은 상대가 어른이든 아이든 이런 행동을 허락하는 사람이 아니었다.

"갑자기 왜 이러세요, 형님."

기타이치가 저자세 그대로 얌전한 목소리로 대꾸했다.

"보시다시피 만사쿠 씨가 다쳤잖아요. 일단 바람을 피할 수 있는 데로 들어가시죠. 저는 취사하는 아주머니에게 차라도 한 잔 받아올 테니까."

나라하치 얼굴이 분노로 물들었다. "쓸데없는 소리 하지 말라니까! 시궁쥐처럼 정신 사납게 떠드는 건 여전하구나!"

그렇게 일갈하며 기타이치의 멱살을 잡아 번쩍 쳐들었다. 나라하치는 막대기처럼 비쩍 말랐지만 키는 6척(약 180센티미터)에 가깝다. 몸집이 아담한 기타이치는 가뿐하게 들리고 말았다.

"나는 말이야, 기타이치. 이놈을 위로하러 온 게 아니야. 우리 대장이, 만사쿠가 오라줄을 받기 전에 묻고 싶은 게 있다고 하셔서 데려가려고 온 거다."

한데 이놈이 대장한테 안 가겠다고 버티네. 윽박지르는 나라하치의 말본새는 가증스러웠다.

기타이치는 여러 가지 면에서 놀랐다. '우리 대장'은 누구지? 나라하치는 그 대장인지 뭔지의 위세를 빌어 얼마 전까지 큰형으로 모시던 사람을 존칭도 없이 함부로 만사쿠라고 부르고 심지어 '이놈'이라고? 하지만 현재 혼조 후카가와에서 '대장'이라면——,

"오, 대장이라면, 에코인 뒷골목의"

마사고로 대장 말입니까, 하고 물으려는데 목이 졸려 목소리가 나지 않았다.

"에코인 뒷골목 좋아하네! 아무것도 모르면 나서질 마라, 모자란 자식아."

나라하치가 호통을 치며 기타이치의 목을 쥐고 판자벽으로 던졌다. 빨리 짓는 것이 최고인 날림 주택이지만 목재는 후쿠토미야 물건이다. 적당한 두께를 가진 판자벽에 머리를 제대로 찧은 기타이치는 눈에서 불이 났다.

으으, 아파…… 얼른 일어서지도 못하고 판자벽에 기댄 채 눈을 끔뻑거리고 있는데 나라하치가 이번에는 정말로 옆에 침을 탁 뱉었다.

"야, 만사쿠! 우리 대장의 배려를 거절했으니 너 같은 바보는 이제 기회가 없을 거다. 반야는 고사하고 덴마초로 직행하겠지. 화형당하기 전에 감방에서 몰매 맞아 죽고 말 게야!"

독설을 퍼붓고 뒷발로 모래를 끼얹을 듯한 기세로 성큼성큼 걸어서 사라졌다.

─－대체 뭐가 어떻게 된 거야?

 기타이치는 아픈 머리통을 만져보았다. 벌써 혹이 솟기 시작했다.

 콧물을 킁 훌쩍이며 나무상자에서 일어선 만사쿠가 기타이치에게 다가와 손을 내밀었다. 기타이치는 그의 손을 잡고 일어섰다. 쏘는 듯한 연고 냄새와 만사쿠의 손가락 떨림, 손바닥의 열. 얼굴은 핏기가 가셔서 창백한데.

 "열이 있군요."

 기타이치는 일어서며 만사쿠를 부축해 주었다. 아니나 다를까 몸 전체를 바르르 떨고 있다.

 "따뜻하게 주무셔야겠어요. 자, 안으로 들어가세요."

 가설주택의 장지문을 열고 들어가니 회를 바른 좁은 바닥이 있고 그 너머에 4첩 반짜리 마루방이 보인다. 얇은 이불이 왠지 두 장 겹쳐져 깔려 있고 벽가에는 불과 물과 그을음을 면한 짐들이 뒤죽박죽 쌓여 있었다.

 기타이치의 부축을 받으며 만사쿠는 얄팍한 이불 속에 몸을 집어넣고 누웠다. 겨우 그 거리를 움직이는 동안에도 계속 몸을 달달 떨고 숨이 가빴다. 다시 콧물을 흘리고 재채기를 하더니 마침내 빗장이 풀린 것처럼 맹렬한 기침을 시작했다.

 "여, 연기, 때문이야."

 연기를 마신 탓이라고 만사쿠는 띄엄띄엄 말했다.

 "대장의 견본집을, 가지러, 돌아갔다가, 연기에 갇혔어."

센키치 대장의 견본집. 제일 말단으로 행상을 다니던 기타이치는 본 적도 들은 적도 없는 책이다. 지금도 문고를 사입하여 행상만 다니고 있었다면 그 말을 들어도 아무 느낌이 없었으리라.

하지만 스에조 영감에게 기술을 배우고 (황송하게도) 전속 화가 에이카와 의장을 상의하고 공방을 마련하여 직접 문고를 제작하고 있는 지금은 그 책의 중요성을 잘 알고 있다.

"큰일날 뻔했네요. 그래도 만사쿠 씨나 대장의 견본집이 무사해서 다행이에요."

기타이치가 만사쿠를 위로하고 있을 때, 누구에게 무슨 말을 들었는지 아까 화덕 옆에 있던 여자들 가운데 한 사람이 끓여서 식힌 물을 질주전자에 담아서 가져다주었다. 역시 이가 나간 물잔이지만 그쯤은 애교로 넘길 수 있었다.

"물엿이나 아메유_{조청 탄 온수}에 생강즙이나 육계를 넣은 물가 목에 좋대요. 기부 들어온 물품에 그런 게 있으면 가져올게요."

"고맙습니다."

나도 기억해 두었다가 구해보자.

물을 마시자 만사쿠의 기침이 간신히 멈추었다. 가슴에서는 여전히 색색거리는 소리를 내고 있다. 손 떨림이 진정되지 않아 물을 흘려서 얇은 이불이 젖었다.

"내가, 이 지경이라, 나 대신, 오타마가 끌려간 거야."

기타이치가 묻기도 전에 만사쿠가 알아서 말을 꺼내주었다.

"식모 오소메의 방화는 주인인 내 불찰이니까, 사실은 내가 사와이 나리에게 끌려가야."

고통스럽게 헐떡이듯 숨을 마셨다. 콧물이 나왔고 코피가 조금 섞여 있었다.

"하지만, 이래서는, 나리만 힘들 뿐, 조사에 제대로, 대답할 수도 없을, 테니까."

오타마가 남편을 대신하여 반야에 가겠다고 사와이 나리에게 자청했다고 한다.

"내가 무슨 말로, 변명을 하겠나. 나는 화형에 처해지든, 옥문에 목이 걸리든, 이젠, 어쩔 수 없지만."

오타마는 잘못 없어. 만사쿠는 간신히 목소리를 짜내었다.

"식모를 제대로 건사하지 못한 건, 내 잘못, 이야."

기타이치는 말없이 만사쿠의 떨리는 손에 손을 포개고 잔에 남은 물을 다 마시도록 거들어 주었다.

가게 일꾼이 잘못을 저지른 경우, 내용이 무엇이든 거의 예외 없이 가게 주인도 함께 처벌받는다. 아니, 잘못을 범한 장본인보다 더 무거운 벌을 받기도 한다. 이것은 집주인과 세입자, 지주와 소작농도 마찬가지다. 피고용인이나 세입자나 소작인은 온전한 인간으로 간주하지 않았다. 그러므로 '온전한 인간이 아닌 자들'을 관리해야 하는 사람이 잘못을 책임지는 것이다.

얼마 전에 기타이치는 확실한 증거보다 용의자의 '내가 했습니다'라는 자백을 더 중시하는 법률의 불합리를 배웠다. 이 상황도 마찬가지 불합리였다. 식모가 방화죄를 범하면 고용주까지 화형에 처해진다니.

"사와이 나리는 내가 도주하면 오타마는 무조건 감옥행이라고 말씀하셨다."

기타이치는 사와이 렌타로의 냉정하고 단정한 얼굴과 감정에 흔들리지 않는 목소리를 떠올렸다.

"나는, 절대, 도망치지 않아."

흥분으로 목이 막혀 다시 기침을 터뜨렸다. 기타이치는 만사쿠의 등을 쓸어주며,

──내가 알던 만사쿠 씨보다 많이 야위었구나.

하고 생각하다가 꽉 물었다. 분노인지 연민인지 안타까움인지 모를 내면의 술렁임을.

"조금이라도, 몸이 좋아지면, 내가 반야로 가야지."

만사쿠는 코피 섞인 콧물을 늘어뜨린 채 기타이치 얼굴을 올려다보았다.

"기타이치, 문고가게는, 도미칸 씨에게 부탁해서, 오타마가…… 장사를, 계속할 수 있도록."

"걱정하시지 않게 해드릴게요."

말이 끝나기 전에 기타이치가 부응해 주었다.

"후유키초 마님에게도 부탁해서, 센키치 대장의 문고가게가 대가 끊어지지 않게, 빈틈없이 돕게 할게요. 그러니까 만사쿠 씨도, 지금은 너무 걱정하지 말고 편히 쉬셔야 합니다."

만사쿠의 고통을 눈앞에서 보니 새삼 화재의 무서움에 간이 오

그라들었다. 불길에 쫓기고 연기를 마시면 생명에는 지장이 없어도 이렇게 몸이 망가진단 말인가.

기타이치도 스스로 생각했던 것 이상으로 위험했는지 모른다. 현장에서 끌어내 준 기타지에게 제대로 인사를 해야겠다고 생각했다.

마음이 뒤숭숭해서 생각이 모아지지 않았다. 만사쿠에게 묻고 싶은 것이 있었다. 확인하고 싶은 것이 있었다.

"만사쿠 씨, 아직 방화가 오소메 씨 짓이라고 결정된 것은 아니니까."

기타이치의 말에 만사쿠의 얼굴이 일그러졌다. 또 기침인가 했지만 아니었다. 만사쿠는 분노한 것이다.

"네가, 어떻게, 그런 말을 할 수 있지?"

눈에 핏발이 서도록 분노하고 있다. 떨리는 손을 오므려 쥐고 기타이치의 어깨를 치려고 했다.

"내가, 봤다. 오타마도. 그때, 근처에 있던 사람들은 다, 봤단 말이다."

수건을 뒤집어쓴 오소메가 불길이 오르는 쓰레기함을 놔두고 도망치는 모습을.

"부엌에 있던 한 식모가."

──오소메 씨, 뭐하는 거야!

"큰소리로, 외치는 것을, 듣고 모두들 뛰어가서."

기타이치는 숨을 삼켰다. 수건을 쓴 여자가 통용문 옆 쓰레기함에 불을 놓는 장면을 목격한 사람은 센다이보리 운하변을 걷던 넝마주이 영감 한 사람만이 아니었단 말인가?

"가게 안에서 전부터 오소메 씨와 틀어져 있었다는 것도, 사실입니까?"

사흘 전 오소메가 가게 금고에서 돈을 훔치고, 이를 목격한 오타마가 도둑으로 몰아세웠다. 돈을 숨겼을 거라고 오소메의 옷을 벗기고 검사해도 돈이 나오지 않자 고문이나 다름없는 가혹한 짓까지 하려고 했다.

"만사쿠 씨가 그것을 말리고 절도 건을 불문에 부치는 대신 오소메 씨를 내쫓기로 했다고 들었습니다. 그건 사실인가요?"

주먹을 꽉 쥐고 있던 만사쿠는 기진맥진했는지 머리를 담요 위로 맥없이 떨어뜨렸다. 주먹도 풀어졌다.

"그렇게 말고는, 수습할 길이, 없었어."

"하지만 오소메 씨는 돈을 훔칠 사람이 아니잖아요!"

저도 모르게 목소리를 높이고 말았다. 그때 장지문에 그림자가 어른거리더니 달캉 열렸다. 곧 기타이치도 잘 아는 문고가게 직인 두 사람과 오소메와 함께 일하던 하녀 하나가 나타났다. 다행히 세 사람 모두 무사한 듯한데, 만사쿠와 함께 있는 기타이치를 보자 도깨비라도 보는 양 깜짝 놀랐다.

"여기서 뭐하는 거야, 기타이치."

"기타 씨, 당신, 대장 후계자처럼 행세한다던데, 사실이야?"

"만사쿠 씨를 끌고 가려고? 은혜를 모르는 짓이라고 생각하지 않아?"

하녀가 다짜고짜 비난하며 울음을 터뜨리자 기타이치는 쩔쩔매며 세 사람을 달랬다. 만사쿠는 기절한 것처럼 잠들었다. 그 기진맥진한 창백한 얼굴을 둘러싸고 앉은 뒤에야 차분하게 이야기할 수 있었다.

"나는 오캇피키처럼 행세한 적 없어요. 다만 오소메 씨에게 신세진 것이 많아서, 너무 걱정이 돼서 사정을 알아보고 있었을 뿐입니다."

괴롭고 분하고 믿기지 않는 일이지만, 세 사람의 이야기를 듣고 보니 사흘 전 오소메의 절도 의혹도, 어제 낮에 일어난 문고가게 방화 경위도 대체로 만사쿠가 말한 내용과 일치했다. 세 사람 입에서는 다른 의견, 다른 설명은 나오지 않았다.

기타이치는 시끄럽게 해서 미안하다고 사과한 다음, 원하는 물품이 있으면 구해다줄 테니 알려달라고 세 사람에게 말했다. 세 사람 모두 만사쿠를 걱정하며 이것저것 부탁했다. 솜을 둔 잠옷이 있었으면 좋겠다. 화상에 잘 듣는 말기름이 필요하다.

그러고 보니 말기름이라면 아까 들었던 것이다.

문고가게 직인 노인이 목소리를 낮춰 물었다. "기타이치, 여기서 나라하치를 만났나?"

마침 기타이치도 그걸 물으려던 참이었다.

"네. 그쪽 대장에게 만사쿠 씨를 데려가겠다고 하더군요."

두 노인이 씁쓸한 표정으로 마주보며 말했다.

"그 녀석, 우리를 개처럼 내쫓았어."

역시 한바탕 고압적으로 굴었던 모양이다.

"나라하치 형의 대장이 어디 대장을 말하는지 아세요?"

"그야 혼조의 마사고로 대장이겠지. 에코인 대장도 완전히 거만하게 변했어."

마사고로 대장은 '에코인 뒷골목'이라는 말을 붙여서 부른다. 모시치 큰대장을 의식해서 스스로 '뒷골목'이라고 했던 것이다. 게다가 결코 거만한 사람이 아니며, 어떤 상황이든 상대방이 누구든 자기 수하가 아까 나라하치처럼 행동하면 불같이 화를 낼 사람이다.

"그 이야기는 미심쩍어요. 사실이 아닐 수도 있으니 지켜보자고요. 사와이 나리의 명령이 없는 한 만사쿠 씨는 아무데도 끌려가지 않아요."

소란하게 군 것을 한 번 더 사과하고 기타이치는 4첩 반짜리 방을 나왔다. 하지만 미련이 남아서 근방을 어슬렁거리며 문고가게 사람이 보이면 인사와 위로를 건네고 대화를 나누었다. 오소메가 걱정이라고 솔직하게 말하자 기타이치의 심정에 공감해주는 사람도 있었지만, 기타이치가 무슨 말을 해도 노골적으로 싫어하며 내빼는 사람도 있었다. 그중 몇 명은 나라하치를 보았다고 했지만 위협을 당하거나 욕을 먹지는 않은 듯했다.

기타이치가 가장 알고 싶은 것, 빗방울처럼 작은 정보라도 좋으니 듣고 싶은 것은 사흘 전에 문고가게를 쫓겨난 오소메가 어디로 갔는가, 그리고 지금 어디에 있는가였다. 짚이는 곳은 없는가. 누가 오소메를 숨겨준 것은 아닌가.

만에 하나 오소메가 가게 돈을 훔쳤다면, 그렇게 할 수밖에 없는 절박한 이유가 있었으리라. 그런 속사정을 알고 있는 사람은 없을까. 추측이라도 좋으니 뭔가 없을까.

올 때보다 훨씬 무거운 걸음으로 기타이치는 후쿠토미야 목재 하치장을 떠났다. 머릿속에나 가슴속에나 흙탕과 상한 기름 같은 것이 빙빙 회오리를 틀고 있어 생각은 조금도 정리되지 않았다.

항상 바쁜 오우미 신베에는 수레와 함께 자취를 감추고 없었다. 도미오카초 경단가게 점원도 보이지 않았다. 내내 모습이 보이지 않는 도미칸은 무엇을 하고 있을까. 여전히 화재 뒤처리로 경황이 없는 걸까 아니면 문고가게의 앞날을 위해 바삐 뛰어다니고 있을까. 반야에 끌려간 오타마는 어떻게 하고 있을까. 가서 상황을 살펴보는 게 좋을까? 주제 넘는 짓을 하다가 더 눈밖에 나지나 않을까.

──내가 해야 할 일이 있을 텐데.

머리가 돌아가질 않는다. 망자처럼 터벅터벅 걷다 보니 후유키초 마님 집에 와 있었다. 뒤뜰 산울타리를 따라 걸으니 댓개비를 엮어 만든 울타리와 출입문이──,

기타이치는 걸음을 멈췄다.

누군지 손님이 와 있었다.

누구지? 바둑판무늬 기모노 자락을 걷어 올려 허리띠에 지르고 남색 시루시반텐을 입었다. 등에는 커다란 동그라미 속에 정丁자가 들어가 있는 무늬가 염색되어 있다. 이쪽으로 등을 보이고 서 있다. 키는 그리 크지 않지만 어깨가 두툼하고 체격이 좋은 남자이다. 모모히키를 입은 다리도 튼실하다. 방금 옆얼굴이 슬쩍 보였다. 살쩍과 턱수염을 면도한 자국이 진하다.

허리 높이 출입문을 사이에 두고 남자와 마주 선 사람은 다름 아닌 오미쓰였다.

무슨 이야기를 하는지 볼이 발갛게 물들어서.

6

남자의 이름은 쇼키치로松吉郎라고 했다. 청과도매상 지배인으로 일하고 있으며, 운수가 꽤 좋아 보이는 한자 이름은 사환에서 점원으로 승진할 때 주인이 지어준 것이라고 한다.

가까이 마주하고 보니 한층 늠름한 사내였다. 살집이 좋을 뿐 아니라 골격도 굵다. 아마 힘도 장사겠지. 채소나 과일을 다루는 가게이니 약골은 감당할 수 없겠지.

오미쓰를 사이에 두고 출입문 앞에서 남자와 이야기를 나누었다.

"마님은 잠시 누워서 쉬고 계셔. 아무래도 간밤에 잘 못 주무셨으니……."

물론 마님은 낙담하여 기분이 가라앉았을 것이다. 충분히 쉴 필요가 있다. 기타이치는 그런 심정도 헤아리지 못하고, 밖에서 얻어맞은 꼬마가 징징 짜며 엄마에게 돌아오듯이 마님을 만나러 온 것이다. 그런 자신이 부끄러웠다. 한심하구나.

한편 쇼키치로 역시 (이유는 전혀 다르지만) 부끄러운 표정으로,

"이거 죄송합니다. 이렇게 얼렁뚱땅 인사드릴 생각이 아니었는데."

커다란 덩치를 조아리며 아마 띠 동갑쯤 될 것 같은 기타이치

앞에서 머리를 긁적였다. 미안해한다기보다 겸연쩍어하는 것 같은데, 살짝 식은땀까지 흘린다.

"마님께는 따로 날짜를 잡아 옷도 제대로 차려입고 인사드릴 생각입니다."

쇼키치로, 이거 괜찮은 남자 같은걸. 이런 일에서는 의외로 첫인상이 중요하다.

덕분에 기타이치는 가슴 한구석이 조금 밝아져 위안을 받았다.

"마님한테나 제대로 인사드리면 되지 저야 이렇게 서서 얘기해도 상관없습니다."

부끄러워하는 오미쓰의 얼굴을 보니 기타이치도 쑥스러운 기분이 들었다.

"실은 오미쓰 씨한테 좋은 분이 생긴 거 아닌가 생각한 적이 몇 번 있었어요."

"어머, 정말? 기타 씨가 눈치 챌 정도로 내가 들떠 있었나?"

오미쓰는 양손으로 제 볼을 감쌌다. 소매로 들여다보이는 팔뚝이 포동포동하니 요염하다. 말도 안 돼——라고는 역시 말 못하네. 기타이치는 맹세코 오미쓰를 나쁘게 생각한 적은 없지만, 기타이치의 말투 하나만 삐끗해도 그렇게 들릴 수 있다.

"그런데, 어제 화재로 기타이치 씨도 하마터면 큰일날 뻔했다고 하더군요?"

쇼키치로는 얼굴도 크고 눈썹과 이목구비가 두루 큼지막하다. 그래서 표정도 크다.

오미쓰도 진지한 눈빛으로 말했다. "도미칸 나가야의 오히데 씨한테 들었어. 어느 친절한 사람이 나타나 기타 씨를 구조하고 나가야까지 업어다주었다고. 기타 씨 온몸이 그을음투성이였고 얼굴은 창백한데 입술은 보랏빛이었다고."

"그건 잠깐이라도 숨을 못 쉬었기 때문일 겁니다." 쇼키치로가 말했다.

"화재 연기는 눈에 보이는 새카만 연기만이 아니거든요. 눈에 잘 띄지 않는 연기라도 치명적일 수 있습니다."

호오, 이 사람은 어떻게 그런 걸 다 알지? 기타이치의 의문을 눈치 챘는지 혹은 이런 대화에 익숙한지 쇼키치로는 오른쪽 소매를 가볍게 걷어부치고 어깨를 보여주었다.

기타이치는 숨을 삼켰다. 화상 흉터다. 족히 어른 손바닥만 하다.

"이게 등까지 이어져 있죠." 쇼키치로의 말투가 정중해졌다. "전혀 자랑할 일은 아닙니다. 아마 기타이치 씨 나이쯤 되었을 때였을 겁니다. 한창 우쭐거리던 시절이라 세상 무서운 게 없었죠."

아차 하는 순간 불길에 휩싸여 죽을 뻔했다고 한다.

"그래서 소방대에 끼지 못하고 우리 가게 주인 밑으로 들어간 겁니다."

소방대 사다리에서 굴러 떨어진 남자라니. 오미쓰도 흔치 않은 남자를 만났구나.

오미쓰는 "요즘 쇼 씨는 가게 일에 전념하고 있어"라며 사랑하는 사내의 옆얼굴을 올려다보았다.

에도 시중에는 채소와 과일을 거래하는 청과시장이 여러 군데 있다. 제일 큰 곳은 간다타초나 스다초를 중심으로 청과도매상이 모여 있는 곳이다. 쇼키치로가 일하는 '미와초'도 그곳에 있는데,

"쇼 씨는 올 초부터 미와초에서 혼조 하나마치에 새로 낸 분점을 책임지게 돼서……."

그 분점에서는 소매도 하고 있어서 오미쓰를 만나게 된 거라고 했다.

"마님이 과일을 좋아하셔서, 기왕이면 향기 좋은 고급품을 드시게 하려고 내가 종종 분점에 갔었거든."

참고로 미와초三輪丁라는 옥호는 이 가게 점원이 물건을 나를 때 쓰는 일륜 수레를 더 크고 튼튼하게 만든 듯한 삼륜 수레에서 유래했다. '초丁'자는 점술사에게 길흉을 물어서 음과 획수를 맞추는 것이 좋겠다고 권유하여 붙였다고.

'초丁' 음이 붙는 옥호라면 얼마 전 기타이치에게 끔찍한 기억을 심어준 곳이 있다 기타기타 시리즈 2권 『아기를 부르는 그림』에는 '소메초'의 식솔 여섯 명이 독극물에 살해되는 일화가 나온다. 쇼키치로가 좋은 사내이고 미와초가 좋은 일터라면 그 끔찍한 기억을 상쇄시켜서 없애주겠지. 초가초케시'초가 초를 지우다'라는 말로 들린다. 제법 멋진 싯구 같지 않은가.

"그래서 요즘 복숭아나 배처럼 흠집이 잘 나는 과일을 천에 싼 다음 문고에 담아서 팔면 어떠냐 하는 이야기도 하고 있었어."

"물론 그 문고에는 저희 가게의 삼륜 수레 그림을 넣고, 뭣하면

그럴 듯한 문장도 적어 넣고 그 문장을 외치며 행상을 하거나 배달하는 것은 어떨까 하고 말이죠."

장사 이야기를 해도 두 사람의 말과 호흡에서 애정의 냄새가 폴폴 난다. 살짝 취할 것 같은 기분이 들 정도다.

"그거 흥미로운 생각이군요. 제 문고가 도움이 될 수 있다면 그보다 기쁜 일도 없겠죠. 그 얘기도 따로 날짜를 잡아서 저희와 상의해주시면 고맙겠습니다."

기타이치는 정중하게 고개를 숙이고 물러나기로 했다. 산울타리 모퉁이를 돌 때 어깨 너머로 얼핏 본 오미쓰의 몸에는 행복의 후광이 서려 있었다.

세상이 전부 불타버린 것은 아니다. 자신도 마음을 다잡아야겠다고 기타이치는 다짐했다.

그날 밤 기타이치는 나가야 근처 밥집에 주문한 도시락을 들고 오기바시 조메이탕으로 갔다.

기타지도 허기를 느끼는 참이겠지. 야식으로 도시락을 가져다주면 무엇보다 환영받는 인사가 될 것이다. 저렴한 밥집의 도시락이긴 하지만 맛은 정평이 난 곳이고, 아껴두었던 저금을 헐어서 삶은 계란까지 곁들인 호사스러운 도시락이다. 물론 기타지만이 아니라 기타이치 몫까지 2인분이다.

밤의 장막이 내려오자 조메이탕 뒤쪽 가마실에서는 온갖 쓰레기와 불쏘시개더미가 어둠 속에 가라앉아 있고, 활활 타는 아궁이 안에서만 눈부신 붉은빛이 소용돌이를 틀고 있었다.

오늘 밤도 기타지는 마치 주술로 생명을 얻은 허수아비 같은 모습으로 붉은 가마 불을 등지고 수척한 그림자가 되어 어깨를 돌리고 허리를 틀고 다리를 구부렸다 폈다 하고 있었다. 그 동작이 매우 재미있어서——나는 다리가 저렇게까지 시원하게 벌어지지 않는다——저도 모르게 가만히 지켜보고 말았다.

이러다 도시락이 다 식을라.

"얌전히 있으면 원래대로 허수아비로 돌아가기라도 하냐?"라고 말을 건넸다.

기타지는 고개를 살짝 갸우뚱하며 "먹는 거냐?"라고 물었다. 기타이치가 들고 있는 도시락을 말하는 것이다. 눈도 밝지.

가마 옆에 앉아 있자 2층 객실이나 욕탕 쪽에서 종종 손님들 말소리가 들려왔다. 조메이탕에는 남탕밖에 없으며 수상쩍은 자들이 많이 드나든다. 요란한 웃음소리나 시비조로 대화하는 소리가 들려도 일일이 놀랄 필요가 없다.

하지만 오늘 밤은 조용하다. 다만 한 사람이 계속 나가우타를 흥얼거리고 있다. 아니, 욕조에 들어가 흥얼거리는 것인지도 모른다. 무슨 노래인지 알 수 없을 만큼 가락이 엉터리다.

기타지가 도시락을 낚아챘다. 굉장한 기세로 먹어치우는 통에 기타이치는 이 녀석이 얼마나 기뻐하는지 확인할 수 없었다. 그런데 문득 살펴보니 기타이치 몫까지 먹어치운 상태였다.

빨갛게 타는 불길 앞에 사내 두 명이 나란히 앉아 볼품없는 얼굴을 밝히고 있다고 말하고 싶지만, 사실 기타지는 깨끗이 세수만 하면 배우처럼 잘생긴 남자이므로 볼품없는 사람은 기타이치뿐이다.

이 녀석은 왜 이렇게 늘 꾀죄죄하게 지낼까. 대중탕에서 일하니까 영업이 끝난 뒤에 남은 욕조 물을 이용해도 될 텐데. 머리 한쪽으로 그런 생각을 하면서 기타이치는 이웃 세입자들에게 들은 이야기나 오미쓰와 쇼키치로의 연애 이야기, 그리고 쇼키치로에게 '투명하지만 치명적인 연기' 이야기를 들었다고 했다.

"너는 뭐든지 잘 아니까 어제도 내가 죽을 위기란 걸 알고 구해주러 달려왔겠지. 고맙다."

기타이치가 이야기하는데 기타지가 장작과 폐지를 아궁이에 던져 넣는 바람에 어렵게 꺼낸 인사가 끊기고 말았다.

"──그렇게 무모하게 달려가다니."

가마 불을 바라보며 기타지가 말했다.

"그 불난 집에서 가지고 나오고 싶은 거라도 있었나?"

기타이치도 이제 기타지의 말투에 익숙해져서 지금 말은 자기에게 하는 질문임을 알았다. 모르는 사람이 들으면 기타지가 밋밋하게 혼잣말을 한다고 생각했을 것이다.

"센키치 대장의 유품이라든가."

기타이치는 전혀 그런 생각이 없었다. 다만 대장의 문고가게가 있는 방향에서 검은 연기가 솟는 것을 보자 정신없이 달려가는 것 말고는 아무 생각도 들지 않았다. 정말 그뿐이었다.

"이제는 네 대장의 가게가 아냐. 너를 벌레 보듯 하는 선배 부부의 가게인데 왜 그렇게 연연하는 거야."

기타지가 담담하게 물었다. 만사쿠·오타마와의 갈등을 대놓고 지적당하자 얼굴이 가마처럼 뜨거워졌다. 내가 평소 녀석에게 쓸데없이 불평불만을 하고 있었구나.

"불난 데로 달려가는 데 무슨 이유가 필요해. 계산 같은 거 하지 말고 일단 달려가 봐야지."

하지만 어린애 같은 행동이었고 이웃들에게 걱정을 끼치고 말았다. 앞으로는 달려가기 전에 제대로 판단하자. 기타이치는 마음에 새겼다.

"나가야 이웃들이 너를 궁금해하더라. 나를 살린 은인이라고."

기타지는 뼈가 불거진 어깨를 으쓱할 뿐 아무 말이 없다.

"옆방 오시카 씨한테는 고개 숙여 인사까지 해주었다며? 모두 좋은 사람들이야. 고맙다."

띄엄띄엄 내내 들리던 흥얼거리는 노랫소리가 그제야 그쳤다. 흥얼거리던 사람이 욕조를 나갔거나 온탕에 맥이 풀려 누워 버린 모양이다.

조용해지자 기타이치의 말수도 늘었다. 가마 불길이 내뿜는 열기에 마음이 조금 풀어져버렸는지도 모른다. 가슴이 편해지고 혀가 가벼워졌다.

"좋은 사람이라고 말하고 보니 오소메 씨 생각이 나네. 나한텐 좋기만 한 분이었어."

또 불만을 늘어놓는다. 볼썽사납다. 그걸 알면서도 어제 화재 전후에 겪은 일들을 자세히 이야기하고 만다. 나라하치와 만사쿠를 만났을 때 이 얄팍한 가슴속에 고개를 쳐들었던 분노나 연민의 잔물결까지, 두서없는 서툰 이야기로 다 게워내듯 이야기했다.

기타이치의 이야기가 끝나도 기타지는 말이 없었다. 문득 살펴보니 가마 속 불길이 약해져 있다. 목욕탕 문 닫을 시간이 다 된 것이다.

──나도 그만 돌아가야겠다.

기타이치가 일어서자,

"너를 잘 대해준 사람을 나쁘게 말하고 싶지는 않지만."

이쪽으로 눈길도 돌리지 않은 채 기타지는 말했다.

"그렇게 확실한 목격자가 있다면 오소메 씨는 방화죄를 피할 수 없어."

"……음."

직설적인 말을 들으니 그 내용이 기타이치에게 실감으로 다가왔다. 방화라는 대죄는 화형 처벌이 정해져 있다.

"이대로 발견되거나 잡히지 않기만을 기도해줘. 너 하나쯤 속으로 편들어준다고 무슨 뒤탈이 있겠냐."

기타이치는 더는 아무 말도 하지 않고 고개를 크게 끄덕였다.

기타지도 구깃구깃한 바지의 무르팍에서 재를 털며 일어서더니 기타이치에게 살랑살랑 손짓을 한다. 이리 귀를 대봐, 라는 뜻이다.

기타이치가 시키는 대로 귀를 가까이 대자 기타지는 욕탕에 있는 손님을 경계하듯 속삭였다.

"간밤에 여기 2층에서 이상한 얘기를 하는 놈이 있었어."

원래 대중탕 2층이란 남자들이 술, 여자, 노름을 값싸게 즐기는 곳이다. 후카가와라는 매립지에서도 변두리에 있는 허름한 대중탕 조메이탕은 하룻밤의 즐거움을 찾아서 무뢰한, 야쿠자, 노름꾼, 절도꾼 등 뒤가 켕기는 자들이 모여든다. 그런 곳이 아니면 주워들을 수 없는 솔깃한 이야기도 있으므로 센키치 대장은 이곳을 관리하는 노인들에게 때마다 인사를 거르지 않았다──라는 사실을 기타이치도 기타지와 만나고 나서야 알았다.

"가마 불을 재에 묻어두고 쓰레기를 치우러 2층 객실로 올라가는데 장지 너머에서 수군거리는 소리가 들리더라고."

기타이치도 소리죽여 물었다. "이상한 얘기라는 게 뭔데?"

"화재가 어쨌다는 둥 자기가 노리는 물건이 있다는 둥 짐은 밑에 깔린 것부터 뒤지는 거라는 둥."

오가는 목소리로 보건대 세 명이었으며 제일 젊고 말이 많은 목소리는 우두머리 같았고, 나머지 두 명은 맞장구를 치거나 질문을 했다고 한다.

"그 화재는 후카가와 모토마치의 화재를 가리키는 것 같아."

"……흠, 그렇겠지."

"화재 진압이 이미 끝났는데 한밤에 그런 얘기를 숙덕거린다면 불난 현장을 털려는 좀도둑은 아니겠지. 하지만 낌새가 이상해서 귀를 바짝 세우고 듣는데,"

그때 마침 아래층에서 노파가 기타지를 부르는 바람에 객실 남자들에게 들키기 전에 재빨리 자리를 떴다고 한다.

"다만 화재 이틀째 되는 날 밤에 여기서 다시 모이자고 우두머리 사내가 하는 말은 분명히 들었어."

그렇다면 내일 밤이다.

"낮에 땔감 모으러 돌아다니는 김에 너한테 알려주려고 여기저기 들러보았지만 만날 수 없었어."

오늘 밤 가마 일이 끝나면 기타이치를 만나러 가려고 생각하던 참이었다고 한다.

"네가 제 발로 와주어서 수고를 덜었지."

기타지가 몸소 찾아오는 방식은 매우 별나다. 소리 없이 부엌 환기구에서 거꾸로 매달려 얼굴을 쓱 들이밀곤 하므로, 맞이하는 쪽은 수명이 줄어드는 기분이다. 수고를 덜었다니 다행이군.

"얘기 잘해줬다. 내일 다시 와볼게."

세 남자가 무슨 음모를 꾸미고 있는지 알아내고 싶었다.

"가설주택에서 뭐 도둑맞은 물건은 없는지 내일 가서 알아봐야겠군."

가마 불이 꺼지자 주위는 캄캄한 어둠에 싸였다. 기타이치는 데운 몸이 식기 전에 도미칸 나가야로 돌아갔다.

이튿날 아침.

잠자리에서 막 일어난 기타이치에게 역시 발품을 아껴주려는 듯이 흉흉한 소식이 제 발로 찾아왔다.

"사쿠스케 씨와 오미요 씨가 기리모치_{에도 시대 1냥짜리 금화 25닢, 혹은 이와 동일한 가치가 있는 은화 100닢을 종이로 견고하게 포장하고 봉인을 찍은 것을 뜻하는 은어. 본래 뜻은 네모나게 썬 떡을 뜻한다. 종이 포장과 봉인은 그 속에 든 금화의 신뢰성을 보장하는 것이므로 함부로 뜯지 않고 그대로 이용되었다. 워낙 고액이라 개인 간 거래보다는 막부 상납금이나 공무용 거래에 사용되었다} 두 개를 숨겨둔 배두렁이를 도둑맞았대!"

사쿠스케와 오미요는 후카가와 모토마치의 문고가게 근처에 살던 부부이며, 사쿠스케는 판목장이, 오미요는 남편의 작업을 도우며 이런저런 부업을 해서 살아가고 있다. 나이는 두 사람 모두 사십대 정도.

센키치 대장의 문고가게에서는 해마다 여름이 다가오면 오미요가 찾아와 온 집안의 모기장을 수선해주는 것이 관례다. 식솔이 많아 모기장도 많이 사용하는데, 철이 아닐 때는 아무래도 방치하게 마련이므로 막상 필요한 철이 되어서 모기장을 펼쳐보면 여기저기 좀이나 쥐가 쏠아놓은 곳이 드물지 않다. 오미요는 매년 창고에 쌓아두는 먼지투성이 모기장을 꺼내 한 장씩 꼼꼼하게 펼쳐서 살펴보고 필요하면 꿰매고 수선해 주었다. 센키치 대장은 오미요에게 삯을 넉넉하게 주었고, 만난 김에 최근 화제를 모으는 우키요에 장식이나 유행하는 무늬에 대하여 이야기하며 가까이 지냈었다.

오늘 아침 일찍 가설주택 사람들을 위해 물을 길어주려고 갔다가 기리모치 도난 소식을 들었다는 오킨은,

"아니, 판목장이가 돈을 잘 버나? 그런 일은 우키요에 빠진 사람이 제 흥에 겨워서 하는 일이니까 굶지나 않으면 다행일 거라고 생각했는데. 그렇게 잘 번다니 얘기가 전혀 다르잖아!"

전체적으로 기울고 낡아빠진 나가야가 흔들릴 것 같은 목소리로 호들갑을 떨었다.

"얘기가 다르다니, 오킨 짱, 어디 판목장이가 추파라도 던진 거야?"

오히데가 냄비 옆에서 국자를 든 채 물었다. 세입자들은 풍로를 교대로 사용하는데, 오늘 아침은 오히데가 토란 된장국을 끓이고 있었다. 어제 매상이 좋았다는 다쓰키치가 무와 토란을 한 아름 안고 돌아왔기 때문이다. 도미칸 나가야의 세입자들은 서로 도와 식사 준비를 하고 음식을 나눠 먹는다.

"네? 그런 건 아니고요."

화재로 집을 잃은 이웃을 위해 추운 날씨에도 물을 길어주러 갈 만큼 오킨은 마음씨가 곧은 처자이다. 뛰어난 미모는 아니지만 못난 얼굴에도 애교가 있다. 그런데도 좋은 혼처를 잡지 못하고 있었다. 동생 다이치의 말을 빌리면 '바닷가 전복만 줍고 있다조개류가 두 장의 껍데기를 가지지만 전복은 하나뿐이므로 흔히 '짝사랑'을 뜻한다.' 연심을 품어도 결실이 없는 것이다. 본인도 속상해하고 있겠지.

"그런데 오히데 씨와 오시카 씨도 알고 있었어요? 판목장이의

벌이가 좋다는 거?"

기리모치 하나는 25냥이다. 3냥이면 한 해를 놀고먹을 수 있다고 하는데, 쌀값이 뛰고 있는 요즘은 반년을 놀고먹을 수 있으면 감지덕지일 것이다.

그래도 거액이 틀림없으니, 간밤에 가마실에서 나눈 이야기와는 달라도 도둑맞았다는 말을 들었으니 그냥 둘 수 없다. 기타이치는 나가야 이웃들의 시끌시끌한 이야기를 뒤로 하고 목재하치장 가설주택으로 달려갔다.

7

제일 먼저 도착한 줄 알았는데 목재하치장에는 이미 나라하치가 가설주택 주민들을 모아 놓은 채 고압적으로 윽박지르고 있었다. 거칠게 소리치며 발로 모래를 찼다. 그 모래가 날아가는 곳에 한 노인이 낡은 옷을 둘둘 뭉쳐 놓은 것처럼 보이는 뭉치를 꼭 껴안고 엎드려 고개를 조아리고 있었다.

"무슨 일로 이러세요, 형님."

기타이치가 나라하치 앞으로 가서 노인을 감쌌다. 나라하치는 얼굴이 뻘겋고 이마에 힘줄이 돋은 상태다.

"이 빌어먹을 늙은이가 기리모치를 훔쳐놓고 내놓질 않아!"

나라하치는 침방울을 튀기며 새된 목소리로 소리쳤다. 이렇게 험악한 와중에도,

──소리를 지르니 목소리가 깽깽거리는구나. 남자가 영 볼품없네.

하는 생각이 기타이치의 뇌리를 스치고 사라졌다. 지금 이런 생각을 하고 있을 때가 아니지. 훨씬 중요한 일이 있다.

"사쿠스케 씨와 오미요 씨가 도둑맞았다는 기리모치 50냥 말입니까?"

"그거 말고 또 뭐가 있겠냐." 나라하치가 으르렁거렸다. "빌어먹을 영감태기, 보나마나 저 넝마 같은 옷 속에 숨겼을 거다!"

기타이치는 노인이 겁을 먹지 않도록 천천히 몸을 틀어 말했다.

"영감님, 저는 붉은 술 문고 팔러 다니는 기타이치라고 합니다. 어디 다친 데는 없는지 걱정되니까 고개 좀 들어주시겠어요?"

뼈마디 불거진 몸을 웅크린 채 머리를 감싸고 있던 노인이 조심스레 기타이치를 올려다보았다.

"기, 기타 씨."

얼굴을 보니 대장의 문고가게 근처에서 야간 소바 노점을 하는 노인이었다.

"나, 나는 돈 훔치지 않았어."

눈물 글썽이는 눈으로 말하는 노인에게 기타이치는 싱긋 웃으며 고개를 끄덕였다. "물론 영감님이 도둑질 따위를 할 분이 아니라는 건 제가 잘 알죠."

손을 내밀어 일으켜주었다. 노인은 수척한 양팔로 여전히 낡은 옷 뭉치를 껴안고 있다.

"그거, 중요한 건가요?"

기타이치는 노인을 부축해주고 자리에 앉아 나라하치의 얼굴을 올려다보았다.

"형님은 이 옷 뭉치 속에 도난당한 돈이 숨겨져 있다고 생각하시는군요."

"음, 그렇다." 대답하는 나라하치는 여전히 콧김이 거칠다.

"그럼 이걸 풀어봐서 기리모치가 나오지 않으면 영감님에 대한 의심은 거두어도 좋겠군요?"

나라하치가 콧방울을 부풀린 채 조금 움찔했다. 그렇게 고함을 지를 만큼 확신한다면 왜 저렇게 주춤할까.

"그렇죠?"

목소리에 힘을 주며 확인하자 나라하치는 고개를 홱 돌리고 정말로 침을 탁 뱉었다.

"잔말 말고 풀기나 해! 팔푼이 고아자식아."

기타이치는 야간 소바 노점 노인을 향해 돌아 앉아 무릎을 꿇은 채 고개를 숙였다.

"보시다시피 사정이 이렇습니다, 영감님. 영감님께 귀중한 물건인 것 같은데, 영감님이 도둑이 아니란 걸 보여줘야 하지 않겠습니까. 그 옷뭉치 좀 풀어서 보여주시겠어요?"

노인은 기타이치와 마찬가지로 자세를 고쳐 앉고 망설이는 기색 없이 떨리는 손가락으로 옷 뭉치를 풀었다. 그것이 무엇인지 기타이치는 금방 알 수 있었다. 어느새 주위에 모여든 구경꾼들도 능히 짐작할 수 있는 물건이었다.

삼잎 무늬가 있는 색 바랜 갓난아기 포대기였다. 얼마나 많이 빨아가며 사용했는지 이제는 흐늘흐늘해진 누런 얼룩이 밴 기저귀가 몇 장. 어른이 입던 유카타를 해체해서 만든 기저귀인지 나팔꽃무늬나 금붕어 무늬가 희미하게──정말 실눈을 뜨고 살펴보지 않으면 알아보기 힘들 만큼 희미하게 남아 있었다.

포대기와 기저귀로 둘둘 싸놓은 것은 네 귀퉁이를 맞춰 포개

놓은 손바닥만 한 낡은 종이봉투 두 개였다.

"우, 우리, 마누라 머리카락과."

노인은 입술을 바르르 떨며 말했다.

"우리 딸내미, 탯줄이오."

순간 주위를 둘러싼 구경꾼들이 흔들리고 이런저런 목소리가 나왔다. 이 아저씨 부인이 예전에 아기를 낳다가 세상을 떴다오. 아저씨가 동냥젖으로 아기를 키웠지. 곱게 키운 딸내미를 어느 양갓집에 양녀로 들여보내고 아저씨는 지금까지 홀아비로 살아왔소. 부인과 딸 기억을 가슴에 간직하고 야간 소바 노점을 하며 40년 가까이 살아왔는데——.

"시끄러! 떠들지 마라!"

나라하치는 주먹을 흔들며 사람들을 겁박했다. 하지만 노인을 지키려는 것처럼 모여든 사람들은 조금 전처럼 주뼛거리지 않았다.

"이봐, 나라하치 씨, 영감님한테 사과하시게."

"암, 그래야지."

"제대로 알아보지도 않고 다짜고짜 도둑으로 몰아세우다니."

"자네, 이렇게 행동하고도 센키치 대장한테 미안하지도 않나?"

마지막 한 마디가 가장 뼈아팠는지 나라하치 얼굴에서 핏기가 가셨다.

"······이놈을 그냥."

비난하는 젊은 남자를 향해서 나라하치가 미친개처럼 달려들었다.

 나라하치가 움직이는 순간 기타이치가 재빨리 다리를 내밀었다. 나라하치가 발이 제대로 걸려 으악, 하며 고꾸라졌다. 그의 격렬한 기세와 기타이치가 딴죽 거는 호흡이 순간적으로 딱 맞아서 나라하치는 공중제비를 돌려다가 어중간한 각도에서 속도를 잃고 땅바닥에 어깨부터 떨어지며 턱을 호되게 찧고 뻗어버렸다.

 "꼴좋네."

 방금 그를 비난한 젊은 남자를 비롯해 구경꾼들이 "여기는 우리한테 맡기고 얼른 피하게"라고 말해주어서 기타이치는 그곳을 떠나 사쿠스케와 오미요를 만나러 갔다.

 판목장이 부부는 가설주택의 작은 방을 정리하는 (혹은 다시 샅샅이 뒤져보는) 중이었는데 기타이치 얼굴을 보자 나란히 앉아 사과했다.

 "정말 미안하네. 우리가 물건을 간수하지 못한 탓에 기타 씨만 고생시키게 생겼어."

 "정말 미안합니다. 소란을 일으킬 생각은 없었는데."

 천만에. 소중하게 간직해 온 금화를 잃었는데 가만히 있을 사람이 어디 있나.

 사쿠스케가 홀쭉해진 얼굴로 물었다. "기타 씨, 나라하치 씨는 만나봤는가?"

 "네." 길게 대답하지 않고 어깨만 살짝 으쓱했다. "눈을 부릅뜨고 도둑을 찾던데, 아침 일찍 왔나 봐요?"

"아침 일찍 달려와서는⋯⋯."

이곳 공동 취사장에서 아침밥을 해결하려던 모양인데. 참고로 오늘 아침은 무를 듬뿍 넣은 된장죽이었단다. 맛있겠다.

"우리 부부도 각자 아침밥을 얻어먹고 오미요는 빨래와 청소를 도우러 가고."

사쿠스케는 가설주택에 남아 일하러 나갈 준비를 했다. 선배 판목장이가 일거리를 주어서 당분간 그 선배 집에 가서 일당을 받고 일하기로 했단다.

"내가 일하러 나가면 오미요가 돌아올 때까지 집을 비워 둬야 하는데, 귀하게 간직해온 기리모치는 어떻게 하나 고민하다가."

사쿠스케는 몹시 부끄러운 표정으로 말했다.

"내가 들고 일하러 가기도 불안하고 집 안에 두는 것은 위험하고."

그 부끄러워하는 모습에 기타이치는 센키치 대장의 가르침을 떠올렸다.

──남자든 여자든 성실하고 정직한 사람일수록 돈 얘기를 부끄러워하지. 특별히 켕기는 구석이 있어서가 아니다. 애초에 돈 얘기 자체를 어려워하는 것이지. 그러니 그런 모습을 보고 오해하면 안 된다.

일단 사쿠스케는 대피할 때 들고 나온 얄팍한 고리짝에 손을 넣고 기리모치 두 개를 더듬어보려고 했다. 당연히 그 속에 있다고 믿고서.

"부끄러운 얘기지만, 대피한 뒤로 지금까지 하루에도 몇 번씩 기리모치가 잘 있는지 확인했네. 이게 있으니까 괜찮다, 이것만 있으면 걱정 없다면서."

"저도 그랬어요" 하며 모기 우는 소리로 오미요가 말했다.

기타이치는 말했다. "당연히 그러셨겠죠. 저라도 손가락에 못이 박이도록 기리모치를 만지작거렸을 겁니다. 측간에 갈 때도 배두렁이에 넣어서 가져갔을 테고."

"──그러다 똥통에 빠뜨리면 어쩌려고."

밖에서 목소리가 들리더니 급조한 판자문이 달캉거리며 열리고 도미칸이 들어왔다. "기타 씨, 나라하치는 방금 깨어나서 돌아갔네."

"깨어났다뇨?" 사쿠스케와 오미요가 입을 모아 물었다. 도미칸은 환하게 웃으며 말했다.

"기타 씨가 아주 제때에 딴죽을 걸었다고 하더군. 그래도 손을 쓴 것은 아니니까 선배한테 무례하게 군 건 아니잖아? 나라하치도 그렇게 기절해버린 게 창피해서 누구한테 얘기도 못할걸."

기타이치는 웃음을 참고 송구스러운 듯 목을 움츠려 보였다. 도미칸은 옆에 있는 발판에 가볍게 앉아, "그런데, 기리모치가 사라진 것은 그때 처음 알아챈 거지?" 하고 물었다.

사쿠스케와 오미요는 얼굴을 마주보았다.

"처음 알아차린 건 그때지만……."

잃어버린 것이 그때였는지는 알 수 없다.

"자고 있을 때 잃어버렸는지도 모르고."

가설주택 생활이 자리를 잡으려면 이것저것 해야 할 일이 많다. 방 안에 기리모치가 있다는 사실을 깜빡 잊고 부부가 모두 잠깐 집을 비운 적도 있었다.

"기리모치가 정말 없어졌는지 믿기지가 않아서 방 안을 기어다니며 찾아보고, 대피할 때 들고 나온 물건들도 전부 풀어서 뒤져보았습니다."

그때 오미요가 볼일을 마치고 돌아와서, 이번에는 부부가 함께 가설주택 내부와 들고 나온 물건들을 다시 뒤져보았다.

"그래도 기리모치는 보이지 않았습니다."

기리모치는 그것을 넣어둔 사쿠스케의 배두렁이와 함께 가미카쿠시를 당한 것처럼 자취를 감추고 말았다. 부부가 우왕좌왕하다가 마침내 유령처럼 사색이 되자 주위에서도 이변을 눈치 챘다. 그 이야기가 금세 퍼져서 기타이치의 귀에까지 날아든 것인데,

"아침밥을 먹고 화덕 옆에 앉아 있던 나라하치 씨가."

──뭐야? 도둑을 맞았다고?

"그렇다면 내가 범인을 잡겠다면서 가설주택의 이 방 저 방에 쳐들어가 수색하기 시작한 겁니다."

한데 그 행동이 난폭하기 짝이 없었다.

"가설주택에 있는 이웃끼리 서로 짐을 뒤져보라고 시키더군요. 말을 듣지 않으면 그자가 도둑이니까 반야로 끌고 가겠다고 무서

운 얼굴로 윽박질렀죠."

나라하치는 오캇피키도 아니면서 걸핏하면 큰소리로 반야를 들먹이고 화덕에서 쓰는 대통을 휘두르며 그곳에 있던 사람들을 노려보았다고 한다.

평상시라면 그런 난폭한 언동은 통하지 않는다. 하지만 지금 이곳에 있는 사람들은 화재로 집과 생계 터전을 잃은 처지이다. 같은 처지에 있는 부부가 어렵게 들고 나온 소중한 목돈을 도둑맞았다고 하니 '우리 집은 괜찮나?' 하며 낯이 파래지는 것도 무리는 아니다. 결과적으로 나라하치가 시키는 대로 따르고 말았다.

"간신히 들고 나온 물건이 보이지 않는다고 말하는 사람이 여러 명 있었습니다."

현재까지 알려진 바로는 기리모치 같은 목돈은 아니고 옷이나 방물, 머리빗, 비녀 같은 것들이다.

"사실 그런 자잘한 물건은 정말로 도둑을 맞은 건지 어떤지 확실하지가 않아요. 어제 대피할 때 분명히 들고 나왔다고 생각하지만, 아무래도 너무 당황해 있던 터라 정말로 들고 나왔는지 어떤지 헷갈리죠. 확실하게 확인한 것도 아니고."

정말 그렇겠다고 기타이치는 생각했다. 지금 여기 있는 물건은 눈과 손으로 '있다'는 것을 확인할 수 있다. 하지만 여기 없는 물건이라면 '어제도 없었던 거 아냐?' '언제부터 없었던 거지?'라고 물었을 때 즉시 명쾌하게 대답할 수 있을 만큼 사람의 마음이 정확하게 만들어진 건 아니다.

더구나 이번 사건에서는 깜빡 착각해서 말해버렸다가는 누군가 반야에 끌려갈지 모른다. 역으로 누군가가 깜빡 착각했을 뿐인데도 자신이나 가족이 반야에 끌려가게 될지 모른다. 나중에 '제 착각이었습니다'라는 말로 수습될 일이 아니다.

화재 직후부터 문고가게 안주인 오타마의 신병이 반야에 구류되어 있다는 사실도 모두의 마음을 오그라들게 했을 것이다. 그러고 보니 만사쿠도 점원들이 이곳 생활에 익숙해지는 대로 스스로 반야에 가겠다고 했었다.

"도미칸 씨, 오늘 아침 만사쿠 씨는 만나보셨어요?"

도미칸도 기타이치가 오타마를 떠올리는 것을 눈치 챈 듯하다.

"안심하게. 가설주택에서 쉬고 있으니까."

듣고 보니 도미칸은 오늘 중으로 오타마의 신병을 넘겨받아 오겠다, 만사쿠는 굳이 출두하지 않아도 된다, 사와이 나리의 조사가 끝났으니 이제 얌전히 결과를 기다리면 된다──라는 전언을 가지고 왔다고 했다. 그런 소식이라면 더 빨리 말해주었어야죠.

"아아, 다행이다."

방바닥에 깔린 거적에 앉아 있던 기타이치는 갑자기 안도한 나머지 맥이 탁 풀렸다. 도미칸은 그런 기타이치를 바라보며,

"이제 오소메가 발견되지 않고 방화가 아니라 그냥 부주의 탓이었다는 결론이 나면 만만세지."

기타이치도 똑같은 생각이지만 대놓고 할 이야기는 아니다. 도

미칸이라는 사람은 노련한 관리인이긴 하지만, 씩씩한 아이에게 약하고 여자를 밝히고 묘하게 익살기도 있고 다다미나 마루에 앉으면 금세 허리가 아프다고 투덜거리고 소바 삶는 정도나 국물 맛에 까다롭고 말하기 어려운 이야기를 장마철 개구리마냥 개골개골 늘어놓는 등 곤란한 점도 많은 사람이다.

"그러니까 우리는 이 기리모치 건에 머리를 집중할 수 있다는 거지. 그래, 기리모치를 마지막으로 확인한 게 언제였지?"

사쿠스케는 간밤 잠자리에 누워 잠들기 직전에 확인했고, 오미요는 어제 저녁이었던 것 같다고 대답했다.

"화재 전에는 집 안 어디에 숨겨두었었지? 역시 얇은 고리짝에 넣어서 반침이나 창고에 두었나?"

그러자 두 사람 모두 붕붕 소리가 나겠다 싶을 만큼 거세게 고개를 저었다.

"쌀에 묻어두었죠."

더 자세히 말하자면——오미요의 말을 그대로 옮기면 "큼지막한 뼈단지만 한" 뚜껑 있는 독에 쌀이나 잡곡을 넣어 두는데, 그 속에 묻어 두었다고 한다.

"아무도 그런 곳에 큰돈이 들어 있다고 생각하지 않을 테고 무게도 속일 수 있어서 딱 좋았습니다."

그제 화재를 알리는 비상종 소리가 들리고 솟아오르는 연기 색깔과 냄새에,

"이건 빨리 피하지 않으면 죽겠다 싶어서 중요한 물건만 챙겨

서 여러 사람에게 나눠 들게 했습니다. 그때 내가 기리모치 두 개를 낡은 배두렁이에 싸서 이 고리짝에 넣고 뚜껑을 닫아 끈으로 묶어서 들고 나왔습니다."

그 얄팍한 고리짝은 햇볕에 허옇게 바래었고, 만지면 거스러미가 손가락을 따끔따끔 찔렀다.

"기리모치는 그 배두렁이와 함께 잃어버린 거지?"

"네."

"이 고리짝에 그밖에 또 무엇을 넣었는지 좀 봐도 좋을까요?"

기타이치가 묻자 사쿠스케는 조심스레 뚜껑을 열어주었다. 도시락만 한 목판과 그 절반만 한 목판 열 몇 장이 빳빳한 반지에 싸여서 들어 있었다. 그 반지에는 한자나 히라가나가 찢어진 문서 쪽지처럼 적혀——아니, 인쇄되어 있었다. 이쪽저쪽 서로 다른 방향으로 겹쳐져 인쇄되어 있는 것을 보니 시험 인쇄였던 모양이다.

"열 살 때 저를 제자로 받아주신 첫 사부님의 유품입니다."

사쿠스케는 그렇게 말하고 빳빳한 반지를 펴더니 그 위에 목판을 늘어놓았다.

"우키요에 판목이군." 도미칸이 고개를 끄덕인다.

"네. 사부가 저를 위해 파준 견본이죠."

찬찬히 살펴보니 한자는 십간십이지十干十二支, 가부키 배우 이름, 마치 이름, 주점이나 미곡상 옥호 등이고, 히라가나와 가타카나는 '이로하니호헤토'일본어 가나 문자 50음을 중복 없이 모두 넣어서 지은 시', 그리고 견본 서체로 보이는 글자들이 다양하게 새겨져 있었다.

"이이가 지금도 이걸 베갯맡에 두고 요리조리 뜯어보고 있답니다" 하고 오미요가 말했다. 남편의 옆얼굴을 쳐다보는 눈빛이 따뜻하다.

"그래서 대피할 때도 제일 먼저 이걸 챙겨들고……."

소중히 숨겨둔 기리모치 두 개 50냥도 이 안에 넣었다고 한다. 납득이 가는 설명이다.

"판목은 한 장도 빠짐없이 챙겼나요?"

"응. 그건 분명히 확인했지."

매일 들여다보던 것이므로 확실할 터였다.

"돈만 사라졌어. 절도가 틀림없어."

도미칸이 긴 하오리 끈을 만지작거리며 무뚝뚝하게 말했다.

"아무데나 대충 넣어둔 게 아니었군. 이렇게 잘 넣어 두었는데 기리모치만 감쪽같이 사라졌으니 절대로 깜빡하거나 착각한 게 아니지."

누군지 훔쳐간 자가 있다.

"못된 도둑놈 같으니."

입술을 일그러뜨리는 도미칸 앞에서 사쿠스케와 오미요는 어깨를 떨구었다. 이 부부는 만에 하나 자신이 착각한 것은 아닐까, 하며 얼굴이 해쓱해지도록 방 안 구석구석을 기어 다니며 찾았다.

"의심하자고 들면 의심스럽지 않은 사람이 없죠" 하고 기타이치가 말했다. "그제부터 지금까지 이곳 가설주택은 경황이 없었고 사람들이 많이 드나들었으니까요. 나도 그 가운데 하나지만."

설마 기타 씨가——하고 사쿠스케는 말했다. 기타이치는 가볍게 고개를 저었다.

"그 정도로 아무런 편견 없이 살펴봐야 한다는 겁니다. 누구 눈치 볼 필요도 없고요. 사쿠스케 씨나 아주머니나 마음 단단히 다스리시고요. 누구 짚이는 사람은 없습니까?"

"이럴 때는 마음 독하게 먹으라고 하는 거야, 기타 씨."

도미칸이 끼어들어도 사쿠스케와 오미요는 여전히 풀이 죽어 있다. 부부가 서로 눈빛을 살피고 눈을 깜빡이며 눈짓을 나누고는 살살 고개를 저으며 한숨을 흘린다.

"도통 짚이는 사람이 없네요."

"의심할 만한 사람이 전혀 없어요."

오미요의 눈초리가 빨개지고 있었다. "후카가와 모토마치에 산 지 15년쯤 되었으니 이 사람이나 나나 이웃들에게 신세를 많이 졌습니다."

사쿠스케가 하는 판목장이는 매우 귀한 직업은 아니지만 거리에서 쉽게 만날 수 있을 만큼 흔한 직업도 아니다. 장식품을 만드는 조각장과 마찬가지로 깨끗한 손작업이라는 인상도 있다. 덕분에 사쿠스케와 오미요는 이웃들의 인정을 받아왔다.

"자식도 없어서 생활에 생기가 돌 일이 전혀 없는데 이웃들이 다들 잘 대해주셔서 우리 두 사람 모두 외롭다고 느낀 적이 없습니다."

 거기까지 말하고 오미요는 문득 기억이 난 듯이 기타이치 얼굴을 빤히 쳐다보았다.

 "돌아가신 센키치 대장께도 많은 신세를 졌습니다. 대장이 계셨더라면 우리가 얼마나 마음 든든했을까."

 대장이 일방적으로 친절을 베푼 것은 아니다. 오미요는 몸을 아끼지 않고 일하는 사람이었고, 대장과 문고가게 식솔들이 모기에 물리지 않도록 오래 전부터 꾸준히 모기장을 수선해주었다. 이런 것을 상부상조라고 한다.

 "그래도 지금은 일단 마음을 가라앉히고 어제부터 오늘 아침까지 있었던 일을 낱낱이 떠올려서 누구 의심스럽게 행동한 사람은 없었는지 생각해보십시오."

 남을 의심하는 것이 정 괴로우면 센키치 대장을 공양하기 위해서라고 생각하면 된다.

 "이 집 말고도 자잘한 것들을 잃어버렸다고 말하는 사람들도 만나고 있습니다. 다른 사건의 단서가 나올지도 몰라요."

 기타이치는 기타지와 나눈 대화를 떠올리고 있었다. 조메이탕 2층에서 수군거렸다는 수상한 남자들의 이야기.

 ──짐은 밑에 깔린 것부터 뒤지는 거야.

 도둑이나 할 이야기 아닌가. 그자들은 오늘 밤에도 모일 거라고 했다. 기타이치는 기타지의 도움을 받아 조메이탕 2층을 몰래 지켜볼 생각이었다.

만약 그자들이 도둑 일당이고 순조롭게 체포할 수 있다면 사쿠스케와 오미요의 소중한 목도도 되찾을 길이 보이리라. 다만 그 이야기를 밝히기에는 아직 이르다. 헛물켤 공산이 크다.

"잘 부탁하네, 기타 씨."

"예. 도미칸 씨는 오타마 씨가 돌아올 때까지 여기 계셔줄 건가요?"

"내가 뭐 문고가게를 위해서 일하는 사람은 아니잖아."

도미칸에게는 이런 구석도 있다. 무뚝뚝한 척 냉정한 척.

"이곳 호적대장을 작성해야 해. 그래서 장부와 필기구를 가져왔네."

"그럼 수고하세요."

기타이치는 오두막을 나와서, 물건을 잃어버렸다 혹은 잃어버린 것 같다고 주장하는 사람들을 만나며 다녔다. 나라하치가 호통을 쳐둔 덕분에 이야기가 잘 통해서 모두들 알아서 말해주었다. 나라하치의 행동은 어이없고 화가 나지만, 그래도 결과적으로 도움은 되었다.

그렇지만 분실(분명하진 않아도) 물품은 정말 자잘한 것뿐이었다. 아동용 나들이옷, 소중히 간직하던 개 하리코종이를 여러 겹 붙여서 만든 장난감. 특히 개 하리코는 액막이로 여겨졌다, 초물전의 낡은 장부, 조상님 위패, 부적, 이세신궁 참배 기념으로 받은 달력, 하코네 칠탕온천으로 유명한 하코네의 대표적 온천 일곱 군데 그림지도가 있는 얇은 명탕독본.

"불이야!" 소리를 들었을 때 제일 먼저 챙겨서 대피할 만큼 중요한 물건은 하나도 없어 보이지만, 추억이나 애착이 어린 물품일 것 같기는 하다.

"틀림없이 챙겨들고 나왔소" "진짜, 정말입니까?" "틀림없다니까!" "센키치 대장 묘에 걸고 맹세할 수 있을 만큼 확실한 겁니까?" "그렇게까지 자신할 수는……."

이런 대화가 오갈 만한 물건들이었다.

그래도 돌아다니며 모은 이야기를 작은 장부에 적어서 품속에 찔러 넣고 만사쿠 일행이 지내는 곳을 살펴보았지만 오타마는 아직 귀가하지 않은 것 같았다. 도미칸도 지금은 다른 곳에 가 있는 모양이다.

그래, 후유키초 마님께 문안이나 드리러 가자. 이곳의 절도 사건이나 조메이탕의 수상한 남자들 이야기를 들려주고 어떻게 생각하는지 물어보고 싶다.

물도 마시지 않고 한참을 이야기한 터라 목이 칼칼했다. 헛기침하는 김에 재채기도 한 번 하고 나서 기타이치는 찬찬코_{소매 없는 웃옷}의 앞섶을 여미고 걸음을 서둘렀다.

그런데 목재하치장 출입구까지 왔을 때, 나라하치가 고함치던 곳 근처에서 지게에 깔개 여러 장과 이불을 진 젊은이가 이곳 노파나 부인들과 이야기하는 모습을 보았다.

고물이라도 사러 왔나보다, 라고 생각했는데 노파와 부인들의 목소리와 표정을 보니 그게 아니었다.

"미안해서 어쩌나, 이렇게나 많이."

"이건 아직 폭신폭신한걸요."

"졸지에 지은 가설주택이라 역시 방바닥이 너무 차가워요. 정말 도움이 되겠어요."

가설주택인지라 아직 부족한 물건이 많다. 깔개와 이불도 얻을 수만 있다면 여러 장 갖고 싶을 것이다.

노파와 부인 들에 둘러싸인 젊은이는 사무라이는 아닌데 직인 같지도 않고 점원 같지도 않았다.

──무가저택에서 일하는 일꾼인가?

마게 끝을 살짝 틀어 각도를 주고 사카야키는 깊이 밀어 올렸다. 고소데는 상어피무늬 비단인가? 옷자락을 허리띠에 끼운 활동적인 차림이지만 추위에 약한지 솜옷을 입고 목도리를 둘둘 감았다.

기타이치가 걸음을 멈추고 쳐다보는데 '삐딱 마게' 젊은이는 빙글빙글 웃는 얼굴로,

"딱해서 어쩌나. 얼마나 힘드세요. 이밖에 또 필요한 물건이 있으면 말씀만 하세요. 최대한 구해서 가져올게요. 정말이지 이 추운 날 가설주택에서 지내야 하다니, 큰일입니다."

분명 노파와 부인들을 위로하고 있다. 한데 저 경박한 말투는 뭐지? 귀에 쏙쏙 박히는 낭랑한 목소리. 술에 취해 흡족해한다고나 할까.

기타이치는 '삐딱 마게' 젊은이를 쳐다보았다. 그러다가 어제도 이와 비슷한 풍경을 본 듯한 기분이──하고 생각했다. 얼마나

힘드세요, 정말 힘드시겠다.

가만히 지켜보는 기타이치 앞에서 노파와 부인들은 삐딱 마게 젊은이를 에워싸고 서로 소매를 당기며 가설주택 쪽으로 데려간다. 고마운 오라버니 같으니. 정말 고맙수.

기타이치는 다시 한 번 헛기침을 흠, 하고는 바람에 날아오는 거미줄을 치우며 걷기 시작했다. 아무튼 일단 마님부터 만나보자.

8

후유키초 마님은 볕이 잘 드는 안쪽 방에서 오미쓰와 함께 쉬고 있었다. 화로를 가운데 두고 마님과 마주앉은 오미쓰의 무릎 위에는 책이 한 권 엎어져 있다.

"오, 기타이치."

앞을 못 보는 마님이 오미쓰보다 먼저 알아챘다. 마술처럼 귀가 밝고 코가 예민하기 때문이다.

"어서 와. 마침 오미쓰가 찹쌀떡을 내오려던 참이야."

오미쓰는 웃으며 일어나더니 말했다.

"기타 씨는 여기서 몸을 녹이고 있어. 오늘은 바람이 차지?"

오미쓰가 책을 그냥 두고 일어서자 기타이치는 그 옆에 앉아 책을 집어 들었다. 그러자 마님이 바로 알아채고 말했다.

"오미쓰가 읽어주고 있었다."

맨 앞에 『화순여행기花鶉道中記 권3』이라고 적혀 있고 많이 닳아 있었다.

"본래 무라타야 대본소에서 빌려보던 독본인데, 내가 너무 마음에 들어서 사본을 구입했지."

분카 연간(1804~1818)에 에도에서 사케 도매상을 하다 은퇴한 부부가 다정하게 여기저기 여행하면서 쓴 여행기라고 한다. 부부는 띠 동갑으로 나이 차이가 많이 나는데, '1권'에서는 남편이 다리가 아파 고생하자 부인이 격려해가며 이즈와 시나노의 온천으로 요양하러 간다. 그 보람이 있어서 '2권'에서는 염원하던 이세신궁을 참배하는데, 돌아오는 길에 남편이 병으로 쓰러져 오오이가 와_{시즈오카 현을 흐르는 강}를 건너지 못하고 객사하고 만다.

"제3권은 홀로 남은 부인이 남편의 유골을 안고 돌아와 1주기 법요를 마친 뒤, 이세신궁 다음에 가자고 남편과 약속했던 곤피라궁_{金比羅宮}을 참배하는 모든 과정이 나오는데."

여로에 죽은 남편을 화장하여 장사지내고, 뼈단지를 안고 돌아오면서 고생하고 분투하는 모습이, 작가의 해학적인 문장으로 무척 유쾌하게 묘사되어 있다고 한다.

"어느 지역에나 생각이 꽉 막힌 관리가 있게 마련이지. 그런가 하면 여행길에 우연히 만났을 뿐인데 이해를 따지지 않고 도와주는 사람도 있고."

세상은 참 재미있는 곳이야——하고 마님은 곱씹듯이 말했다.

기타이치가 물었다. "화순花鶉은 무슨 말이죠?"

"주인공인 부인 이름이 오하나_{お花}야. 객사한 남편은 메추라기_鶉 기르는 취미가 있는데, 그것도 상당한 고수였다고 해."

이야기하는 마님의 갸름한 얼굴에 비치는 쓸쓸한 빛은 기타이치의 느낌일 뿐일까. 늘 감겨 있는 눈꺼풀 속에서 마님은 지금 센키치 대장의 얼굴을 떠올리고 있는 것은 아닐까. 이런 생각도 섣부른 지레짐작일까.

——마님도 대장과 함께 온천여행을 하고 싶으셨겠지. 이세신

궁도 참배하고 싶었을 테고.

하지만 대장은 이제 없다. 마님이 대장과 살던 집도 화재로 불타서 철거된 참이다.

사본을 주문할 만큼 마음에 들어 벌써 여러 번 읽었을 원앙 부부의 여행기를 이 시기에 굳이 꺼내서 오미쓰에게 읽어 달라고 하다니, 마님의 가슴속에는 지금 어떤 바람이 불고 있는 걸까.

기타이치의 상념에 아랑곳없이 마님은 '3권'에 묘사된 사누키가가와 현의 옛이름 곤피라궁의 풍경 따위를 들려주었다. 그때 오미쓰가 찹쌀떡 접시와 다구를 들고 돌아왔다.

"이발사 우타지 씨가 마님을 위문하러 오실 때 들고온 찹쌀떡이야."

우타지는 센키치 대장을 깊이 흠모하는 덩치 큰 이발사다. 항간에 나도는 풍문을 빠짐없이 들을 수밖에 없는 직업인지라 기타이치에게는 요긴한 조언자 가운데 한 사람이다. 이발소가 후카가와 모토마치에 있어서 지난 화재로 간담이 서늘했을 텐데도 후유키초 마님의 상심을 걱정하며 바로 달려와 주었다니, 역시 배려심이 남다르다.

"기타 씨 걱정도 하셨어."

"나중에 찾아뵙고 제대로 인사드려."

찹쌀떡은 맛나고, 뜨거운 호지차도 속을 따뜻하게 데워주었다. 고맙게 마시는 기타이치에게 마님이 물었다.

"오늘 이른 아침에 가설주택에서 소동이 있었다고? 큰돈을 도난당했다고 하던데."

"기타 씨, 상황을 보고 왔겠지? 사쿠스케 씨와 오미요 씨가 많이 상심했겠다."

마님과 오미쓰는 이미 소문을 듣고 걱정하는 중이다. 기타이치는 네, 하며 고개를 한번 끄덕이고 가슴에 응어리처럼 걸려 있는 지금까지의 보고 들은 내용을 이야기했다.

"그게 참 이상한 도난 사건입니다."

사쿠스케·오미요 부부의 목돈은 그럴 수 있다지만, 다른 분실물——도난당했는지 아닌지 확실하지도 않은 것들이 모두 소소한 물건들이다.

"어린이 나들이옷이나 방물 같은 것들은 헌옷가게에 팔면 몇 푼이라도 건지겠지만, 그 밖의 물건들은 애초에 값나가는 게 없습니다."

그리고 이틀 연속 목격한, 가설주택 구역을 활보하는 '얼마나 힘드세요' 사내들. 친절한 사람처럼 보이지만 아무래도 수상쩍다. 어제 본 점원 같은 남자와 아까 만난 무가저택 일꾼 같은 남자.

"그 두 사람, 일당이 아닐까 하는 느낌이 듭니다."

왜냐하면 마침 오기바시의 조메이탕 2층에서——라는 이야기까지 모두 들려주자.

"그렇구나" 하고 마님이 입을 열었다. "오미쓰, 담배."

예, 하고 오미쓰가 담배합흡연에 필요한 도구들을 갖춘 용구. 재떨이, 살담배통, 담뱃불을 붙일 때 쓰는 숯불단지, 담뱃대 등을 수납한다 서랍에서 살담배를 꺼내 담뱃대 대통에 꾹꾹 채워 마님 손에 건넸다. 그러더니 화로 재에 묻어둔 숯불로 불을 붙일 수 있도록 가볍게 담뱃대를 잡아주었다.

둥실 떠오르는 동그란 담배연기. 국화향이 희미하게 난다.

"불난집털이는 옛날부터 있었지만." 마님은 말했다. "불타고 있는 집에서 물건을 훔치는 자들만 뜻하는 말이 아니야."

화재라는 심각한 재난을 겪고 낭패한 사람들의 빈틈을 노려 금품을 훔쳐내는 자들을 말한다고 한다.

"그러니 대피 생활을 하는 가설주택 구역에도 출몰할 수 있지. 그 두 명은 역시 수상해. 기타 씨가 의심하는 대로 무가저택 일꾼일 거야."

마님이 인정해주었다!

"하지만, 마님." 오미쓰는 달리 누가 있는 것도 아닌데 주위를 경계하듯 목소리를 낮추었다. "저는 애초에 사쿠스케 씨 부부가 50냥이나 도난당했다, 그런 큰돈을 갖고 있었다는 것부터가 믿기지 않아요."

그 밖의 분실물이 모두 특별한 물건이 아니었다고 하니 더욱 그렇다는 것이다.

"흠. 그 부부가 거짓말을 한다는 거니?"

"거짓말이랄까…… 도둑맞았다고 한탄하면 차마 누구라도 당신들이 그런 거금을 갖고 있었을 턱이 없다고 면박할 수는 없겠죠. 이웃지간에 너무 심한 말이니까."

기타이치는 마치 찹쌀떡 가루가 걸린 듯 목이 막혔다. 오미쓰의 말이 맞다면 사쿠스케 부부가 심각한 거짓말쟁이가 된다. 그런 생각은 기타이치의 머리를 스친 적조차 없다.

"미안하지만 그 생각은 맞지 않아." 마님은 분명하게 부정했다. 하지만 오미쓰의 말에 놀라거나 나무라는 기색은 없었다.

"오미요는 구라마에 후다사시구라마에는 막부의 곡물 창고들이 모여 있는 구역. 이 창고의 곡물이 쇼군의 가신들에게 녹봉으로 지급되는데, 이 창고의 곡물을 담보로 고위직 사무라이들에게 대부업을 하던 것이 후다사시이다. 후다사시 중에는 거부를 쌓은 자들이 많았다의 딸이니까. 첩의 딸이었으니 공개적으로 인정을 받은 것은 아니었지만."

후다사시 집안에는 딸이 오미요 하나뿐이었으므로 비록 정실의 딸은 아니라도 냉대를 받지는 않았다고 한다.

"사쿠스케와 살림을 차릴 때 후다사시 부친이 화려한 혼수를 해주기보다 50냥을 들려 보낸 거지. 물론 아버지가 주는 돈은 이 돈이 마지막이라는 의미가 있었겠지만."

기리모치 두 개는 결혼지참금이었단 말인가. 부부는 그 돈을 헐지 않고 내내 소중히 간직해왔던 것이다.

"……그래요?" 오미쓰는 순순히 놀랐다. "마님이 어떻게 그런 것까지?"

"대장이 오미요의 이력을 잘 알고 있었으니까. 사쿠스케와 살림을 차리고 우리 집 근처에 살게 되었을 때 그 후다사시 쪽에서 대장에게 잘 부탁한다는 인사도 왔었고."

"아하. 그런 줄도 모르고, 죄송해요." 오미쓰는 손가락 끝으로 코끝을 살짝 꼬집어 보였다. "괜한 말씀을 드렸네요. 아니, 저도 부부가 허풍을 떤다고 말하려던 건 아니었어요——."

이웃으로서 부부와 친하게 지낸 사람들도 사쿠스케의 판목 조각 실력은 잘 알지 못했다. 물론 힘든 수련이 필요한 기술을 생업으로 삼고 있으니 그에 합당한 존경심을 품고 있었지만, 유명한 우키요에나 독본의 삽화 작업을 한 적도 없는지라 주위에서 입을 모아 칭송할 계기가 없었던 거라고 오미쓰는 담담하게 말했다.

"오미요 씨는 실은 그게 불만이었어요. 벌써 오래 전부터. 남들 앞에서 불만을 드러낸 적은 없지만, 저와 비교적 친하게 지내는 사이니까 충분히 짐작할 수 있었죠."

그러니까 몰래 간직해둔 50냥을 도난당했다고 소란을 피운 것은, '내 남편은 그런 큰돈을 모을 만큼 실력이 뛰어나다'는 자랑을 하기 위해서가 틀림없다고 오미쓰는 생각했던 거로군. 하긴 화재로 난리가 나서 모두 제정신이 아니었으니 말실수하기도 쉬웠겠지.

듣고 보니 타당했다. 하지만 기타이치는 고개를 저었다.

"기리모치 두 개를 넣어 두었다는 고리짝을 보고 왔습니다. 거기에는 사쿠스케 씨가 사부에게 받은 귀한 견본도 들어 있더군요. 지어낸 이야기 같지는 않았습니다."

기타이치의 목소리에 가시가 있었는지, 오미쓰가 목을 움츠리며,

"미안, 내가 괜한 의심 때문에 기타 씨한테 엉뚱한 얘기를 하고

말았네."

미안한 표정으로 입술을 오므린다.

"언제 때를 봐서 오미요 씨에게 제대로 사과할게요. 그쪽에서는 왜 사과하는지 모르겠지만."

"굳이 본인한테 말할 것까지는 없겠지. 이나리 신동네마다 있는 작은 신사께 사죄하면 돼."

마님은 그렇게 말하고 기타이치 쪽으로 얼굴을 돌렸다.

"그런데 기타 씨는 목욕탕의 그 수상한 남자들을 어떻게 할 생각이지?"

이 이야기가 중요하다. 기타이치는 윗몸을 내밀며 말했다. "오늘 밤 몰래 지켜보려고요."

"혼자서?"

마님 눈썹이 근심스럽게 처진다. 아, 걱정일랑 접어두셔도 됩니다. 기타이치는 가슴을 펴고 말했다.

"조메이탕에 제 동료가 있습니다. 머리도 좋지만 일단 주먹이 강해서 일당백의 실력자예요."

"그건 무슨 얘기지?"

오미쓰는 불안한 표정이지만 마님은 눈꺼풀을 움찔거리며 가볍게 웃음을 터뜨렸다.

"오, 기타 씨에게 짝이 생겼나보네."

"마님, 가마꾼도 아닌데 짝이라뇨."

"어느새 붉은 술 문고를 만드는 공방과 직인들을 고용한 기타 씨잖아. 오캇피키 수련을 도와줄 좋은 동료를 찾아냈다고 해도 이상할 게 없지."

마님은 기뻐해주었지만 오미쓰의 표정은 불안에서 불만으로 바뀌고 있었다.

"함께 일할 동료가 있으면 먼저 마님께 데려와 어떤 사람인지 봐달라고 해야지. 기타 씨는 사람이 마냥 좋기만 해서 걱정이라니까."

누나처럼 위에서 내려다보는 태도로 말하니 기타이치도 조금은 까치발을 하고 싶어졌다.

"그러는 오미쓰 씨는? 마님께 인물을 봐달라고 소개하지도 않고 다정한 남자를 만나고 있잖아?"

순간 오미쓰는 손으로 입을 틀어막으며 얼굴이 새빨개졌다. 너무 정직하게 부끄러워하니 핀잔 주듯이 대꾸한 기타이치까지 부끄러워졌다. '다정한 남자'라니, 대체 자신의 머리 어디에서 그런 말이 나왔을까.

요란한 대거리에 잠시 당혹스런 침묵이 흐르고 이윽고 마님의 밝은 웃음소리가 울렸다.

"두 사람 참 재미있네. 오누이 같은 사이지만 역시 남녀 이야기는 부끄러운가보지?"

담뱃대를 든 채 사레들릴 것처럼 웃더니 말했다. "기타이치, 걱정하지 않아도 돼. 오미쓰의 다정한 남자가 늘 푸성귀 냄새 흙 냄새를 풍긴다는 걸 나는 진작 알고 있었으니까."

"네?"

오미쓰뿐만 아니라 기타이치도 놀라는 소리를 냈다.

"어떻게 아셨어요?"

"오미쓰를 만나러 늘 뒤 통용문에 찾아오니까. 그 사람을 만나고 오면 오미쓰한테도 흙내와 푸성귀 냄새가 나고, 풍향에 따라서는 그 사람이 찾아온 순간 내 코까지 냄새가 날아오거든. 내가 오미쓰보다 먼저 알아챈 적도 여러 번이지."

슬쩍 옆을 보니 새빨갰던 오미쓰의 얼굴이 핏기가 가시며 창백해졌다.

오미쓰는 거의 울먹이다시피 말했다.

"제가 무례했습니다. 죄송해요."

그게 이렇게 개구리처럼 납작 엎드려 사죄할 일인가? 아까 사쿠스케 부부에 대한 섣부른 의심이 기타이치에게는 훨씬 언짢게 들렸는데, 그때는 '미안'이라는 한 마디로 넘기더니 이번에는 납작 엎드려 사죄해? 통 모르겠군.

마님은 안절부절 들썩거리는 오미쓰의 기세에 밀리지 않고 화로 테두리를 담뱃대로 탁 두드리더니 목소리에 힘을 주었다.

"이 마쓰바란 아줌마도 여자 좋아하고 오지랖 넓은 센키치 대장과 서로 홀딱 반했던 여자란다. 나이도 먹을 만큼 먹은 남녀가 서로 끌려서 만나는 것을 무례하다고 꾸짖을 리가 있나."

오오. 기타이치는 일전에 대장의 짓테를 꼬나들고 멋지게 활약한 마님의 모습을 떠올렸다.

──멋지시네.

더구나 그 이상으로 훌륭한 것은 마님의 후각이다. 거의 신통력이나 다름없다. 이 말을 들으면 쇼키치로도 기절할 만큼 놀라겠지.

"뭐, 오미쓰가 만나는 다정한 남자는 다음에 날을 정해서 만나 보기로 하지."

마님은 이야기를 마무리 짓고 오미쓰에게 담뱃대도 치우라 이른 다음 기타이치에게 말했다.

"기타 씨, 거기 아직 '화순'이 있어?"

독본 '3권'은 찹쌀떡 가루가 묻지 않도록 기타이치가 등 뒤에 치워 두었다.

"그럼 책갈피 끼워둔 쪽을 펴봐."

시키는 대로 독본을 폈다. 센키치 대장의 배려로 습자소에 다녔지만, 이렇게 글자가 빼곡한 독본은 쉽게 읽어내지 못한다.

"무슨 귀한 경문 같은 선이군요."

"그럴 때는 필체라고 말하는 거야."

이 사본은 대장이 손수 무라타야에 주문해준 것인데, 당시 생존해 있던 지혜에의 부친인 선대 무라타야가 필사했다고 한다.

"3권은 이제 부인만의 여행기라 여자 필체가 어울리겠지만, 선대께서 손수 붓을 잡고 필사해주셨으니 더 바랄 수는 없었지."

애지중지하며 읽어왔다고 마님은 말했다.

"그렇다면 꽤 오래된 독본이군요."

"뒤표지 안쪽에 대장의 엄지 자국이 묻어 있으니 봐봐."

기타이치는 즉시 그 책장을 펼쳐보았다. 과연 큼지막한 엄지 손가락 자국처럼 보이는 흔적이 뒤표지 아래쪽 구석에 묻어 있었다. 살짝 긁힌 흔적은 있지만 엿 색깔의 얼룩이었다.

"대장이 아마카라 경단을 먹으며 읽다가 물엿을 흘렸다고 미안해하셨어." 마님은 미소 지었다. "여행 중에 들른 찻집이나 식당에서 이런저런 맛난 음식을 먹는 장면이 나오니까 이걸 읽다 보면 아무래도 입이 궁금해지지."

마님이 후카가와 모토마치의 문고가게를 떠날 때는──쫓겨나다시피 이사할 때는 기타이치도 가슴에 응어리가 맺혔고, 시중드는 오미쓰도, 지켜보는 수밖에 없던 도미칸과 주변 사람들도 모두 안쓰러워했다. 하지만 새옹지마라는 말처럼 마님이 거처를 옮긴 덕분에 소중한 독본을 비롯한 많은 책들이 이번 화재에도 무사할 수 있었다.

그 생각을 가슴에 묻고 기타이치는 신중하게 다시 책갈피가 있는 책장을 폈다.

"경문 같은 글자라 읽기가 힘든 모양이니 먼저 말해줘야겠군" 하고 마님은 계속 말했다. "이 여행기를 쓴 술 도매상의 안주인 오하나 씨는 세 아들과 두 딸을 키워낸 훌륭한 부인이야."

술 도매상을 물려주고 은퇴한 부부는 '1권'의 온천 여행을 시작할 즈음에는 손자도 열세 명이나 있었다.

"다만 자식들과 손주들 가운데 누구 하나 오하나 씨의 피를 물려받지는 않았어."

 오하나는 출산한 적이 없어, 훌륭하게 큰 아들딸은 모두 친자식이 아니었다. 남편이 외간여자를 통해 얻은 자식들을 거두어 친자식처럼 키운 것이다.

 "가게의 번영을 위해, 집안을 위해."

 그래도 가슴에는 어둡고 삐거덕거리는 뭔가가 맺혀 있었겠지.

 "은퇴한 뒤 남편이 같이 여행을 합시다, 돈이 아무리 많이 들어도 상관없소, 라며 아내를 후하게 대접한 것도 고마움과 미안함 때문이었겠지."

 여하튼 가게와 집안은 평온했다.

 "남편은 아내의 마음을 염려하여 술 도매상 식솔들에게는 안주인이 친모가 아니라는 사실을 철저히 비밀에 부쳤어."

 그것은 가장 엄중하게 감춰야 할 비밀이었다.

 "무엇보다 당사자인 자식들이 사실을 알지 못했어. 젖먹이 때 거두어서 오하나 씨가 키웠으니 자식들도 전혀 의심하지 않았지."

 그래서 더욱 진실을 감추어야 했다.

 "'2권'에서 남편이 세상을 떠나자, 오하나 씨는 남편과 함께 가기로 약속했던 다음 여행지 곤피라궁을 처음에는 포기했어. 하지만 당시 열일곱 살이던 산지로라는 손주가 자기가 모시고 가겠다며 오하나 씨를 격려한 거야."

 덕분에 다행스럽게도 여행이 실현되고 여행기 '3권'이 나오게 되었는데——.

"이번 여행의 목적지 곤피라궁으로 가려면 배를 타야 해서, 그 배를 소유한 오사카의 숙소에 묵게 되었는데, 그 옆방에는 역시 에도에서 여행을 떠나왔다는 노파가 묵고 있었지. 그런데 오하나 씨는 그 노파에게 몹시 불쾌한 말을 듣게 돼."

——아주머니, 시중드는 아이가 점원일 텐데 퍽 친근하게 대해 주시네요.

"그 노파는 젊을 때 병으로 눈을 잃었지만 대신 귀가 밝고 눈치가 빨랐지, 꼭 나처럼."

노파는 회선업에도나 오사카 같은 대도시와 지방 항구도시를 대형 선박으로 일정하게 왕복하며 재화를 운송하고 거래하는 업자을 하는 일족의 액땜과 기복을 위해 곤피라궁에 참배하려고 왔다. 이미 여러 번 참배한 적이 있을 만큼 정정했고, 눈은 보이지 않아도 다리는 여전히 튼튼했으며 목소리도 카랑카랑했다. 그렇지 않다면 785단 돌계단을 올라야 하는 곤피라궁 참배는 엄두도 낼 수 없었을 것이다.

"오하나 씨는 노파가 무슨 소리를 하는지 처음에는 이해하지 못했지. 옆에서 시중드는 산지로는 할머니의 여행을 돕겠다고 자청할 만큼 착하고 상냥한 젊은이였으니까."

아무래도 의아해서 오하나 씨가 노파에게 말했다.

——이 아이는 내 손자예요. 점원이 아닙니다.

"그러자 노파는 호들갑스럽게 놀라며 그럴 리가 없다고 대꾸했지."

──두 사람에게서는 같은 피 냄새가 나질 않아요. 무엇보다 마님은 한 번도 출산을 하지 않았을 겁니다. 출산한 적이 있는 여자와 그런 경험이 없는 여자는 머리카락부터 살갗까지 냄새가 다르거든.

참으로 무례한 말이거니와 그런 냄새가 있다는 소리는 생전 들어본 적이 없었다. 시비를 걸어도 어지간해야지. 기타이치는 어이가 없었다. 당시 오하나와 산지로도 틀림없이 그랬겠지만 기타이치는 말문이 막혔다.

"20년 전에 이 대목을 읽을 때, 나는 생각했어."

마님의 목소리가 낮아졌다.

"아아, 나와 똑같은 능력을 가진 사람이 있구나. 내가 착각한 것이 아니었구나, 하고."

그렇다면──,

"마님도 냄새 하나로 그런 걸 분간할 수 있다는 말씀이세요?"

말문이 막힌 기타이치를 대신하여 오미쓰가 물었다. 그리고 앞섶을 손바닥으로 누르며,

"맹세코 저는 지금까지 아기를 낳은 적도 밴 적도 없습니다. 냄새로 그걸 알 수 있나요?"

아무렴──하고 마님은 고개를 끄덕였다.

"말이 나온 김에 하는 말이지만, 네가 숫처녀가 아니라는 것도 알지."

냄새로 분간할 수 있다.

"남자는 여자보다 어려워. 달거리도 없고 아기를 낳지도 않으니까. 다만 남자가 본처든 외간여자든 여자와 함께 살고 있는지 아닌지는 알 수 있지. 몸에 문신이 있는지 없는지도 알 수 있고. 다행히 매우 드문 경우지만 앞에 있는 남자가 누굴 죽인 적이 있는지도 냄새를 통해 꽤 정확하게 알아낼 수 있어."

기타이치는 오미쓰와 얼굴을 마주보았다. 오미쓰의 뺨에 솜털이 곤두서 있었다. 마님이 하는 말이어도 오싹했기 때문이다.

"그런데 기타이치."

마님 목소리가 부드러워졌다.

"오소메는 어디 있을까. 왜 방화 같은 짓을 저질렀을까. 그 전에 왜 가게 돈에 손을 댔다가 쫓겨나는 처지가 되었을까."

갑작스러운 질문이다. 오소메에 대해서는 아는 것이 없다. 기타이치는 그 문제에 집중하기를 애써 회피하고 있었다.

"부지런하고 성실한 사람이었어. 충성스러운 사람이었지. 정말 어지간한 사정이 아니면 그런 짓을 하지 않았을 텐데."

기타이치도 생각이 같았다. 어지간한 사정이 아니면.

"여자가 선악도 묻지 않고 무슨 짓을 저질렀다면 그건 자신을 위해서가 아니지. 마음에 둔 남자 혹은 자식의 목숨이 걸려 있을 때야."

센키치 대장의 가르침일까. 기타이치는 아직 이해할 수 없는 말이다.

"그래서…… 오소메가, 우리가 아는 됨됨이나 행동거지로는 상상하기도 힘든 짓을 저질렀다면 그건 남자나 자식을 위해서 그랬을 가능성이 커. 그럼 어느 쪽일까. 아마 남자보다는 자식 때문일 거라는 생각을 떨칠 수 없어."

마님의 코는 벌써 몇 년 전부터, 오소메가 한집에서 식모로 일하기 시작한 그날부터 냄새를 맡고 있었겠지.

"틀림없이 오소메는 아이를 낳은 적이 있을 거야. 하지만, 그 사람이 자식 이야기를 입에 올린 적은 한 번도 없었어."

묻지 않으니 말하지 않는다는 상황은 아니었을 것이다. 오소메는 숨기고 있었다. 뭔가 사정이 있었으리라.

"혹시 기타 씨에게 특별한 계획이 없다면, 오소메의 자식에 대하여 조사해보는 게 좋지 않을까. 이 말을 해주고 싶었어."

그래서 기타이치를 만나기 전에 『화순여행기』의 해당 대목을 다시 읽고 있었다고 한다.

"믿기 힘들지 모르지만······."

천만에. 기타이치는 지금 꽉 막혀 있던 가슴 한복판에 작지만 바람이 술술 통하는 구멍이 뚫린 기분이었다.

9

해가 떨어지자 기타이치는 조메이탕 가마실로 향했다. 그 전에 오미쓰가 권하는 대로 들른 후유키초 집에서는,

"한밤중까지 몰래 지켜보겠지? 도시락을 만들어 둘 테니까 거기 갈 때 가져가."

하며 훌륭한 2단 찬합을 들려주었다. 등에 안전하게 둘러멜 수 있도록 보자기에 싸여 있다.

"기타 씨나 가마 담당 친구나 밥 먹고 돌아서면 배고플 나이잖아. 소임을 완수하려면 요기를 잘 해야지."

소임이라고? 기타이치는 새삼 쑥스러웠다. 오늘 밤의 잠복,

──원래대로라면 당연히 사와이 나리에게 미리 말씀드려서 빈틈없이 조처하시게 해야 하는데.

한편으로는 화재로 집을 잃고 슬픔에 잠겨 있는 가설주택 사람들을 상대로 금품을 터는 악질들을 내 손으로 체포할 수 있을지 모른다고 생각하니 가슴이 설레는 것이다.

아니, 솔직하게 말하자. 기타이치 혼자였다면 가슴 설레기 전에 뒤로 내뺐으리라. 기타지가 함께하니까 일당백 일당이백이지. 어떤 상대도 두렵지 않은 거다.

기타이치가 가마실에 들어서자 처마 높이까지 쌓인 쓰레기더미 그늘에서 기타지가 도깨비처럼 쓱 나왔다.

"헉!"

매번 이렇다. 제발 기척 좀 내라니까.

허수아비처럼 비쩍 마른 녀석이 쑥대머리로 얼굴을 가리고 어둑한 곳에서 나타나면 도저히 살아 있는 인간 같지가 않다.

기타지는 작은 소리로 중얼거렸다. "……밥이다."

기타이치가 등에 둘러맨 찬합이 냄새를 풍겼을까.

가마실에는 아궁이에 넣을 각종 쓰레기들이 쌓여 있어서 당연히 고약한 냄새가 난다. 1년 중에 가장 상쾌한 바람이 부는 가을이나 모든 것을 꽁꽁 얼려버리는 한겨울에도 악취가 조금 느껴질 정도다. 그런데도 녀석은 도시락의 달콤한 냄새를 맡을 수 있구나.

"코가 귀신이네."

놀랍기보다 어이가 없어서 기타이치는 등에 둘러맨 꾸러미를 풀어 내렸다.

"냄새는 상관없어."

기타지는 그렇게 말하고 양손으로 찬합을 받아 들었다.

"네가 둘러매고 오는 거라면 저녁밥이 뻔하다고 생각했을 뿐."

응? 이 말은 곧 기타이치가 뭔가를 둘러매고 있는 모습을 보았다는 말인데? 초저녁이라 해도 아궁이 앞 말고는 모든 것이 어둠에 가라앉아 있는 이 목욕탕 뒤 가마실에서? 그럼 눈이 귀신이네.

"부엉이 눈이네."

"아냐, 그건."

가마에서는 불길이 활활 타고 있다. 그 붉은 기운을 띤 빛 속에서 기타지는 쑥대머리를 가볍게 저었다.

"찬합 무게만큼 네 발소리가 무거웠어."

제 손바닥처럼 익숙한 가마실이지만 기타이치는 저도 모르게 발이 걸려 넘어지고 말았다. 옆에 세워둔 뭔가에 이마를 찧었다.

"내 발소리로 무게 차이를 알아챘다고?"

"응."

기타지는 바닥에 주저앉아 곁에 있는 빈 나무통(옆구리에 구멍이 나 있다)에 찬합을 놓고 매듭을 풀기 시작했다.

"뭘 그렇게 놀라. 후유키초의 너희 마님도 그 정도는 알아챌 텐데."

그 말을 듣고 기타이치는 아, 하고 놀랐다. 정말로 이 녀석 말이 맞다. 후유키초 마님은 눈이 안 보여도 그걸 벌충하고도 거스름돈이 남을 만큼 코와 귀가 밝다.

"와, 화려하네." 찬합 속을 보고 기타지가 입맛을 다셨다. "우엉과 오징어조림이다. 계란말이도 있어."

오미쓰의 계란말이는 단맛이 강하다. 그 옆에는 기타이치가 좋아하는 생선된장구이도 있다.

욕탕에 손님들이 있어서 말소리와 나무통 달그락거리는 소리가 들렸다. 초저녁인 만큼 지금 찾아오는 손님 중에는 땀 흘리며 몸 쓰는 일을 하는 사람이 많다. 조메이탕은 낡아빠진 변두리 대중탕이고 변변치 못한 자들이 모여드는 곳이긴 하지만 건실한 손님이 전혀 없는 것은 아니다. 지금 욕탕에서 손님 두 명이 손가락을 구부리기 힘들 만큼 큼지막하게 박인 못을 어떻게든 없앴으면 좋겠다고 하는 말을 들으니 필시 손을 쓰는 직인일 것이다.

오늘 밤 이곳 2층에서 수상한 모임을 가지려는 자들은 밤이 더 깊어야 얼굴을 비치겠지. 기타이치도 긴장을 풀고 찬합 속 음식을 살펴보았다. 이렇게 가까이서 들여다보니 조림의 향긋한 냄새가 느껴진다.

2단 찬합의 아랫단에는 주먹밥과 유부초밥의 튀김 맛이 옆에 있는 주먹밥에 배지 않도록 푸른 잎으로 구획해 놓았다.

"이건 먹는 거 아냐."

잎을 꺼내며 기타지가 중얼거렸다.

"알아. 하지만, 모처럼 끼워준 거니까 그냥 둬."

도시락이나 나무도시락에 사용되는 이런 잎도 청과물 도매상이 취급하는 품목 가운데 하나다. 이런 것은 동네 채소가게가 아니라 요릿집이나 주문요릿집, 도시락가게에 판다. 아마도 쇼키치로 덕분에 오미쓰도 수월하게 구해서 사용하는 것이리라. 전에는 도시락을 만들 때도 이렇게 잎을 넣는 세련된 방식은 쓰지 않았다.

즉시 입안에 쓸어 넣기 시작한 기타지의 손에서 기타이치는 찬합의 두 번째 단을 빼앗았다.

"뭐하는 짓이야."

"오늘 밤은 내가 한밤중까지 있어야 하니까 노인들에게 인사해야 해. 너는 조림과 구이나 먹어."

욕탕 입구 쪽으로 가보니 영감이 계산대에 앉아 졸고 있었다. 노파들은 안쪽 객실에서 마침 저녁밥을 먹으려는 참이었다.

기타이치는 조메이탕에 자주 오지만, 여기 기거하며 일하는 노인들의 얼굴과 이름을 제대로 기억하지 못한다. 그도 그럴 것이 주인(가는귀먹은) 영감과 안주인(눈이 침침한) 노파를 제외한 노인들은 자주 바뀌기 때문이다. 실은 이것도 얼마 전에야 알게 된 사실이다.

이곳에 드나들던 초기에 기타이치를 보면 늘 친절하게 대해준 노파는 얼마 전부터 보이지 않았다. 대신 빠릿빠릿하게 청소하고 빨래하는(다른 노인들에 비하면) 젊은 축에 드는 노파가 보였다. 그러나 지금 둥글게 앉아 저녁을 먹으려고 하는 자리에는 주인 부부 외에 영감 하나와 노파 하나만 보일 뿐, 젊은 축에 드는 그 노파는 보이지 않는다.

네 노인이 모두 찬합 속 음식을 반가워하자 기타이치도 그만 계획 이상으로 손 크게 주먹밥과 유부초밥을 덜어주고 말았다. 그러자 미안했는지 신참 노파가 안으로 들어가 형태와 크기가 모두 아기 머리통만 한 새카만 뭔가를 들고 나와 곁에 있던 수건으로 둘둘 말아서 내밀었다.

"이거 가져다가 가마불에 구워서 드셔 봐."

"고맙습니다. 제가 오늘 밤은 늦게까지 기타지와 함께 있으려고 하는데……."

"괜찮아, 괜찮아. 기왕 온 김에 영업 끝나면 목욕도 하지그래. 자고 가도 돼." 안주인 노파가 이 없는 입으로 웃으며 말했다.

목욕탕 밖으로 나오자 마침 손님이 막 도착했다. 가마꾼인지 체격이 좋고 털이 숭숭한 두 사람이다.

스쳐지나갈 때 두 사람이 동시에 "어이구, 곰팡내!" 하고 비명을 흘렸다.

그 소리를 듣기 전에 기타이치도 벌써부터 '냄새 지독하네' 하며 곤혹스러워하고 있었다. 찬합과 정체 모를 새카만 물건을 최대한 멀리 떼어놓으려 애쓰며 목욕탕 뒤쪽으로 돌아왔다.

조림과 각종 구이, 계란말이는 거의 다 없어진 상태였다.

"……너는 언제든지 얻어먹을 수 있잖아."

기타지는 기타이치의 원망스런 눈빛을 코웃음으로 무시했다.

"그 곰팡이덩어리는 뭐야?"

"노인들이 주더라. 가마 불에 구워 먹으래."

그러자 기타지는 웃음을 터뜨렸다. 빼빼 마른 납작한 배를 안고 거침없이 웃어댔다.

——이놈이 이렇게 웃을 줄도 아네.

놀라는 바람에 기타이치는 방금 전의 불만을 잊고 말았다.

"대체 이건 뭐냐?"

아기 머리통만 한 새카만 덩어리. 기타이치가 들어 올리며 묻자 기타지는 입가에 웃음을 지우지 않은 채 "가가미모치!"라고 대답했다.

"어? 가가미모치?"

이미 동짓달도 다 끝나가고 있는데. 이제 곧 섣달이고. 섣달이면 정월 바로 전달이잖아. 가가미모치는 정월에 제물로 쓰는 떡 아닌가.

"1년이나 묵은 가가미모치라고?"

"그래. 1년 가까이 묵혔으니 먼지와 곰팡이투성이지."

"가가미비라키 날(설에 도코노마에 공양해둔 가가미모치 떡을 1월 11일 쪼개서 먹는 풍습이 있다. 주로 팥죽에 옹심이로 넣어 먹는다) 옹심이로 만들어 먹지 않았던 거야?"

"옹심이는 식모할머니가 만들어주어서 먹었어. 이건 다른 가가미모치인데 먹고 남았던 거겠지."

다른 가가미모치라니, 정월에 그렇게 여러 개를 공양한단 말인가?

"누가 가져다주었겠지. 이 목욕탕은 근처 노인들의 초저가 여인숙 같은 곳이어서, 요기가 될 만한 것을 가져오거나 목욕탕 잡일을 거들어주면 원하는 만큼 지낼 수 있게 해주니까."

아하, 역시 그랬구나. 기타이치의 오해가 아니라 주인 노부부를 제외한 노인들이 자주 바뀌고 있었던 것이다.

"주인장이 너그럽구나."

"안주인 할머니는 어려울 때 서로 돕는 거라고 늘 말하지."

가족과 싸우고 가출하거나 큰비로 지붕이 새서 나가야에서 지낼 수 없게 되거나 집세를 못 내서 쫓겨나거나 아들 내외가 장사하다 진 빚 때문에 야반도주를 하는 바람에 홀로 남거나, 다양한 사연을 가진 노인들이 조메이탕을 의지처 삼아 찾아온다고 한다.

작년 말 유카타 한 장만 입은 채 이곳 뒷마당에 쓰러져 있던 기타지를 대수롭지 않게 보살피고 반야에 신고도 하지 않고 거두어 준 이 목욕탕은 (전혀 그렇게 보이지는 않지만) 실은 배짱 두둑한 노부부의 성채였던 것이다.

그러므로 가가미모치 한두 개에 새카맣게 곰팡이가 피는 것은 일도 아니다.

"곰팡이와 먼지를 잘 긁어내고 구우면 먹을 만할 거다."

라며 기타지는 곰팡이덩어리 앞에서 콧등에 잔주름을 만들었다.

"알맹이는 떡이니까. 내 고향에서는 한겨울 추운 날씨에 말린 '사라시모치'를 1년은 물론이고 4년 5년까지 묵혀서 먹어."

기타지는 아궁이 앞에 앉아 새카만 가가미모치 표면을 어떤 도구로 긁어내기 시작했다. 기타이치는 그것을 바라보며 남은 주먹밥과 유부초밥을 먹었다.

그러다 문득 생각이 났다. 기타지가 태어난 고향 이야기와 후카가와 어디에서 유부초밥 노점을 한다는 기타지의 집안어른 이야기. 큰숙부라고 했던가.

"……짱구 씨한테 물어보려고 했는데, 그 뒤로 까맣게 잊고 지냈네."

"뭐를."

기타지는 어디서 대패를 들고 와 떡 표면을 깎아냈다. 이 쓰레기더미 속에는 없는 게 없다.

"모시치 큰대장 시절 일이니까 마사고로 대장도 기억 못할지 모르지만, 짱구 씨가 제일 확실하다고 생각했거든."

기타이치는 마지막 남은 유부초밥 하나를 먹는 중이었다. 영리한 기타지는 그걸 보고 대번에 기타이치의 속마음을 눈치 챘을 것이다.

"우리 집안 어른에 대해서라면 뒤져봤자 별 볼일 없어."

"얼마나 맛있는 유부초밥인지 그것만이라도 알고 싶다. 아!"

또 하나 생각이 났다.

"그 이야기를 할 때 네가 그랬지. 유부초밥은 너희 고향 명물이라고."

그럴 수도 있나? 유부초밥은 어느 지방에서나 즐겨 먹는 음식인데. 기타이치는 그렇게 생각했지만,

"후유키초 마님께 물어보니."

——유부초밥은 10년쯤 전에 에도 시중에서 팔기 시작한 게 처음이라고 어느 책에서 읽은 적이 있어.

그보다 더 오래 전부터 먹던 음식이라는 설도 있으며, 어디서 시작되었는지, 처음 만든 사람은 누구인지, 그런 구체적인 것까지는 모르는 듯하다. 적어도 기록으로 남아 있는 것은 없다.

"마님이 그렇게 말씀하셨으니 네 말도 마냥 거짓말은 아니겠지. 다만 명물이라고 자랑할 정도라면 꽤 호화스러운 유부초밥

아닐까?"

기타지는 가가미모치를 깎던 손을 멈추고 미간을 찡그렸다. "호화스럽다고?"

"샤리 속에 재료를 넣는다거나."

"그냥 식초에 비빈 쌀밥이야. 깨를 뿌리는 집도 있지만."

"그렇다면 유난히 크거나. 그 가가미모치만 하게."

"이렇게 큰 유부초밥이 어딨냐."

삭, 삭, 삭. 기타지는 새카만 가가미모치를 대패로 깎았다. 말끔하게 깎인 껍질이 손 밑으로 떨어진다. 겉을 깎아내고 보니 가가미모치에 깊은 금이 가 있었다.

"이런."

"왜?"

"속까지 새카매."

기타지가 가가미모치를 이쪽으로 보여주었다. 하얀 부분이 전혀 없다.

"가운데는 괜찮을지 몰라."

달각 달각 달각. 그 말에 호응하듯 목욕탕 쪽에서 나무통 달그락거리는 소리가 들린다.

──내 고향에서 유부초밥은 기쁜 날에나 먹는 거였어."

기타지가 혼잣말처럼 중얼거렸다.

"기쁜 날?"

"관례를 올리는 날이라든가 혼례 날이라든가."

"축하하는 날에 유부초밥을 먹는구나."

그런데…… 기타이치로서는 매우 반갑게 배운 사실이지만, 지방 특유의 경축일 풍습치고는 너무 수수하지 않나? 온마리 도미구이_{머리와 꼬리가 온전히 있는 도미의 소금구이. 경사에 내놓는 매우 귀한 음식이었다}라든가 초밥 정도는 되어야지.

의아해하는 기타이치에 아랑곳없이 기타지는 계속 말했다. "유부를 좋아하는 여우는 가문의 수호신이기도 하고."

이나리 신이 아니라 여우가 수호신이라고? 그것도 조금 이상하지 않나? 인간으로 둔갑하기도 하는 요물인데.

가마 아궁이 속에서 뭔가가 가벼운 소리를 내며 터졌다. 욕실 쪽에서, "어이! 가마 담당. 물이 미지근해!"라고 외치는 소리가 들렸다.

기타지는 가볍게 일어나 기타이치에게 새카만 가가미모치와 대패를 맡기고 불길을 키우기 시작했다. 기타이치는 곰팡내에 진저리를 치면서도 대패로 까만 떡을 조금씩 깎아냈다.

그러면서 이런저런 생각을 하게 되었다.

기타지는 싸움에 능하다. 단순히 주먹질을 잘한다거나 검술이 뛰어난 정도가 아니라 뭐랄까――급소를 정확히 알고 잽싸게 상대를 쓰러뜨리는 기술을 터득했다는 느낌이다.

귀와 눈은 또 얼마나 귀신같은가. 어쩌면 코도 못지않게 예민하지 않을까?

후유키초 마님은 어릴 때 천연두를 앓아 시력을 잃자 매일 꾸준히 단련을 계속해서 거의 신통력 같은 능력을 얻었다. 기타지가 마님 같은 능력을 타고나지는 않았을 것이다.

——아마 수련을 했겠지. 아니, 훈련을 받았을까?

처음 녀석의 동작을 보았을 때는 꼭 닌자 같다고 생각했다. 그 인상은 틀리지 않았다. 녀석은 그런 일을 전문으로 하는 가문에서 태어난 모양이었다.

여우를 가문의 수호신으로 삼고 경사스러운 날이면 유부초밥을 먹는 질박한 가문. 그런 점을 고려할 때, 아까 '사라시모치'라고 했던가, 4년이고 5년이고 묵혀서 먹는다는 떡에도 뭔가 의미가 있지 않을까 하는 생각이 든다. 이를테면 어떤 악조건에서도 굶주리지 않도록 보관해두는 최후의 수단 같은 음식.

오미쓰의 정성이 담긴 음식을 해치우고 양손을 모으며 '잘 먹었습니다'라고 말하려 할 때, 기타지가 갑자기 옆에서 뛰어들더니 기타이치의 입을 손가락으로 막았다. 이렇게 소리도 없이, 그냥 움직이는 게 아니라 '나는 듯이 움직이는' 것도 녀석의 특기다. 아마 닌자의 기술이겠지.

"젠장." 기타지가 속삭이는 목소리로 말했다. "요전에 들었던 목소리의 주인이 벌써 목욕탕에 들어와 있어."

그 목소리가 들린다고? 기타이치는 아궁이 위 격자창을 올려다보았다. 오늘은 너무 빨리 왔군.

"지난번 세 명 가운데 두목 역할을 하던 제일 젊은 놈의 목소리였어. 저놈만 일찍 온 이유가 따로 있는 건지도 모르지."

"이 시간이면 2층에 여전히 다른 손님들이 있잖아? 지금은 은밀한 이야기를 나눌 수 없을 텐데?"

"적당히 시간을 죽이고 있을 생각인지도 모르지…… 어쨌든 우리는 가까이서 엿듣고 있어야 해."

밤이 깊어 2층 손님들이 돌아가면 기타이치는 벽장에 숨고 기타지는 천장 위로 올라가 일당을 기다리기로 계획을 세워두었었다.

"그럼 나는 두목 놈이 욕실에 있는 동안 2층 객실 벽장에 들어가 있을게."

다른 손님들에게 둘러댈 핑계라면 얼마든지 댈 수 있다. 하지만 힘껏 일어서려고 하는 기타이치의 어깨를 기타지가 손가락 하나로 꾹 눌러서 다시 앉혔다.

"그보다 너는 여기서 가마 불을 때주고 있으면 돼."

귀를 바짝 세우고 있으라고.

"저 젊은 놈이 욕탕에서 누구와 무슨 이야기를 할지 모르니까."

지금은 잠자코 몸에 온수를 끼얹는지 물 붓는 소리만 쏴아쏴아 들린다.

"그러다 놈이 욕실에서 나오면 나한테 알려줘."

"너는 어디 있으려고?"

"입구에서 앞으로 찾아오는 손님을 지켜볼게. 두목을 만나러 오는 자가 있으면 무리하게 접근해서 엿들으려고 하기보다는 돌아갈 때를 기다렸다가 뒤를 밟자."

욕실 쪽에서 한가로운 목소리가 들렸다.

"어이~, 가마 담당. 졸고 있냐? 물이 왜 이렇게 미지근해~."

젊은 사람의 쾌활한 목소리다. 기타지가 기타이치의 얼굴을 보며 한쪽 눈썹을 치켜들었다. 좋아, 이 목소리란 말이지? 기타이치는 힘주어 고개를 끄덕였다.

그로부터 4반각(30분) 정도가 지나자 새로 온 손님이 욕조에서 두목과 인사를 나누었다.

새 손님은 중년 남자로, 말투가 정중하고 발음이 명료한 걸 보니 아마도 상인 같았다. 두 사람의 대화를 들어보니 젊은 두목이 이 상인에게 뭔가를 만들어달라고 부탁했고, 물건이 완성되면 이곳 2층에서 넘겨받은 후에 두목이 술을 한잔 산다──라고 약속되어 있었음을 알 수 있었다. 상인은 욕조에 들어가지 않고 바로 욕실에서 나갔다.

목욕탕 2층은 어디나 유흥의 장소다. 주인이 직접 술과 안주를 제공하는 곳도 있고 근처 식당에 배달시키는 곳도 있다. 조메이탕은 (여러 번 언급했지만) 허름한 변두리 대중탕이므로 술과 안주를 배달하는 김에 몸까지 제공하는 '도시락녀'가 영업하기에는 너무 추레한 곳이었다. 그런 거래가 전혀 없는 것은 아니지만 매우 드물다. 근처에 술과 안주를 쉽게 조달할 수 있는 적당한 요릿집이나 주문요릿집도 없다. 그래서 노인들이 소소한 술과 안주를 저렴한 값으로 제공하고 있었다.

"놈들이 2층에서 술을 마실 거래. 내가 술을 가지고 올라가서 상황을 살펴보고 올게."

"좋아, 부탁해."

기타이치가 기타지와 연락하고 주방으로 가보니 젊은 두목이 잠옷 위에 솜옷을 껴입은 신참 노파에게 데운 술과 안주를 주문하고 막 2층으로 올라가는 참이었다.

신참 노파는 손님이 모두 돌아가면 욕실을 청소하는 담당이어서 잠깐 눈을 붙이고 있었던 모양이다. 지금은 하품을 하면서도 말린 생선을 급하게 굽고 주발에 만들어 둔 무침을 작은 그릇에 옮겨 담는 중이다. 기타이치는 거들겠다고 자청하고 술을 불에 올렸다. 놈들의 위장을 삶아버려, 라고 저주하며 부글부글 끓도록 술을 데웠다.

"그럼 부탁하우."

"네!"

데운 술을 담은 술병과 잔, 안주를 작은 하코젠(상자형 소반)에 올려서 나른다. 기타이치가 사다리를 올라가 보니 해질녘부터 와 있던 손님 네 명이 이미 땀을 식힌 지 오래되었을 텐데 여전히 주사위 노름에 열을 올리고 있었다.

"오, 술은 이쪽으로."

젊은 두목은 목욕을 마친 웃통을 드러내고 어깨에 수건만 하나 걸친 차림으로 벽에 기대어 부채질을 하고 있었다. 목소리를 듣기 전부터 아! 저자로구나, 라고 직감했다. 매끈하게 잘생긴 사내여서 여자 역할을 하는 가부키 배우처럼 살결이 희다. 키가 크고 가슴은 밋밋하다. 힘쓰는 일을 하는 자는 아니군. 목소리는 싱싱한데 몸이 그리 젊지만은 않다. 스물다섯이나 여섯?

그와 어울리는 상인도 목소리보다 몸이 더 나이 들어 보였다. 살쩍이 하얗고 오른쪽 눈꺼풀이 절반쯤 감겨 있다. 볼도 축 처져 있는 것을 보면 쉰 살이 넘었는지도 모른다. 적당히 값이 나가 보이는 옷을 입은 것을 보면 이 사람 역시 뭔가를 만드는 직업을 가진 사람처럼 보이지는 않는다. 얼른 잔을 들어 데운 술을 받는 손가락이나 손톱도 아주 곱다.

두 사람 옆에는 남색 보자기에 싼 네모난 물건이 놓여 있다. 크기와 모양이 꼭 천냥함1냥짜리 금화 1천 개가 담기는 나무상자. 크기는 400×145×123 같다. 만약 저 상자에 저자들이 훔친 기리모치가 가득 차 있다면 과연 얼마쯤 될까. 잠깐 그런 생각을 하며 기타이치는 식은땀을 흘렸다. 올라온 김에 바닥의 쓰레기를 줍는 등 간단하게 정리하는 척하며 귀를 기울이는데, 두목과 상인이 그 네모난 물건을 '공구함'이라고 부르는 소리가 들렸다. 상인이 조금 들어 올리는데 꽤 무거워하는 모습이었다. 목수의 공구함일까? 그러나 젊은 두목이 목수일 리는 없다. 만약 그가 목수라면 기타이치가 에이타이바시에도 시중을 흐르는 스미다 강에 있는 대형 다리 가운데 하나를 물구나무로 건너겠다.

두 남자는 데운 술 두 병을 비우고 다시 두 병을 더 주문하더니 노름판에 끼어 놀기 시작했다. 한동안 "홀!"이니 "짝!"이니 외치며 흥을 내던 남자들이 이윽고 야간 소바 노점에서 소바나 먹자면서 돌아갔다. 그 참에 두목이 측간으로 갔다.

이런저런 잡일을 하는 척하며 2층 객실을 드나들던 기타이치도 일단 아래층으로 내려왔다. 기타지가 가마 앞에 앉아 있었다.

"어때?"

기타이치가 공구함 이야기를 하자 기타지가 대답했다.

"나도 젊은 두목을 목수라고 보진 않아. 하지만 그 공구함은 목수의 공구함처럼 묵직해."

어떻게 아느냐고 물으려던 기타이치는 이내 입을 다물었다. 이 녀석의 귀라면 능히 감지할 수 있겠지.

"헝겊이나 종이가 들어 있는 게 아냐. 인형도 아니고 책도 아니고. 책으로 그만한 무게가 되려면 상자가 세 배쯤 더 커야 해."

기타이치는 지극히 순수한 호기심에서 물었다. "천냥함 아닐까?"

"진짜 천냥함을 본 적 있냐?"

"……없어."

기타이치의 생활과는 인연이 먼 물건이다.

"천냥함은 더 작아."

기타지는 본 적이 있구나.

"소리를 들었으면 좋았을 텐데. 그 상인이 도착할 때 마침 다른 손님이 나가는 중이라 소리가 섞여버렸어."

그보다 뚜껑을 열어보면 더 빠를 텐데. 기타이치가 빠른 말로 물었다. "그 객실 천장 위로 올라가려면 어떻게 해야 하지?"

계단을 다 올라가 오른쪽 창고의 천장 널판을 쳐들면 올라갈 수 있다고 한다.

"그럼 내가 천장 위로 올라갈게. 기타지는 저자들을 잘 지켜보면서 무슨 말을 하는지 귓구멍 후벼 파고 잘 들어둬. 그러다가 저자들이 여기를 나가면 바로 미행해."

기타이치는 이런 일에 익숙지 못하므로 무리하게 뒤를 밟아봐야 놓쳐버릴지 모른다. 더욱 큰 위험은 미행하다가 상대방에게 들키는 것이다.

"좋아, 알았어. 객실 천장 반자를 잘못 밟아서 떨어지지나 마라."

기타지는 간이 오그라드는 충고를 하고 내처 말했다. "또 하나 생각난 게 있다."

그것은 더욱 간이 오그라드는 말이었지만 분명히 좋은 제안이었다.

"그런데, 가망은 있는 거야?"

"있지."

그렇다면 기타이치도 마다할 수 없었다.

그로부터 반각(한 시간) 정도 지났을 때, 나이는 스무 살이나 되었을까, 직인처럼 한텐에 작업복 바지를 입은 젊은이가 두목을 찾아왔다. 그는 목욕탕에 들어가지 않고 곧장 2층으로 올라갔다.

그러자 상인이 작별을 고하고 물러갔다. 상인은 거나하게 취해서 얼굴이 빨갛고 걸음이 불안하다.

이자까지 미행하기는 애초에 무리다. 이쪽이 두 명밖에 없으므로 어쩔 수 없다. 다만 기타지의 묘안이 나중에 이 아쉬움을 해소해줄지도 모르겠다.

두목과 젊은이는 미지근해진 술과 어지럽게 해체된 생선을 뒤적이며 이마를 가까이 하고 이야기를 나누었다. 먼지투성이 천장 위에 엎드려 반자 틈새로 아래를 엿보는 기타이치의 귀에는 그들의 말소리가 들리지 않는다. 두목은 상인이 두고 간 정체불명의 상자로 손을 뻗지는 않았지만, 젊은이는 내내 그 상자를 의식하는 것처럼 보였다. 그러다 한 번은 어서 상자를 열어보자고(내용물을 보여달라고) 재촉했다.

"셋이 다 모이면."

두목이 달래는 목소리는 알아들을 수 있었다.

"예, 재촉해서 죄송합니다."

젊은이의 그 말을 듣는 순간 기타이치 귓속에서 뭔가가 딱 들어맞는 느낌이었다.

이 목소리, 어디서 들어본 적이 있다.

젊은이의 얼굴을 자세히 보고 싶었다. 젠장, 천장 위에 있으니까 도리어 불리하네. 목욕탕 잔심부름꾼인 척하며 객실에 드나드는 편이 더 낫지 않았을까.

그때였다. 하늘이 도운 걸까.

"오늘 밤은 쌀쌀하네요."

젊은이가 추운 듯이 어깨를 움츠리며 고개를 들더니 천장을 올려다 보았다.

──그놈이다.

낮에 목재하치장 가설주택 구역에서 보았다. 노파와 부인들에 둘러싸여 있던 놈이다. 고물을 팔러 왔나 했더니 장사치가 아니라 집을 잃은 주민들에게 깔개나 이불을 기증하러 왔다고 했었다.

"미안해서 어쩌나, 이렇게나 많이" 하고 부인들이 고마워했었는데.

그때는 그자를 사무라이도 아니고 직인도 아니고 가게 점원도 아니고 무가저택에서 일하는 일꾼일 거라고 짐작했다. 마게를 삐딱하게 묶고 다니는 사람은 드물기 때문이다.

지금 기타이치의 눈 아래 있는 마게는 곧게 선 평범한 모양이다. 겉옷도 호사스러운 상어가죽무늬 비단이 아니라 평범한 격자무늬였다. 그래서 인상이 전혀 달라 보였던 것이다.

무슨 생각으로 그렇게 차려입고 다녔던 걸까. 기타이치의 가슴이 술렁였다.

그렇게 반각 이상 기다렸을까. 마침내 일당의 세 번째 인물이 나타났다.

그자는 전혀 젊지 않아서 서른은 넘어 보였다. 체격은 날씬하고 옷도 그리 저렴한 축은 아닌 듯했다. 일단 소상인처럼 보인다고 해두자.

"이제야 오는군."

조금 졸려 보이는 두목과 무료하게 하품을 하던 젊은이에게 소상인이 연방 고개를 숙이고 말했다.

"정말 죄송합니다. 마누라가 또 피를 토해서 금방 집을 나설 수 없었습니다."

그거 걱정이군, 하며 두목이 윗몸을 일으켰다.

"이제는 괜찮아졌소?"

"잠이 들긴 했는데, 여전히 열이 높아서."

"그럴 땐 인삼을 먹여야 하는데." 젊은이가 말했다.

소상인은 그 말에는 대답하지 않고 사카야키_{이마부터 정수리 쪽으로 면도한 자리}가 반들거리도록 흘러나온 땀을 손등으로 찍어냈다.

"후우, 급하게 뛰어오느라 땀이 나네요."

문득 쳐든 얼굴을 보고 기타이치는 흠칫 놀랐다.

저 얼굴도 낯이 익다. 기억이 난다.

역시 어제 목재하치장 가설주택 앞에서 저자와 마주쳤었다. 기름을 듬뿍 발라 머리를 가다듬고 얇은 찬찬코를 입은 모습이 특이해서 눈길을 끌었다.

지금은 어제의 그 모습이 아니다. 어디서나 볼 수 있는 평범한 소상인의 모습이다. 가난한 티는 나지 않지만 보란 듯이 멋을 낸 모습도 아니다.

"자, 그럼 바로 몫을 나눌까."

두목이 말하자 젊은이가 객실 출입구인 장지문으로 걸어가 밖에 누가 없는지를 확인했다. 사다리 아래쪽에도 아무도 없다. 천장 위에 기타이치만 있을 뿐.

두목이 보자기를 풀고 속에 있던 물건을 꺼냈다. 모서리마다 쇠붙이를 댄 평범한 나무상자였다. 새로 만든 상자는 아닌 것 같다.

뚜껑이 너무 단단히 닫혀 있어서 두목이 끙끙거렸다. 그래도 시원하게 열리지 않았다. 비틀 듯이 당겨서야 간신히 3분의 1쯤 열렸다.

"우와!" 젊은이가 탄성을 올렸다. 소상인이 몸을 웅크리며 나무상자에 얼굴을 가까이 댔다.

"당신들 몫이니까 걱정 마쇼. 그런데 담아갈 자루라도 가져왔소?"

두목의 말에 젊은이와 소상인이 각자 품에서 마대를 꺼냈다. 잡곡이나 콩을 담는 튼튼한 자루다. 아가리에 끈이 꿰어져 있어서 등에 둘러맬 때도 편한 자루였다.

"그럼, 먼저 도미 씨부터."

두목이 상자에서 제법 묵직해 보이는 물건을 꺼냈다. 그냥 봐서는 특별히 귀한 것도 신기한 것도 아니었다.

돈꿰미였다.

삼끈이나 가는 줄에 동전을 꿰어 목돈으로 만들어서 가지고 다니게 만든 꾸러미로, 흔히 행상이나 여행자가 가지고 다닌다. 잔

돈 다발이므로 가볍지 않다. 금액이 클수록 무거워질 수밖에 없다.

"이것과⋯⋯ 이거, 이렇게 합치면 2냥 2부 '부'는 에도 시대에 화폐 단위로, 1냥의 4분의 1."

기타이치는 저도 모르게 '어?' 소리를 낼 뻔했다. 2냥 2부라면 어째서 간편하게 고반 에도 시대에 유통된 1냥짜리 타원형 금화 2닢과 2분은 '1분은分銀'은 금 1냥의 4분의 1 가치가 있는 은화. '2분은' 은화가 따로 있었다 1닢으로 주지 않을까? 왜 저렇게 잔돈을 돈꿰미로 꿰어서 그 금액을 만든 걸까.

"이것은 이노 씨 몫."

소상인의 마대에도 돈꿰미가 들어갔다. 자루 바닥부터 돈꿰미가 차곡차곡 채워지도록 형태를 가다듬으며 넣는다.

"이것을 뚜껑처럼 맨 위에 얹고."

두목이 따로 준비해 온 물건은 마대의 절반쯤 되는 자루로, 마대보다 부드럽고 낡아 보였다. 다만 뭔가가 풍뚱하게 담겨 있다. 자루를 흔들자 사락사락 소리가 난다.

"알 굵은 팥이오. 집에 돌아가 팥죽을 쒀 먹으면 좋을 거요."

과연. 마대 맨 위에 팥 자루를 얹으면 돈꿰미를 감출 수 있다. 만에 하나 마대 아가리가 벌어지는 사태가 생겨도 사람들 눈에는 팥 자루만 보일 것이다.

"이번 통수치기도 아주 잘 됐소."

두목이 자세를 고쳐 앉아 환하게 웃는 낯으로 말했다.

"후카가와 모토마치 쪽은 다 끝났소. 그러니 이제는 얼쩡거리면 안 돼. 다음 건수와 관련해서——일단 당신들에게 해볼 마음이 있는지부터 물어볼까."

무가저택 일꾼처럼 차려입은 직인 같은 젊은이와 어제까지만 해도 머릿기름을 듬뿍 바르고 찬찬코를 입고 있던 소상인은 무릎을 꿇은 채 허리를 곧게 편 자세로 앉아 있었다.

서로 양보하듯 얼굴을 마주보더니 소상인이 먼저 입을 열었다.

"저는, 다음 건수에도 꼭 끼고 싶습니다."

저도—— 하며 젊은이가 뒤를 이었다. 두목은 그런 두 사람 얼굴을 번갈아 쳐다보고 나서 흡족하게 고개를 끄덕였다.

"그럼, 또 부탁하겠소."

기타이치는 구역질이 올라오는 느낌이었다. 천장 위 먼지와 어둠과 불편한 자세 탓이 아니었다. 위장이 아닌 다른 데서 솟아나는 분노의 구토였다.

10

"다음 표적이 정해지면 다시 연락합시다. 그때까지 건강하시오."

두목의 말을 끝으로 '도미'와 '이노'라 불린 남자들은 각자 몫으로 받은 마대자루를 메고 사다리를 내려갔다. 혼자 남은 두목은 돌아갈 기미가 없었다.

일당 가운데 세 명이 돌아갔다. 그러나 핵심은 역시 두목이다. 기타이치는 천장 반자 위에 꼼짝없이 엎드려 있었다.

혼자 남은 두목은 크게 하품을 하더니 벌러덩 누워 팔베개를 하고 눈을 감았다. 살짝 코를 골기까지 한다. 또 누가 올 예정인지도 모른다. 당황스럽긴 했지만 기타이치도 꾹 참고 기다렸다.

한데 도미와 이노가 떠나고 반각 정도가 지나자 두목이 벌떡 일어나 몸단장을 시작했다. 상의 소맷자락과 옷단에 바둑판무늬가 있고 그 위에 걸친 하오리에도 바둑판무늬가 있는데, 색조는 같지만 무늬 위치와 크기가 달랐다. 얇은 견직물 옷은 조금 낡아서 딱히 호사스럽게 보이지는 않았다. 다만 색조와 무늬의 배합이 세련돼 보이긴 했다.

──흠, 목도리까지 짝을 맞췄네.

두목은 긴 목도리를 익숙한 손놀림으로 목에 감더니 가슴 앞에서 세련된 매듭으로 묶고 마무리로 옷단을 팡팡 쳤다.

한텐에 작업복 바지를 입은 도미와, 소상인으로 보이는 이노는 오늘 밤 옷차림이 그들의 생업을 보여주는 본래 모습일 것이다. 가설주택이 있는 목재하치장에 드나들 때는 다른 생업 혹은 다른 처지에 있는 사람처럼——가령 도미는 무가저택의 일꾼, 이노는 아낌없이 바른 머릿기름 냄새를 풀풀 풍기는 멋쟁이로 변장한 것처럼 보인다.

여전히 이름을 알 수 없는 두목과, 돈꿰미를 가득 채운 공구함을 메고 와서 이자에게 넘기고 간 상인은 과연 어느 쪽이 본래의 모습일까.

두목은 상인이 메고 왔을 때보다 훨씬 가벼워졌을 공구함을 가볍게 들어 어깨에 메고 사다리를 내려갔다. 기타이치가 재빨리 천장에서 내려와 반침을 통해 복도로 나와 보니 사다리 밑에서 두목과 신참 노파가 이야기하고 있었다. 아마도 두목이 신참 노파에게 잔돈을 쥐여준 모양이다.

"오늘 밤은 춥네요. 감기 조심하세요, 아주머니."

"번번이 고맙습니다. 또 오세요."

"다음에는 유도후두부를 다시마 등의 국물에 삶은 요리에 한잔할 테니 잘 부탁드립니다."

"예, 예."

뭐야, 사이가 꽤 좋잖아.

살짝 불쾌해하고 있는데 신참 노파가 2층을 정리하러 올라왔다. 기타이치는 일단 반침에 숨어 있다가 노파와 자리바꿈하듯

얼른 계단을 내려갔다. 계단 맨 아랫단을 디디는 순간,
"여기."
기타지의 목소리가 들렸다. 두목은 이미 보이지 않는데도 기타지는 계단 뒤에 쪼그리고 앉아 있었다.
기타이치는 그만 소리를 높이고 말았다. "어서 미행해야지?"
"서두를 것 없어, 표식을 붙여 놓았으니까. 눈치채지 못하도록 멀찍이 따라가는 게 좋아."
표식? 의아해하는 기타이치의 코앞에 기타지가 새카만 것을 쓱 내밀었다.
"이걸 써."
두건이었다. 천의 감촉이 낯설고, 머리부터 어깨까지 완전히 가려지고 코 자리만 뚫려 있다.
"이래서는 앞이 보이질——,"
보이지 않지는 않았다. 써 보고 알았지만 두 눈이 있는 부분은 훤히 비춰보이는 천이었다.
"캄캄한 밤중에는 얼굴을 알아볼 수 없어. 하지만 아주 희미하게라도 빛이 있으면 눈동자가 잘 보이거든."
그래서 야음을 틈타 뭔가를 할 때는 눈을 가리는 일이 중요하다고 한다.
"요긴한 두건이네."
기타이치는 두건 위로 자기 얼굴을 만져보았다. 감촉이 매끌매끌하다.

"진짜 닌자는 이런 걸 쓰냐?"

"이 정도 물건은 수완 좋은 밤도둑도 쓴다."

먼지투성이 어둠 속에서 실눈을 뜨고 있던 기타지가 "슬슬 움직여볼까" 하며 이동했다. 기타지는 사다리 뒤쪽 벽을 더듬었다. 무엇을 하는지 의아했는데, 곧 벽판이 떨어지고 사람이 겨우 기어서 드나들 만한 네모난 구멍이 나타났다.

"이거, 네가 뚫어 놓은 비밀 통로냐?"

"내 맘대로 벽을 허물겠냐? 쓰레기 통로야."

기타지를 바짝 따라서 기어나가 보니 가마실 한쪽 구석의 쓰레기더미 앞으로 나왔다. 캄캄한 어둠 속에도 악취가 있다. 냄새는 밤에도 가시지 않았다.

"그자는 어느 쪽으로 갔지? 표식을 달아두었다니, 어떻게 했다는 거야?"

기타이치의 안달하는 물음에 기타지는 말없이 밤하늘을 가리켰다. 기타이치는 그의 손가락 끝으로 시선을 옮겼다가 믿기지 않는 것을 보았다.

연붉은 기운이 서린 연기 한 줄기가 밤공기 속을 힘없이 감돌다가 꼬리에서부터 희미해지며 사라지고 있었다.

"비가 오거나 바람 부는 날에는 쓸 수 없는 방법이지."

오늘 밤은 마침 날씨가 좋다고 기타지는 말했다.

"이건 또 무슨 마술이지? 아니, 마술이 아니라 닌자 비법인가?"

"바보 같은 소리. 그냥 선향이야."

불은 작아도 연기가 잘 유지되도록 재료를 궁리해서 배합한 특제 선향으로, 냄새가 거의 없다는 특징도 있다. 그 향을 가는 실에 묶어 추적 대상자의 옷자락이나 신발에 달아둔다. 추적 거리는 선향의 길이와 굵기로 조정할 수 있다고 한다.

"그럼 쫓아가보자."

기타지는 매우 차분했다. 기타이치는 제풀에 거칠어진 콧김 탓에 두건 안쪽이 몹시 거북하게 느껴졌다.

기타지가 표식으로 달아둔 선향은 3정(약 330미터)에서 꺼지고 말았지만, 그 정도면 충분했다. 두목은 조메이탕을 나서자 상가 주택이 죽 늘어선 쪽이 아니라 흔히 '후카가와 십만 평'이라 부르는 광활한 논밭 쪽으로 걸음을 향했던 것이다. 시간이 시간인지라 두렁길을 걷는 사람은 보이지 않았고 불을 피워 놓은 곳도 없었다. 미행하는 두 사람도 선향 불도 너무나 눈에 잘 띄는 외줄타기 같았다.

두렁길에 몸을 숨기느라 마른풀과 흙에 범벅이 되어 뒤를 밟으니 두목은 오나기가와바시를 건너 고혼마쓰를 지난 곳에서 강가로 내려갔다. 그곳에는 위태롭게 기운 작은 잔교가 있고 작은 쾌속선이 계류되어 있었다.

사내는 공구함을 먼저 쾌속선에 싣고 계류 밧줄을 푼 뒤 바둑판무늬 옷자락을 다잡고 훌쩍 뛰어서 배에 올라탔다. 익숙한 손놀림으로 노를 저어 잔교를 벗어나 동쪽으로 계속 나아갔다. 곧 강물의 어둠에 흡수되어 사라졌다.

"……어떻게 하지?"

기타이치가 두렁길에서 몸을 일으키고 물었다. 사람 뒤를 밟는 일이 이렇게 여의치 않다니.

"돌아가자." 기타지가 말했다. "확인할 것은 다 확인했다."

"응?"

"노 손잡이에 낙인이 찍혀 있었어."

'○ 안에 六자'. 어느 상점의 옥호일 거라고 했다.

"조사해보면 알 수 있을 거야. 그 상인의 신분은 이미 알아냈고."

응? 뭐라고? 언제? 그걸 언제 알아냈다는 거지?

"그자에게도 선향 표식을 달아둔 거야?"

"아니. 그렇게 무거운 상자를 혼자 메고 왔으니 필시 가까운 곳일 것 같아서 뒤를 밟았지."

기타쓰지바시 옆 전당포였다고 한다. 과연 조메이탕을 나와서 요코가와를 따라 곧장 걸어가면 되는 곳이다.

"그 전당포 옥호도 '무쓰미야六実屋'였으니까 두목의 '○ 안에 六자'하고 관련이 있을 수도 있고 그냥 우연일 수도 있고. 뭐 어느 쪽이든 상관없지만."

기타지는 천연덕스러운 얼굴이지만, 기타이치는 천장 위에 올라가랴 두렁길을 기어 다니랴 하다가 어둠 속에서 갑자기 여러

통수치기 • 163

사실을 듣고 보니 머리가 찔어찔했다.

"도미라는 자와 이노라는 자는……."

기타지가 이미 두 명의 행선지까지 혼자 알아냈다고 해도 신기할 것은 없었다.

"손을 써 났다. 오늘 밤에 확인해볼까."

기타지는 그렇게 말하고 밤바람의 냄새를 맡는 것처럼 코끝을 들었다.

"빠를수록 좋고…… 그 녀석들도 뛰어다니자면 한밤중이 편할 테고."

뛰어다니자면 한밤중이 편하다고? 그 녀석들이라니?

개였다.

정말 뜻밖이지만 이놈에게는 개라는 믿는 구석이 있었구나. 기타지가 가마실에서 휘파람을 불자 신기하게도 개 님들이 나타났다.

기타지가 생각해낸 대책이란 것은 두목을 만나고 돌아가는 자들의 옷이나 신발에 냄새를 묻혀두고 나중에 그 냄새를 추적하겠다는 것이었다. 인간보다 훨씬 냄새를 잘 맡는 개를 이용해서.

"나도 처음 해보는 일이라 잘 될지 어떨지."

그렇게 말하지만 개 두 마리의 머리를 쓰다듬어주는 기타지의 손놀림은 능숙했고, 개들도 기타지를 잘 따르는 것처럼 보였다. 하긴 잘 따르지 않으면 휘파람으로 부를 수도 없었겠지.

한 마리는 꾀죄죄한 하얀 개인데 한쪽 귀가 찢어지고 한쪽 눈은 절반쯤 감겨 있다. 혼자서는 안아 올릴 수 없을 만큼 덩치가 크고 무겁다.

다른 한 마리는 덩치가 작고 호리호리하며 하얀 얼룩과 갈색 얼룩이 섞인 얼룩개였다. 귀가 바짝 서고 꼬리도 야무지게 감고 눈은 또록또록 맑지만 코에 흉터가 있다. 무엇에 잘린 것 같은 흉터였다.

"이 아이들, 닌자 개야?"

"그냥 들개야."

들개치고는 굶주려 보이지 않고 기타이치를 경계하지도 않는다.

"목욕탕 노인들과 네 냄새는 가르쳐 두었다. 그래도 손가락 잃고 싶지 않으면 아직은 이 아이들을 만지지 않는 게 좋을 거다."

넵, 절대로 만지지 않겠습니다.

"이름은 지어주었니?"

"흰둥이와 얼룩이."

너무 대충 지었잖아.

"두 마리씩이나! 언제 주워온 거야?"

개들은 기타지가 내준 잔반으로 보이는 먹이를 먹고 나서 물을 마시고 있었다. 기타지는 기타이치의 얼굴을 돌아다보았다.

"주워온 게 아냐. 동료 사이라고 가르쳐둔 적은 있어도 주인이 된 기억은 없어."

"아, 그래?"

기타지가 처음 만난 개는 흰둥이였다. 기타이치가 에도 앞바다에서 익사하려다 구조되어서 잠시 쉬던 무렵 만났다고 한다.

"그 전부터 가마실에 개가 어슬렁거리는 기미는 있었는데, 좀처럼 얼굴을 볼 수 없었지."

처음으로 딱 마주친 것은 새벽이었는데, 흰둥이는 오른쪽 앞발의 발톱이 부러져 다친 상태였다. 기타지가 치료해주었다.

"밤에는 거리를 돌아다니며 잔반을 뒤져서 먹고 낮에는 강가의 다리 밑이나 무가저택 뒤 덤불 속에 숨어 있었지."

이 근방에는 그런 들개가 꽤 많다. 자칫 주민들을 공격하는 일도 있지만, 흰둥이와 얼룩이에게는 그런 염려가 필요 없었다.

"얼룩이는 타고난 사냥개야. 발이 빠르고 눈이 좋아서 쥐든 족제비든 뱀이든 눈에 보이는 대로 사냥하지. 흰둥이는 물고기를 잘 잡아."

흰둥이는 보름 정도 만에 기타지에게 길들자 어느 날 밤 얼룩이를 데려왔다. 기타지가 "네 후배냐?" 하고 묻자 흰둥이는 멍! 짖고 얼룩이는 땅바닥에 앞다리를 구부리며 인사를 했다던가.

"두 마리가 네 후배가 된 거네."

기타이치의 말에 기타지가 고개를 저었다.

"아까도 말했잖아. 나는 이 녀석들을 키우는 게 아니라고. 잔반이 있으면 주지만 없으면 아무것도 안 줘. 녀석들도 가끔 찾아올 뿐이야. 내키지 않으면 보름씩이나 무소식일 때도 있어."

실제로 기타이치는 기타지가 개를 보살피고 있다는 사실을 전혀 몰랐다.

"하지만 아까 네가 휘파람을 부니까 바로 달려오던데?"

"미리 부탁해 두었으니까."

아, 그러셨어요. 이제는 '엥?' 혹은 '헐!'이란 반응마저 잊었다.

기타지는 6자 남짓 되는 줄에 목걸이를 연결한 목줄을 준비해 두고 있었다. 수건을 찢어 마련한 끈 여러 가닥을 꼬아서 만든 목줄이다.

"먼저 얼룩이부터. 너는 잠깐 기다리고 있어."

그렇게 말하자 몸집이 큰 외눈박이 하얀 개는 천천히 가마 옆으로 가서 기타지가 늘 가마 불을 살피며 앉아 있는 자리에 웅크리고 앉았다.

"가자, 얼룩이."

기타지가 얼룩이에게 목줄을 채웠다. 기타이치는 가슴이 두근거려 그만 손을 내밀고 말았다.

"내가 잡으면 안 돼?"

"단단히 잡아야 해."

두 사람과 한 마리는 조메이탕 입구로 이동했다. 기타지가 품에서 작은 약포지를 꺼내 얼룩이의 코 앞에서 흔들었다. 약포지에서 뭔가가 사르륵 떨어져 이내 사라졌다.

"우선은 도미다. 놈의 바지에 이 냄새를 묻혀 두었다. 자, 가자."

기타지가 목덜미를 두드려 주자 얼룩이는 혀를 내밀고 땅바닥을 향해 킁킁 냄새를 맡으며 걷기 시작했다. 그러더니 곧 오기바시 쪽으로 눈길을 향했다.

"우와!"

기타이치가 갑자기 고꾸라질 것처럼 달리기 시작했다.

"오, 역시 닌자 개다. 너무 빨라!"

"그냥 들개라니까."

얼룩이가 기타이치와 기타지를 데리고 달려간 곳은 혼조 오타케구라 근처 미나미와리게스이南割下水 와리게스이는 습지대의 배수를 위해 파놓은 수로. 생활하수가 섞이지 않아 물은 깨끗했다를 따라 자리 잡은 거리였다. 얼룩이는 어느 나가야에서 멈췄다. 이곳은 크고 작은 무가저택이 많고 상가주택이라도 단독주택이 많은 곳이다. 나쁜 의미에서 눈길을 끄는 초라한 뒷골목 공동주택이었다.

기타지는 나가야 출입구에서 기타이치에게 얼룩이의 목줄을 넘겨받았다. 얼룩이는 기타지를 이끌며 코를 킁킁대지도 않고 부지런히 걸어서 제일 구석에 있는 집의 장지문 앞으로 다가갔다. 그 장지문의 징두리널에는 '머리장식 비녀 머리빗 잇페이'라고 커다랗게 휘갈겨 쓴 글자가 적혀 있었다.

기타이치와 기타지는 나가야 출입구에 걸려 있는 명찰을 올려다보았다.

"세공장인 잇페이"

두 명과 한 마리는 나가야를 나와 한밤의 어둠으로 돌아왔다.

'도미'의 실체인 세공장인 잇페이는 조메이탕에서 자기 거처인 나가야로 돌아올 때 파수꾼이 지키는 기도_{공동주택, 네거리, 교량 등의 입구에 지어 놓은 초소}를 요리조리 피해서 걸었다. 덕분에 기타이치 일행 역시 누구의 제지도 받지 않고 조메이탕으로 돌아올 수 있었다.

기타지는 얼룩이를 열심히 칭찬하며 목줄을 벗기고 물을 주었다. 그리고 벗긴 목줄을 이번에는 흰둥이에게 채웠다.

"요즘은 밤이 긴 철이니까 나랑 흰둥이는 나가서 좀 뛰고 와야겠다. 너는 어떡할래?"

기타이치는 실은 조금 피곤하고 졸렸지만 내가 질쏘냐 싶었다.

"나도 갈게."

이번에는 소상인으로 짐작되는 이노를 추적할 것이다. 기타지는 또 다른 약포를 꺼내어 펼치고 흰둥이 코에 대서 냄새를 기억시킨 뒤 직접 흰둥이 목줄을 쥐고 앞장섰다.

다행히 얼룩이처럼 거침없이 달리지 않아서 기타이치와 기타지는 평소 걸음으로 따라갔다. 흰둥이는 조메이탕에서 요코가와 수로를 따라 남쪽으로 걷다가 후쿠나가바시를 건너자 동쪽으로 코를 돌리고 계속 걸었다. 도중에 걸음을 멈추지 않았고 헤매는 모습도 없었다. 마치를 걷는데도 기도와 마주치지 않은 것을 보면 이노 역시 기도의 파수꾼을 피해가며 이동했으리라 짐작할 수 있었다.

흰둥이는 그 뒤에도 수로를 세 개 건넌 뒤 왼쪽으로 꺾어져 논밭 한가운데서 방풍림과 산울타리를 두른 커다란 집 앞에 걸음을 멈추었다.

산울타리가 끊긴 곳을 통해 안쪽을 살펴보았다. 초가지붕을 얹은 넓은 저택으로, 사람이라면 이마에 해당하는 곳——처마 바로 밑에 옥호가 걸려 있었다.

네모 안에 '생生' 한 글자.

"마스쇼, 라고 읽나?"

상가일까? 무엇을 파는 상가일까. 주변을 둘러본 기타이치는 불도 켜 있지 않은데 경치가 보인다는 사실을 그제야 알아챘다. 동녘 하늘이 밝아오기 시작한 것이다.

서광 덕분에 옥호가 있는 건물 건너편으로 수차가 보였다. 덜컹, 덜컹 소리도 들려온다.

이런 풍경은 처음이다. 어떤 물건을 취급하는 상가인지 더욱 알 수 없었다. 아니면 지주인가?

"……생약가게."

기타지가 중얼거렸다. 기타지를 등지고 선 그는 건물이 아니라 주위에 펼쳐진 논밭을 바라보고 있었다. 간소하지만 높다란 울타리를 두른 밭도 있다.

"이 고랑에 자라는 가는 풀이나 저쪽에 못생긴 이파리가 비죽비죽 튀어나온 풀."

생약의 재료가 되는 식물인 것 같아.

"다만 중개만 하는 도매상이 아니라 자기 밭에서 약재를 재배해 조제까지 하는 가게일 거야."

"이런 후카가와 변두리에?"

"그러니까 농사지을 땅이 풍부하잖아. 게다가 배를 이용하면 교통은 그리 나쁜 곳이 아냐."

그렇군. 사람이 먹는 채소는 누군가 밭을 일궈주지 않으면 구할 수 없다. 약재가 되는 식물도 마찬가지다. 야생으로 자라는 것만 채취해서는 부족할 수 있다. 기타이치로서는 처음 해보는 생각이었다.

"역시 너는 아는 게 많구나."

그렇게 말하고 저도 모르게 하품을 흘릴 때, 머릿속의 기억이 하품과 함께 흘러나왔다.

"이노란 자가 정신없이 달려오느라 땀을 흘렸다고 했었지."

이만한 거리라면 그럴 수 있다.

"아내가 피를 토하고 나서 잠들었고, 열이 높다고도 했고."

빨리 인삼을 먹이면 좋을 거라는 말도 했었다.

기타지는 말했다. "인삼은 눈알이 튀어나오게 비싼 생약이야."

"그렇지. 여기서 재배하나?"

"모르지. 애초에 땅속의 뿌리를 캐는 것인지 나뭇가지에 열리는 것인지."

뭐야, 기타지도 모르는 게 있어?

"날이 밝았다. 누가 보기 전에 돌아가자."

재촉해도 기타이치는 바로 움직이지 않았다. 졸리고 나른하고 힘들었기 때문이다.

그러자 흰둥이가 기타이치의 허벅지를 덥석 물었다. 정확히 말하면 '아가리를 벌리고 허벅지에 이빨을 댔다'고 할 정도였지만 기타이치는 펄쩍 뛰어올랐다.
"아, 알았다. 돌아가자, 돌아가자."
가는 길에 졸지 않도록 내내 중얼거렸다. 돈꿰미가 가득한 공구함을 가져온 사람은 무쓰미야라는 전당포 사람이었다. '도미'는 미나미와리게스이 변 나가야에 사는 가난한 세공 직인이고, '이노'는 후카가와 변두리에서 생약을 만드는 상가의 식솔──아마 가족은 아니고 점원인 듯하지만 단정할 수는 없다.
조메이탕에서 기타지와 흰둥이와 헤어진 기타이치는 졸음과 피로와 허기로 녹초가 되어 도미칸 나가야로 돌아가는 것은 포기하고 사루에 공방으로 향했다.
──아아, 하지만 공방에는 먹을 것이 없는데. 역시 나가야로 돌아가는 편이 나았으려나.
본인은 모르고 있지만 눈은 거의 감기고 고개는 떨어지고 어깨는 처지고 다리는 질질 끄는, 참으로 딱한 모습이었다.
"기타 씨, 기타 씨."
자신을 부르는 귀에 익은 목소리도 알아차리지 못할 정도였다.
조금 변명을 하자면 기타이치도 그렇게 나약한 인간은 아니다. 하지만 아침부터 문고 행상을 다니고 밤에는 난생 처음 '잠복'이란 것을 하며 긴장하고, 긴 거리를 개와 함께 돌아다니는 바람에 뼈까지 지쳐서 주저앉아버린 것이다.

"기타 씨, 정신 차려, 기타. 기, 타, 이, 치! 다친 데도 없는데 왜 이래!"

부축해준 사람은 느티나무집 주변 청소를 마친 뒤 대빗자루를 메고 공방에나 가볼까 하던 오우미 신베에였다.

"산송장이군. 대체 뭘 어떻게 했기에 이렇게 녹초가 됐어."

신베에는 기타이치를 업고 왔던 길을 되돌아갔다. 느티나무집에서는 세토 님이 아침식사를 준비하고 젊은 나리 에이카가 뜰에 나와 아침 수련을 하는 중이었다.

기타이치는 백탕과 조반으로 기운을 차렸다. 무슨 일이 있었느냐는 물음에 말끝을 흐려서 에이카에게 꾸중을 들었으나 흥미롭게도——라고 하면 본인에게는 미안하지만 세토 님은 기타이치를 꾸짖지 않고 웃지도 않았다. 제일 유쾌하게 웃은 사람은 신베에였다.

처음부터 말하니 긴 이야기가 되었다. 이야기가 끝날 때까지 세토 님은 기타이치에게 백탕을 두 번 따라주었다.

"······그래서 지난 밤사이 수상한 자들 네 명 중 세 명까지는 신분을 알아냈습니다."

"상가 같다는 그 '마스쇼'라는 곳은 다시 찾아가보면 어떤 장사를 하는지 알 수 있겠군." 에이카가 말했다. "뭣하면 내가 당장 산책할 겸 보러 가줄 수도 있어."

그렇다면 남은 것은 두목, 'ㅇ 안에 六자' 옥호를 가진 상가와 관계가 있는 듯한 그자뿐이다.

"○ 안에 六자라고?"

신베에가 품에 손을 찌른 채 고개를 갸우뚱한다.

"어디서 본 것 같기도 합니다만……."

신베에는 느티나무집을 관리하는 사무라이이며 만능해결사다. 발도 넓다. 한밤중에 오나기가와에 작은 쾌속선을 띄워서 갈 수 있는 상가라면 그가 알고 있다고 해도 이상할 게 없다.

그런 생각을 하는데 에이카 옆에 정좌하고 있던 세토 님이 강한 목소리로 "한심하긴" 하고 일갈했다.

"아, 죄송합니다."

꾸중을 들었다고 생각한 기타이치가 입을 꼭 다물었다. 하지만 세토 님이 꾸짖은 상대는 기타이치가 아니라 신베에였다.

"본 것 같기도 하다니, 그게 무슨 소립니까, 오우미 님. 똑똑히 봐 놓고선."

신베에는 눈을 깜빡거렸다. 세토 님은 내처 일갈했다.

"모종 파는 곳 아닙니까. 다른 때도 아니고 올 초봄에 당신이 그 가게 평판을 듣고 불러들였잖아요. 후카가와 십만 평 끝자락에 가게가 있어서 그 일대에 널리 팔고 있다는 묘목상이에요."

가게 이름은 '무토야六卜屋'라고 한다.

11

후유키초 마님은 기타이치와 기타지와 흰둥이와 얼룩이의 노고를 칭찬해주었다.

"언제 시간이 되면 나도 흰둥이와 얼룩이를 만나고 싶구나. 네 동무 기타지 씨에게 안부 전해주렴."

기쁘게 말하고 나서 이렇게 계속했다.

"도미와 이노, 두목이라는 무토야 점원에 대하여 그만큼 확인했으니 일단 사와이 나리께 다 말씀드려. 그리고 앞으로 어떻게 해야 하는지 물어봐야 해."

기타이치로서는 예상 밖의 조언이었다.

"우리 둘이 여기까지 알아냈고, 한 번만 더 힘을 쓰면 자세하게 확인할 수 있을 것 같은데……."

자기들 힘으로 해결하고 싶다. 어떤 선까지 다다라야 '해결'이라고 할 수 있는지는 모르지만.

마님은 고개를 저었다.

"물론 지금까지는 전적으로 너희 공이야. 하지만 두목 이야기를 듣고 보니 아무래도 이번 일은 그자들이 처음 저지른 짓도 아니고, 이것을 끝으로 그만두지도 않을 듯한데."

실제로,

──다음 표적이 정해지면 다시 연락합시다.

라고 했었다. 돈이라면 까다롭게 확인하는 것이 당연한 전당포 무쓰미야의 차분한 태도로 추측건대 그자들은 이미 이런 짓에 익숙해 보였다.

"사태는 이번에 후카가와에서 일어난 화재로 끝나지 않을 거야. 그자들은 이미 오래 전부터 정체를 숨기고 여기저기 나타나 이재민들을 위로한답시고 접근해서 목돈이나 금품을 훔쳐왔겠지. 몇 년 전부터 그런 짓을 해왔는지 누가 알겠니."

불구경과 싸움구경은 에도의 꽃이라고(거의 허세지만) 할 정도로 에도 시중에는 화재가 잦다. 두목 일당에게는 그만큼 사냥터가 많은 셈이다. 어제는 동쪽, 오늘은 북쪽. 내일은 남쪽, 모레는 서쪽 변두리. 상인과 직인이 모여 사는 마치도 좋고, 사찰이나 신사도 좋고, 그 정문 앞 상가도 좋고, 무가저택 구역도 좋다. 지역에 따라 사는 사람도 다르고 살림살이도 다르니 절도의 표적도 달라진다.

"지금까지는 별개의 사건인 줄 알았던 많은 절도 사건이 두목의 일당이라는 실에 꿰어보면 죽 연결될지 몰라."

그렇게 생각해볼 수도 있는 만큼 이제 기타이치가 혼자 끌어안고 있어서는 안 되는 안건이 되었다.

"기타 씨가 미덥지 못하다는 게 아니야. 설사 센키치 대장이 이 건을 다루었더라도 나는 같은 의견을 내놓았을 거고, 대장이라면 내 의견을 듣기 전에 핫초보리로 달려가셨을 거다."

기타이치도 그건 안다. 불만스러운 표정은 짓지 않았다──라고 믿는다. 나는 그런 어린애 같은 짓은 하지 않아.

"알겠습니다. 지금 사와이 나리를 뵈러 가겠습니다."

잽싸게 뛰어나가는 모습을 보여주려고 했지만 마님이 냉큼 붙잡아 말렸다. 두 사람은 후유키초 집 툇마루에 앉아 있었는데, 기타이치의 어깨를 움켜쥐는 동작이 얼마나 잽싸고 정확한지,

――사실은 눈이 조금은 보이는 게 아닐까?

라고 생각했을 정도다.

"성급하긴. 용건이 하나 더 있어. 자, 들어봐."

기타이치의 어깨를 탁탁 두드려주며 말한다.

"요전에 오소메에게 자식이 있는 게 아닌가, 그쪽으로 조사해보면 좋지 않을까 했던 거, 기억하지?"

잊을 리가 없다. 두목 일당을 추적하는 데 열중하느라 아직 아무것도 알아보지 못해서 죄송하지만.

"나도 기타 씨에게 말만 해놓고 아무것도 하지 않는다면 도리가 아니지. 해서 오타마를 만나고 왔다."

기타이치는 깜짝 놀라 혀가 동그랗게 말리고 숨이 막혔다. 마님도 그 모습을 알아챈 표정으로 기타이치가 호흡을 되찾을 때까지 뜸을 두었다.

"……오타마 씨, 풀려났군요."

"덴마초 감옥에 갇혔던 것도 아닌데, 풀려났다고 하기도 이상하구나."

마님이 눈꺼풀을 희미하게 떨며 웃었다.

"오타마로서는 혼조 후카가와 담당 나리에게 말할 수 있는 것, 답할 수 있는 것은 모두 말했겠지."

문고가게에 불을 지른 자는 오소메가 틀림없다. 여기에는 다른 목격자도 있다. 문고가게 안주인 오타마는 식모 오소메를 제대로 가르치지 못하여 화재라는 무서운 사태를 불렀으니 책임자로서 엄중한 조사를 받았던 거라고 마님은 말했다.

"이것이 남자 점원의 잘못이었다면 당연히 만사쿠가 끌려갔겠지. 식모의 분풀이 악행이었으니까 오타마가 끌려갔던 거야."

식모를 제대로 가르치지 못한 죄라고?

"만사쿠 씨와 오타마 씨는 이제 벌을 받지 않는 건가요?"

"아마 벌금으로 끝내달라고 유지들이 관에 청원해줄 거라더군."

벌로 돈을 바치는 것인가.

"거금이 될까요?"

"작은 화재가 아니었으니 상당한 금액이 되겠지."

사실 오타마는 그제 저녁에 귀가를 허락받았다고 하지만, 본인의 간절한 부탁으로 남편이 있는 가설주택이 아니라 친정으로 돌아갔다고 한다.

"친정은 나리히라바시 옆에서 기와 굽는 일을 한다더군. 다만 오타마의 부모는 이미 작고하고 오빠 내외가 대를 이었다니까 오타마가 편하게 쉬기도 힘들겠지. 그곳에서 하룻밤 쉬고 어젯밤 늦게 가설주택으로 왔다고 도미칸 씨가 알려주더라."

마님은 일찌감치 가서 얼굴을 보고 왔다고 한다.

"설마 마님 혼자서요?"

"오미쓰와, 그 아이가 만나는 사람이 동행해 주었다."

마님은 다시 웃음을 지었다.

"쇼키치로라고, 좋은 남자더군."

아아, 그렇다면 안심이지.

"만사쿠네 식솔을 번거롭게 하고 싶지 않았고 오타마에게 묻고 싶은 것도 간단한 내용이어서 오래 있을 생각은 없었지만."

마님이 가설주택에 찾아갔을 때, 만사쿠와 문고가게 식솔들은 경야라도 치르는 것처럼 음울하고 차가운 공기 속에 푹 빠져 있어서.

"겨우 남편과 자식들 곁으로 돌아와도 오타마는 바늘방석에 앉은 기분이었겠지. 비록 하룻밤이라도 친정으로 피했던 게 좋지 않았는지도 몰라."

기타이치로서는 알 수 없는 상황이었다.

"아이들이 엄마 얼굴 보고 기뻤을 텐데."

"하지만 정작 아이들 엄마가 유령처럼 생기를 잃었으니 데면데면할 수밖에."

유령처럼 해쓱해진 오타마. 기타이치로서는 상상도 되지 않았다.

"만사쿠 씨나 오타마 씨, 혹은 문고가게 식솔 중에 누구라도 위로해 주셔서 고맙다고 마님께 인사한 사람이 있었습니까?"

마님은 가설주택이 지어지기도 전에 조금이나마 보탬이 되도록 적지 않은 돈을 만사쿠에게 보냈던 것이다.

"다들 그럴 계제가 아니었다. 점원과 직인들이 쥐죽은 듯 있던 것은 만사쿠나 오타마의 안색을 살피고 있었기 때문이겠지만, 화재는 이미 진압되었는데도 탄내가 심해서 역겨웠어."

마님은 마음이 상했다기보다 안쓰럽다는 듯 미간을 찡그리고 있었다.

"여하튼 오타마를 만나 얘기할 수 있었다."

마님은 코로 길게 숨을 토했다.

"그 아이는 나리의 조사를 받을 때도 오소메가 가게 돈을 훔치려고 했던 것, 쓰레기함에 불을 붙이는 장면을 보았다는 것을 그대로 말했다고 하더군. 복잡하게 지어내서 대답할 아이가 아니니까, 나도 그대로 믿고 있다."

문제는 그 이유였다.

"오소메가 돈을 훔치는 것을 보았을 때 오타마는 물론 질책했겠지."

그러자 오소메는 몹시 괴로운 모습으로, "빚이 있어요"라고 대답했다고 한다.

——당신이 언제 빚을 졌다는 거야?

——그동안 말하지 않았던 겁니다. 죄송합니다.

——말도 안 되는 변명을 늘어놓고! 감히 가게 돈에 손을 대다니, 목이 달아날 짓이야. 그거 알고 한 짓이야?

——하지만, 무슨 일이 있어도 돈을 마련해야 했어요. 마님, 제발 부탁이니 돈 좀 빌려주세요.

——무슨 잠꼬대 같은 소리야. 당신 같은 사람은 더는 여기 둘 수 없어. 당장 짐 싸서 나가!

오타마는 화재가 나기 이틀 전에 오소메를 해고했다.

"그건 처음 듣는 이야기군요. 만사쿠 씨도 말하지 않았고."

"만사쿠는 오타마가 정말로 오소메를 쫓아낼 거라고는 생각하지 않았으니까."

그러나 오타마는 진심이었다. 오소메에게 이렇게 말했다고 한다.

——갈 데가 정해질 때까지 이삼일은 기다려주지. 그 이상 버티려고 하면 알몸으로 쫓아낼 줄 알아.

"그러자 오소메도 오타마의 노여움을 풀기는 어렵다고 여겼겠지. 신변 물품을 정리하고 있었다고 하더군."

"하지만 문고가게에서 쫓겨나면 제일 먼저 상의해야 할 도미칸 씨나 몸을 의탁할 조림가게 오나카 씨한테는 아무 말도 하지 않았어요. 이상한데요?"

오나카는 오소메에게 문고가게 식모 일은 그만두고 나랑 같이 조림가게나 하자고 권했다. 제일 먼저 달려간다면 환영해줄지언정 내치지는 않았을 것이다.

"바로 그거야, 기타 씨."

마님은 이번에도 정말 눈이 안 보이는 사람인지 의심스러울 만큼 정확한 손놀림으로 기타이치의 어깨를 가볍게 두드렸다.

"오소메에게는 달리 의탁할 사람이 있었던 거지. 오소메가 돈을 훔치려고 할 정도로 절실하게 돈이 필요했던 이유도 그 사람과 관련이 있을 거야."

기타이치는 마님 얼굴을 보았다. 기타이치의 시선 끝에서 마님의 매끈한 눈꺼풀이 희미하게 떨렸다.

"그게 오소메 씨의 자식——입니까?"

마님은 고개를 끄덕였다. "나는 그렇게 생각하고 오타마에게 물었다."

——오타마, 오소메에게 자식 이야기를 들은 적 없어? 혹은 오소메는 말하지 않아도 실은 자식이 있는 거 아닐까 하고 느낀 적은 없어?

사와이 나리 말씀에 따르면 반야에서도 오타마는 독하다고 할 만큼 입을 다물고 있었다고 한다.

——모릅니다.

"고집스럽고 심술궂은 오타마답게 속이 빤히 보이는 거짓말이었어."

마님의 귀와 감을 속일 수는 없다.

"뭐, 사와이 신임 나리는 모르셨겠지만 나는 알지."

오타마는 오소메의 자식에 대하여 알고 있는 게 틀림없다.

"그 아이가 밉살맞은 투로 모른다고 할 때는 알고 있는 거야. 심보가 비뚤어진 아이니까."

마님이 이렇게 거침없이 비난하는 일은 드문지라 기타이치는 당황했다. 하지만 묘하게 싫지는 않았다. 오히려 마님이 오타마에게 품은 친근감 같은 것이 느껴지는 듯했다.

──'그 아이'라는 호칭도 그렇고.

오미쓰를 부를 때와 다르지 않은 느낌이다.

그런가…… 기타이치도 짚이는 바가 있었다.

"마님은 만사쿠 씨가 결혼할 때 오타마를 처음 알게 되신 거죠."

기타이치의 말에 마님은 멀리 들리는 작은 소리에 귀를 기울이는 양 고개를 갸웃거렸다.

"센키치 대장이 가져온 혼담이었는데, 나는 처음엔 반대했어."

오타마가 귀여운 구석이 전혀 없고 아무리 뜯어봐도 좋은 신붓감 같지 않기 때문이다.

"하지만 만사쿠가 오타마를 묘하게 마음에 들어 했지. 혼담을 가져온 센키치 대장도 만사쿠가 그렇게까지 마음에 들어 할 줄 몰랐다고 할 정도였어."

대장과 마님은 만사쿠에게 속마음을 물어보았다. 그러자 만사쿠는 작은 소리로 이렇게 대답했다.

──집안에서 애지중지 대접받지 못한 아이 같아서요. 그래야 저한테 마음을 줄 테니까요.

그 말은 기타이치의 가슴에도 예리하게 파고들었다.

부모에게 금이야 옥이야 사랑받으며 자란 처자는 자신의 아내가 되는 것을 행복으로 느끼지 못할 테지만, 부모에게 구박받으며 자란 처자라면 자신과 정을 붙이고 잘 살아가리라. 이것은 자신을 심하게 비하하는 사고방식이다.

그러나, 과연 만사쿠답다.

남녀노소 누구에게나 신뢰를 얻고 주변 사람들을 잘 이끌고 갈등도 원만하게 중재하고 누구에게나 존경받던 센키치 대장 밑에서 만사쿠는 적어도 문고 장사에 관해서는 가장 일 잘하는 수하였다. 하지만 외모나 성품은 대장과 정반대였고, 본인도 그 사실을 잘 알고 있었다.

——좋은 신붓감이 되기 힘든 여자가 나한테는 더 잘 어울립니다.

그래서 오타마는 만사쿠와 살림을 차렸다. 오타마는 입에 가시가 돋아 있어서, 남편이 조금만 마음에 안 들어도 여러 사람 앞에서 사나운 말투로 만사쿠를 몰아세웠다. 그래도 만사쿠가 화를 내며 대거리하는 일은 없었다. 오타마가 만사쿠를 때리는 일은 있어도 얻어맞는 일은 없었다.

자식이 태어나자 만사쿠는 충실하게 돌보았다. 오타마보다 만사쿠가 더 자식을 끔찍이 아꼈다.

기타이치의 머리에 후카가와 모토마치의 문고가게에 기숙하던 시절의 일들이 툭툭 떠올랐다. 오타마의 발작하는 듯한 목소리는 귀를 찔렀고 깐족깐족 비아냥거리는 말들은 속을 더부룩하게 만들었다. 만사쿠·오타마 부부와 얽힌 일 중에 좋은 기억이 없었다. 묵살당한 것이 가장 나은 경우였다. 기타이치는 마루 밑을 기어 다니는 시궁쥐 같은 취급을 받았다.

하지만 만사쿠가 정말로 오타마에게 화를 내거나 꾸짖거나 내치는 것은 본 적이 없다. 역으로 오타마는 사소한 일로도 발끈하고 만사쿠에게 대들고 악을 쓰고 언제나 잔소리가 많았다. 들어주는 상대가 있으면 그게 누구든 말수 없고 눈치 없는 남편 험담을 늘어놓았지만,

──만사쿠 씨 곁을 떠나려고 한 적은 한 번도 없었다.

굳이 말하자면 이번이 처음이다. 단 하룻밤이지만 친정으로 피했으니까.

그들은 나름대로 좋은 부부였던 것이다. 오타마도 머리끝부터 발끝까지 나쁜 여자는 아닌 모양이다.

"저로서는 믿기지 않는 일이지만, 혹시 오타마 씨가 오소메 씨를 감싸주고 있는 건가요?"

기타이치의 머릿속에 든 생각이 고스란히 입으로 흘러나오고 말았다.

"이유는 전혀 알 수 없습니다. 다만 반야에서도, 마님이 질문하셨을 때도 오타마 씨는 오소메 씨와 무슨 일이 있었는지 숨기고 있어요."

만사쿠가 그런 오타마를 비난하지 않는 이유는 그것을 알고 있기 때문이겠지.

"하지만 이번만큼은 사태가 너무 심각해서 만사쿠 씨도 도저히

납득할 수 없는 뭔가가 생겨난 거겠죠."

——오타마, 왜 핫초보리 나리한테까지 사실을 고하지 않는 거야. 모든 게 오소메 한 사람 때문인데 왜 중요한 대목에서 입을 다물고 감싸주는 거야.

"서로 생각하는 바를 알기 때문에 오타마 씨는 친정으로 도피했고, 만사쿠 씨는 결국 냉랭해진 거죠."

한편으로 만사쿠는 오타마를 걱정하고 있었다. 실은 자기가 반야에 가서 조사받아야 했다는 말도 했다. 만사쿠는 문고가게 주인으로서, 자식들의 아비로서, 오타마의 남편으로서 불안을 견뎌내면서도 흔들리고 있다.

"오타마가 딴딴한 암벽이라면 만사쿠는 콩비지로 만든 벽이랄까."

그렇게 말하고 마님은 미소를 지었다. 흥미로워하는 웃음은 아니다. 온정과 쓸쓸함이 배어나는 웃음이었다.

기타이치는 말했다. "오늘 밤 오타마 씨와 아들들이 잠들면 만사쿠 씨를 슬쩍 불러내서 소바라도 사드리며 얘기해보겠습니다."

만사쿠가 기타이치의 부름에 응한다면 그것만으로도 일단 이 추측이 크게 벗어나지 않았음을 알 수 있는 셈이다. 지금까지 시궁쥐를 보고도 못 본 척하는 자세를 취해온 만사쿠가 찍찍거리는 소리에 귀를 기울이고 이쪽으로 눈길을 돌려준 것이니까.

"걱정할 필요는 없겠지만, 살살해."

기타이치는 마님의 조언에 사례하고 툇마루를 떠났다. 어깨를 가볍게 두드려주던 마님의 손길을 가슴에 고이 간직해두자고 생각했다.

그러나 그날 밤 기타이치가 만사쿠와 나란히 앉아 소바를 후루룩거리는 일은 없었다.

해가 완전히 지기 전, 오오카와(스미다가와)의 잔물결에 초저녁의 어둠과 석양의 붉은빛이 뒤섞이기 시작할 무렵, 참혹한 익사체로 변하여 햣폰구이파도나 물살에 물가가 침식되는 것을 방지하기 위해 많은 말뚝을 촘촘히 박아놓은 것에 걸려 있는 오소메가 발견되었기 때문이다.

12

오소메의 사체에 대한 검시는 요리키 구리야마 슈고로가 했다.

구리야마는 검시에 관한 한 견줄 이가 없는 실력과 경험을 가지고 있지만 성미가 까다로울 뿐 아니라 흥미 없는 안건에는 범종처럼 미동도 안 하는 사람이다. 이번에도 오오카와의 햣폰구이에서 발견된 여인의 익사체라는 사실뿐이었다면 눈길도 주지 않았으리라. 그걸 예상한 사와이가 굳이 찾아가 사정을 설명한 덕분에 무거운 몸을 움직여주었던 것이다.

사체는 이미 상당히 손상된 상태여서 역겨운 악취를 풍겼다. 햣폰구이 옆에는 커다란 무가저택이 나란히 있어서, 사체를 둑으로 끌어올린 채 우물쭈물 시간을 끌다가는 경을 치게 마련이다. 다행히 료고쿠바시 파수꾼은 이런 상황에 익숙한지라 즉시 문짝과 인력을 수배해주었다. 덕분에 오소메의 사체는 가까운 오노에초의 반야로 옮겨졌다.

월번상공업자와 서민이 모여 사는 '마치'는 지주나 유력한 상인들에 의해 자치제로 운영되었으며, 파출소+마을회관에 해당하는 '반야'를 월번제로 근무하며 운영하였다은 지주의 고용인으로 짐작되는 빠릿빠릿한 젊은이로, 사체의 얼굴을 흰 수건으로 덮어 가리고 베갯맡에 향을 피워주었다. 그곳에 구리야마가 달려와 그 특유의 걸걸한 목소리로,

"얼마 전 센키치의 문고가게에 불을 놓은 범인 같군."

하며 기타이치에게 먼저 고하더니,

"사인부터 밝혀야 너희 가슴에 맺힌 안개가 걷히겠지. 이참에 이 여인이 진짜 범인인지를 판단할 단서가 있는지도 찾아보자."

나한테 맡기고 결과를 기다려라——라는 말을 남기고 검시에 착수했다.

기타이치는 정식으로 오캇피키 명찰을 받지는 않았지만 구리야마가 키우는 오캇피키 수습생 같은 처지에 있다. 실은 이런저런 상황에 떠밀려 그런 처지가 되고 말았지만, 기타이치도 전혀 마음이 없던 것은 아니다. 적어도 구리야마를 따라다니면 검시 지식을 배우게 되리라는 것은 분명했다.

그래서 본래는 도시락가게 '모모이' 사건 때처럼 구리야마 옆에서 자잘한 시중을 들어야 마땅하지만 이번에는 멀찍이서 지켜볼 수밖에 없었다.

"네가 옆에 있으면 오소메를 범인이라고 믿는 쪽에서 검시 결과에 트집을 잡을지 모르니까."

기타이치는 눈을 살짝 크게 뜨고 사와이의 옆얼굴을 보았다. 가차 없는 말이기는 하지만, 오소메를 범인이라 생각하고 싶어 하지 않는 기타이치 마음을 배려해주고 있다.

"예, 알겠습니다." 기타이치는 고개를 꾸벅 숙였다. 코가 시큰했다.

사와이는 또렷한 말투로 계속했다. "사체의 신원을 확인하기 위해 만사쿠와 오타마, 그리고 오소메가 쓰레기함에 불을 놓는 장면을 보았다는 넝마주이 영감을 부르러 사람을 보냈다. 곧 도착할 거다."

핫폰구이에 걸렸다가 뭍으로 끌어올려진 익사체를 후카가와 문고가게에서 식모로 일하던 오소메라고 단정할 수 있었던 까닭은 오소메의 용모파기가 널리 배포되어 있었기 때문이다. 사체의 얼굴은 퉁퉁 부어서 생전의 모습을 찾아볼 수 없었지만 키와 옷, 오비의 무늬가 단서가 되었다.

그래도 오소메를 잘 아는 사람들을 불러 직접 확인할 필요가 있었다.

"그래, 달리 누구 부를 만한 사람은 없나? 가능하면 그 세 사람과는 다른 의견을 가진 사람이 좋다."

기타이치처럼 오소메가 방화했다는 사실을 믿고 싶어 하지 않는 사람을 말하는 것이다. 그렇다면 즉시 떠오르는 얼굴이 있다.

"문고가게 근처에 사는 오나카 씨라고——."

"맛난 조림가게 처자?"

사와이도 알고 있었다.

"그러고 보니 나이도 비슷하지 않나? 오소메와 친했던 모양이군."

당장 불러오라는 명령에 기타이치는 기타모리시타초로 달려갔다. 조림가게에 도착해 보니 오나카는 불기 없는 화덕 앞에 주저앉아 있었다. 커다란 냄비는 나무뚜껑이 덮여 있다. 이웃 사람들이 걱정스러운 얼굴로 에워싸고 그녀를 살피는 중이다.

"미안해요, 오나카 씨."

기타이치 목소리에 오나카는 얼굴을 발딱 들었다. 눈은 이미 빨갛게 부어 있다.

"오오카와에 떠있던 익사체, 오소메 씨가 맞아?"

"아직 확정된 건 아닙니다. 그래서 오나카 씨가 확인해주셨으면 합니다."

오나카를 데리고 오가미초의 반야로 돌아가니 반야의 오시라스 앞에 장의자가 놓여 있고 거기에 오타마와 노인이 나란히 앉아 있었다. 보초를 서는 사와이 나리의 주겐이 안 그래도 사자탈 같은 얼굴로 잔뜩 기합을 주고 노려보는 탓인지, 오타마는 고개를 깊이 숙이고 있고 노인은 잔뜩 겁에 질려 있었다.

사와이는 절반쯤 열린 징두리널 장지문 사이로 몸 절반을 집어넣고 반야 안쪽을 들여다보고 있다. 두런두런 말하는 소리는 구리야마 나리의 걸걸한 목소리와,

──만사쿠 씨다.

오나카는 오타마에게 가까이 가고 싶지 않은지 기타이치와 함께 반야 앞에 선 채 이름이 불리기를 기다렸다. 만사쿠가 나온 뒤 오타마가 불려 들어갔다가 바로 나오고 넝마주이 영감이 불려 들어갔다. 하지만 이번에는 좀처럼 나오지 않아 오나카가 재채기를 몇 번 했다. 입고 있던 옷 그대로 달려온 탓에 조금 추운 모양이다.

"제가 근처에서 한텐이라도 빌려올게요."

기타이치가 그렇게 말할 때 사와이가 오나카를 불렀다. 눈을 가늘게 뜨고 기타이치를 보며,

"너는 아직 들어오지 마라."

그리고 오나카를 손짓으로 불렀다. 징두리널 장지문 앞에서 주의할 점을 알려준다.

"마음 단단히 먹게. 자네가 확인해야 할 것은 이 여인이 입고 있는 옷이야. 얼굴은 보이지 않으니까 안심해도 좋다. 숨은 입으로 쉬고 너무 어지럽거나 속이 메스꺼워지면 바로 말하고."

오나카가 떨리는 목소리로 "예"라고 대답했다. 징두리널 장지문이 열리고 오나카가 반야 속으로 들어갔다. 사와이는 조금 전처럼 징두리널 장지문을 절반만 닫으며,

"자네는 이제 됐으니 그만 돌아가도 좋다."

라고 넝마주이 영감에게 말했다. 반야를 나와 몸을 조아리고 있던 영감은 딱할 정도로 몸을 웅크린 채 꾸벅꾸벅 절하면서 사자탈 같은 머리를 한 주겐에게 넝마바구니를 돌려받자마자 자리를 떠났다.

장의자에 나란히 앉은 만사쿠·오타마 부부와 기타이치의 시선이 마주쳤다.

만사쿠의 눈은 기운 없는 개의 눈을 닮았다. 오타마의 눈에는 굶주린 고양이 같은 표독한 빛이 있다. 그렇다면 그 눈과 마주하고 있는 자신의 눈에는 무엇이 깃들어 있을까, 하고 기타이치는 생각했다.

"──이제, 우리는 장사를 접으련다."

만사쿠의 말을 기타이치는 얼른 이해하지 못했다. 무슨 말을 하는 거야, 이 선배는.

"네?"

낯을 찡그리고 묻자 만사쿠는 목울대를 골골 울리며 헛기침을 하고 다시 한 번 말했다.

"관의 처벌은 벌금으로 끝나더라도 화재가 시작된 곳이니 그 자리에서 계속 장사할 수는 없다. 대장 볼 면목이 없구나."

센키치 대장의 문고가게였다. 대장의 붉은 술 문고로 한때 잘 나가는 가게였다.

그 가게가 대장이 급사한 지 1년도 지나기 전에 사라지고 마는 것이다.

──우리 수하들은 모두 구제할 길 없는 자들이구나.

기타이치 가슴에 쓴풀 같은 쓰디쓴 맛이 번졌다.

"기타이치, 네 공방에서 대장의 붉은 술 문고를 계승해줘."

만사쿠 선배. 그렇게 중요한 이야기를 이런 곳에서 몇 마디 툭 던져서 끝낼 겁니까.

"그런 이야기는, 마님 앞에서 하시죠. 마님 허락도 없이 결정하는 건 도리가 아니니까."

"누가 그걸 모른데?"

물건을 툭 집어던지듯이 오타마가 말했다.

"마님한테는 정식으로 인사드리러 갈 거야. 다만 너도 그런 줄 알고 있으라고 이이가 굳이 부탁하는 거다."

사자탈 같은 얼굴을 한 주겐이 눈알을 두르륵 굴려 기타이치 등 세 사람 얼굴을 훑어보았다. 그 눈초리로 보건대 어느 쪽을 편드는 것은 아닌 듯했다.

"너, 자꾸 시건방진 소리를 하는데, 기타이치, 너는 수하들 중에서도 맨 밑바닥에 있던 주제에 최고참인 이이에게 후배 노릇 제대로 해준 적이 한 번이라도 있었냐?"

맨 밑바닥이라고 했겠다?

"후유키초 마님만 믿고 우리 이이를 무시했지. 지금도 우리한테 인사도 없이 '붉은 술 문고'라는 이름을 갖다 쓰고."

오타마의 목소리는 평소와 다름없이 귀에 거슬리는 새된 소리였지만 특유의 깽깽거리는 울림은 없었다. 역시 그만큼 기운이 빠진 것이다.

"만사쿠 씨와 당신이 마님을 잘 모셨다면 나 같은 게 나설 필요도 없었어."

기타이치 입에서 종잇장처럼 밋밋한 목소리가 나왔다. 그 정도로 억양을 죽이지 않으면 이내 노성이 되고 말 테니까.

"흥. 잘 모시고 말고가 어딨냐. 마님은 나를."

"싫어하시지 않아. 마님은 오타마 씨를 싫어하지 않는다고."

오타마의 입이 벌어진 채 굳었다. 만사쿠가 천천히 눈을 꿈뻑거리고 오타마 쪽으로 시선을 돌렸다.

다음에 무슨 말을 할까. 어떤 말을 던지면 성에 찰까. 매섭게 대거리하게 되겠지. 하지만 이제 와서 그런 말이 무슨 의미가 있을까. 저승의 센키치 대장도 우리가 이런 일로 다투는 것을 좋아할 리 없는데.

그때 사와이 나리의 목소리가 들렸다.

"세 사람 모두 이쪽으로 와라."

만사쿠와 오타마는 '또 할 일이 있나?'라는 듯이 피로와 두려움으로 일그러진 얼굴을 마주보았다. 장의자에서 일어나는 오타마를 만사쿠가 부축해주었다.

기타이치는 부부를 따라 반야로 들어섰다. 사와이는 밖에서 보초서는 사자탈 머리 주켄에게 몇 마디 명령을 내리고 징두리널 장지문을 꼭 닫았다.

오오카와에서 인양된 여인의 사체는 문짝에 눕혀진 채 반야 토방에 놓여 있었다. 지금은 방석만 한 거적 몇 장이 덮여 있다. 토방 주위와 높은 자리, 그리고 문짝의 네 구석에도 대형 밀초가 켜져 있었다. 장지창에서 들어오는 햇빛도 있어서 내부는 밝았다. 덕분에 문짝 오른쪽 짧은 변 쪽에 덮어둔 거적 밑으로 삐져나온 헝클어진 긴 머리카락이 보였다. 저쪽에 머리가 있는 것이다.

문짝 건너편에는 사체가 입고 있던 옷과 오비, 끈 등이 개켜져 나란히 놓여 있다. 모든 물건에서 물이 흘러나와 토방을 검게 물들이고 있었다.

"문짝을 건드리지 말고 최대한 가까이 오게."

사체 머리 쪽에 쪼그리고 앉은 구리야마가 걸걸한 탁음으로 기타이치 일행에게 말했다. 이곳에 달려올 때 있고 있던 검은 하오리가 아니라 모모이를 검시할 때처럼 통소매옷과 바지를 입었다. 바지자락과 발목 위를 묶은 가는 끈이 사체에서 새어나온 물에 젖었는지 거무티티했다.

오나카는 구리야마 등 뒤에 숨듯이 반야 벽에 등을 붙이고 토방에 무릎을 꿇고 있었다. 수건으로 입을 가리고 있어서 표정을 알 수 없었다.

젊은 월번은 토방과 이어져 있는 4첩 반짜리 방에서 낮달처럼 허연 얼굴로 책상 앞에 앉아 있다. 기타이치와 힐끔 눈길이 마주치자 입놀림만으로 '수고가 많으십니다'라고 말해주는 것 같았다.

내가 만약 오캇피키였다면 그때도 눈이 따끔거리거나 구역질이 날까? 하지만 실제로는 눈앞이 어지럽고 당장이라도 위장이 뒤집힐 듯했다.

"수건도 좋고 목도리나 휴지도 좋으니 모두 코를 막고 입으로 숨 쉬도록."

구리야마의 목소리가 들렸다.

"만사쿠, 오타마를 마루턱에 앉혀라. 월번, 안쪽 창을 열어. 이제 바람을 들여도 좋다."

만사쿠와 오타마가 4첩 반짜리 안쪽 방에 가까운 곳으로 옮기자 기타이치는 사체가 누워 있는 문짝 앞에 쪼그리고 앉았다. 사와이는 문가에 버티고 서 있고 오나카도 벽가에서 움직이지 못하고 있다.

"기타이치, 이 사체는 오소메가 틀림없다."

구리야마의 눈이 기타이치를 보았다.

"얼굴은 판별이 어렵지만 손 모양, 발 크기, 몸에 걸친 것들, 가슴의 눈에 띄는 곳에 있는 커다란 점이 오나카가 기억하는 오소메의 특징과 일치했다."

그리고 그거── 하며 둘둘 감아 놓은 가는 오비 끈을 가리켰다. 강물에 젖어 잿빛이 되어 있지만 원래는 무슨 색이었을까.

"이것도 오나카가 기억하고 있었다. 3년쯤 전 초봄에 오소메와 함께 아사쿠사 관음을 참배할 때 경내 매점에서 팔던 오비 끈을 샀다고 한다."

구리야마의 말에 오나카가 그제야 고개를 들었다.

"저는 연두색, 오소메 씨는 분홍색 오비 끈을 샀어요. 꼬는 방식이 조금 색다르고 작은 격자 줄무늬 같은 바탕 무늬가 있는 것이었어요."

기타이치는 손을 뻗어 사체 곁의 오비 끈을 집어 들고 살펴보았다. 물을 흡수하여 살짝 무게가 느껴졌다. 자세히 보니 작은 격자 줄무늬 같은 바탕 무늬가 희미하게 보였다. 긴 끈 양쪽 끝에는 분홍색도 조금 남아 있다.

"기모노와 오비도 오소메가 자주 입던 것과 일치했다. 만사쿠와 오타마도 기억하고 있더군."

구리야마가 숨을 한 번 돌리고 다시 기타이치의 얼굴을 쳐다보았다.

"사체에는 절상이나 자상 종류는 보이지 않는다. 타박상이나 멍도 없다. 뼈가 부러지거나 몸의 일부가 함몰된 곳도 없다. 그리고——."

검시 구리야마는 거침없는 손놀림으로 거적 한 장의 가장자리를 들추었다. 사체 옆에서 양 손목이 절반쯤 포개어진 채 나타났다. 양손이 같은 쪽으로 나와 있다. 거적 밑에서 오소메의 사체가 몸을 조금 비틀고 있는 듯하다.

"이 손과 손가락과 손톱을 잘 봐라. 무엇을 알 수 있지?"

기타이치는 숨을 멈추고 오소메의 양손에 얼굴을 가까이 댔다. 손톱은 모두 온전히 남아 있었다. 벗겨지거나 빠진 것은 없었다. 손가락에도 눈에 띄는 상처는 없다. 부러진 곳도 없다.

"사람은 물에 떨어져 물속에 잠기면 뭔가를 붙들려고 필사적이 된다. 또 강제로 물속에 가라앉히면 자신을 공격하는 사람의 몸이나 그가 사용하는 도구——막대기나 장대나 노 등 어느 것이든 그러잡아 공격을 막으려고 한다. 혹은 그 인물이나 도구를 밀어내며 저항한다."

그런 행동의 흔적이 손가락이나 손톱이나 손바닥에 남게 된다.

"그러나 오소메의 손과 손가락은 깨끗하다. 손톱 밑에 낀 것은 아주 소량의 뻘이나 강물에 떠 있는 조류뿐이다."

이런 점을 볼 때 오소메는 누구에게 공격당해 물에 떨어져 익사당한 것은 아니라고 짐작된다.

"또 하나, 오소메의 폐는 강물로 가득 차 있었다."

거적에서 사체의 가슴 위치로 짐작되는 자리에 손을 내려 놓고 구리야마는 말했다.

"오소메가 강에 들어갈 때는 살아 있었다는 증거다."

사람이 죽으면 숨을 쉬지 않으므로 물에 빠져도 폐에 물이 차지 않는다. 살아 있는 자는 폐에 물이 차면 호흡을 못 한다. 이 과정을 거쳐 익사하게 되는 것이다.

"즉 오소메는 누구에게 강제당한 것이 아니라 살아 있을 때 스스로 물에 들어가 물을 들이켜고 저항도 없이 숨이 끊어졌다——라고 생각할 수 있다."

기타이치는 저도 모르게 입을 벌리고 말을 하려다가 반야 내부에 꽉 찬 냄새에 목이 메고 말았다.

"당황하지 마라. 입으로 천천히 숨을 쉬어."

구리야마가 말했다. 심하게 콜록거리는 기타이치의 등을 사와이가 가볍게 두드려주었다.

"누, 누, 누구에게 쫓겨서 강가로 도망치다가 어쩔 수 없이 뛰어들었는지도 모릅니다."

"그 경우도 오소메는 도망치려고 했던 것이지 깊은 물로 들어가려고 한 것은 아니므로 뭔가를 붙들려고 하거나, 물속에 가라앉았을 때 강바닥을 발로 차거나, 기어오를 곳을 찾아 손가락을 세우고 긁는 등 사력을 다해 빠져나오려고 했겠지. 그랬다면 발이 이렇게 매끈하게 남아 있을 수 없어. 팔다리에 뭐든 상처가 남는다."

물에 빠지면 먼저 신발이 벗겨지고 맨발이 된다. 오소메가 늘 신던 나막신이 발견되지 않는 것은 부자연스러운 일이 아니다.

"하지만 오소메가 스스로 물에 들어갔다고 전제하고, 지금부터 후카가와 모토마치의 문고가게부터 오오카와 강변으로 가는 수로변이나 다리 밑을 꼼꼼하게 뒤져보면 가지런히 놓인 나막신 한 켤레를 볼 수 있을 거라고 나는 확신한다. 혹은 가지런히 놓인 여자 나막신을 주웠다거나 다른 데다 버렸다거나 코 끈만 바꿔서 자기가 신고 있다는 사람이 나올 것이다."

물에 뛰어드는 사람은 무슨 까닭인지 꼭 신발을 벗어 놓는다. 대개는 물가에 가지런히 두고 뛰어든다. 구리야마 슈고로가 본 바로는 신발을 신은 채 물에 뛰어들어 죽은 예는 한 건도 없다고 한다.

"오소메도 어딘가에 나막신을 벗어 두었을 거다."

오소메의 죽음은 자연사였다.

"사체 상태로 추측건대 후카가와 모토마치의 화재가 일어난 당일 죽은 것으로 보인다."

"그건…… 방화한 뒤에 죽었다는 겁니까?"

기타이치는 목소리를 죽여 물었다. 방화라는 대죄를 저지르고 스스로 죽음을 택했단 말인가.

"오소메가 방화범인지 아닌지는 또 다른 관점에서 검증할 수 있다."

구리야마 슈고로는 담담하게 계속했다.

"기타이치, 오소메의 손목까지가 아니라 팔뚝 조금 윗부분까지 살펴봐라."

거적을 들추었다. 오소메의 좌우 팔이 나타난다. 본래는 하얬을 팔. 부지런한 식모의 팔.

"팔꿈치 가까운 곳, 팔뚝 안쪽을 봐라. 뭔가 보이지 않느냐?"

그 말을 듣고서야 알아차렸다. 아주 작고 동그란 반점이 흩어져 있었다.

"점…… 아닌가요?"

"오나카. 오소메의 팔 안쪽에 그런 점이 있었나?"

구리야마의 물음에 그 뒤에 가만히 웅크리고 있던 오나카는 한밤중에 쓸쓸한 유령이 속삭이는 듯한 목소리로 말했다.

"없습니다. 살결이 하얀 사람이었습니다. 그런 주근깨 같은 점들이 있었다면 제가 절대로 모를 수가 없습니다."

말하면서 울고 있다. 왜 우는 겁니까, 오나카 씨.

"기타이치, 이건 화상 흔적이다."

오소메가 쓰레기함에 불붙은 물건을 던져 넣을 때 불티가 흩어져 본인 팔에도 작은 화상을 남겼다.

"그 쓰레기함은 불타버렸는지 파괴되었는지 이제는 보이지 않는다. 그러니 추측하는 수밖에 없다. 하지만 넝마주이 영감의 이야기를 들으면 처음에 타오른 불은 영감의 주먹만 했다고 한다. 그 불이 금세 크게 번졌다. 그렇다면 오소메는 그냥 쓰레기를 뚤뚤 뭉쳐서 불태운 것이 아니라 기름을 적신 게 아닐까."

기름에 적시거나 뿌렸거나.

"부엌에는 유채기름도 있고 어유도 있었다고 하니까, 기름 구하기는 쉽다."

오소메가 불쏘시개를 기름에 적셔 불을 붙일 때, 혹은 쓰레기함에 던져 넣을 때 불꽃이 확 튀어서 당사자의 팔에 작은 화상들을 남겼다. 불을 붙이기 전에 손가락이나 손바닥에 묻은 기름은 잘 닦아내도 팔뚝까지는 신경을 쓰지 않았다.

"또 하나, 그 추측의 근거가 되는 흔적이 있다. 기타이치, 발을 덮은 거적을 들춰봐라."

구리야마의 지시대로 기타이치는 그쪽 거적을 들추었다. 사체의 두 발이 나타났다. 정강이 중간쯤부터 발끝까지.

"오른발 발등에 뭔가 없나?"

그늘이 져서 보이지 않았다. 기타이치는 마음을 굳게 먹고 사체의 발을 잡았다. 살짝 움직여 보니 오른발 발등 한가운데 아기 손톱만 한 얼룩 같은 것이 있었다.

"그것도 화상 흔적이다. 불을 붙이려고 할 때 기름 몇 방울이 오소메 발등에 떨어졌다. 가만히 서 있을 때 떨어진 탓에 기름방울 흔적이 동그랗다. 그곳에 불이 옮겨 붙어 동그란 화상을 남겼다. 그만한 크기라면 매우 뜨거웠을 테니까 본인이 즉각 꺼버렸을 테지만, 피부가 익은 흔적은 남았지."

사체가 며칠만 더 강물에 있었다면 피부는 완전히 부패해서 이 정도 화상은 알아볼 수 없게 되었으리라. 아슬아슬한 시점에 발견된 것이라고 한다.

"오소메는 분명히 방화죄를 저질렀다."

화형에 처해지는 큰 죄다.

"그 후 스스로 강물에 뛰어들어 죽음을 택했다."

화형당하기 전에. 친하게 지냈던 후카가와 모토마치 사람들이 겁먹은 눈길로 쳐다보고 뒤에서 손가락질하기 전에.

아무데로도 도망치지 않았다. 잠시 숨기는 했는지 모르지만, 그날 중으로 물에 뛰어들어 죽었다. 그래서 발견되지 않았던 것이다.

"하지만…… 왜 방화 같은 짓을……."

기타이치는 숨이 막히고 목이 굳었다. 오소메는 왜 인생의 태반을 보낸 문고가게에 불을 질렀을까. 센키치 대장의 은혜를 배반했을까. 추억을 불태워버리려고 했을까.

죽음을 각오하고 마음을 단단히 먹고. 무엇을 그토록 원망하고 미워하고 분노했을까.

"이유는 여러 가지가 있겠지만 이번 검시로 그 가운데 하나를 밝혀낼 수 있다."

구리야마 슈고로는 그렇게 말하고 문짝 중간쯤으로 자리를 옮겼다. 그곳에 무릎을 꿇고 거적을 들추었다. 기타이치는 얼른 눈길을 돌려버렸다. 오소메의 배꼽 부분이 노출되었기 때문이다.

"기타이치, 오소메의 마음을 달래주려는 거다. 겁먹지 마라."

뭘 하라는 말일까.

"손을 펴서 이렇게…… 오소메의 배를 눌러봐라."

구리야마가 사체의 납빛 복부를 누른다. 배꼽 바로 아래다. 물 출렁이는 소리가 난다.

"해봐. 해보면 알 수 있다."

만사쿠가, 오타마가, 오나카가, 사와이가 기타이치를 쳐다보고 있다.

시키는 대로 해보았다.

기타이치는 흠칫 놀라서 튕겨나듯 손을 거두고 말았다. 구리야마의 얼굴을 보았다. 엄한 눈초리에 밀려 다시 한 번 손바닥을 오소메 배에 댔다.

"이게…… 뭐지."

조금 작은 주먹밥만 한 덩어리가 느껴진다. 사체의 피부는 이미 물컹물컹해졌지만 그 덩어리에 약간의 탄력이 남아 있어서 기타이치의 손바닥을 언짢은 감촉으로 밀어낸다.

"종기다." 검시관 구리야마는 말했다. "확인하려면 해부를 해야겠지만, 설사 성질 고약한 종기가 아니라 해도 본인은 통증을 느꼈을 거다. 출혈도 있었을 테고. 그런 사정은——,"

구리야마가 오타마에게 눈길을 향했다. 만사쿠에게 어깨를 안겨 내내 고개를 숙이고 입을 다물고 있는 오타마. 지금 그녀의 얼굴에는 피가 쏠리고 땀이 비처럼 흐르고 있다.

"오타마."

사와이가 부르고 나서 깊은 한숨을 지었다.

"이래도 계속 입을 다물고 있을 거냐."

품에 손을 찔러 넣은 채 고개를 젓는다. 한쪽 눈을 감고 얼굴 절반만으로 겁에 질린 듯한 웃음을 짓는다.

"너는 아직 숨기는 게 있어. 자백하지 않은 게 있다. 내가 비록 신참이지만 그 정도는 안다. 반야에 아무리 오래 붙잡아둬도, 겁을 주고 고문을 해도 네가 말하고 싶어 하지 않는 건 답을 들을 수 없다는 것도 알고 있었다."

신임 나리가 수습 신분일 때 센키치 대장이 자주 말했다고 한다.

――저희 가게 오타마 같은 아이는 입을 열게 하기가 정말 어렵습니다. 궁지에 몰려 거짓말을 둘러댈지언정 자기가 말하고 싶지 않은 것은 절대로 말 안 하거든요. 근성이 대단해서가 아니라 그냥 맘보가 비뚤어졌기 때문이지만요. 그래서 다루기가 힘듭니다.

심하게 다툰 식모의 부패해가는 사체 앞에서, 메스꺼운 악취가 가득한 반야 안에서, 남편에게 기대어 있는 오타마.

――말투가 그 모양이니.

후유키초 마님이 말하던 오타마의 비뚤어진 말투.

――사와이 신임 나리는 모르셨겠지만 나는 알지.

마님, 신임 나리도 대장에게 귀띔 받은 지혜가 있어서 이미 알고 계셨다고 합니다.

오타마는 입술이 일그러지도록 입을 꾹 다물고 있다. 얼굴은 온통 땀으로 젖었다.
　그 일그러진 입술을 조금 열고 신음 같은 소리로 말했다.
　"오소메는 자기가 이미 오래 살 수 없는 몸이라고 했습니다."

13

얼추 반년 전 일이라고 한다.
"저희 가게에서 빨래는 전부 오소메의 일이었는데——,"
알고 있다. 늘 오소메가 혼자 처리하고 있어서 기타이치가 종종 거들어주었다.
"하루는 아침에 보니 산더미 같은 빨랫감 속에 피가 살짝 묻은 게 있었습니다. 끄집어내 보니 속치마여서 깜짝 놀라 바로 오소메에게 캐물었습니다."
그러자 오소메는 당황하며 우물거리는 소리로 이렇게 털어놓았다.
——죄송해요. 제 속치마예요. 1년쯤 전부터 종종 피가 나서.
"달거리가 아니었어요. 오소메 나이라면 벌써 오래 전에 끝났을 테니까. 속병 탓이었어요."
오소메에 따르면 1년이 아니라 2년 이상 전부터 조석으로 복통이 있었다. 환절기에 특히 심했다. 나이 탓이려니 하며 신경 쓰지 않으려고 했지만, 지난 몇 달 사이 아랫배가 이상하게 불룩해지고 속치마에도 피가 자주 묻게 되었다.
"무엇을 먹어도 소화가 안 되고 요즘은 아파서 밤잠도 못 이룬다. 필시 죽을병에 걸린 것 같다고 했습니다."
담담한 모습이었고 낭패한 기색은 전혀 없었다고 한다.

오나카가 작은 소리로 훌쩍훌쩍 울며 손으로 얼굴을 가렸다.

나한테 말을 하지, 왜 혼자 끙끙거린 거야——.

"당찬 사람이었군."

구리야마 슈고로가 중얼거렸다. 안 그래도 걸걸한 목소리여서 익숙지 않으면 잘 알아듣지 못할 정도이다.

"폐나 위에 혹이 나면 대개는 피를 토하지. 하혈은 장에 뭐가 생긴 거고, 여자라면 아기집에 혹이 생긴 경우가 많다."

어느 경우든 본인이 통증이나 출혈로 변고를 알아챈 단계에서는 이미 손쓸 길이 없다고 한다.

"그런 지식이 없어도 자기 몸이잖아. 오소메는 몸속 깊은 곳에서 뭔가 이상을 느끼고 각오하고 있었겠군."

구리야마의 탁한 목소리에 묻어나는 안쓰러움에 기타이치는 코끝이 찡했다.

"저도—— 크게 놀라서."

오타마가 힘겹게 쥐어짜내는 목소리로 말했다.

"가여웠어요. 이봐요, 죽을병이라니, 함부로 그런 소리 말아요, 라고 오소메를 꾸짖었습니다."

오소메는 오타마의 (평소처럼 새된 목소리였을 것이다) 질책에도 담담히 고개를 숙일 뿐이었다고 한다.

——몸이 말을 들을 때까지는 할일을 거르지 않을 요량이고, 움직이지 못하기 전에 몸 뉠 자리를 알아보겠습니다.

"내가 아는 한 오소메는 친척도 없고 어려울 때 기댈 곳도 없습니다. 그래서 당신 몸 뉠 자리가 어디 있겠냐고 타박을 했더니.”

오소메는 그저 온화한 얼굴로,

——만사쿠 씨와 오타마 씨한테는 폐 끼치지 않을 테니 걱정일랑 마셔요.

그렇게 말할 뿐이었다.

“저는…… 그 말에 발끈해서.”

오타마는 입술을 꼭 깨물었다. 일그러진 입술 가장자리가 한창 날카로워진다. 그러나 듣는 쪽은 당혹스러울 뿐이다.

“왜, 무엇 때문에 발끈했다는 거지?”

오소메 씨는 당신 생각해서 폐 끼치는 일이 없을 거라고 했는데.

그러자 오타마는 죽일 듯한 눈초리로 기타이치를 쏘아보았다.

“그즈음 센키치 대장이 돌아가셔서 우리 이이가 가게를 물려받고 네 달 정도밖에 지나지 않았을 때였습니다. 가게 안에서는 점원들과 하녀들에게 우리 이이를 '주인님', 나를 '마님'이라고 부르게 해서 위아래를 분명히 하도록 가르쳐 놨는데.”

센키치 대장이 생존하던 시절의 습관이 남아 있는 자들은 저도 모르게,

——만사쿠 씨, 오타마 씨.

라고 부르고 말 때가 있었다.

“그럴 때마다 저는 크게 혼냈습니다. 말을 해도 듣지 않을 때는 때리기도 했습니다.”

빠르게 말하고 숨을 꿀꺽 삼키더니,

"이이와 저를 무시하려고 일부러 이름으로 부르는 자도 있었으니까. 아니, 지금도 있어요."

오타마 입에서 '분해죽겠다'는 감정이 핏방울 튀듯이 튀어나왔다.

남편 만사쿠의 눈에는 그게 보이는 걸까. 오타마의 어깨를 안은 채 꼼짝도 하지 않았다.

"하지만, 오소메는 그런 자세에 관해서는 분명했습니다. 한 번도 잘못 부른 일이 없었어요."

센키치 대장의 죽음은 급작스러웠다. 뒷감당이 힘들어 혼란은 좀처럼 가라앉지 않았다. 문고가게를 물려받은 만사쿠와 오타마도 마음고생이 심했으리라. 어떤 면에서나 일처리가 훌륭했던 대장과 비교를 당해 불쾌하기도 했겠지.

오소메는 나이도 들었고 처신할 줄도 아는 여자였으므로 그런 사정을 잘 헤아리고 있었다. 단순한 호칭 실수라도 쉽게 넘어가지 않는 분위기를 헤아리고 조심했을 것이다.

"그런데 그때만은 들으라는 듯이 만사쿠 씨, 오타마 씨라고 불렀습니다."

그것이 오타마의 역린을 건드렸다.

"이이와 저를 깔보고, 당신들을 못 믿겠다, 당신들보다 믿음직한 사람이 있다, 라고 생각하는구나 싶더군요."

기타이치는 저도 모르게 한숨을 지을 뻔했지만 입을 꼭 다물고

참았다. 이럴 때 "하아" 하고 한숨을 토하면 오타마는 또 나쁜 쪽으로 해석할 게 뻔하니까.

"오소메가 믿고 의지할 사람이라면 후유키초 마님이나 도미칸 씨, 그리고 단골손님도 몇 사람 떠올랐습니다. 오소메는 우리 가게에서 오래 일했으니까 부엌살림을 잘 압니다. 거래하는 채소가게나 쌀가게나 술가게가 어디인지 저는 잘 몰라도 오소메는 여러 사람들과 오래 교류해서 친하게 지내고 있었습니다. 혹시 오소메가 그런 가게의 주인이나 안주인을 의지하게 되면 우리 이이나 저에게 그보다 창피한 일이 없지요."

평소의 오타마였다면 그 생각으로 꽉 차서 입에서 나오는 대로 오소메를 욕하고 비난했을 것이다. 하지만 그때는 역시 마음이 다른 쪽으로 움직였다. 오소메가 죽을병에 걸렸다면 앞날이 길지 않을 테니까.

그래서,

"당신이 누구를 의지하는지 모르지만, 우리 이이나 나는 지금까지 열심히 일해 준 당신을 그냥 내치지 않아. 이러다 사정이 여의치 않아 당신이 우리 가게를 떠난다면 목돈을 준비해 주겠다고 말해주었습니다."

거짓말. 기타이치는 소리칠 뻔했지만 이번에도 간신히 참았다.

오타마가 오소메에게 목돈을 주겠다고 말했다니, 천지가 뒤집힌대도 있을 수 없는 일이다. 하지만 늘 충실한 일꾼이고 오타마가 억지스런 말을 해도 "예" 하며 들어주고 따라주던 오소메가 머지않아 세상을 떠난다──그것은 오타마에게도 충분히 천지가 뒤집히는 듯한 충격이었을 것이다. 그러므로 지극히 희한한 일이겠지만 부처 같은 너그러운 마음이 생겨났을지도 모른다. 뭐, 그럴 수도 있겠다고 생각을 고쳐먹었기 때문에 기타이치도 입을 다물고 있을 수 있었다.

오소메도 마찬가지였을 것이다. 잠시 말을 잃을 만큼 놀랐다고 한다. 그러다가 문득 정신을 가다듬고 애원하듯이 물었다.

──마님, 그 말씀, 정말인가요? 이제 쓸모가 없어지는 저에게 정말 목돈을 주실 건가요?

"이런 일에 거짓말을 하겠느냐고 저는 말했습니다. 다만 당신과 나만 알고 있기로 하자. 남편한테 말하면 일이 번거로워지니까 아무한테도 말하지 말라고 단속하고 이야기를 마쳤습니다."

빨랫감이 산더미처럼 쌓인 뒤뜰에서 물러나는 오타마를, 오소메는 땅바닥에 엎드려 바라보고 있었다고 한다.

"그래, 돈은 얼마나 준비해줄 생각이었지?"

사와이가 간만에 입을 열었다. 단정한 얼굴에는 이렇다 할 표정이 없었다. 눈초리가 졸린 듯이 쳐져 있다.

"글쎄요." 오타마가 솔직하게 당황했다. "그때는…… 어떤 병인지 알 수 없었고…… 얼마면 적당했을까."

오타마는 사와이에게 되묻는 것이 아니라 남편 만사쿠의 얼굴을 보았다. 만사쿠는 두툼한 눈꺼풀을 꿈쩍거리며 아내의 눈길을 피했다.

대신 오나카가 말했다. "오소메가 일하다가 죽으면 어차피 싸구려 관짝 하나는 필요할 테니까, 관짝 하나 살 돈은 주었으려나?"

동정을 표하는 푼돈이었겠지. 오나카 목소리에 작은 가시가 돋혀 있었다.

"그래도 오소메는 기뻤겠지."

힘들 때 기대도 하지 않던 온정을 받은 셈이니 납작 엎드릴 정도로 오타마에게 고마워한 것도 이상하지 않다.

"그래서?" 사와이가 다음 말을 재촉했다. "자네는 약속을 지켰나?"

오타마의 입이 한 일 자가 되었다. 이것은 고집스레 입을 꾹 다문 모습보다 더 안 좋다. 빗장이 걸렸다는 뜻이다.

기타이치는 오타마 이외의 사람들을 둘러보고 나서 말했다. "오소메 씨가 쓰러지거나 건강이 악화되어 보였다면 주위에서 누군가 알아챘을 테고 저나 오나카 씨도 소식을 들었을 겁니다."

그 후로 오소메의 상태에 커다란 변화가 없었을 것이다. 그때까지 해왔던 대로 일하고, 해왔던 대로 가게에 기숙하고 있었다. 그래서 돈 이야기가 재론되지 않고 뒤로 미뤄졌던 걸까?

"──한 달쯤 전에 재촉을 받았습니다."

그보다 더할 수 없을 만큼 가라앉은 목소리로 오타마가 말했다. 듣는 이의 폐까지 뭉개버릴 듯 숨죽인 목소리였다.

"제가 장부를 정리하는데 오소메가 혼자 찾아와 이제 여길 그만두고 다른 데로 떠날 테니까 일전에 약조했던 돈을 달라고 했습니다."

몸은 굳어 있는데 오타마의 양손이 움찔거렸다. 차마 꺼내기 힘든 말을 뱉은 탓에 몸속에서 저항이 일어나는 것이다. 언짢음을 견디기 위해.

"어디로 갈 거냐고 제가 물었습니다. 정해둔 곳도 없이 돈 욕심에 거짓말을 하는 거냐고 했습니다. 특별히 타박하려던 것은 아니었어요. 정말로 그렇게 생각했던 겁니다."

불쑥 오나카가 욕을 했다. "죽일 년."

모두가 놀랐다. 그중에서도 가장 당황한 표정을 지었던 오타마가 날카롭게 대꾸했다. "당신이 뭐라고 나서!"

"죽일 년! 악귀 같은 년! 인간 같지도 않은 년!"

오나카는 입에 힘을 주고 욕을 뱉고는 다시 손으로 눈을 눌렀다. 소리 죽여 울고 있다.

"거짓말을 하는 거 아니냐는 너의 말에 오소메는 뭐라고 대답했지?"

사와이가 온화하게 물었다. 어떻게 화도 내지 않고 저럴 수 있을까. 듣는 이쪽은 마음이 절반쯤 돌로 변해버린 것 같은데.

"──아들한테 가겠다고 했습니다."

그때까지 열탕에서 몸부림치던 기타이치의 마음에 한 줄기 상쾌한 바람이 들어왔다.

오소메의 아들.

아들이 있었다. 역시 후유키초 마님이 제대로 간파했던 것이다.

"센키치 대장은 어땠는지 몰라도 이이나 저나 오소메의 출신을 모릅니다. 어떻게 자랐는지 들어본 적도 없고요."

하지만 평온하게 자라지 않았으리라는 짐작은 하고 있었다.

"본인도 자세하게 말하지는 않았습니다. 다만 남녀 간의 일을 모르던 어린 처자일 때 운 나쁘게 아이를 밴 적이 있다고 했습니다."

오소메의 이야기를 들어보니 몸을 판(팔린) 것은 아니고 나쁜 사내에게 걸린 탓인 듯했다고 오타마는 말했다.

"미처 어른 몸이 되기도 전에 출산한 거라서 하마터면 죽을 뻔했다고 합니다. 그래도 아이를 무사히 낳았고, 건강한 아들이어서 관리인의 중개로 어느 시골 농가에 주었다더군요."

그때 오소메와 부모는 아이를 절대 찾지 않겠다, 아이의 거처를 추적하지 않겠다고 굳게 약속하고 2냥을 받았다.

그 2냥이 어디로 사라졌는지 오소메는 알지 못한다. 아비와 어미가 1냥씩 사이좋게 나누더니 오소메를 버리고 어디론가 사라졌다.

"혼자 남은 오소메는 어렵게 일해서 끼니를 잇다가 인연이 닿아서 센키치 대장의 문고가게에 들어온 거라고 합니다."

그 뒤로 죽 센키치 대장의 부엌을 지키며 살았다. 결혼한 적 없고 아이도 낳지 않은 채 나이가 들었다.

"아들을 다른 집에 준 것이 너무 오래 전이라 오소메 본인도 자신이 정말 아기를 낳은 적이 있는지 어떤지 아리송할 정도여서……."

아들 때문에 눈물짓거나 만나고 싶어서 애태우거나 하는 일은 없었다. 다만 어렴풋이 아들이 떠오를 때면 어디서 어떻게 살든지 행복하게 지내기를 기원했다.

"그러다가 속치마를 두고 저와 이야기하기 세 달쯤 전이었다고 하는데."

아들이 오소메를 찾아왔다는 것이다.

"물론 본인이 불쑥 나타난 것은 아니라고 합니다. 기별이랄까…… 제자가 찾아왔답니다."

"제자?"

그렇게 묻는 사와이에게 오타마는 그만 입가를 끌어올리며 말했다.

"오소메의 아들이 마치 의원귀족이나 다이묘에게 고용되지 않고 시중에 개업하여 평민을 상대로 진료하는 의원이 되어 있더랍니다. 찾는 환자도 많아서 제자도 데리고 있는."

다만 유감스럽게도 부자는 아니었다.

"잘나가는 마치 의원은 왕진 나갈 때도 가마를 타고 환자들로 문전성시를 이뤄 당대에 창고를 서너 채 짓는다고 합니다만, 오소메의 아들은 그런 의원은 아니었습니다."

약값은커녕 죽도 먹기 힘들 만큼 가난한 환자들도 마다하지 않는 기특한 의원이었다.

　아마 오소메의 아기를 양자로 들인 쪽도 그다지 부유하지 못한 마치 의원 부부였던 모양이다. 그 부부 슬하에서 자란 아들은 돈벌이보다 어려움에 처한 환자를 구하는 데 마음을 쏟는 훌륭한 가난뱅이 의원이 되었다.

　"본인이 양자라는 사실은 어릴 때부터 알고 있어서 언젠가는 친부모를 만나고 싶었다고 합니다. 다만 키워준 부모에게 불효할 수 없어, 양부모가 생존 중일 때는 삼가고."

　마침내 양부모가 타계하자 본격적으로 친부모 찾기에 나섰다. 돈은 없지만 환자는 넘쳐나므로 자연히 발도 넓어졌다. 환자들이 모두 선생에게 고마움을 느껴서 친부모 찾기를 도왔으므로 어렵지 않게 오소메를 찾아냈다는 것이다.

　"다만 친모 오소메가 어떤 처지에서 어떻게 살고 있는지 모르므로, 혹시 폐가 될까 두려워 공공연하게 움직이지는 않았다고 합니다."

　그래서 오소메가 밝히기 전에는 만사쿠도 오타마도 전혀 모르고 있었다.

　"어디 사는 의원이지?"

　사와이가 당연한 질문을 던졌다. 구리야마도 상체를 조금 내밀며 말했다.

　"시중에 개업한 의원 중에 내 지인이 많다. 이름만 대면 알지도 몰라."

오타마는 아무 말이 없었다. 만사쿠가 두 나리의 안색을 살피다가 아내의 어깨를 흔들었다.

"이봐, 대답을 해야지?"

오타마는 마른 입술을 혀로 적셨다. 긴 이야기를 하느라 혀도 목도 입술도 바짝 말랐다. 기타이치가 물을 가져다주려고 일어섰다.

그러자 오타마가 뱉어내듯 말했다. "오소메가 아무 말도 하지 않았습니다."

"뭐라고?"

"저도 끈질기게 물었지만 오소메가 말하지 않았습니다. 아들 이름도 사는 곳도."

이것 봐라. 역시 거짓말이었군. 나오는 대로 꾸며댄 거야. 오타마는 그렇게 생각했다고 한다.

"어릴 때 어쩔 수 없이 낳은 아기가 어느새 어엿한 마치 의원이 되어 친모를 찾아오다니, 얘기가 너무 근사하잖아요."

구리야마 뒤에 웅크리고 있던 오나카가 더는 참을 수 없는지 앞으로 쓱 나섰다. 눈은 퉁퉁 부었지만 눈동자에 분노의 빛이 번쩍였다.

"당신이 뭔데 거짓말이라고 단정해!"

"흥. 그러는 그쪽은 매일 냄비만 젓던 머리로 뭘 안다고 나서!"

오나카의 얼굴이 분노로 벌게지고 눈꺼풀 위만 핏기가 가셔서 새하앴다. 당장 오타마에게 달려들 것 같았다. 기타이치가 놀라서 오나카에게 다가가 어깨를 잡았다. 오나카는 기타이치의 손가락을 꽉 쥐고 이를 물었다.

오소메가 오타마에게 귀한 아들의 이름과 신원을 밝히지 않은 까닭은 최대한 아들과 오타마가 엮이지 않기를 바랐기 때문이었으리라. 오소메 자신은 머지않아 이승을 떠날 것이다. 뒤에 남을 아들과 그 가족들이 말 많고 탈도 많은 오타마에게 엮이거나 피해보는 일이 있을까봐 오소메는 입을 굳게 다물었다.

모친다운 배려였다. 오소메는 "이것 봐, 역시 거짓말이었네"라는 오타마의 조롱 따위에 개의치 않았다. 아들에게 피해가 가지 않는 것이 더 중요했다.

구리야마가 걸걸한 목소리로 말했다.

"허나, 그 의원도 어렵게 모친을 찾아낸 거잖나. 모시고 살면서 효도하고 싶지 않았을까?"

"그렇겠죠. 하지만 오소메는 그것도 거절했다고 했습니다."

"허어, 왜?"

만사쿠가 듣는 사람의 무릎이 덜컥 꺾일 만큼 어눌한 목소리로 말했다.

"왜라니…… 낳아준 것 말고는 해준 게 없는 어미가 아들이 오란다고 냉큼 달려갈 수 없잖아. 가난뱅이 환자만 잔뜩 껴안고 사는 가난한 마치 의원 집에."

말은 좀 가혹하지만 틀린 말도 아니다.

"그 의원 부부에게도 자식이 있나?"

오소메에게는 손주다.

"네, 많이 낳았다더군요."

그렇다면 오소메는 더욱 의지할 수 없었을 것이다. 건강이 넘쳐서 아들 내외와 손주들과 환자들을 위해 매일 열심히 일해 줄 수 있다면 이야기는 다르겠지만.

오소메는 나이도 들었고 아들이 찾아주었을 때는 이미 몸에 이상을 느끼고 있었다.

여기까지 듣고 보니 기타이치는 그제야 이야기가 한 올의 실로 연결되는 듯하다고 생각했다.

"의원 아들이 같이 살자고 열심히 권했지만 오소메 씨는 살림이 넉넉지 못한 아들 내외의 집에는 갈 수 없다고 계속 거절했다."

몸 상태가 좋지 않다는 사실도 아들에게 말하지 않았겠지. 그 사실이 알려지면 더욱 모시려고 할 테니. 아들 내외에게는 공연한 부담만 줄 것이다.

그런데 변수가 나타났다. 속치마의 혈흔을 오타마에게 들켜서 병이 있음을 털어놓았고, 오타마는 오소메에게 당신이 문고가게를 그만두고 나갈 때는 상당한 돈을 챙겨주겠다고 말했던 것이다.

갓난아기를 남에게 주며 행복하게 살라고 빌었지만, 지금까지 살아오면서 아들을 위해 무엇 하나 해주지 못한 오소메는 이 '상당한 돈' 이야기에 뛸 듯이 기뻐했다.

"오소메 씨는 한 달 전 마침내 병으로 몸이 힘들어지자, 이제 때가 왔다, 문고가게를 떠나자, 라고 결심하고 오타마 씨 당신에게 약조한 돈을 달라고 재촉했죠."

원래 오소메의 성품으로 볼 때 그런 요구를 하기란 쉽지 않았으리라. 가난한 환자를 위해 고생하는 아들에게 줄 돈——마지막으로 아들에게 베푸는 단 한 번의 애정이기에 오소메는 감히 재촉할 수 있었던 것이다. 약속한 돈을 주세요, 라고.

씀씀이가 인색하고 (이 말이 심하다면 까다롭다고 하자) 점원들을 박대하고 (역시 이 말이 심하다면 엄하다고 하자) 대체로 배려나 친절 따위가 요만큼도 없는 오타마의 입에서 생각지도 못하게 튀어나온 돈 이야기였기에 오소메는 크게 기뻐했고 진심일 거라고 믿었다. 그 약속을 믿고 부탁하지 않을 수 없었다.

"돈을 주었습니까?"

기타이치의 질문에 두 나리와 만사쿠와 오나카가 오타마를 쳐다보았다. 온전한 눈빛으로 쳐다보는 사람은 만사쿠뿐이다. 두 나리의 눈초리는 오타마를 가늠하는 듯했다. 오나카는 질책하는 눈초리였다. 기타이치는——눈동자 속이 뜨거워지는 기분이었다.

"……하지만 그런 거짓말에."

"거짓말 아니잖아!"

"네가 어떻게 알아!"

"어떻게 거짓말이라고 단정하지!"

꼬마들이 말싸움하듯 기타이치와 오타마가 대거리를 했다.

물론 마치 의원 이야기가 사실인지 지금 당장은 알 수 없다. 뭐라고 장담할 수도 없다. 하지만 오소메의 심정을 충분히 짐작할 수 있었다.

오소메는 오타마가 약속을 지키지 않자 곤혹스러웠던 것이다. 초조하고 분하고 실망했으리라.

"여러 번 부탁했겠지? 그때마다 거절했나? 아니면 대충 얼버무렸나?"

"닥쳐."

"그런데도 오소메 씨는 만사쿠 씨한테는 발설하지 않았겠지. 만사쿠 씨는 이 돈 얘기, 들어봤어요?"

만사쿠는 얼떨결에 말하는 투로 "아니" 하고 뱉은 뒤 당황한 얼굴로 아내의 낯을 살폈다. 오타마는 얼굴이 새빨개졌다.

"이이에게 말했다가는 오히려 땡전 한 푼 못 받았을걸."

만사쿠는 더욱 당황했다. 자기는 아내를 감싸주려고 하는데 (성공적이지는 못했지만) 아내가 뒤통수를 쳐?

"하, 하지만…… 그럴 형편이 아니야."

한심하네, 저 겁에 질린 목소리.

만사쿠가 물려받은 뒤 문고가게는 수익이 줄고 있었다. 병으로 그만두려는 고참 식모에게 위로금 챙겨주기도 아쉬울 정도로.

망할 것들. 기타이치는 소리치고 싶었다. 그런 돈까지 아까워하는 심보인데 장사가 제대로 될 리 있냐!

"오소메 씨가 몇 번을 부탁해도 당신은 약속한 돈을 내주지 않았어."

오나카가 오타마에게 삿대질을 했다. 눈초리와 목소리가 모두 날카롭다. 바늘이 아니라 송곳이다.

"그래서 오소메 씨가 금고에 손을 댄 거야. 오타마 씨, 당신이 오소메 씨를 궁지로 몰아넣었어. 알아?"

오소메가 훔치려고 한 것은 금고에 있던 고반 3닢과 돈꿰미 하나. 약값도 못 내는 환자를 진료하느라 가난에 허덕이는 아들에게 이별의 선물로 건네줄 돈.

"자네는 훔치는 현장을 덮치고 오소메에게 문고가게를 떠나라고 했군. 그렇지?"

구리야마는 미간을 찡그렸다.

사와이가 검지로 코끝을 긁적이며 물었다.

"……예."

"그래서 오소메는 자네 행동에 분노했어. 약속을 깨뜨린 당신을 원망했어."

그 분노가 곪을 대로 곪아, 도난 소동 이틀 뒤 마침내 방화를 저지른 것이다.

오소메에게 그 가게는 이미 센키치 대장의 가게가 아니었다. 가증스러운 오타마가 안주인으로 위세를 떠는 세상에서 가장 증오스러운 곳일 뿐이었다.

하지만 방화라는 엄청난 죄를 저지르면 자신도 도망칠 곳이 없다. 뭐 어떠랴, 곧 병으로 죽을 몸. 죽기 전에는 몸도 가누기 힘들어질 것이다. 아들 내외에게 폐가 되지 않도록, 다정하게 대해준 오나카에게 걱정을 끼치지 않도록 내 몸은 내가 처분하자.

강물에 뛰어들면 저승은 금방이다.

14

──이미 죽어 버렸으니 아무리 방화범이라 해도 이제는 부처님이다. 오라로 묶을 수는 없지에도 시대에 가장 세가 컸던 정토종 계열에서는 망자는 죄의 유무, 신심의 유무에 관계없이 누구라도 성불한다고 믿었고 사체를 부처라 일컬었다.

사와이 렌타로의 말에 따라 오소메의 사체는 그대로 방면하게 되었다.

기타이치는 도미칸의 도움을 받아 사체를 문짝에 뉘고 후유키초 마님 집으로 옮겼다. 마님이 남들 눈에 띄지 않게 오소메를 장사 지내주고 싶다고 했기 때문이다.

마님과 기타이치, 도미칸, 조림가게의 오나카, 오미쓰, 이제 오미쓰의 약혼자로 인정받은 쇼키치로도 간소한 장례에 참석해 주었고, 후쿠토미야가 불러준 사루에초 고찰의 주지스님이 독경을 했다.

사체가 많이 손상된 상태여서 빨리 매장하기 위해 준비를 서두르는데 오나카가 입을 열었다.

"혹시 화장하고 나면 유골을 수습할 수 있을까요? 제가 두고두고 공양할 수 있을 것 같은데……."

오나카는 오소메에게 같이 조림가게를 하자고 했었다. 병만 아니었으면 오소메도 제 발로 문고가게를 나와 오나카의 가게에 의탁했을 것이다. 지금의 문고가게는 오소메가 자기 행복을 저버리면서까지 의리를 지켜야 할 곳이 아니었다.

에도 성시에 호열자나 포창 같은 무서운 돌림병이 유행할 때는 수많은 사체를 화장하고 유골을 수습하여 장사지냈다. 그러나 이번에는 오소메 한 명뿐이므로 화장을 진행해 줄 장의사를 찾을 수 있을지, 발 넓은 도미칸도 자신이 없었다.

가능하면 오나카가 바라는 대로 해주고 싶어서 기타이치도 많은 이들과 상의해보았다. 그러자 뜻밖에 요리키 구리야마 슈고로가 수배해 주었다.

"내가 가끔 스즈가모리나 고즈캇파라_{스즈카모리는 에도 북부의 처형장, 고즈캇파라는 에도 남부의 처형장이다}에 가서 참형에 처해진 죄인의 사체를 부검하기도 한다. 해서 그쪽으로 아는 사람이 많지."

결국 오소메의 사체는 고즈캇파라에서 화장하고 작은 옹기단지에 유골을 수습하여 오나카에게 주었다.

"이제 매일 같이 있을 수 있어."

오나카는 뼈단지에 대고 말하더니 소중하게 안고 돌아갔다.

오소메의 (이게 바른 말인지 어떤지는 젖혀두고) 숨겨둔 아들이며 지금은 많은 가난한 환자를 치료해주는 (그야말로 부처님 같은) 마치 의원이 누구인지에 대해서도 구리야마는 두어 군데 짚이는 곳이 있다고 했다. 하지만 사와이와 상의한 뒤에 이렇게 말했다.

"우리가 아들을 찾지 않아도 저쪽에서 모친 소식이 궁금해 찾아올 거다. 기타이치도 아무 말 말고 지내라."

후유키초 마님도 같은 의견이었다.

"후카가와 모토마치 문고가게의 화재는 꽤 널리 알려져 있으니까."

애초에 화재가 잦은 에도 시중이라, 어디에서 불이 났다는 소식이 들리면 남의 일처럼 흘려듣지 못한다. 요미우리(가와라반)도 즉시 발간된다.

"그래도 아직 어느 누구도 드러내놓고 오소메의 안부를 묻고 다니지 않고 있으니 저쪽 사정을 헤아려주는 게 좋겠지."

기타이치도 생각했다. 어쩌면 오소메의 아들은 문고가게의 화재 소식을 듣고 즉시 오소메의 안부를 알아보았는지도 모른다. 그리고 오소메가 행방불명이라는 사실과 방화범 혐의가 짙다는 소식도 전해들었을 것이다.

기타이치가 그 마치 의원이었다면 어떻게 했을까.

방화죄는 시중에 조리돌림을 당한 뒤 화형에 처해지는 중죄이다. 이번 화재는 사망자는 없어도 부상자가 나왔고, 작은 화재라고 볼 수 없을 만큼 많은 집이 불탔다. 그 방화범 오소메가 자취를 감춘 마당에 내가 가족이요, 하고 나섰다가는 최악의 경우 연좌제로 오소메 대신 처벌을 받을 수도 있다.

──신분을 밝히고 나설 수 없겠지.

언급하지 말고 모른척 지내라고 말한 구리야마와 사와이는 인정을 아는 사람이다. 그들의 고마운 배려를 간직하고 기타이치도 잊기로 했다.

통수치기 • 227

후카가와 모토마치의 화재로부터 근 한 달이 지나서 11월도 중순에 이르자 목재하치장의 가설주택에서 지내던 사람들도 절반 정도는 새 거처로 옮겼다.

만사쿠와 오타마의 문고가게는 화재로 잃은 점포의 규모가 컸던 만큼 향후 전망을 세우기가 힘든 것인지 가설주택에서 움직일 기미가 없었다. 다만 직인과 점원은 점차 뿔뿔이 흩어져 인원이 줄고 있었다. 관청의 정식 판정은 나오지 않았지만, 만약 몰수형을 받으면 재산을 전부 잃게 되므로 문고가게를 계속할 수 있다고 해도 본래의 규모를 유지하기는 힘들다. 다들 사정을 아니까 떠나는 것이다. 만사쿠와 오타마도 그들을 붙들려고 하지 않았다.

가설주택의 빈 방이 늘어나자 가설주택 자체도 축소하기로 하여 다시 인력이 동원되었다. 기타이치는 기타지를 불러서 작업에 참여했다. 구조가 단순한 가설주택을 해체하는 작업인 터라 나뭇조각이나 쓰레기를 많이 얻을 수 있기 때문이다.

둘이서 한나절 일했는데, 일솜씨 좋은 기타지는 일찌감치 목수에게 수제자감으로 눈길을 끌었다. 그러나 목수가 무슨 말로 권해도 대꾸조차 하지 않고 목수 따위는 안중에도 없는 듯 행동하는 바람에 기타이치가 끼어들어 목수를 달랬다.

"얘는 오기바시의 변두리 목욕탕에서 물을 데우는 놈입니다. 원래 쇠심술처럼 고집 세고 말이 없는 놈이에요. 정말 죄송합니다. 볼품없는 머리나마 제가 이렇게 고개 숙여 사죄드리니 너그럽게 봐주십시오."

기분이 상한 목수가 체념하고 떠나가자 기타이치가 기타지를 팔꿈치로 쿡 찔렀다.

"야, 죄송합니다 한 마디는 할 수 있잖아."

기타지는 평소처럼 말없이 덜그덕거리는 수레에 땔감을 싣고 있었다. 그는 기타이치는 쳐다보지도 않고, "오늘 밤 가마실로 올 수 있냐?"라고 물었다.

"왜?"

"와보면 알아."

기타지는 퉁명스럽게 말하더니 기타이치를 놔둔 채 바삐 돌아갔다.

성격 좋은 기타이치도 기분이 상했다. 뭐야, 저 녀석.

그날 밤 후유키초 마님 집에서 맛난 저녁을 얻어먹은 기타이치는 오미쓰가 지어준 새 솜옷을 입고 수건을 머리에 감고 조메이탕으로 향했다.

기타지는 평소처럼 가마 앞 의자에 앉아 가마에서 흘러나오는 빛에 몸을 드러내고 있었다. 발치에 있는 부지깽이에도 가마 불빛이 어른거리고 있다.

지난 며칠은 아침저녁으로 냉기가 심해서 도미칸 나가야의 하수덮개 주위에도 서릿발이 섰다. 여름이면 땔감이 수북이 쌓이는 이곳 뒤뜰 전체에 가마의 열기가 닿아서 멀찍이 서도 땀이 줄줄 흘렸지만 한겨울인 지금은 활활 타는 불길이 그립다.

기타이치는 양손을 비비며 기타지의 등 뒤로 다가갔다.

"어, 왔구나."

그냥 오기만 한 게 아냐. 선물이 있다.

"자, 이거. 네 몫이다."

옆구리에 끼고 있던 새 솜옷을 기타지 앞에 쳐들어 보였다.

오미쓰가 헌옷을 해체하거나 자투리 천을 모아서 지어준 솜옷이어서 기타이치의 옷과 무늬가 조금 달랐다. 하지만 따뜻하기는 마찬가지였다.

"이럴 땐 좀 고맙다고——,"

그 대목에서 기타이치는 말을 삼켰다. 기타지는 혼자가 아니었다. 가마 앞에 조금 비껴난 곳에 땔감이 산더미처럼 쌓였는데, 그 그늘에 누군가 있었다. 어둠보다 더 검은 그림자가 고양이등을 하고 앉아 있다.

"누구야?"

기타이치는 그림자가 아니라 기타지에게 물었다. 마치 그 말을 기다렸다는 듯이 조메이탕의 허름한 지붕 너머에서 개 울부짖는 소리가 들렸다.

"우우오오, 우우오오옹."

그러자 이번에는 기타이치 뒤쪽 어디선가 거기에 호응하는 소리가 들린다.

"우우우우웅, 우우우웅."

흰둥이와 얼룩이다. 어느 개가 어느 쪽에 있는지 소리로는 분간할 수 없지만 두 마리가 조메이탕을 가운데 두고 있는 것이다.

 기타지는 훨훨 타오르는 불길을 노려보며 손 맡에 모아 둔 땔감을 들어 가마 속에 던져 넣었다. 던져 넣기 쉽게끔 비틀어서 꼬아둔 폐지와 잔가지, 벗겨낸 지붕널판을 잘게 쪼갠 것들이다.

 "어허, 좀 봐주쇼."

 어둠 속의 그림자가 말했다. 매끄럽고 듣기 좋은 목소리다.

 ──그 젊은 두목이다.

 기타이치가 그림자 쪽으로 몸을 기울이며 말했다.

 "어이, 이쪽으로 얼굴을 돌려."

 그림자는 마지못해 고개를 들고 가마에서 나오는 불빛 속으로 얼굴을 내밀었다.

 "역시!"

 여자 역할을 하는 가부키배우처럼 살갗이 희고 이목구비가 제법 가지런하다. 오늘 밤은 이자도 얇은 솜옷에 목도리까지 둘둘 감았다. 조메이탕 2층 객실에서 보았을 때만큼 세련된 옷차림은 아니다. 추위를 막으려고 급한 대로 껴입고 온 듯하다. 땔감더미에서 골라낸 작은 나무상자에라도 앉아 있는지 몸을 작게 웅크리고 있다.

 기타이치가 놀라는 소리를 들었는지 흰둥이와 얼룩이가 다시 길게 울부짖었다. 그러자 두목은 더욱 목을 움츠리더니 기타이치에게 속삭이는 소리로 애원했다.

"거기 노형, 시탓피키라고 했습니까? 그렇다면 여기 노형보다 얘기가 잘 통하겠군. 돈을 써서 증언 출두를 면하게 해주는 것도 오캇피키의 일이니까."

응? 이건 무슨 소리지? 기타이치는 상황을 이해할 수 없었다.

오캇피키의 부하는 그냥 '수하'나 '아우'라고 불린다. '시탓피키下っ引き'라고 하면 어감으로도 느낄 수 있듯이 아래로 내려다보는 것처럼 느껴지기 때문이다. 기타이치는 자기를 대놓고 이렇게 부르는 사람을 처음 보았다. 센키치 대장이 건재할 때도 선배들이 이렇게 불리는 것을 들어본 적이 없다.

"당신, 묘종상 무토야 사람이지?"

기타이치는 이곳에 자기 혼자 있는 것처럼 말없이 불을 때고 있는 기타지의 옆얼굴과, 가마 불빛 속에 얼빠진 인상으로 떠 있는 두목의 얼굴을 견주어 보며 물었다. 슬쩍 겁을 주었어야 했는지도 모르지만, 안타깝게도 그런 행동에는 익숙하질 못하다.

하지만 기타이치가 세게 나가지 않아도 두목은 충분히 주눅이 들어 보였다.

"맞습니다. 그런데 어떻게 들킨 거지? 우리가 서툴게 움직인 것 같지는 않은데."

가마 불길에서 시선을 떼지 않은 채 기타지가 마침내 입을 열었다. "무토야의 넷째아들. 이름은 주시로. 나이는 스물넷이라고 한다."

"'도시오토코年男'입니다요그해의 띠를 가진 남자. 12간지이므로 12세, 24세, 36세

등 12배수의 나이가 된다. 행운이 따르는 사람이라고 해서 정월의 각종 전통 행사를 관장한다."
라고 주시로는 말했다. 말투는 경쾌하지만 기타지의 옆얼굴을 경계하는 눈빛이었다.

"형씨들, 나보다 많이 어려 보이는데 형이라고 부르기도 뭣하고. 그쪽도 이름을 밝혀주시지그래."

회유하는 것 같기도 하고 무람없는 말투처럼 들리기도 한다. 어느 쪽이든 그다지 유쾌하지는 않다.

기타이치는 다시 기타지의 옆얼굴을 보았다. 여전히 뚱한 얼굴이다. 땔감을 던져 넣자 가마 속에서 불길이 춤춘다. 오늘 저녁은 욕조에 손님이 여러 명 들어와 있나보다.

기타이치는 아랫배에 힘을 주고 말했다. "내 이름은 기타이치. 후카가와를 담당하는 센키치 대장의 수하다. 주시로인지 아무갠지, 시비 걸 생각이 아니면 오캇피키의 수하를 시탓피키라고 부르면 안 되지."

주시로는 "헐" 하고 얼빠진 소리를 냈다. 뭐야 이 녀석, 열 받네.

"주시로인지 아무개인지, 여기서 뭐 하는 거지?"

기타이치의 질문에 주시로는 또 멍하니 얼빠진 얼굴과 목소리로,

"으음, 나한테 그런 걸 물으면 곤란한데. 저쪽 형씨한테 물으셔야지."

느릿한 턱짓으로 기타지를 가리켰다. 무서워하든지 우습게보

든지 태도를 확실히 해.

"이자를 왜 여기로 데려온 거야?"

버티고 선 채 물어보았다. 기타지는 꼼짝도 하지 않고 대답도 없다. 욕탕 쪽에서 찰랑찰랑 물 휘젓는 소리가 들려왔다.

"어이, 가마 담당! 너무 뜨겁다!"

그 목소리에 기타지가 쓱 일어서더니 팔을 뻗어 주시로의 멱살을 거머쥐고 땔감더미와 쓰레기더미 사이의 조금 벌어진 곳으로 끌고 갔다.

"이놈들 신원을 파악한 뒤로 지금까지 시간만 나면 동태를 살펴보고 있었는데."

낮은 소리로 중얼거리며 주시로의 멱살을 놓고 콱 떠밀었다. 세상물정 밝아 보이는 두목이 종이인형처럼 픽 넘어져 엉덩방아를 찧었다. 그러고 보니 이자는 키만 컸지 가슴팍이 밋밋하고 호리호리했다.

"이놈들이 또 통수치기에 나설 기미가 없더군."

통수치기. 화재로 집을 잃은 사람들에게 찾아가, 딱하네요, 큰일이군요, 하고 동정하며 접근해서, 이재민이 목숨 걸고 가지고 나온 가재도구 중에서 금품을 훔쳐낸다. 비열한 수법이다.

"그 뒤로 혼조 후카가와에서는 이렇다 할 화재가 없지만, 우에노나 오카치마치에서는 작은 화재가 몇 건 이어졌고, 바로 그저께에도 조시가야 너머에서 상당히 큰 화재가 있었다."

그 화재라면 기타이치도 안다. 이곳보다는 상가주택이 많지 않지만 오래된 사찰의 불당과 요사채가 불타서 큰 난리였다고 한다.

"이번에는 움직이려나 했지만 이놈이 이노, 도미 같은 수하들을 불러 모으지 않더군. 전당포 무쓰미야하고도 연락하는 모습이 없었고."

흠, 이대로 기다리는 것도 답답하다.

"그래서 내가 가서 끌고 온 거다."

작은 소리로 말하는 기타지의 발치에서 주시로는 얻어맞은 것도 아닌데 제 턱을 슬쩍 확인하고는 바닥에 고쳐 앉아 요란하게 한숨을 토했다.

"진짜 돌겠네. 형씨들이 이노, 도미, 무쓰미야까지 알고 있다니."

"기타쓰지바시 옆 전당포지."

"그렇소. 어떻게 아셨을까."

상대를 희롱하는 듯한 경쾌한 물음에 흰둥이와 얼룩이가 울부짖는 소리가 겹쳐 들린다. 그 순간 주시로가 목을 움츠렸다.

"아, 진짜 제발 그만 좀 짖어라. 개라면 딱 질색인데. 어릴 때 궁둥이를 크게 물린 적이 있어서."

아무렇게나 지어내는 말인지도 모르지만, 사실이라면 그것 참 고소하다.

"너와 무쓰미야, 이노, 도미를 어떻게 찾아냈는지 궁금하냐? 오캇피키 수하의 비법이 있지만, 그걸 왜 말해주겠냐."

기타이치는 쪼그리고 앉아 주시로의 하얀 얼굴을 정면에서 들여다보며 말했다.

"후카가와 모토마치의 이재민들 뒤통수를 쳐서 거액을 벌었으니 한동안 얌전히 지내려고 자취를 감추고 있었나?"

가까이서 들여다보는 주시로의 눈동자 속에 찰나였지만,

――건방진 꼬마녀석이!

하는 눈빛이 획 스쳤다. 이자는 속마음을 감출 줄 아는 배우 같다.

"뭐 그런 셈이지. 우리도 섣달은 각자 생업으로 바쁘고."

"넷째아들인 당신이 무토야에서 무슨 일로 바쁜지 모르지만, 나가야에 세 들어 사는 세공장인 도미와, 병으로 드러누운 처에게 인삼을 먹이고 싶어서 기를 쓰는 이노는 물론 바쁘겠지."

주시로는 움찔 놀라는 표정을 감추지 않았다. 흔들리는 시선을 기타이치에게서 기타지 쪽으로 옮긴다.

"……그 두 명도 여기로 끌고 올 건가?"

기타이치는 대답을 망설이는 척하며 곁눈으로 기타지를 살폈다.

"그러지 맙시다. 놈들은 말하자면 나의 시탓피키일 뿐이니까. 내가 시키는 대로 움직이는 자들이라고."

건들거리며 말하지만 목소리 밑으로 본심이 들려온다. 이자가 부하들을 감싸는 건가?

"형씨들, 그 두 놈의 본명도 알아냈소?"

기타이치는 짐짓 의미심장하게 침묵을 지켰다. 기타지는 계산한 것처럼 재채기를 했다. 연속으로 두 번이나.

주시로는 체념한 듯 눈썹을 늘어뜨리고 굼지럭굼지럭 이야기를 시작했다.

"도미는 부친의 빚을 떠안았는데, 누이동생을 유곽에 팔아도 돈이 모자라서 죽어라 일만 하며 찢어지게 가난하게 살고 있지. 이노는 방금 형씨가 말한 대로 폐병으로 고생하는 처를 부양하고 있고."

두 사람이 통수치기에 발을 담근 것은 돈이 절실하기 때문이다. 타고난 도적은 아니다.

"두 명 모두 당신이 끌어들였나?"

"원래 이노와 아는 사이였소. 그놈은 '마스쇼'의 고참 점원인데, 우리 부친이 늘 마스쇼에서 통풍 약을 구입했지. 안색이 좋지 못한 점원이 매달 한 번 약을 가져다주었는데, 그자가 이노였소."

"마스쇼는 생약점이로군. 이노는 인삼을 구하려고 거기 점원으로 일하나?"

주시로는 기타이치의 말을 흥 콧김으로 넘겼다.

"물정을 몰라도 너무 모르네, 형씨. 생약점에서 성실하게 일해 봤자 어지간한 점원은 1년에 인삼 약포 하나 사면 고작이오. 매일 코앞에 보면서 파는 물건이지만 감히 엄두를 못 내지."

그래서 이노는 통수치기로 돈을 벌려고 했던 것이다.

"도미는 이노의 지인인데, 이노가 돈을 잘 번다는 걸 알고 망설임 없이 가담했지."

욕탕 쪽에서 아까와는 다른 굵직한 목소리가 들려왔다. "가마 담당, 물이 식었어!"

술꾼들 같으니. 이봐요, 아저씨, 술 드시고 뜨거운 탕에 들어가면 안 돼. 그러다 죽어. 기타이치는 머리 한쪽으로 생각했다. 주시로가 하는 말에 갇히면 안 돼. 액면 그대로 믿으면 안 돼.

기타지가 가마 앞으로 돌아가고 주시로는 바닥에 두 다리를 뻗고 앉았다. 기타이치는 왠지 맥이 빠졌다. 두목을 잡았다! 라는 흥분은 조금도 느낄 수 없었다.

흰둥이와 얼룩이가 번갈아가며 울부짖는다. 이번에는 짧게, 웡, 웡, 웡, 하며 서로 호응한다. 개들만의 언어가 있는 걸까.

"이 비열한 짓을 처음 생각해 낸 게 누구지? 당신인가?"

주시로는 나른하게 고개를 젓고 그 김에 크게 하품까지 했다.

"처음부터 나랑 알던 사람은 아니었소. 4년쯤 전에 내가 연상의 다쓰미 게이샤에도성 동남쪽에 새로 매립한 지역에서 활약하던 게이샤로, 새침하고 고혹적인 요시와라 유곽의 게이샤와 달리 털털하고 화통한 기질이 상인층의 호감을 샀다한테 푹 빠져서 돈깨나 갖다 바쳤는데, 그 게이샤의 정부라는 고케닌 출신 사내를 알게 되면서——."

처음에는 주시로도 이노나 도미처럼 고케닌 출신 사내의 하수인에 지나지 않았는데, 경험을 쌓다 보니 어느 새 두목이 되고 말았다.

"나를 지휘하던 놈은 돈이 꽤 모이자, 유곽에 빚이 잔뜩 있는 그 게이샤와 야반도주를 하고 말았지. 나는 졸지에 버림을 받은 처지라 하는 수 없이 직접 머리를 쓰게 된 거요."

주시로는 직접 작전을 짜게 된 것을 자랑스러워하는 듯했다. 말투가 다시 경박해졌다.

"전당포를 끌어들여 놓고, 훔친 돈을 일단 전당포를 통해 환전한다는 것은 내 생각이었거든."

주시로가 조메이탕 2층에서 만났던 자는 나이가 꽤 들어 보였지만 실은 전당포 무쓰미야의 장남이라고 한다.

"나한테는 외가 쪽 친척이지."

"당신, 친척까지 그 짓에 끌어들였다고?"

"그놈은 꼬장꼬장한 부친한테 쥐여사느라 동전 한 닢 마음대로 쓰지 못한다고 울화가 차 있었으니까."

무쓰미야는 주시로 일당이 훔친 금품을 팔아넘기는 일, 그리고 금화나 동전으로 환전하는 일을 맡았다.

이노나 도미가 성공 보수로 받은 금화를 그냥 쓰다가는 주변의 시선을 끌어 의심을 살 게 뻔했다. 그러므로 무겁고 번거로워도 돈꿰미로 환전해서 나눠주는 작업이 중요했던 것이다.

기타이치는 그제야 상황을 이해했다. 분하지만 조금은 감탄했다. 주시로는 확실히 머리를 쓸 줄 아는 두목이었다.

"후카가와 모토마치의 화재로 집을 잃은 사람들 상대로 자잘한 물건을 많이 훔쳤지만 가장 큰 소득은 기리모치 두 개. 그렇지?"

주시로는 대답을 하지 않았다. 가마 쪽으로 얼굴을 향하고 있어서 등만 보이는 기타지 쪽으로 힐끔 눈길을 던진다.

가마 속에서 불길이 흔들린다.

"그게 누구 돈인지 알고 있나?"

"모르지. 그걸 찾아낸 건 이노였지만, 그놈도 모를 거요. 훔칠 때는 한 자리에 오래 있지 않으니까."

그 50냥은 소중한 돈이다. 우키요에 판각 장인 사쿠스케와 처 오미요에게는 그냥 목돈 이상의 의미가 있는 돈이다.

"하지만 오캇피키의 수하 기타이치 씨."

비아냥거리는 말투. 도발적인 눈빛. 갑자기 생기가 살아나며 왠지 진지한 얼굴이 되었다.

"그런 돈은 죽은 돈이지. 그렇게 생각하지 않소?"

죽은 돈. 주시로의 진지한, 물어뜯을 것 같은 눈빛.

"화재든 홍수든 가설주택이나 피난소를 지어야 할 만큼 다들 어려울 때인데, 대피한 사람들이 들고 나온 물건을 노리다니."

누구나 가지고 있지, 돈이 될 만한 물건을.

"그야, 필사적으로 들고 나왔으니까."

"그럼, 써야지!"

주시로의 눈초리가 올라갔다.

"꼬불쳐두지 말고, 집을 잃거나 돈 벌어올 식구를 잃은 사람들을 위해, 부모를 다 여의고 고아가 된 아이들을 위해 돈을 토해내야지!"

하지만 아무도 그렇게 하지 않았다. 애지중지 숨겨둘 뿐.

"언제 쓰게 될지 알 수도 없는 돈인데. 자기 식구만이 아니라 당장 어려움에 처한 사람들과 함께 써야 한다고 생각하지 않나?"
 어처구니없지만 들고 나온 물건이 얼마짜리인지 모르는 경우도 있다.
 "죽기 살기로 들고 나온 짐 속에 거액이 들어 있다는 사실조차 모르는 자도 있더군. 새 거처가 마련되면 짐을 그대로 옮겨서 또 깊숙이 숨겨두겠지. 그 속에 돈이 얼마나 들었는지 기억하지도 못하고."
 주시로가 불쑥 소리쳤다.
 "그러니까 죽은 돈이지!"
 그 일갈이 땔감더미를 뛰어다닌다. 도대체 무슨 소리야!
 "그래서 우리가 그 돈을 끌어내서 사람들에게 필요한 물건을 사다가 나눠준 거요."
 ──얼마나 힘드세요. 이불이 없다고요? 기다려보세요, 가져다줄 테니까. 아기 기저귀는 충분합니까?
 다만 수수료를 조금 비싸게 매겼을 뿐이지──.
 그러니까 절도가 아니라고 말하는 건가? 기타이치가 묻기 전에 기타지가 무서운 힘으로 뭔가를 가마 속으로 던져 넣더니,
 "젠장!"
 하고 혀를 찼다.
 "부지깽이를 넣어버렸네."
 혼잣말처럼 말했다. 주시로도 깜짝 놀란 모습이다. 기타이치도

숨죽이고 있다가 이윽고 "어, 어떡하나" 하고 작은 소리로 물었다.

"괜찮아. 불이 꺼지면 꺼내지, 뭐."

그제야 알았다. 기타지는 기분이 상한 것이다.

분노했는지까지는 모른다. 기타이치는 아직 이 녀석을 그 정도로 잘 알지는 못한다. 하지만 기타지는 불쾌해하고 있다.

기타지는 자리에서 일어나 주시로에게 걸어가 위에서 내려다보며 말했다.

"이런 짓을 계속하면 너희들, 반쇼에 잡혀갈 거다. 핫초보리에서 눈에 불을 켜고 있어."

주시로는 새끼거북처럼 목을 움츠리더니 고양이 등을 하고 무릎을 안은 채 고개를 끄덕였다.

"음. 알겠소."

"이제 손 터는 거지?"

"음."

주시로는 눈가를 훔쳤다. 울고 있는 것은 아니지만 지금까지 본 모습 중에 제일 약해 보이는 몸짓이었다.

"나는 상인의 넷째아들이잖소. 우리 네 형제는 모두 건강하게 자랐고, 그건 좋은 일이지. 하지만 나한테는 힘든 상황이오."

재산을 물려받을 수 없는 몸이다. 차남은 분점을 받을 것이 확실하고, 삼남도 분점을 받을 확률이 절반쯤 되지만, 사남은 그럴 가능성이 아예 없다. 양자로 받아줄 좋은 집안이라도 찾아내지 못하면 공밥이나 얻어먹으며 살아야 한다.

"그런 나도 통수치기를 해서 세상에 조금은 보탬이 되고 있었는데."

그 의견에 이의를 제기하듯 흰둥이와 얼룩이가 울부짖는 소리가 더 가까워졌다. 들개 두 마리는 혹시 기타지와 의견을 같이하는 걸까.

개들 짖는 소리를 등 뒤로 들으며 기타지가 겁을 주었다.

"당신, 또 그 짓을 하면 그때는 저 아이들을 부추겨서, 여기로 끌고 오는 정도로 끝내진 않을 거야."

"알았소."

기타지는 개를 끔찍이 싫어하는 주시로에게 그런 응수를 준비하고 있었던 걸까.

"그럼, 맹세한다는 걸 보여줘."

무뚝뚝함을 넘어 서슬 퍼런 기타지의 요구에 기타이치는 다시 숨을 죽였다. 주시로는 냉기에 굳었는지 손가락 움직임이 어설프다. 솜옷 앞섶을 열고 소매에서 뭔가를 끄집어내느라 한참 애를 썼다.

맹세한다는 걸 보이라니, 어떻게?

데굴데굴. 기타이치 앞에서 기리모치가 굴렀다. 하나, 둘, 셋. 75냥. 이건 뭐지?

"문고가게 짐 속에 있던 거요. 이건 내가 발견하고 꺼냈으니까 잘 기억하고 있지."

경악하는 기타이치의 표정이 재미있는지 주시로의 눈가가 웃고 있다.

"낡은 고리짝을 끈으로 둘둘 묶어 두었더군. 끈이 너무 낡아 곰팡이가 피어 있었지. 하지만 고리짝은 꽤 묵직했소. 경험상 그런 짐에는 금품이 들어 있는 경우가 많았소."

그 고리짝도 짐작한 대로였다.

"이가 나간 연적, 지저분한 먹물종지 같은 잡동사니 밑에 마대 하나가 쑤셔 박혀 있더군. 그걸 열어보니 기리모치 네 개가 들어 있었소."

그 가운데 하나, 즉 25냥은 이미 쓰거나 나눠주고 말았다. 그러니 나머지를 얌전히 돌려주겠다, 이것이 "앞으로는 통수치기를 하지 않겠습니다"라는 맹세의 증거이다.

"──거짓말."

기타이치가 강하게 말했다. 너무 힘을 주는 바람에 혀를 깨물 뻔했다.

"만사쿠 내외가 물려받고 나서 문고가게는 매상이 계속 떨어졌어. 이런 거금이 있을 리 없어!"

정적.

가마불도 잦아들어 어둠이 짙어졌다.

"누가 현 문고가게의 재산이라고 했습니까, 센키치 대장의 시탓피키 나리."

주시로의 히죽거리는 웃음이 점점 커진다.

"문고가게 주인 부부도 이 돈은 모르고 있더군. 애초에 몰랐던 건지도 모르지. 불이 번지자 점원들에게 주위에 있는 짐을 실어 내게 했지만, 정작 그 속에 뭐가 들어 있는지 모르는 것도 있었겠지."

목재하치장 가설주택으로 옮긴 뒤에도 오타마는 반야에 끌려가 있었고 만사쿠는 연기를 너무 마셔서 나빠진 상태로 짐을 일일이 풀어 점검할 여유가 없었다.

"이건 센키치 대장이 숨겨둔 돈이 틀림없소" 하고 주시로는 말했다. "오캇피키는 드러나지 않는 돈을 벌어들이는 일이잖소? 좋은 일로든 나쁜 일로든. 평판이 매우 좋고 남들 부탁을 외면하지 못하는 대장이었다고 하니, 그런 돈벌이에도 빈틈이 없었던 게 아닐까."

주시로의 매끄러운 언변이 기타이치의 마음을 쿡쿡 찔렀다. 활활 타오르는 가마불처럼 머릿속이 뜨거워졌다.

"시끄러."

"형씨는 진짜 세상물정 모르는 순진한 분이네."

"닥쳐."

"그럼, 이제 이 돈은 형씨들 거니까, 받아주시지."

"닥치라고!"

기타이치가 소리치자 그 소리를 들은 것처럼 찰싹찰싹 발소리가 다가왔다. 땔감더미 사이로 흰둥이와 얼룩이가 나타났다. 두 쌍의 눈동자가 안광을 번들거렸다.

"어헉, 이런, 멍멍이들이."

주시로는 양손을 가슴 앞으로 쳐들며 재빨리 내뺄 자세를 취했다. 흰둥이가 으르렁거리고 얼룩이가 엄니를 드러냈다.

기타지가 일어나 주시로에게 말했다.

"명심해라. 맹세를 어기면, 다음은 개 먹이가 되는 거다."

길게 헝클어진 앞머리 사이로 기타지의 한쪽 눈이 노려보았다. 흰둥이나 얼룩이에 못지않게 차갑고 이글거리는 눈초리였다.

이마와 볼이 번들거리도록 식은땀을 흘리는 주시로가 달달 떨리는 입술로 대답했다.

"알겠소. 알겠다니까."

기타지는 개를 내쫓는 손짓을 했다. 주시로는 엉덩이에 불이 붙은 것처럼 벌떡 일어나 뒤도 보지 않고 도망치기 시작했다.

"어이~, 이봐, 가마 담당~."

욕탕 쪽에서 짜증 섞인 남자의 목소리가 들려왔다.

"오늘은 왜 이래. 물이 미지근하니 추워서 들어가 앉아 있을 수가 없잖아. 불 좀 넉넉히 때!"

우두커니 선 기타이치와 기타지 사이에서 기리모치 세 개가 정체 모를 분실물처럼 뒹굴고 있었다. 섣달 바람이 쌩 지나가자 흰둥이와 얼룩이의 꼬리가 흔들렸다.

제 2 화

신택 / 귀저

1

　간에이寬永 17년(1640) 이래 에도에서는 섣달 13일에 대청소를 하는 것이 관례였다. 이 날짜에 맞춰 에도의 수많은 마치에서 한 해를 마무리하는 대청소를 실시한다.
　후유키초 마님 집의 대청소도, 기타이치가 다른 일로 정신없이 뛰어다니는 동안, '후쿠토미야'가 모두 알아서 해준 덕분에 무사히 끝났다. 그래서 기타이치가 마님에게 상황을 설명하고 '통수치기' 일당의 두목이며 묘종상 '무토야'의 사남인 주시로에게 받은 기리모치 세 개 75냥을 어떻게 해야 하는지, 그런 거금이 있었다는 사실을 알고 있었는지 묻는 지금, 마님은 새로 바른 새하얀 장지로 비춰드는 겨울 햇살 속에 더욱 하얘 보였다.

"짚이는 게 있느냐고 묻는 거라면, 있지."

살담배의 훈향이 피어오르는 담뱃대를 들고 마님은 즉시 대답했다. 곁에는 평소처럼 오미쓰가 대기하고 있다.

"대장은 만일을 위해 저금을 게을리하지 않았으니까."

기타이치가 알기로 대장은 돈벌이에는 전혀 흥미가 없는 담백한 사람이었다. 그렇다고 돈에 무심했던 건 아니다. 문고가게 운영을 비롯하여 금전 출납에는 늘 신경을 썼고 식솔들에게도 낭비를 없애라고 훈계했다.

"다만 나는 방범 일과 관련한 돈 출납에 대해서는 전혀 모른다. 이 돈은 문고가게에서 도난당할 때는 기리모치 네 개, 100냥이었구나."

"네. 하나는 통수치기 일당이 써버렸습니다."

마님은 감긴 눈꺼풀을 바르르 떨며 엷은 웃음을 지었다. "뭐 재난민들에게 조금은 도움이 되었을 테니까 대장도 마냥 노여워하시지만은 않겠지."

엷긴 했지만 그 웃음이 기타이치는 마음에 걸렸다.

"마님은 주시로의 말에 일리가 있다고 생각하시는 건가요?"

마님은 유유하게 담배를 피우며,

"글쎄, 어떻게 봐야 할까" 하고 말했다. "남들 눈에는 살림이

팍팍해 보이는 사람이 알고 보니 큰돈을 쌓아두고 있더라는 이야기는 그리 드물지도 않지. 한데 그 돈을 통 크게 써볼 기회가 없어서, 혹은 기회가 왔는데도 알아채지 못하고 무덤 속으로 가버린다면."

그런 경우는 분명 '죽은 돈'이다.

"그런 경우로 한정한다면 그 사람 말에도 일리는 있다. 하지만 도적질은 안 돼. 하늘이 허락하시는 일이 아니야. 어려운 문제다."

담뱃대 대통으로 담배합 테두리에 톡 두드리고 이야기를 마무리 짓듯이 말했다.

"언젠가 대장이 꿈에 나타나 그 일의 옳고 그름을 판정해주기를 기다려볼까. 이승에 사는 그 일당의 향후 동태는 사와이 나리가 눈에 불을 켜고 지켜보시겠지?"

"네. 살인이나 방화 따위에 가담한다 싶으면 즉각 잡아들이겠다고 하셨습니다."

──이목도 법도 우습게 아는 자들이니까.

"그렇다면 이제 기타이치가 고민할 일도 없겠구나. 하지만, 주시로 일당을 완전히 잊어서는 안 돼. 머리 한쪽 구석에라도 담아둬."

무슨 일이 있을 때 연줄이 되어줄지도 모르니까, 라고 마님은 말했다.

"무토야는 후카가와 십만 평의 광활한 개간지 끝에 있다고 했지. 괜찮은 묘종상인 듯해 물어보니 '쇼 씨'도 알고 있더구나."

마님이 이렇게 친근하게 말하는 사람은 오미쓰의 약혼자 쇼키치로이다. 청과물상 '미와초'의 지배인으로, 혼조 하나마치에 있는 분점을 책임지고 있다.

"그 점만으로도 장차 쓸모가 있을 거라고 하더군."

"그런가요?"

그런 자에게 무슨 부탁을 할 수 있을지, 과연 도움이 될지, 기타이치는 영 찜찜하기만 하다.

"그렇다니까. 이제 기리모치를 어떻게 처리할 것이냐 하는 문제만 남았네. 우선 두 개는 사쿠스케와 오미요에게 주는 게 좋지 않을까."

후카가와 모토마치의 화재 와중에 통수치기 일당에게 목돈을 잃고 농락당한 이는 사쿠스케와 오미요 부부뿐이다. 다른 사람들이 잃은 것은 자잘한 물건들뿐이므로 가설주택에 필요한 가재도구나 약 등 여러 가지를 기부 받은 대가로 치면 되리라.

그럼 남은 기리모치 하나는,

"기타 씨가 화를 낼지 모르지만 나는 만사쿠와 오타마에게 주고 싶다."

기타이치는 전혀 화가 나지 않았다. 이번 화재는 고통스러웠지만 소득이 전혀 없었던 것은 아니다. 만사쿠와 오타마의 속마음도 어느 정도 이해할 수 있었고, 매우 서툰 방식이기는 했지만 오타마가 오소메에게 감사와 배려(비슷한 것)를 표하려고 했던 것을 알고 기타이치도 (어렵게나마) 마음속의 칼을 거두어들일 수 있었다.

"간밤에 도미칸 씨에게 들었는데, 가게 식솔 중에서 방화범이 나온 추태에 대하여 벌금 30냥이 결정되었다고 합니다."

마님은 말없이 고개를 끄덕였다. 눈은 보이지 않아도 기타이치가 어떤 얼굴을 하고 있는지 다 보고 있다.

"이 기리모치 하나가 있으니 5냥만 더 마련하면 됩니다. 마님의 온정에 저도 감사를 드립니다."

그렇게 말하고 기타이치는 다다미에 양손을 짚었다.

마님의 입가가 가볍게 풀어졌다. "이제는 기타 씨가 새삼 화낼 이유도 없어진 건가. 하지만 기타 씨가 나에게 고마워해야 할 이유도 없어. 오히려 내가 기타 씨에게 제대로 인사를 해야지. 대장의 문고가게에서 시작된 화재를 뒷감당하느라 고생이 많았어. 고마워."

그 말씀이 기뻤다. 기타이치는 고개를 숙이고 겸연쩍은 웃음이 비어져나오려 하는 것을 꾹 참았다. 정수리에 오미쓰의 따뜻한 시선이 느껴졌다.

후카가와 모토마치의 문고가게는 이제 빈 터만 남았다. 지주는 우시고메에 살고 있고 도미칸이 관리를 맡고 있다. 도미칸에 따르면 후카가와는 바다를 매립해서 닦은 지역이라 번잡하기로는 어디에도 뒤지지 않지만 간다나 우에노·아사쿠사보다는 지대가 저렴하므로 다음 임차인이 금방 나타날 거라고 한다.

문고가게에서 일하던 점원과 직인들은 일찌감치 다른 일자리를 찾아서 흩어졌지만, 만사쿠·오타마 부부는 벌금을 내고 관청의 허락이 떨어지기 전에는 함부로 이주할 수 없다. 목재하치장 가설주택이 철거된 뒤에는 후쿠토미야의 알선으로 도미히사초에 있는 된장가게의 별채를 빌려서 살고 있다고 한다.

"관에서 허락이 떨어지면 일단 오타마 씨 친정에 의지할 거라고 합니다."

하고 오미쓰가 말했다.

오타마의 친정은 나리히라바시 옆에서 기와 굽는 일을 하는 집안이라고 들었다.

"그 사람들이 앞으로 어떻게 살지는 나나 기타 씨가 관여할 일이 아니야. 알아서 살게 내버려 두자."

라고 말하고 싶지만――이라며 마님은 오미쓰를 향해 살짝 웃었다. 오미쓰는 입을 꼭 다물고 있다.

"이런. 오미쓰는 아직 개운치 않은 모양이네."

벌써 몇 번째인지 기억하지 못할 정도지만 기타이치는 또 생각했다. 마님은 어쩌면 눈이 보이는 게 아닐까.

"하지만, 마님……."

"결정은 기타이치가 내리는 거니까 네가 앞질러 화를 내도 소용없어."

네? 제가요?

"무슨 말씀이신지."

이번에도 마님은 기타이치의 얼굴이 있는 쪽으로 정확히 돌아앉아 태연하게 말했다.

"무슨 말씀이라니, 조사쿠 이야기지."

만사쿠·오타마 부부는 슬하에 아들을 여섯 명 두었다. 조사쿠는 열두 살 된 장남이다. 결코 화를 잘 내는 사람은 아니지만 늘 뚱한 얼굴이라 화가 난 것처럼 보이는 만사쿠하고도 안 닮고, 걸핏하면 화를 내는 탓에 표정이 표독하고 그냥 있어도 눈초리가 찢어진 오타마하고도 닮지 않아, 얼굴이 꽤 귀엽고 성격은 온순하며 착하다.

센키치 대장이 세상을 떠나고 기타이치가 후카가와 모토마치의 문고가게를 떠난 뒤, 조사쿠는 행상을 시작했다. 아직 어린아이이므로 정처 없이 돌아다니며 팔아보라고 하기에는 아무래도 걱정이 되므로, 단골집들을 돌게 하고 그곳을 오가는 길에 한두 개라도 팔면 감지덕지라는 정도로 (적어도 주위 어른들은) 생각하고 있었는데, 조사쿠가 뜻밖에 장사를 잘해서 제법 돈을 벌어 왔다. 기타이치도 단골을 찾아갔다가,

"조금 전에 조사쿠가 찾아왔기에 사버렸지."

"기타 씨가 조금 늦었네."

라는 말을 들은 일이 여러 번 있었을 정도이다.

그 조사쿠에 관한 이야기라면 기타이치도 실은 짚이는 바가 있었다.

"마님, 저어, 혹시……."

마님의 감긴 눈꺼풀이 바르르 떨리고 입가에 온화한 미소가 걸렸다.

"눈치가 빠르네. 기타이치가 조사쿠를 데리고 일하는 게 어떠냐는 이야기야."

역시.

"본인이 원할까요?"

"그럼! 문고 행상을 계속하고 싶다고 도미칸 씨를 찾아와 상의했대."

오미쓰가 놀랐다. "기타 씨, 그럴 줄 알았다는 얼굴이네?"

"나도 그런 방법이 있지 않을까 하고 그동안 생각해 왔으니까."

다만 이쪽에서 먼저 제안할 생각은 없었다. 저쪽에서 부탁해 오기를 기다린 것도 아니었다. 다만 상황이 그렇게 풀렸으면 좋겠다고 막연히 생각했을 뿐이다.

"조사쿠는 성실하잖아."

오미쓰는 놀라움을 넘어 안색이 날카로워졌다. "설마 그 아이를 거두어서 같이 살려는 건 아니겠지?"

오타마 씨 아들이야. 자다가 목이 졸려 죽을지도 몰라. 험악한 말까지 한다.

"내가 그 정도까지 원한을 산 것 같지는 않은데."

어디서 지낼지는 조사쿠 본인에게 물어서 정하면 된다. 기타이치에게 중요한 것은 그 아이가 문고 행상으로서 쓸 만하다는 사실뿐이었다.

"스에조 영감이나 오우미 님, 공방 식솔들과 상의해 봐도 될까요? 어쩌면 문고 만들러 와주시는 노인들 가운데 어느 댁에서 받아줄지도 모릅니다."

셋집을 얻으니 그런 집에서 생활하며 농사일이나 잡일을 거들어주는 한편 기타이치의 공방에서 문고를 떼다가 행상을 다닌다, 그 정도면 괜찮지 않을까?

"당연히 상의해야지. 조사쿠에게는 도미칸 씨를 통해서 대답해 주기로 해 두었어."

"알겠습니다."

머리에 새겨두고 숨을 한 번 들이켠 기타이치가 새삼스런 얼굴로 마님을 바라보았다.

"그런데 마님. 저도 상의드릴 일이 하나 있습니다."

"새삼스럽기는. 뭔데?"

"후카가와 모토마치의 문고가게가 없어졌으니 센키치 대장의 '붉은 술 문고'를 계승할 사람은 기타이치 한 명밖에 남지 않았습니다."

어색할 정도로 딱딱한 말투에 오미쓰가 눈을 깜빡거렸다. 조금 흥미로워하는 것 같다. 기타이치는 이 일을 무슨 말로 아뢸지를 두고 오우미 신베에와 상의하고 오래 궁리하며 준비해왔다. 제발 웃지 않기를 바랐다.

"앞으로 기타이치는 센키치 대장 성함에 먹칠하는 일이 없도록 더욱 행동거지를 조심하고 장사에 한층 정진하겠습니다."

더없이 진지한 말투에 마님은, "어머나"라고 반응했다. 역시 재미있어하는구나.

기타이치는 낯이 뜨거워졌다.

"그래서…… 으음."

"나는 기타 씨를 믿어. 그렇게 애쓰지 않아도 지금까지 해왔던 대로 장사하며 건강하고 즐겁게 지내준다면 아무 불만도 없고 걱정도 없어."

"으음…… 하지만, 그렇다면……."

안 그래도 말하기 힘든 돈 이야기인데 마님 앞이라 더 꺼내기가 힘들다.

쩔쩔매고 있는데 오미쓰가 불쑥 끼어들었다. "기타 씨, 혹시 마님 생활비를 걱정하는 거야?"

바로 그거다.

"그렇다면 괜한 걱정 안 해도 돼. 나는 마쓰 씨와 결혼해도 계속 이 집에서 마님과 함께 지낼 거니까."

응? 기타이치의 놀라는 얼굴에 오미쓰도 자세를 바로 하는 척하며 말을 이었다.

"이야기 순서가 잘못되었네. 우리 부부가 여기서 같이 살게 해달라고 마님께 이미 부탁드렸어."

마님은 미소를 짓고 "아직 그렇게 하기로 결정한 것은 아니야"라고 대답했다. 그러나 오미쓰는 목소리에 힘을 주며 덧붙였다.

"미와초 주인과 집주인 후쿠토미야 씨하고도 상의했는데, 그럴 수만 있다면 좋은 일 아니냐고 허락해주셨으니까 마님 생활은 달라지지 않아. 그러니까 기타 씨는——,"

기타이치는 정신을 가다듬고 빠른 말로 끼어들었다. "마님께 붉은 술 문고의 간판료를 드리겠습니다. 만사쿠 씨하고도 그렇게 약속하셨잖아요. 문고장사를 물려주는 대신 매달 집세를 받기로."

구두약속도 아니었다. 사와이 나리에게 연서를 받고 증문까지 작성했다.

"그 약속도 제가 계승하겠습니다. 증서도 작성하겠습니다."

그러니 가게를 물려받게 해주십시오! 기타이치는 엎드려 절했다.

마님은 무릎 위에 손을 놓고 등을 곧게 펴며 말했다.

"오미쓰나 기타이치나 나를 생각해주어서 고맙다. 진심으로 고맙다는 말을 하고 싶어."

마님이 정중하게 고개를 숙이니 기타이치는 얼굴이 새빨개지고 진땀이 났다.

"그러지 마십시오, 마님."

"아니, 이렇게 해야지. 이게 예의니까."

마님은 고개를 들고 편한 자세로 돌아가 담배합을 더듬어 끌어당기더니 새 살담배를 대통에 채웠다.

그러고는 온화한 말투로 이렇게 말했다. "나나 도미칸 씨나 대장의 붉은 술 문고에 대하여 기타이치가 그런 제안을 하리라고 생각하고 있었어."

그래서 신중하게 상의했다고 한다.

"나는 기타이치가 대장을 계승해주는 것만으로도 충분히 기쁘니까 간판료니 뭐니 하는 딱딱한 얘기는 필요 없다고 했어. 지금까지도 그런 돈은 받지 않았고."

그러자 도미칸이 꾸짖었다고 한다.

──문고가게가 폐업하고 말았으니 이제는 사정이 다릅니다.

"나는 괜찮다고 해도 세상에는 생각이 다른 사람도 있으니까. 돈 약속을 없던 것으로 돌리면 기타이치를 은혜도 모르는 탐욕스러운 사람이라고 오해하는 사람이 나타날지 모른다고."

──그러니 이럴 때는 순순히 받아들이는 것이 젊은 사람을 위하는 길입니다.

도미칸은 역시 사려가 깊구나. 기타이치는 어깨의 짐을 부린 기분이었다.

"고맙습니다!"

"액수를 얼마로 할지 등 자세한 것은 내가 아니라 도미칸 씨와 이야기해줘. 그분이 시세를 잘 아니까. 하지만 서두를 일은 아냐. 연말이라 다들 경황이 없잖아."

마님은 담뱃대 대통을 오미쓰 쪽으로 내밀어 불을 붙이게 했다. 연보랏빛 연기와 향훈이 사르르 감돌았다.

"나도 일단 평온하게 올해를 보내고 대장의 일주기 법회를 마치고 싶다. 그러니 당분간은 후쿠토미야 씨의 배려를 믿고 이 셋집에 살고 싶어."

기타이치는 오미쓰와 얼굴을 마주보았다.

"그러니까요, 마님, 마쓰 씨와 제가 혼인하면 여기 집세는 걱정하시지 않아도."

"제가 드릴 간판료도 있고요. 제가 열심히 벌어서 여기 집세 정도는."

두 사람이 아기 참새들처럼 서로 질세라 재잘거리자 마님이 손바닥을 보이며 말렸다.

"나한테도 저축이 전혀 없는 것은 아냐. 오랫동안 오캇피키의 아내였으니까."

기타이치도 오미쓰도 입을 벌린 채 말을 잃었다.

"나 나름대로 생각해 둔 것도 있다. 그러니 지금은 하지 말아 줘."

죄송합니다.

"……라고 씩씩하게 말하고 있지만 보다시피 나는 혼자서 담뱃불도 못 붙여. 그러니 앞일은 분명하게"

마님 말을 가로막듯이 오미쓰가 큰소리로 말했다. "앞일은 제가 준비하겠습니다. 마쓰 씨와 결혼하면 여기 살 거예요. 안 된다고 하시면, 저, 결혼 안 할래요. 마쓰 씨 아내가 되는 건 그만둘래요."

"오미쓰도 참."

"꾸짖으시든 웃으시든 제 생각은 확고해요. 이것만은 양보 못해요. 마쓰 씨한테 포기하라고 할래요."

기타이치가 당황하고 있는데 마님은 한쪽 눈썹을 살짝 치켜들며 말했다.

"기타 씨, 말해줘. 오미쓰가 지금 입술을 곱자처럼 휘어지도록 다물고 울상 짓고 있지?"

딱 맞추셨다.

"예, 금방 울 기세예요."

"기, 기, 기타 씨도 너무해! 마, 마님도 너무하세요, 으흑."

오미쓰는 와락 울음을 터뜨렸다. 미안하지만 마님과 기타이치는 웃고 말았다.

"네가 안심하고 혼인할 수 있도록 나도 생각하는 게 있고 기타이치도 지혜를 빌려줄 거다. 그러니 울지 마."

오미쓰가 안정되기를 기다리는 동안 기타이치는 부지런히 반차를 탔다. 마님의 화로에는 숯이 계절에 맞게 꼭 필요한 만큼 타고 있거나 묻혀 있다. 무쇠주전자에는 물이 가득하고 찻주전자나 잔은 늘 깨끗하게 정돈되어 있다. 전부 오미쓰가 관리하는 것들이다.

문고가게에 있을 때부터 마님 곁에서 시중을 들었으니 그 세월에 익힌 것도 많겠지. 이 셋집에서 함께 지내게 된 뒤로 터득한 것들도 있으리라.

그걸 하루아침에 전부 대신할 수 있는 새 하녀를 구하기란 불가능하다. 하나부터 꾸준히 쌓아올릴 생각으로 마님도 새 하녀와

합을 맞춰야 하니 솔직히 번거로울 것이다. 쇼키치로가 수락해서 오미쓰 부부가 이 집에서 살아만 준다면 그보다 좋은 일은 없다.

그런 생각을 하면서 마님에게 반차 잔을 건네자 조금 뜨거웠던 모양이다. 마님 손이 힘들어하는 것을 바로 알아채고 오미쓰가 잔을 거두었다.

"더 식힐게요."

코맹맹이 소리로 말한 오미쓰가 잔을 화로 가장자리에 놓고 손등으로 눈물을 얼른 닦더니 마님의 반차에 입김을 후우후우 불었다. 기타이치는 속으로 제 이마를 찰싹 쳤다. 나는 역시 눈치가 없구나. 오미쓰 씨가 떠나면 마님은 정말로 정말로 곤란하겠다.

"기타 씨, 세밑 대목장에 다녀왔어? 장은 다 본 거야?"

오미쓰의 물음에 기타이치는 머리를 긁적였다.

"내가 장본 건 없고 스에조 영감님이 다 준비해주셨어. 대장 상중이니 치장은 하지 않지만, 새해에 쓸 대빗이나 국자 같은 것을 전부 사오셨지."

그가 거처하는 나가야 쪽은 오시카나 오히데, 오킨 등이 도미칸의 지휘 아래 이것저것 준비해주고 있다. 강풍이 불면 쓰러질 것 같은 가난한 공동주택이므로 정월 장식 정도는 제대로 해놓아야 신령님 뵐 면목이 생길 거라면서. 물론 거기 드는 돈은 도미칸이 부담하는데 본인 말로는 "세뱃돈 가불해 주는 거"라고 한다.

"마음 놓고 이웃에게 맡길 수 있는 것도 기타 씨가 그동안 쌓은 덕이지."

하며 오미쓰는 방긋 웃었다. 울다가 웃으면 어디에 털 난다고 하던데.

"그래도 혹시 미처 사지 못한 것이 있다면 마쓰 씨가 아타고시타에 서는 세밑 대목장에 갈 거라고 하니까 나한테 말하면 대신 부탁해둘게. 사환 아이를 데려간다니까 짐이 늘어도 괜찮대."

에도 성시의 세밑 대목장은 후카가와 하치만을 시작으로 아사쿠사 간논, 간다묘진, 시바신메이, 시바아타고시타, 히라카와텐진 등으로 장소를 바꿔가며 선다. 아타고시타는 24일로 정해졌다. 무가 손님이 많아 최근의 세밑 대목장은 한낮에만 선다. 거기 밖에 갈 수 없다는 것은 쇼키치로가 어지간히 바쁘다는 뜻이다. 그래도 몸소 정월 장식을 준비하러 가는 것을 보면 성실하고 친절한 남자일 것이다.

마님 곁에서 오랜 세월을 살아온 오미쓰와, 분점이라고 해도 미와초 간판을 걸고 장사에 쫓기며 살아온 쇼키치로. 두 사람이 어떻게 만남을 계속해 왔는지 새삼 신기하게 느껴졌다.

"그 얼굴은 뭐야, 기타 씨?"

"응? 내가 어떤 얼굴을 했는데?"

마님이 쿡쿡 웃고 기타이치는 오미쓰 시선을 얼버무리기 위해 다시 머리를 긁적이다가,

──아아, 올해 안으로 '우타총'에 들러 이 애매한 머리를 단정하게 깎아달라고 해야겠구나.

하고 생각하는 것이었다.

2

어중간하게 자란 머리는 미처 다듬지 못했지만 기타이치의 해넘이와 정월은 즐거운 시간이었다.

생각해보면 지난해 정월까지만 해도 센키치 대장이 건재하고 후카가와 모토마치의 문고가게도 번창했으며 부엌을 책임진 오소메가 오세치 찬합을 만들고 조니도 듬뿍 만들어 주었다. 대장은 핫초보리 나리 댁으로 새해 인사를 갔다가, 마치고 나면 이번에는 문고가게 주인으로 돌아와, 가게를 방문하는 종이가게나 문구점 주인에게 새해 인사를 받는 처지가 되었다. 기타이치가 있는 부엌 구석에까지 도소주 술기운이 가득 찼다.

그로부터 불과 보름쯤 뒤, 생각났다는 듯이 찾아온 꽃샘추위 속에 대장이 타계하자 과부가 된 마님은 오미쓰와 단 둘이 후유키초로 이사하고 기타이치는 문고가게를 떠나 '도미칸 나가야'에 정착했다. 센키치 대장이라는 굵은 기둥이 빠져버리니, 냄비 바닥의 그을음하고나 겨뤄야 할 만큼 밑바닥 생활이기는 해도 나름 행복했던 기타이치의 생활 역시 허무하게 산산조각 나고 말았다.

물론 그래서 지금의 기타이치가 있다.

초하루는 도미칸 나가야의 세입자 이웃끼리 기분 좋게 해돋이를 보았다. 그러고는 출입구 옆 이나리 신사에 참배를 드렸다. 초하루 참배를 마친 후에는 토방이 넓고 화덕을 가지고 있는 행상 도라조의 집 앞에 모여 푼돈을 각출해서 산 떡을 굽고(오킨은 떡을 잘 태우므로 오히데와 오시카가 구웠고) 모닥불에 고구마를 구웠다(이것은 다이치와 다쓰키치가 해주었다).

기타이치는 그 뒤 몸단장을 마치고 센키치 대장의 동선을 떠올리며 꼭 인사해야 할 곳에 새해 인사를 하고 다녔다. 이날을 위해 새로 산 중고(이상한 말이지만) 하오리와 기모노는 도미칸이 누군가에게 받아온 것으로, 하오리의 가문 넣는 자리에는 그 누군가의 취향인지 달마 그림이 자수되어 있었다.

"보통은 정장으로 입을 만한 옷이 아니지. 하지만 올해 기타 씨한테는 딱 좋아."

도미칸은 칭찬인지 흉인지 모를 말을 하고, 본인은 친하게 지내는 후다사시처럼 긴 하오리를 새로 맞춰 입었다. 멋쟁이한테는 어울릴지 모르나 세입자를 돌보는 관리인한테는 별로인 것 같은데, 뭐 어떠랴.

구리야마 슈고로는 연초에도 고부네초 2초메에 있는 오사토의 매듭끈가게에서 술과 함께 오세치를 먹고 있었다(기타이치도 검은콩과 연근과 토란조림을 얻어먹었다). 핫초보리 하급무사촌의 사와이 나리 집에는 도미칸과 함께 찾아가 인사를 올렸고, 후쿠토미야와 근처 반야를 몇 군데 돌고 난 뒤 후유키초 마님 집으로 갔다. 센키치 대장이 상중인지라 새해인사는 삼갔지만 마님은 만나자마자 이렇게 말했다.

"도미칸 씨, 기타이치와 동행해 주셔서 고맙습니다. 새해인사를 어떻게 해야 하는지는 제가 가르칠 수 없는 것이어서요."

새로 맞춰 입은 긴 하오리는 비단벌레처럼 보는 각도에 따라 색이 달라지는 고급 견직물이어서 도미칸 얼굴에도 무지갯빛이 반사되고 있었다.
"뭘요, 이것도 다 세입자 교육의 일환이죠."
도미칸은 가볍게 대답하고 새해인사는 정중하되 간결해야 하며, 한 집에 눌러앉아 술잔을 기울이는 일은 절대로 삼가야 한다고 말했다. 또한 새해선물이라고 일일이 술통이나 과자꾸러미를 들고 가면 주는 쪽도 힘들고 받는 쪽도 부담스러우니, 세배나 새해 인사가 일단락되는 정월 초사흘 오후에 각 집에 도착하도록 섣달 그믐날까지 술가게나 과자가게에 예약해 둔다고 한다. 덕분에 설날아침에 홀가분하게 인사를 다닐 수 있는 것이다. 기타이치는 아직 그렇게까지 주도면밀하게 인맥을 관리할 필요는 없지만 요령은 확실하게 배워두었다.
놀랍게도 마님 집에는 기타모리시타초의 조림가게 주인 오나카가 찬합도 오카시라(머리와 꼬리가 온전히 있는 생선)도 없는 수수한 밥상을 가운데 두고 앉아 있었다.
"여자 셋이 대장과 오소메를 추억하며 옛날 얘기에 빠져 있었답니다."
이것이 진정한 여자들의 정월이라며 마님은 즐거워했다. 오나카의 눈가가 붉게 변해 있었지만,
"기타 씨, 멋진 하오리를 입었네."
눈물이 맺혀 있어도 눈이 빠르다. 가문 자리에 수놓인 달마 그

림도 놓치지 않았다.

"왜 달마 그림일까. 인내심을 키워주세요, 라는 뜻으로?"

"글쎄요, 도미칸 씨한테 받았으니까, 도미칸 씨가 아시겠죠."

"팔다리가 없으니 꼼짝 못할 처지라는 건가."

오미쓰가 재치 있게 농담하자 오나카는 "너무해" 하며 웃었다. 아니, 그건 웃을 일이 아닌데. 하지만 오나카가 웃는 얼굴을 기타이치는 오랜만에 보았다.

도미칸은 주걱턱을 끄덕이며 "세상을 원만하게 살아가려면 인내심이 중요하다는 의미입니다. 그럼, 이만 물러갑니다."

거리로 나와 도미칸과 헤어졌다. 기타이치가 더 들러봐야 할 곳은 느티나무집과 공방뿐이지만, 복수의 지주와 집주인에게 고용되어 있는 관리인은 오늘 중으로 새해인사를 마쳐야 할 곳이 아직 한참 남았다고 한다.

"그래서 정월 초하루에는 절대로 새 버선을 꺼내 신지 않지. 고하제일본 버선은 발목 뒤부터 뒤꿈치까지가 트여 있어, 발에 착용한 뒤 각반을 차듯 고리를 걸어 고정한다. 고정에 쓰는 고리는 4~5개이고, 동물의 뼈나 뿔로 만들었으며 요즘은 금속 고리를 쓴다가 딱딱해서 뒤꿈치 살이 쓸리거든."

그럼 다녀오세요, 라며 배웅하고 기타이치는 사루에 쪽으로 걸음을 옮겼다.

세배 다니는 사람들이 띄엄띄엄 보이지만 거리는 대체로 한산했다. 처마를 나란히 하고 있는 대로변 상가들이 문을 닫고 쉬기 때문이다.

시중의 상가는 대개 섣달 그믐날은 야간까지 영업하므로 식솔들은 잠자리에 들지 않고 그대로 새해 첫 참배를 다녀와 새벽에 도소주나 조니를 먹고 설날 아침을 늦잠으로 보내는 경우가 많다. 그러므로 새해인사와 영업도 초이틀부터 시작한다. 청과물시장과 어시장도 마찬가지여서, 인파로 북적이는 곳은 새해 첫 참배를 하러 나온 사람들이 몰리는 신사 정도이며 거리는 한적하게 마련이다. 초상난 집 같다고 비유할 정도다.

기타이치는 차고 맑은 북풍을 맞으며 공방에 가서 먼저 불 단속을 하고 마른 잎이나 쓰레기 따위를 줍고 출입문을 향해 합장하며 머리를 숙였다.

"올해도 잘 부탁드립니다. 식솔들이 사흘부터 나오니까 그때까지 편안히 쉬십시오."

공방의 '기'랄까 '정령'이랄까, 기타이치 들에게 일거리를 주는 '무엇인가'를 향해 새해인사를 올렸다.

느티나무집에는 젊은 나리 에이카도 하녀장 세토 님도 안 보이고 오우미 신베에 혼자 저택을 지키고 있었다.

"두 분은 섣달그믐부터 본저에서 지내시네."

신베에는 부엌 옆의 작은 방에서 생선구이와 순무 미강절임을 안주로 데운 술을 마시고 있었다. 초하루부터 술이라니, 속편해 보이기도 하고 쓸쓸해 보이기도 한다. 신베에가 얼른 술잔을 내주어서 기타이치도 잠깐 대작했다.

에이카는 하타모토 쓰바키야마 가쓰모토 나리의 딸(외동딸인지 자매가 있는지는 모른다)이며, 평소 세토 님과 신베에와 셋이서 이 별저에서 지낸다. 하지만 가끔 이렇게 본저로 돌아가 (호출을 받아) 지내기도 하는 것을 보면 의절당한 것은 아닌 모양이다.

무슨 사정이 있는지는 기타이치 따위가 감히 궁금해할 일도 아니고, 활달한 신베에도 그것에 대해서는 입을 다물고 아무 말도 해주지 않으므로 여전히 속사정을 모른다. 하지만 덕분에 기타이치는 에이카라는 감히 만나기도 힘든 신분을 가진 사람에게 붉은 술 문고에 넣을 그림을 제공받고 있으므로 감사하는 마음만은 잊지 않으려 하고 있다.

"공방은 초사흘에 나가보면 되겠지."

"네. 스에조 영감님이 통술을 사겠다고 하시니 저는 적당한 안주를 준비하겠습니다."

"안주라면 나도 조금 거들지. 맛난 북어가 있어."

스에조 영감을 비롯하여 매일 공방에 와서 일하는 사람들은 각자 집에서 편하게 정월을 쇠기로 했다. 그리고 초사흘에 모여 새 부적을 받고 서로 인사를 나누기로 정해 두었다.

"기타 씨는 오늘 중으로 인사를 다녀와야 할 곳이 아직 남았나?"

없다면 함께 조니나 먹지. 신베에의 말이 고맙고 쓰바키야마가의 가신이 쑤어주는 조니는 어떤 맛일지 궁금한데, 아쉽게도 사양할 수밖에 없었다.

"이제 혼조 에코인 뒷골목의 마사고로 대장 댁에 가봐야 해요."

기타이치의 말에 신베에가 무릎을 탁 쳤다. "아 참! 그래서 연말에 작업을 마무리하고도 그 문고를 만들었던 거군. 잘 보관해 두었네."

신베에는 일어나서 복도로 사라지는가 싶더니 금세 돌아왔다. 손에 학과 거북 그림이 있는 보자기꾸러미가 들려 있다. 홍백 문고가 들어 있는데, 붉은 문고는 새해 첫 일출, 하얀 문고는 눈 덮인 영산 후지산 그림이다.

"고맙습니다. 공방 문을 닫아 두어야 하는데 마침 오우미 님이 맡아주셔서 다행이었습니다."

"세노 님에게 물건을 직접 보여드린 것은 아니지만, 어떻게 생긴 것인지 자세히 말씀드리자 몹시 부러워하시더군."

"그럼 빨리 만들어 드려야죠."

물론 그림은 에이카가 그린 것이므로 세노 님에게는 특별히 진기한 물건은 아닐 테지만, 홍백 한 쌍이라는 점을 마음에 들어 했는지도 모른다.

"사실 저 같은 것이 마사고로 대장께 새해인사를 간다는 게 건방진 짓인지도 모르지만······."

그래도 작년에 적잖이 신세졌고 앞으로도 힘겨운 상황을 만나면 아마 혼조의 큰대장을 의지하게 될 것이다. 센키치 대장의 상중이기에 더욱 도리를 지켜둬야 한다.

"도미칸 씨와도 상의해 보았습니다. 새해인사 손님이 몰리는 사흘간은 피하는 게 좋을지. 하지만 그래서는 인사가 너무 늦어도리어 결례는 아닐지. 역시 초하루에 가야 할지. 그럴 경우 이른 아침이 좋을지 아니면 중요한 손님이 다녀가고 난 저녁시간이 나을지를요."

신베에는 책상다리를 하고 앉아 턱을 문지르고 있었다. 수염이 많은 사람이니 벌써 손가락이 까슬까슬하도록 자랐을 것이다.

"같은 오캇피키끼리도 그렇게 신경을 쓰나보군."

"천만에요! 저와 마사고로 대장은 달님과 자라만큼, 아니 해님과 민달팽이만큼이나 급이 다르죠. 오캇피키끼리라니, 잠꼬대라도 해서는 안 될 말입니다."

사람 참 겸손하네…… 하며 신베에는 쓴웃음을 지었다.

"저쪽에 도소주와 오세치가 거의 떨어졌을 때 잠깐 인사만 드리러 왔다고 말하려면 초하루 해질녘 직전이 딱 좋지 않을까?"

그런가? 역시 그렇겠군.

"도미칸은 뭐라고 하지?"

"스스로 생각해보랍니다."

──설음식 대접받으러 가는 건 아니니까. 이 점을 감안하면 답은 저절로 나오지.

"저쪽에 오세치와 도소주가 동났을 즈음이 맞겠군요."

기타이치는 고개를 크게 끄덕이고 자리에서 일어섰다.

"잘 먹었습니다."

"사흘 중에 언제든 조니 먹으러 오게."

통용문까지 배웅해주었다. 신베에는 혼자서 상당히 마셨을 텐데도 눈 주위만 불그스레할 뿐 행동에서는 전혀 티가 나지 않았다. 술이 꽤 강한 듯하다.

"그런데 기타 씨, 특별히 제작한 문고까지 들고 가는데, 왠지 안색이 밝질 않네. 마사고로 대장이라는 사람은 기타 씨가 두려워할 만큼 어려운 사람인가?"

설마. 그런 구석은 이쑤시개 끝만큼도 없다.

"제가 두려워하는 것처럼 보이나요?"

"기운이 없어 보여."

아아, 큰일났네. 하지만, 정말 그렇다면 그 이유는 안다.

"실은 마사고로 대장의 수하 중에 만나고 싶지 않은 선배가 있어서요."

"오호."

"정월 초하루니까 대장 댁에 수하들이 다 모여 있어도 이상할 게 없고, 그럼 그 선배와 얼굴을 마주해야 하는데, 제가…… 뭔가 싫은 소리를 들으면 잘 참을 수 있을지."

후카가와 모토마치의 화재 후 목재하치장 임시 오두막에서 만 사쿠나 이재민에게 치근치근 시비를 걸던──그래, 그 뒤로 속으로는 '선배'라고 부르고 싶지도 않아진 저 나라하치이다.

"나쁜 놈인가?"

오우미 신베에는 육척이 넘는 건장한(키 180센티미터가 넘는) 남자지만, 위에서 내려다보는 투로 말하는 인상이 없는 희한한 사무라이다. 기타이치는 저도 모르게 붕붕 소리가 나도록 고개를 끄덕이고 말았다.

"역시. 기타 씨가 이렇게 격하게 끄덕이는 걸 보니 엄청 징그러운 놈이겠군. 그래, 자세한 이야기는 정월 지나서 들려주게. 정월 초 사흘간은 남 흉을 보면 입이 비뚤어진다고 하니까."

그런 금기는 처음 들어보지만 왠지 정말 그럴 것 같았다. 기타이치는 입을 꼭 다물었다. "예, 알겠습니다."

"바로 그거야. 그 징그러운 놈이 혹시 언짢은 소리를 하면 지금처럼 입에 빗장을 꾹 질러두라고."

신베에의 배웅을 받으며 기타이치는 혼조로 출발했다. 붉은 기운을 더해가며 서녘으로 천천히 기울어가는 해님을 쫓아.

작년 정월만 해도 주변머리 있게 새해인사를 다닌다는 것은 꿈에서도 생각해 본 적이 없었다. 센키치 대장이 타계한 뒤로 시간이 쏜살처럼 지나갔지만, 다마리 간장콩으로만 만들어 맛과 색이 진한 간장이다. 보통 왜간장은 콩과 밀을 섞어서 만든다처럼 진한 한 해였다.

마사고로 대장은 은거하여 큰대장이 되기 전까지 혼조 모토마치에서 부인과 함께 소바가게를 운영했다고 한다. 당시는 말 그대로 밤을 꼬박 새며 해넘이 소바를 팔고 초하루는 종일 잠만 잤다. 하지만 지금은 에코인 뒷골목의 여염집으로 이사하고, 가사를 돕는 하녀와 하인을 두고 부인과 오붓하게 지내고 있다고 한다.

대장의 집은 삼나무널담을 두른 단층집으로, 정면 출입문에 작은 새해맞이 소나무장식이 걸려 있었다. 널담 너머에 혹이 울퉁

불퉁 불거진 눈잣나무 고목이 있고, 그 안쪽에는 요즘 철에 맞지 않게 얇은 옷을 입고 추워하는 것처럼 버드나무들이 나란히 서 있다. 한두 그루가 아니었다. '버드나무집'이라 부르고 싶을 정도로 많다. 뒷문 쪽에는 모양이 좋은 남천촉이 있었다. 그곳에서 쪽 염색을 한 앞치마를 두르고 멜빵으로 소매를 단속한 젊은이가 전정가위로 남천촉 가지를 다듬는 중이다. 빨간 열매가 떨어지지 않도록 어르고 달래는 손놀림이 부드럽다.

"저기, 시, 실례합니다."

기타이치가 말을 끝내기도 전에 젊은이가 기타이치를 쳐다보았다. 이목구비가 무사인형처럼 가지런하다. 나이는…… 스무 살은 넘어 보인다.

"시, 실례합니다."

기타이치는 홍백 문고를 가슴에 안고 허리를 크게 꺾어 인사했다.

"저는, 후카가와 도미칸 나가야에 사는 문고장수 기타이치입니다. 아무것도 아닌 제가 이렇게 찾아뵙는 것이 주제넘은 짓인 줄은 잘 알지만, 작년 한 해 마사고로 대장께 많은 은혜를 받았습니다. 하여 새해인사를 드리고 싶어서——."

"아, 예, 예. 붉은 술 문고의 기타이치 씨군요."

무사인형처럼 생긴 젊은이는 입을 여는 순간 인상이 달라졌다. 무사인형이 아니라 종이인형이네. 가벼워.

"저희 대장은 마님 친척 분들께 새해인사를 하러 마님과 함께 나가셔서 지금 집에 안 계십니다. 마님의 시숙모님에 해당하는 할머니 댁에 가셨는데, 그 댁 조니가 가미가타 식으로 흰된장을 풀어 쑤는 거라서 맛이 아주 좋다고."

재잘재잘 잘도 떠든다. 말하면서 손에 든 전정가위를 벌렸다 닫았다 한다. 잘 벼린 전정가위여서 무섭게 잘 들 것 같았다.

"저희 마님이 끓이는 조니는 가다랑어 국물에 간장을 탄 맛이거든요. 엄청 맛있어서 나로 말하면 노시모치_{기다랗고 납작한 네모난 떡으로, 주로 썰어서 구워 먹는다} 한 개 정도는 혼자서 뚝딱 해치우죠. 하지만 대장은 그것만 먹으니 질린다고 하시더라고요. 마님한테 미안한 일이죠."

좔좔 쏟아지는 말들에 떠밀려 기타이치는 턱을 조금씩 당기고 있다가 마침내 살짝 응수하기로 했다.

"마님도 기꺼이 대장과 함께 외출하신 거라면 미안해 할 일은 아니겠지요. 오히려 다른 집에서 맛난 조니를 대접받는다면 마님도 편하게 즐기실 수 있을 테고."

수다스런 종이인형 젊은이가 기타이치를 가만히 쳐다보았다. 전정가위를 벌린 채 손을 멈추고.

기타이치는 새해 들어 처음으로 식은땀을 흘렸다. "주제 넘는 말을 했군요. 내가, 아니, 제가 그, 저어."

전정가위가 착, 소리를 내며 닫혔다. 종이인형 젊은이 얼굴에 기쁨이 번졌다.

"그러네요. 말씀 한 번 잘했어, 기타이치 씨. 나는 그런 식으로는 생각해본 적이 없는데."

그렇지, 마님도 가끔은 누구한테 조니를 대접받고 싶으실 거야, 늘 부엌에서 일만 하시니까, 적어도 정월 초하루는 쉬고 싶으시겠지. 하지만 오세치라는 것이 원래 새해 사흘간은 여자들도 불과 물을 만지지 않고 쉬게 해주자는 배려? 심려?에서 생겨난 요리 아니었나?

질문을 받은 기타이치는 한순간 '심려라니, 무슨 말이지?' 하는 의문에 집중을 하지 못했다. 검술 기술 같은 건가?

"뭐, 좋아요. 어쨌든 지금은 내가 혼자 집을 지키고 있으니까. 모처럼 오셨는데 아쉽게 됐군요. 아니면, 마님의 시숙모 댁까지 가보실래?"

마사고로를 가까이서 모시는(추측이지만) 수하(겠지)가 이렇게 경솔하게 말해도 되나?

"천만에요. 그럼, 변변찮은 물건이지만 대장께 드리는 문안인사로."

기타이치가 보퉁이를 고쳐들자 수다쟁이 종이인형 젊은이는 한층 노골적으로 좋아했다.

"와아, 붉은 술 문고인가? 기타이치 씨가 주는 거니 당연히 그거겠지. 이야, 기분 좋네, 고맙소!"

전정가위를 앞치마와 허리띠 사이에 끼워 넣고 양손을 내밀었다. 받는 게 당연하다는 태세다.

"음, 조금 늦었습니다만, 형님은 누구신지?"

"나?" 종이인형 젊은이가 자기 코를 가리켰다. "아직 이름도 말 안했던가? 이런 실례가 있나. 나는 이 집의 심부름꾼이고 이름은 네모토의 하치타로. 대장이나 마님은 간단히 '곤파치'라고 부르시지. 기타 씨도 괜찮다면 그렇게 불러. 괜찮으니까."

이 사람, 머릿속에서도 종잇조각들이 팔랑거리고 있는 건 아닐까.

"아, 네모토라고 하시면 성이 있다는 말씀이신지?"

"에이, 설마. 네모토는 내가 나고 자란 마을 이름이야. 에바라 군에 있는. 무밭과 감자밭밖에 없는 곳이지만."

더욱 정신없이 재잘거리다가 갑자기 누구한테 위협이라도 당한 것처럼 두 눈을 부릅떴다.

"어? 왜요?"

"새해인사를 하러 온 손님을 한데 세워두고 얘기하다니, 대장께 혼나겠는걸. 자, 자, 안으로 드세요."

상황이 예상과 달리 전개되고 있지만, 우아해 보이는 버드나무들이 추운 듯 가지를 떨고 있는 뜰에서 잠시 이야기를 나누고 보니 곤파치가 재미있는 놈이라는 사실을 알 수 있었다. 뭐, 재미있다고 좋은 놈이라는 보장은 없지만.

기타이치가 건네준 보퉁이를 공손하게 받들고 안으로 들어가,

"잘 전해드리겠습니다. 먼 길 왕림해주셔서 황공할 따름입니다."

라고 혀가 꼬일 것 같은 장황한 말로 인사했다. 그러다가 기타

이치를 대접하려는지 떡을 구울까, 오세치를 내올까, 데운 술은 어떠냐는 둥 열심히 마음을 써주었지만 기타이치가 사양하자,

"그럼, 갈탕이라도 들고 가세요."

라고 말했다. 갈탕? 이럴 때는 보통 반차를 내주지 않나? 역시 별난 사람이네. 그렇게 생각했지만 막상 잔을 받아 마셔보니 뱃속까지 맛나게 스며들어 깜짝 놀랐다.

곤파치도 함께 갈탕을 마시며, "돌아다니느라 몸이 식었을 때는 이렇게 걸쭉한 게 좋지" 하고 말했다. "단 것은 마음까지 풀어주니까. 우리 대장은 누가 급하게 뛰어 들어오면 상대방이 얼른 진정되도록 아메유를 내주시지. 그걸 마시면 특히 저녁시간에는 금세 차분해지거든."

전에는 마님이 아메유를 만들었다고 한다. "지금은 내가 만들지." 곤파치는 뿌듯한 듯 눈썹을 움찔거리며 말했다.

아메유? 센키치 대장은 어떻게 했지? 그런 이야기를 들은 기억은 없다.

"똑같이 단 것을 내주더라도 그럴 때는 갈탕이 아니라 아메유인가요?"

"갈탕은 마시기가 조금 번거롭잖아? 걸쭉하고 조금씩 마셔야 하니까."

아하, 그렇군.

"남자들 중에는 아메유를 싫어하는 사람도 있으니까 그럴 때는 백비탕이 좋지. 찬물이 아니라 백비탕 말이야."

"술은 안 줍니까?"

"술은 절대로 안 돼. 기타이치 씨도 명심해두라고. 앞으로는 당신 집에 급하게 뛰어오는 사람이 해마다 늘어날 테니까."

응? 기타이치는 딸꾹질을 시작할 뻔했다.

"나 같은 사람 집에는 왜……."

"기타이치 씨가 후카가와 센키치 대장 자리를 물려받았잖아? 우리 대장이 그렇게 말씀하시던데. 그러니까 나도 기타이치 씨를 알고 있었지."

응? 뭐라고? 내가 허황된 첫꿈_{정월 초하루나 초이틀에 꾸는 꿈. 이 꿈으로 한 해의 운수를 점치는 풍습이 있다}을 꾸고 있는 건 아니겠지? 아니면 사람을 착각했다거나.

"혹시나 해서 묻습니다만, 곤파치 씨가 말씀하시는 '대장'은 에코인 뒷골목 마사고로 큰대장을 말하는 거죠?"

곤파치는 또 종이인형처럼 팔랑거리며 웃었다. "당근이지. 달리 어느 대장을 말하는 거겠어."

"그렇죠. 그래서 저는, 오늘은, 여기 에코인 뒷골목에 있는 댁에, 곤파치 씨 같은 분들이나 수하 분들이 전부 모여 있을 줄 알았습니다만."

그러자 곤파치는 얼굴 앞에서 손을 살랑살랑 저었다. 가만히 보니 손가락이 가늘고 길고 곱다.

"우리 대장 내외도 이제 연세가 있으시니까. 그렇게 복닥거리는 건 좋아하시지 않아."

초이틀에 상가들이 영업을 시작하면 평소 교류하는 상인들과 인사를 나눠야 하므로 느긋하게 지낼 수 없지만, 적어도 초하루만큼은 단둘이 편안하게 지내는 것이 관례라고 한다.

"수하들 간의 새해인사는 최고참 시마키치 형님 댁에 맡기셨지."

마사고로 대장 내외는 초하루 해맞이를 마치고 가메이도텐만구龜戶天満宮 신사에 첫 참배를 하고 핫초보리 나리 댁에 새해인사를 다녀온 뒤,

"마침내 댁에서 도소주와 오세치를 드시며 느긋하게 쉬시나 싶더니."

"흰된장 조니를 드시러 숙모님 댁으로 가셨다고 하셨죠."

"맞아. 말이 나온 김에 말하지만, 나는 대장의 수하이자 마님 전속 하인이야. 그래서 각별하지."

무사인형처럼 씩씩한 얼굴과는 달리 종이인형처럼 팔랑팔랑 나불거리지만. 영 불쾌한 수다쟁이는 아니군. 곤파치는 성실하고 눈치가 빠른 사람 같다.

"여기서 일하신 지 오래 되셨나요?"

"열두 살 때부터니까 대강 10년쯤."

그렇게 대답하고 곤파치는 곁눈으로 기타이치를 보았다. "그러는 기타이치 씨는 몇 살?"

"올해로 열일곱입니다."

"오, 젊네. 그 나이에 우리 대장의 인정을 받았으니 대단한걸."

"붉은 술 문고를 마음에 들어 하시는 것뿐이죠."

오캇피키의 스물두 살 수하와 열일곱 살 문고 행상이 툇마루에 나란히 앉은 초하루 해질녘. 아담한 정원에 나란히 붙어 선 버드나무들이 흔들린다.

가만 보니 '버드나무'라고 싸잡아 말할 수 없었다. 키가 다르고 늘어진 가지 모양도 다르고 겨울눈도 연초록도 있고 갈색도 있고 불그스름한 것도 있다.

기타이치가 버드나무를 유심히 바라보는 것을 알았는지 곤파치가 실눈을 뜨고 버드나무 가지를 올려다보았다.

"우리 대장의 대장인 에코인 모시치라는 오캇피키가 있는데, 알아?"

모를 리가 없지. "마사고로 큰대장의 대장이니까 나한테는 큰 큰대장이시지."

곤파치는 '큰 큰대장'이라고 소리 내어 반복하고는 웃었다. "번거로우니까 그냥 큰대장이라고 하자고. 모시치 큰대장은 방범 일을 하시면서 이쑤시개 공방을 하셨대. 낱개 하나당 가격이 붙는 고급 이쑤시개. 조장나무 이쑤시개탄력이 있고 향이 좋고 끝이 쉬 뭉그러지지 않으며, 일일이 손으로 깎아서 만드는 고급품이었다라고 했던가. 그리고 양치질에 쓰는 후사요지라는 것도 평판이 좋았다고 하더군."

이쑤시개 재료는 자작나무나 버드나무 잔가지다. 그러므로 버드나무는 모시치 큰대장과 인연이 깊다. 마사고로 대장 내외는 이 정원의 버드나무숲이 마음에 들어 정착한 거라고 한다.

"수양버들, 용버들, 저쪽은 왕버들. 냇버들은 오오카와 강변에 흔하지? 이 정원에서 제일 오래된 나무는 저 안쪽에 있는 선버들."

곤파치는 버드나무를 일일이 가리키며 가르쳐주었다. 기타이치는 일일이 감탄하며 들었다. 버드나무가 그렇게 다양한지 몰랐다.

우아한 버드나무에 둘러싸여 있어, 처음 와본 기타이치도 편안하게 느껴지는 집이었다. 가택과 정원에서 마사고로 대장 내외의 인품이 느껴진다. 곤파치의 선한 마음씨도.

"곤파치 씨는 마사고로 대장이 자식처럼 키웠다는 산타로 씨를 아세요?"

곤파치의 대답은 빨랐다. "아아, 짱구님 말이군."

마사고로 대장 주변에서는 아무도 '산타로 씨'라고 부르지 않는다. 존경심과 친밀감을 담아 '짱구님'이라고 한다. 그런 분위기도 기타이치의 마음에 바로 스며들었다.

"제가, 짱구님 댁에도 새해인사를 드리고 싶은데요……."

"정월 초 사흘 동안은 삼가는 게 좋겠지. 우리 대장과 마님이 찾아가실 테고 짱구님 처가쪽 분들도 방문하실 테니까."

짱구님 부인은 요리를 잘해서 언제 가도 맛난 것을 먹을 수 있다고 곤파치는 눈알을 반짝이며 말했다.

"나도 요리 배우러 가고 싶은데. 좀처럼 틈이 나질 않아서."

얻어먹고 싶은 것이 아니라 배우고 싶다고? 마님의 전속 하인

답다.

"그럼 뭘 들고 갈지가 문제로군. 어떤 선물이면 좋아하시려나."

"과자가 좋지 않을까. 짱구님이 단 것을 좋아하고 부인이 아무리 요리를 잘한다 해도 과자까지 만들지는 못할 테니까."

정말이지 요긴한 하인을 알게 되었다. 버드나무 정령이 이끌어주셨는지도 모르지. 기타이치는 갈탕 잔을 툇마루에 내려놓고,

"여러 가지로 친절하게 가르쳐주셔서 고맙습니다. 그럼 이만 물러갑니다."

일어서려고 하자 한가로운 무사인형 같은 얼굴을 하고 있던 곤파치가 표정을 홱 바꾸었다. 눈초리가 바늘처럼 날카롭다.

"잠깐, 기타이치 씨."

"그냥 편하게 불러주세요."

"아, 기타 씨. 실은 나도 어느 한 사람에 대해서 물어보고 싶은데. 당신들 센키치 대장의 수하들 중에 영 마음에 안 드는 선배가 하나 있지 않나?"

윽박지른 것은 아니지만 사람은 너무 놀라면 끽소리도 내지 못한다.

"그건…… 어느 선배를 말씀하시는 걸까요?"

센키치 대장이 급사한 뒤 마사고로 대장 밑으로 옮긴 선배가 여러 명 있다. 그중에 특별히 마음에 안 드는 선배라면 현재로서는 나라하치가 분명하다. 오우미 신베에의 말을 빌리면 '엄청 징그러운 놈'이다.

곤파치는 눈에 쌍심지를 세우고 말했다. "누구겠어, 나라하치란 사람이지."

역시.

"체구가 호리호리하고 늘 어깨에 잔뜩 힘이 들어가 있고 코는 뾰족한 매부리코에 윽박지를 때는 뒤집힌 목소리로 깽깽거려서 영 볼품이 없고 나이는 스물일곱 여덟쯤 된 선배 말이군요."

기타이치가 술술 주워섬기자 곤파치가 손뼉을 쳤다. "찰지게 말하네. 우리 시마키치 형님은——횃대가 사람 말을 배워서 마구 떠들어대니 귀에서 피가 나오겠다고 하시더군."

이 사람도 찰지게 말하는군. 기타이치는 웃음을 터뜨리고 말았다.

"저희가 본의 아니게 폐를 끼치는 것 같아 죄송합니다."

"아니, 이러지 말게. 정월 초하루에 사과하면 곤란해. 재수에 옴 붙으니까. 그리고 나라하치는 이제 여기에 없어. 아니, 뭐라고 할까, 그렇게 비뚤어진 횃대는 마사고로 대장이 처음부터 상대해 주시질 않으니까."

센키치 대장이 타계하고 1년 가까이 지났다. 기타이치는 알 길이 없던 마사고로 대장 측의 당시 상황을 곤파치가 간단히 설명했다.

"우리 대장은 센키치 대장을 높이 평가하고 의지하셨거든. 해서 센키치 대장이 덜컥 돌아가시고 남은 수하들이 곤경에 처했다고 하자 얼마든지 힘이 되어줄 생각이셨지."

그러나 센키치 묘의 흙이 미처 마르기도 전, 마사고로 대장은 자신을 찾아온 몇몇 선배들을 몹시 차갑게 내쳤다고 한다.

"배은망덕한 자들은 곁에 둘 수 없다고 하시면서."

원래 마사고로 대장은 오캇피키 간판 아래 여러 수하를 부양하는 방식을 취하지 않고 있었다고 한다.

"아까도 말했지만 최고참 시마키치라는 형님에게 일임하는 경우도 많았고. 그렇다고 시마키치 형님이 마사고로 대장의 후계자도 아니었지."

응? 기타이치가 솔직하게 놀라움을 표하자 곤파치는 웃었다. "아니, 마사고로 대장이 은퇴하시면 자연히 시마키치 선배가 대장이 될지 모르지. 하지만 그건 혼조의 지역 유지들이 모두가 원할 때 그렇게 되는 것이지 마사고로 대장 한 사람의 뜻에 달린 것은 아니라는 뜻이야."

곤파치의 말을 곱씹으며 기타이치는 두어 번 고개를 끄덕였다. 곤파치도 덩달아 용수철 달린 장난감처럼 고개를 끄덕였다.

"센키치 대장의 후계자도 그런 식으로 정해지는 거고. 그렇지? 물론 기타 씨에게 그럴 생각이 있느냐가 중요하지만."

나는 문고가게라면 물려받을 의욕이 10할 넘게 있다. 하지만 오캇피키 쪽이라면 니하치 소바메밀국수를 만들 때 밀가루를 섞어 점성을 높이는데, 밀가루와 메밀가루를 2대8 비율로 만든 메밀국수를 니하치소바라고 한다 정도의 의욕밖에…… 어느 쪽이 2고 어느 쪽이 8인지는 나도 모르겠다.

"아까 하던 이야기로 돌아가서, 아무튼 우리 대장은 재빠르게 변신하는 기타 씨 선배들에게 화가 나서 모두 내쫓아버렸지. 하지만 나라하치라는 햇대만은 집요했어."

안다. 그 선배는 집요하다. 끈기가 강하다거나 인내심이 강한 것이 아니라 그냥 성격이 집요한 것은 전혀 장점이 아니다.

"나한테도 허물없이 다가오더라고. 대빗자루로 쓸어버렸지만."

나라하치는 마사고로 대장을 정말로 분노하게 만드는 일을 저질렀다.

"작년 동짓달 후카가와 모토마치에서 화재가 난 뒤 나라하치란 자가 우리 대장의 수하인 척하며 이재민을 괴롭힌 일이 있어."

기타이치는 이마와 등에 땀을 흘렸다. 언짢은 땀이 아니라 통쾌한 땀이었다. 그 일이 마사고로 대장 귀에 제대로 들어갔던 것이다.

"실은 제가 그 자리에 있었습니다."

만사쿠가 질책당할 때, 그리고 기리모치가 사라졌다고 소동이 벌어졌을 때.

"하지만 제 힘으로는 감히 선배를 응징할 수 없어서……."

그러자 곤파치는 기타이치의 어깨를 톡톡 두드렸다.

"괜찮아. 아무리 쓰레기 같은 놈이라도 기타 씨의 선배이니 손을 쓰지 못한대도 어쩔 수 없지."

대신 우리 쪽에서 충분히 손봐줬으니까.

"마사고로 대장이 염라대왕처럼 분노하고 시마키치 형님은 우두마두처럼 날뛰셨지. 그래서 우리가 놈을 끌어다가 멍석말이를 해서 오오카와 강물에."

"던져버렸다고요?"

"……까지는 안 했지만, 다시는 혼조 후카가와에 얼씬거리지 말라고 단단히 경고하고 료고쿠바시 밑에다 던져버렸지."

어디든 네놈이 원하는 곳으로 꺼져버려! 다시 돌아왔다가는 죽은 목숨인 줄 알아!

"그날을 끝으로 자취를 감추었어. 우리도 그 뒤로는 신경쓰지 않았고. 한데 기타 씨가 혹시 아직도 횃대 녀석에게 당하고 있는 거 아닌가 하는 생각이 퍼뜩 들더군."

걱정해주었다고? 고맙군.

"제 주위에도 나타나지는 않았어요. 마사고로 대장과 수하 분들에게 혼쭐이 나서 간이 콩알만 해졌나보죠."

나라하치는 본래 그런 자였다. 약자를 괴롭히는 걸 좋아하는 좀스러운 자였다.

"그래? 그렇다면 다행이네."

곤파치는 밝은 얼굴로 말하고 다시 기타이치 어깨를 툭 쳤다.

"우리 대장이 그러시데. 그래 봬도 기타 씨가 보통내기가 아니어서 횃대 같은 그놈한테 호락호락 당하진 않을 테니까 괜한 걱정일랑 하지 말라고."

지금의 기타이치에게는 과분한 칭찬이다. 횃대 녀석 따위에 휘둘리지 않는 똘똘한 자가 돼라는 격려로 받아들여야 할 테다.

그래도 세뱃돈을 후하게 받은 기분이었다.

이제 그만, 하며 기타이치가 돌아갈 때 곤파치는 뒷문 옆 남천촉 가지를 두 개 잘라서 쥐어주었다.
"남천촉은 상서로운 나무야. 근심 걱정을 복으로 만들어준다지. 그럼 또 오게."
곤파치를 알게 된 것도 세뱃돈의 일부다. 기타이치는 빨간 열매가 떨어지지 않게 조심하며 힘찬 걸음으로 도미칸 나가야로 돌아갔다.

남천촉 가지 하나는 4첩 반짜리 방에 걸어두었다. 이웃 세입자들과 구운 떡을 나눠먹는 초하루 저녁식사를 마치자 남은 남천촉 하나를 들고 오기바시의 '조메이탕'으로 향했다. 기타지에게도 새해인사를 해야지. 낮에 얻어온 남천촉을 선물로 들고갈 수 있어서 다행이었다.
이미 익숙한 길이고 달빛도 있어서 제등은 필요 없었다. 그렇게 평소처럼 가마실에 도착해 보니 불기운도 없고 캄캄했다.
아차. 이런 돌머리 같으니.
──목욕탕도 섣달 그믐날은 밤샘 영업을 하잖아.
초하루는 다들 늦잠을 자며 쉰다. 기타지도 오늘은 가마에 불을 지피지 않고 땔감 수집도 하지 않는다.
애초에 목욕탕 가마실로 새해인사를 하겠다고 불쑥 찾아가는 것부터가 예의가 아니다. 가더라도 출입문으로 가서 먼저 노인들에게 인사하는 게 옳다.

보시다시피 저는 전혀 똘똘한 놈이 못 됩니다요. 목을 움츠리고 잔달음질로 조메이탕 출입구로 갔다. 기울어가는 처마 끝에 움찔할 만큼 훌륭한 정월 장식이 걸려 있었다. 새끼줄 장식이 굵직해서 그 무게에 차양이 떨어질 것 같다──고 생각하는데,

팅, 통, 챙.

샤미센 소리가 새어나오듯 들렸다.

목욕탕에 기숙하거나 잠시 일하러 와 있는 노인들이 늘 모이는 계산대 안쪽 육첩방에 불이 켜져 있었다. 사람 머리 그림자가 하나, 둘, 셋…… 얼른 세어지지 않을 만큼 여러 명이 모여 있고 데운 술과 생선구이 냄새가 풍겨온다.

샤미센 소리가 또 들린다. 나가우타 한 소절이 그 소리를 쫓는다.

초저녁 화사하게 피어나는 벚꽃과 구름 같은 인파
이리 치이고 저리 치이다 보니 촌사람도 한량이 되겠네

갈라지고 찌그러진 남자 목소리이지만 가락은 제법 매끄럽다.

"좋구나! 이제야 나오는구나, 스케로쿠스케로쿠助六는 가부키를 대표하는 작품 중 하나이며 주인공 이름이기도 하다!"

"다쓰 씨, 멋져부러."

호응하는 목소리가 왁자하고 웃음소리가 명랑하다.

조메이탕의 새해 잔치다.

"자, 자, 우리 오라버니, 잘 마시고 있수? 지금 막 구워낸 이걸 드셔."

할머니 가운데 하나가 '오라버니'라고 부르는 상대는 기타지인 게 틀림없다. 이 허름한 대중탕에서 일하는 남자들은 가마 담당 기타지 말고는 전부 할아버지이기 때문이다.

기타이치는 한동안 가만히 서 있었다. 계산대 뒤 어둠에 녹아든 것처럼 숨을 죽이고.

중간에 가사를 잊었는지 나가우타가 뚝 끊기고 와락 웃음소리가 터졌다.

"자, 됐지? 여기까지만 하자고."

흐르는 세월에 돌고 도는 인연
흐르는 세월에 돌고 도는 인연

잘한다, 잘해, 하며 박수가 터진다. 그들 사이에 기타지도 섞여 있는 것이다. 기타이치는 기쁘고 부러웠다.

계산대 구석에 남천촉 가지를 장식해 놓고 살금살금 몸을 돌려 밖으로 나갔다. 북풍이 뺨을 스치듯 지나간다.

기타나가호리초의 도미칸 나가야로 돌아가자. 조메이탕에 등을 돌리고 1정(약 109미터) 정도 걸었을 때 코가 간질간질하다 재채기가 터졌다. 한 번, 두 번, 세 번. 재채기 세 번은 누가 내 뒷말을 한다는 신호라는데.

걸음을 멈추고 목도리를 당겨 콧물을 닦는 순간 바로 뒤 어둠 속에서 개 짖는 소리가 들렸다.

"웡, 우웡!"

나를 불러 세운 거야?

조심조심 돌아다보니 길가의 컴컴한 덤불 속에서 금빛 눈동자 한 쌍이 반짝인다. 이쪽을 보고 있다. 그냥 쳐다보는 거지? 째려보는 거 아니지? 아니면, 나를 덮칠 거야?

굶주린 들개에게 정월 초부터 쫓기는 건 사양한다. 어떡하나. 당장 뛰는 게 좋을까. 아니면 꼼짝 않고 서서 버틸까.

"워우우우우, 멍."

아까보다는 낮은 소리. 금빛 눈동자 바로 옆에 은빛 눈동자 한 쌍이 나타났다.

그제야 기타이치도 알아차렸다. 아니, 기억이 났다. 들개가 아니다. 그 녀석들이다. 닌자 개구나!

"흰둥이와 얼룩이니?"

금빛 눈동자가 깜빡였다.

"주시로 일당을 추적할 때는 신세 많이 졌다. 올해도 잘 부탁합니다."

자세를 바로하고 가볍게 고개를 숙였다. 묘하게 즐거워지고 웃음이 비어져 나온다.

"기타지는 목욕탕 노인들과 술을 마시고 있단다. 너희, 설 음식은 얻어먹었냐? 다음에는 내가 뭐라도 가져다주마. 오늘 밤은 미처 신경 쓰지 못해서 미안하다."

밤바람에 덤불이 수런거렸다.

깜빡, 깜빡깜빡. 눈을 또 깜빡이나 싶더니 먼저 금빛 눈동자가, 이어서 은빛 눈동자가 사라졌다. 흰둥이와 얼룩이가 떠난 것이다.

녀석들 나름대로 새해인사를 하러 와준 건가 아니면 세뱃돈을 재촉한 건가?

다시 걷기 시작하며 기타이치는 혼자 웃었다. 작년 정월하고는 모든 것이 다르다. 하지만 지금까지 겪은 정월 초하루 중에 제일 즐거운 날이네, 라고 생각했다.

3

이번 정월이 이전과 크게 달라진 점은 또 있었다. 세뱃돈이다. 기타이치도 처음으로 세뱃돈을 주는 처지가 되었다. 물론 스에조 영감을 비롯한 공방 식솔들에게.

"스에조 씨에게 제가 세뱃돈을 드리면 오히려 꾸중하실 것 같지만……."

하며 고개를 움츠리고 내밀자 스에조 영감은 절하듯 허리를 숙이고 선선히 받아주었다.

그리고 받는 처지에서 보자면, 주는 사람이 늘었다. "대장을 대신해서" 하며 종이에 싼 세뱃돈을 준 후유키초 마님을 비롯하여 느티나무집의 에이카, 구리야마 나리와 사는 매듭끈가게 '아즈사'의 오사토 등이다.

에이카에게는 '사계절의 매력 / 붉은 술 문고 / 후카가와 기타나가보리초의 문고가게 주인 기타이치'라는 글이 염색된 많은 수건을 받았다. 전부 이어 붙인다면 족히 한 탄37센티미터×1250센티미터은 될 만큼 매수가 많았다. 언제든지 추가로 인쇄할 수 있도록 염색무늬 본도 딸려 있었다.

"이것은 쓰바키야마 나리께서 단골 문고가게에 하사하신 세뱃돈이다. 사양하지 말고 받아라."

오우미 신베에의 말에 기타이치는 납작 엎드렸다.

"저희 단골들과 나누도록 하겠습니다."

에이카는 정월 초사흘까지는 본저에서 돌아와(실은 거꾸로 말해야 마땅하겠지만) 평소처럼 긴 머리를 하나로 묶고 간편한 하카마주름 잡힌 하의 차림으로 쉬고 있었다.

"올해도 많이 벌어 보자, 기타이치."

에이카는 하타모토의 영양양갓집 규수에 어울리지 않는 말을 했고, 곁에 대기한 까만 바탕에 학과 거북 무늬가 자수된 에도즈마옷섶에 크고 화려한 문양을 넣은 고급 기모노. 에도성 궁녀 복장에서 유래 차림의 세토 님도 기분이 좋아 보였다.

오사토는 시중의 가게들이 대개 그러하듯 초이틀부터 영업을 시작했다. 그럴 줄 짐작하고 기타이치도 초이틀 점심때 새해인사를 위해 찾아갔지만 뜻밖에 구리야마는 집에 없었다.

"평소에는 당신 멋대로 움직이는 만큼 정월에는 얼굴을 비춰둬야 할 곳이 있죠."

오사토가 웃으며 그렇게 말했다. 기타이치가 들고 간 정월용 붉은 술 문고를 보고서는 몹시 기뻐하더니,

"나도 소소하지만 새해인사를."

하며 매듭끈 한 타래를 내주었다. 말을 듣기 전에는 매듭끈인 줄 몰랐을 정도로 가늘었다. 굵기가 연줄 두 가닥 정도 될까. 색은 튀지 않는 회색이고, 펴보니 길이는 족히 3간(약 5.4미터)쯤 되며 1간마다 붉은 표시가 되어 있다. 양쪽 끝에 손톱만 한 잠금쇠가 달려 있는데 한쪽은 둥글게 생기고 다른 한쪽은 뭔가를 끼

울 수 있는 모양이었다.

"이걸 고리로 만들고 잠금쇠를 오비에 물려 놓으면 뭔가를 묶거나 매달거나 길이를 재거나 할 때 요긴하게 쓸 수 있을 거야."

아주 튼튼한 끈이니까, 라고 말했다.

"매듭끈을 이렇게 가늘게도 만들 수 있나요?"

"바로 그게 실력이지."

새해 첫 영업일이고 화려하게 차려입은 손님이 많아 오사토가 바빠 보여서 기타이치도 오래 있을 수 없었다. 다음날 다시 가보니 화로 너머에 구리야마 나리가 앉아 데운 술을 마시고 있었다. 적당히 새해인사를 마친 기타이치가 옆구리에 걸어둔 오사토의 매듭끈을 보여주자 나리는 흡족한 표정으로,

"그것도 머리와 마찬가지로 다 쓰기 나름이다."

라고 타고난 걸걸한 목소리로 말했다.

우타총에는 새해인사를 하면서 이발을 했다(발모약도 듬뿍 발라주었다). 부베 선생의 습자소에서는 아이들과 함께 신춘 휘호를 썼다. 근처 반야와 단골을 찾아다니며 새해인사를 하는데 다카바시의 기원 주인이 지나가다가 기타이치를 보고 새해 선물이라며 찹쌀떡꾸러미를 안겨주었다. 그것을 들고 대본소 '무라타야'로 갔는데 손님을 상대하던 지헤에가 기타이치를 보자 눈알이 튀어나올 것처럼 놀라는 것이었다. 그때부터 꼬박 1각(두 시간)을 붙들려서 문고가게의 화재 경위를 설명해야 했다.

"얼마나 걱정했던지. 왜 좀 더 일찍 와서 말해주지 않았습니

까!"

때로는 도미칸보다 소식이 빠른 지헤에이므로 이미 알고 있을 줄 알았는데,

"풍문을 믿을 수는 없지요. 이 일에 관해서는 기타이치 씨한테 직접 듣기 전에는 아무것도 믿지 않기로 작정하고 있었습니다."

이 말을 들으니 낯간지럽고 부담스러웠지만 짐짓 아무렇지도 않은 척했다.

지헤에는 센키치 대장의 문고가게가 사라진 것을 아쉬워하고 만사쿠와 오타마가 하루빨리 안정되기를 바랐다. 그의 표정 풍부한 굵은 눈썹과 퉁방울눈을 가까이 보면서 기타이치는 생각했다. 나를 그렇게까지 믿어주십니까, 지헤에 씨. 그렇다면 예전에 당신에게 일어난 사건의 풀리지 않는 의혹을 내가 풀어보겠다고 나서도 공연한 참견은 아니겠군요──.

지헤에에게 그렇게 직접 말하기에는 아직 이르다. 먼저 사건의 개요를 알아야 한다. 그러자면 짱구 산타로를 만나야 할 텐데, 시치켄초의 그 창고 건물에 인사하러 갈 때는 무슨 선물을 들고 가면 좋을까. 이번 말고도 앞으로 문의할 일이 있을 터이니 제대로 된 선물을 준비하고 싶었다. 요리를 잘한다는 짱구님 부인도 좋아할 것으로.

오미쓰에게 그런 고민을 전해 들었는지 쇼키치로가 진귀한 과자가 있다고 일러주었다.

"남만과자 중에 곤페이토라는 게 있습니다."

흰 설탕을 가공한 우툴두툴한 작은 과자로, 값은 비싸지만 일단 보기에 좋고 호사스럽다.

"아무데서나 파는 게 아닌데, 미리 주문하면 만들어 주는 가게가 료고쿠 히로코지에 한 곳 있어요. 지금 주문하면 10일경에는 받을 수 있을 겁니다."

그 가게 주인이 쇼키치로의 지인이라니 바로 주문해 달라고 부탁했다. 값비싼 과자로 허세 부리려는 것은 아니고, 남만에서 바다를 건너온 과자라는 점이 마음에 들었다.

작년 가을 짱구님을 처음 찾아갔다가 들은 많은 이야기 중에 (사건 관련 이야기는 아니지만) 기타이치 마음에 남은 것이 있다. 짱구님이 어릴 때 친하게 지냈다는 산술 천재 친구 이야기다. 그 사람은 공부하러 나가사키로 갔다가 그곳에서 학자가 되었다고 하는데,

──기타이치 씨는 묘하게 그 친구를 생각나게 하는 점이 있어서…….

기타이치의 무엇이 그런 걸출한 사람을 떠올리게 하는지는 알 수 없다. 하지만 짱구님이 지금도 그리워하는 친구가 산다는 '나가사키'를 떠올리며 남만에서 온 과자가 좋겠다고 생각했던 것이다.

초사흘이 지나자 기타이치가 파는 붉은 술 문고는 매화와 휘파람새 무늬로 장식하게 되었다. 에이카가 이 그림을 그려준 것은 작년 동짓달 말인데, 휘파람으로 휘파람새 소리를 흉내 내며 붓

을 움직였다. 이 역시 하타모토의 영양답지 않은 모습이지만, 에이카가 흉내 내는 소리는 매우 그럴듯했다. 행상 다니는 동안 기타이치도 잠깐 휘파람을 불어보았지만 가락이 엉뚱하게 나와 포기했다.

7일 아침 도미칸 나가야에도 일찌감치 나나쿠사 장수새해에 일곱 가지 나물을 파는 장수가 찾아오자, 행상 도라조는 단골에게 세뱃돈을 후하게 받아 주머니가 따뜻하다면서,

"우리 나가야 사람들이 먹을 쌀과 나물을 내가 쏘지."

하며 인심을 썼다. 도라조의 딸 오킨이 신이 나서 오히데·오시카와 상의하고 세입자 모두가 저녁으로 먹을 나물죽을 쑤기로 했다.

"쌀만 넣은 죽은 금방 꺼지니까 떡도 좀 넣어줘."

오킨의 동생 다이치가 그렇게 주문하자 기타이치도 거들기로 했다.

"그럼 내가 오늘 장사한 돈으로 떡을 사올게."

사루에 공방에서도 화덕에 큰 냄비를 걸고 나나쿠사 죽을 쒀서 간식시간에 모두 먹기로 했다고 한다. 재료를 보니 쌀과 조가 같은 분량으로 준비되어 있었다.

"조죽은 냄새가 좋거든." 스에조 영감이 말했다.

스에조 영감의 딸 내외는 다와라마치 3초메에서 '마루야'라는 부채가게를 한다. 요즘은 한가한 철이라 두 사람은 매일 문고 제작을 도우러 온다. 오늘도 사이좋게 와 있었다. 조는 마루야 부부

가 가져온 것인데 기타이치도 조금 얻었다.

"이웃 세입자들과 같이 먹겠습니다."

얼굴이 환해진 기타이치에게 스에조 영감이 살살 손짓을 했다. 귀를 대라는 뜻 같다.

"일전에 말한 조사쿠 얘긴데."

만사쿠 부부의 장남 조사쿠는 해가 바뀌었으니 열세 살이 되었다. 센키치 대장의 문고가게에서 오랜 세월 문고를 만든 스에조 영감은 조사쿠를 갓난아기 때부터 알았다.

"기왕 오는 김에 우리 딸네에서 지내는 게 어떨까 하는데, 기타 씨는 어떻게 생각해?"

솔직히 놀랐다. 스에조 영감의 딸 내외에게는 옹알이하는 아기가 하나 있다. 오래 전부터 알아온 사이라고 해도 남의 자식을 흔쾌히 받아준다는 말인가.

기타이치가 난감해하는데 마루야 내외가 이쪽을 쳐다보았다. 그러더니 빙글빙글 웃으며 다가왔다. 남편은 죽을 담을 주발을 닦는 손길을 멈추지 않은 채.

"마침 우리 가게도 사환이 한 명 있었으면 하던 참입니다."

"조사쿠만 좋다고 하면 문고 제작과 부채 제작을 모두 배울 수 있을 테고······."

"딸 내외는 부채 장사가 한가한 철에는 매일 여기로 일하러 오니까."

세 사람이 번갈아가며 설득하자 기타이치는 웃고 말았다.

"조사쿠에게 말해볼게요. 영감님 따님이라면 그 아이도 잘 알죠. 고맙습니다."

행상을 나가는 기타이치의 걸음이 한층 가벼워졌다.

새봄에 맞춰 만든 매화그림 붉은 술 문고는 잘 팔렸다. 정월 초 3일 이후 날씨가 내내 맑아 기온은 쌀쌀해도 햇볕은 하루하루 밝아졌다.

아즈마바시를 건너 가미나리몬 앞에서 고마가타도 쪽으로 인파의 흐름대로 걷다가 기분이 좋아져서 저도 모르게 "휘이이익, 호르륵" 하고 서툴게 휘파람새 소리를 흉내 냈다. 앞에서 걷던 모녀로 보이는 두 사람이 뒤를 돌아다보며 활짝 핀 꽃처럼 웃는다.

"어머, 문고장수 아저씨."

에도 성시에서도 다섯 손가락 안에 들 만큼 번잡한 곳이어서 얼른 길가로 비켜나 모녀에게 제품을 선보였다. 멜대 앞쪽에는 매화무늬 문고만 쌓여 있지만 뒤쪽에는 올해의 간지 그림, 보물선 그림 등 다양하다. 색색가지 물새떼무늬 옷을 입은 단란한 모녀가 즐겁게 물건을 살펴보기 시작했다.

기타이치가 모녀에게서 조금 물러서서 수건을 목에 고쳐 매는데 뒤에서 커다란 남자 목소리가 들렸다.

"이봐, 뭐하는 짓이야!"

기타이치가 힐끔 돌아다보았다. 화려한 바둑판무늬 솜옷에 연지색 목도리를 두른 남자가 빼빼 마른 젊은 남자의 팔을 잡고 비틀어 올리는 참이었다.

바둑판무늬 솜옷 남자는 희끗희끗한 머리를 고이초정수리를 넓게 밀고 상투를 얇고 가늘게 트는 남성의 머리모양로 틀었다. 젊은 남자는 상투를 틀긴 했지만 머리가 텁수룩하고 요즘 철에 맞지 않는 꾀죄죄한 줄무늬 상의 자락을 허리춤에 끼우고 무릎이 늘어난 작업복 바지를 입었다.

기타이치는 즉시 소매치기라 여기고 두 사람에게 뛰어갔다. 그러자 꾀죄죄한 줄무늬 젊은 남자가 상대방에게 잡힌 팔을 세게 당겨 옆구리에 끼고 상체를 숙이며 바둑판무늬 남자를 가볍게 메어 올리더니 그대로 땅바닥에 메다꽂았다.

순식간에 벌어진 일이었다. 젊은 남자의 상의 자락을 붙잡으려던 기타이치의 손이 허공을 휘저었다.

"당신, 무슨 짓이야!"

기타이치가 소리치자 젊은 남자는 몸을 홱 돌려 기타이치와 마주섰다. 눈과 눈이 부딪혔다. 앞에 눈동자가 있는데도 판판한 벽을 보는 느낌이었다.

이자를 어떻게 제압해야 하나, 라는 생각이 머릿속을 질풍처럼 스치는 순간 기타이치의 몸이 옆으로 날아가면서 모든 사고가 뚝 끊겼다.

흐르느은, 세월에에, 돌고 도는 인여언.

흐르는, 세월에, 돌고 도는 인여어어언.

신음처럼 꼬리를 길게 끄는 목소리. 어두운지 밝은지도 모를, 온수인지 냉수인지도 모를 물에서 기타이치는 천천히 헤엄치고 있었다——.

문득 정신을 차리니 이마에 차가운 기운이 느껴진다. 수건인가. 천장에 가렴 같은 것이 바둑판무늬로 쳐져 있고 거기에 그을음이 두텁게 붙어 있다.

"아, 깨어났네. 이봐요, 문고장수, 괜찮아요?"

여자 목소리가 들리고 얼굴이 가까이 다가왔다. 넙데데한 얼굴에 눈이 동그랗다.

주위에 몇 사람이 더 있다. 부축을 받아 윗몸을 일으켰다. 머리가 어지럽다.

"몸은 어때, 젊은이. 아저씨, 물 좀 넉넉히 줘."

"큰일날 뻔했군."

기타이치가 쓰러져 있던 곳은 고마가타도 근처 작은 밥집이었다. 손님이 먹고 마시는 마루방 구석에 얇은 짚방석을 겹쳐서 베고 아랫도리에는 누군가 한텐을 덮어놓았다.

"잠시 숨을 깊게 쉬어 봐."

누군가가 권하는 대로 숨을 쉬니 생선구이 냄새가 났다. 맛나겠다, 라는 생각이 드는 걸로 보아 죽을 만큼 다치진 않은 모양이다. 부디 그랬으면.

길바닥에 뻗어버린 기타이치를 이곳으로 옮겨서 보살펴 준 이들은 지나가던 선남선녀와 밥집 주인 부부였다. 방금 전 들여다본 동그란 눈이 그 부인인데, 수건을 다시 차게 적셔서 기타이치의 머리 왼쪽에 대주었다.
"그 나쁜 놈이 머리 이쪽을 발로 찼는데, 기억나슈?"
전혀 기억이 없다. 발에 차였다고? 내가 뭘 한 거지?
"소매치기를 붙잡겠다고 달려든 사람들에게 가세했다가 오히려 한 방 먹었잖수."
정말? 믿기지 않아. 머리가 아프다. 왼쪽 어금니도 쑤신다. 콧구멍이 막혔다 했더니 코피가 굳어 막혀버린 것이었다.
넋 놓고 앉아 있다가 마루방 구석에 놓여 있는 행상 도구와 소중한 붉은 술 문고를 이제야 발견했다.
"아, 내 물건들······."
입을 움직이자 피비린내가 가득 번져서 역겹다.
"챙겨주셔서 고맙습니다."
부인과 마찬가지로 빨간 멜빵에 앞치마를 두른 밥집 주인이 양쪽 눈썹을 축 늘어뜨리며 말했다.
"우리가 정신없이 옮기는 바람에 팔 물건이 더러워졌는지도 몰라. 미안하우."
천만에요. 얼핏 보기에는 거의 이상이 없다.
"문고장수를 불러 세운 손님이 있었죠? 기품 있게 생긴 아주머니와 따님."
기타이치는 모르는 이야기다. 왠지 머릿속에 솜이 꽉 채워져 있는 느낌이다.

"깜짝 놀라 겁에 질려 있다가 무사히 돌아갔수. 문고장수가 많이 다치지 말아야 할 텐데, 하고 걱정해줍디다."

그랬나? 모녀 손님이 있었다고? 전혀 기억나지 않는다. 기타이치는 눈을 꽉 감고 손으로 이마를 꾹 눌렀다. 젠장, 턱이고 목이고 다 아프고 어깨도 뻐근하다.

"힘들면 다시 누워요."

주위를 에워싼 선남선녀가 저마다 기타이치가 무슨 일을 겪었는지 설명해주어서 그럭저럭 상황은 알 수 있었다. 소매치기로 보이는 젊은 남자는 도망치고 품에 있던 것을 빼앗길 뻔한 바둑판무늬 남자도 소란한 와중에 자리를 뜬 듯하다.

"아 참, 문고장수가 조 자루를 들고 있었지."

스에조 영감이 나눠준 것이다.

"안됐지만 그건 당신이 발차기에 날아갈 때 품에서 튀어나가 산산이 흩어져버렸수."

기타이치는 통증을 참으며 고개를 숙였다.

"여러분께 폐를 끼쳤군요. 이 은혜 잊지 않겠습니다."

"한참 젊은 사람이 인사 한번 딱딱하게 하네. 자, 눈 좀 붙이슈, 잠 좀 자라고. 누구 타박상에 잘 듣는 고약 좀 가져다주지 않겠나?"

후카가와를 벗어나면 센키치 대장의 후광이 미치지 않으니 기타이치도 한낱 '문고장수'에 불과하다. 그것도 비실비실한 꼬마 문고장수. '그래도', 혹은 '그러기에 더욱' 동정하고 도와주는 사람이 있다. 기타이치는 눈물을 참으려 눈을 꾹 감고 코피딱지에 막힌 콧구멍으로 그릉그릉 소리 내며 잠시 잠을 잤다.

이제 괜찮습니다, 라며 스스로 일어나 문고를 챙겨서 잠깐 걷다 쉬고 다시 걷다 쉬고를 반복하다가 겨우 도미칸 나가야에 도착한 것은 해가 꼴깍 지고 난 뒤였다. 밥집 주인 내외가 걱정하며 말리기도 했고 환한 시간에 이런 꼴로 돌아가고 싶지 않아서 일부러 꾸물거렸던 것이다.

그러나 이웃 세입자들은 아침에 약속한 대로 도라조 집에 모여 나나쿠사 죽을 먹고 있었다. 모두들 귀가가 늦는 기타이치를 걱정하고 누군가는 출입구에서 기다려주기도 했다.

"기타 씨? 무슨 일이야, 그 얼굴."

다이치가 놀라서 소리치는 바람에 이제 숨기는 것은 체념하는 수밖에 없었다.

"어디서 몰매라도 맞은 거야?"

소동이 일단락되고 나서야 알아챘지만, 기타이치를 에워싼 근심어린 얼굴들 중에 조사쿠도 섞여 있었다.

"오, 와 있었구나."

이때는 기타이치의 얼굴 왼쪽이 통통 부어 있어서 그 말도 '어, 와 이어흐나'라고 들렸다.

"저녁때 기타 씨를 찾아왔어." 오킨이 알려주었다. "선물도 들고 왔어. 마루모치동그란 떡으로 구워 먹기도 하고 잡탕죽 '조니'에 새알심으로 넣어 먹기도 한다를 산더미처럼."

덕분에 기타이치가 사오기로 했던 떡을 대신할 수 있었다고 한다.

조사쿠를 마지막으로 만난 게 언제였지? 화재 와중이었나? 그때는 피차 정신이 없었고, 자기 집이 불타는 것을 본 조사쿠는 겁에 질려 한없이 나약해 보였다.

그로부터 두 달쯤 지난 지금 아이는 어느새 어른스러워진 것 같았다. 얼굴이 야물어졌다. 청년이라고 해도 되겠다.

──여러 가지로 어려움을 겪었을 테니까.

그런 생각을 하는 기타이치의 머릿속에는 여전히 통증이 남아 있었고, 몸이 뜨거워 오한이 들기도 했다.

"기타 씨, 잠을 자는 게 좋지 않아요?" 기타이치의 손을 살짝 잡아본 조사쿠가 놀라며 말했다. "우와, 얼음 같아요."

오히데가 옆에서 손을 뻗어 기타이치의 이마를 짚었다. "여기는 숯불처럼 뜨겁네. 기타 씨, 당신 큰일났네."

"어떡하나. 도미칸 씨에게 알릴까?"

"센키치 대장의 마님께 데려가서 양생을 시켜달라는 게 어떨까."

"우리 집 문짝을 떼 올까_{문짝을 들것으로 썼다}?"

저마다 한마디씩 하는 가운데 기타이치는 다쓰키치가 손 맡에 밀어준 주발에서 미지근한 나나쿠사 죽을 숟가락으로 떠서 입에 넣었다.

"어? 먹을 수 있어?"

기타이치는 허기져 있었다. 다쓰키치가 대변해주었다. "아까부터 배에서 꼬르륵 소리가 났어."

다른 사람에게 주발을 들게 하고 자기는 숟가락으로 떠먹기만 하다니, 개처럼 입을 박고 먹는 것보다 부끄러운 일이다. 기타이치는 왼손으로 주발을 들려고 했지만 전혀 움직이지 않았다. 살펴보니 둔통으로 욱신거리던 왼쪽 어깨도 얼굴 못지않게 부어 있었다.

"주발은 내가 들고 있을 테니까 신경 쓰지 말고 천천히 먹어. 오킨 씨, 한 그릇 더 있어? 뜨겁지 않아도 괜찮아. 미지근한 거로."

노점 하는 다쓰키치는 평소 말수가 없어 누구와 대화할 때는 늘 "응"이란 한 마디로 대응한다. 이렇게 온전하게 문장을 말하다니. 더구나 날벌레처럼 쬐그만 일에도 트집거리를 찾아내고 벌집의 꿀벌들이 무색하게 붕붕붕 불평불만을 쏟아내는 싸움닭 할망구 오타쓰는 웬일로 입을 다물고 있다. 살아 있는데 잠자코 있는 거지? 설마 죽은 건 아니지? 아니, 죽을 지경에 있는 것은 나였나?

"누나, 전에 사둔 그 약, 어디 뒀지?"

다이치가 어질러진 4첩 반짜리 방을 더욱 어질러 놓으며 뭔가를 찾고 있다.

"전에라니, 언제를 말하는 건데?"

"여름쯤이었지? 조사이 장수한테 샀잖아."

조사이는 멍하니 앉아 있는 기타이치도 아는 탕약으로, 열사병이나 여름감기에 쓴다. 타박상에는 효과가 없다.

"기타이치 씨 방에 이부자리 펴놓았어요." 조사쿠의 목소리다. "걱정 되니까 오늘 밤은 제가 옆에 있을게요."

"그래? 그럼 안심이지."

"조사쿠 짱 덮을 이불이 없잖아. 우리 걸 빌려줄게."

오히데의 목소리다. 어린 딸(아마 아홉 살이 되었나?) 오카요와 단둘이 사는데 남는 이불이 있을 리 없다. 자기 것을 조사쿠에게 빌려주고 모녀가 이불 하나로 잘 생각일 것이다.

"오히데 씨, 괜찮아, 내 도테라솜을 넣은 잠옷를 조사쿠에게 빌려줄 테니까."

"우와, 술 냄새!"

이 와중에도 시끌시끌하고 유쾌한 도라조와 오킨이다. 도라조 씨는 요즘 술이 조금 줄었다. 건강을 챙겨서라면 좋겠지만 몸 어딘가 나빠서 그런 것이라니 걱정이다.

"밤늦게 미안합니다. 실례합니다."

"이거 실례합니다."

출입구 쪽에서 들려오는 소리. 아아, 부베 선생이 부인과 함께 온 것이다. 몸이 회복되면 머리 삭발하고 이분들 집을 일일이 찾아다니며 사과하고 인사해야겠구나.

"기타이치가 심하게 다쳐서 왔다고 하던데. 일단 약상자를 가져왔네. 이 사람이 처치 요령을 잘 알아. 자리 좀 비켜주겠나. 물도 끓여주고."

기타이치는 눈을 감았다. 눈꺼풀이 무거워 다시는 뜰 수 없을 것 같았다. 곧 작은 손이 부드럽게 이마와 눈 위를 쓸어주었다. 오카요의 목소리.

"기타 씨, 괜찮아, 괜찮아. 아픔아 아픔아, 성 너머로 썩 날아가라_{아픈 아이를 달래줄 때 흔히 하는 주문}~."

그래, 날아가 주렴. 기타이치는 곧 잠들었다.

4

 다음날 종일 잤더니 열이 떨어지고 통증도 꽤 가벼워졌다. 또 그 다음날은 몸을 조금씩 움직일 수 있었다. 사흘째가 되어 평소와 같은 몸으로 돌아오자 제일 먼저 사루에 공방으로 조사쿠를 데려갔다.
 "변변치 못하게 얻어맞고 돌아와 네가 고생이 많았다. 미안하다. 오늘은 너를 우리 공방 사람들에게 정식으로 소개할게."
 조사쿠는 기타이치를 보살피는 한편 혼자 공방에 가서 스에조 영감 등에게 상황을 전해주고 기타이치를 대신하여 행상을 나가기도 했으므로 이제 와서 소개한다는 것도 새삼스러울 정도로 친해져 있었다. 오우미 신베에도 만나보았다고 하니 진도가 빠르다.
 "내 사위 집에서 지내도 괜찮으냐?"
 "네, 잘 부탁드립니다."
 스에조 영감에게 머리를 꾸벅 숙이는 조사쿠는 역시 제법 어른스러워 보였다.
 "물어볼 것도 없겠지만 아버지와 어머니는 네 결정을 허락했느냐?"
 조사쿠는 고개를 크게 끄덕이고 기타이치와 스에조 영감의 얼굴을 번갈아 보며 차분하게 말했다.

"어머니 아버지는 동생들을 데리고 마치야무라에 있는 외사촌 댁에서 지내게 되었습니다. 밭은 넓은데 일손이 모자라 어려운 상황이니 다들 오라고 하셔서."

이렇게 결정하는 과정에서 오타마의 친정 동네의 지주가 뒷배가 되어준 덕분에 만사쿠 일가가 이사하고 생업도 바꾸는 데는 별 어려움이 없었다.

"아버지는 농사를 지으면 먹을 것 걱정은 안 해도 된다고 저에게 같이 가자고 하시지만, 제가 문고 장사를 계속하고 싶어서 기타이치 씨에게 부탁드린 겁니다."

스에조 영감은 온화한 얼굴로 고개를 끄덕였다.

큰 화재의 시발점이 되고 하녀 오소메를 죄인으로 죽게 하고 가게마저 사라졌으니 만사쿠에게 문고가게는 좋은 기억은커녕 애착도 사라졌을 것이다. 이해는 간다. 하지만 센키치 대장은 생전에 붉은 술 문고가게는 만사쿠에게 물려준다고 하며 기대가 컸을 텐데, 가게를 깨끗이 접고 전혀 다른 일로 살아가야 한다는 사실에 아무 고민도 없는 걸까.

──섭섭하네.

이렇게 생각하는 기타이치는 아마도 안이한 것일 테다.

스에조 영감의 가슴에도 같은 생각이 스쳤는지,

"조사쿠가 문고 장사를 좋아하니 센키치 대장도 기뻐하시겠군. 안 그래, 기타 씨?" 하고 말했다.

기타이치는 머리를 움직이면 목이 아파서 이만 드러내며 씩 웃어 보였다. 발차기에 맞은 왼쪽 뺨이 아파 '씩'은 오른쪽에만 나타났을 것이다.

"마루야의 부채 장사도 재미있어. 계절을 타는 물건이라 더울 때는 날개 돋친 듯 팔리지. 문고보다 큰 그림이 들어가고. 그리고 마루야 식모가 짓는 밥은 정말 맛있어."

이렇게 조사쿠 문제도 정리되자 기타이치는 안심하고 사죄 겸 사례를 하며 다닐 수 있었다. 제일 먼저 찾아간 곳은 고마가타도 옆에 있는 밥집이다. 매화그림 문고 여러 개를 선물로 들고 가서 주인 내외에게 정중하게 인사했다. 근처 반야에도 들러 소란을 일으킨 것을 사과했다.

도미칸 나가야 근처에는 기타이치의 생각 이상으로 소문이 퍼져서, 도미칸은 물론이고 우타총과 다카하시의 기원 사람들도 걱정해주었다고 한다. 사죄와 감사 인사를 하러 돌아다니느라 새해가 밝은 뒤로 가장 경황없는 하루를 보내고, 마무리로 후유키초 마님 집에서 위로와 꾸중을 들었다. 그 참에 맛난 저녁밥도 얻어먹었다.

쇼키치로를 통해 예약한 곤페이토는 아직 나오지 않았다. 참깨 알갱이를 심으로 설탕을 녹여서 감고 말렸다가 또 감고를 반복해서 울퉁불퉁한 형태로 만드는, 수고와 시간이 많이 드는 과자이다.

"차라리 다행입니다. 제가 쓰러져 있을 때 완성되었다면 값비싼 선물이 쓸모없어질 뻔했네요."

"그렇지 않아, 곤페이토는 안 상하거든" 하고 오미쓰가 웃으며 말했다. "기타 씨가 계속 드러누워 있었다면 마님과 내가 받아 두었을 테니까 아무렴 상관없겠지만."

아니, 실은 마님 몫도 조금(정말 조금이지만. 아무래도 너무 비싸니까) 주문해 놓았는데. 아직은 밝히지 말자.

그날 밤 늦게 기타이치는 조메이탕으로 향했다. 가는 길에 들여다본 오기바시마치의 기도반상공업자와 서민이 사는 마치는 '수위실' 기능을 하는 '기도반'이 있어서 야간통행 금지와 보안을 담당했다. 기도반을 지키는 사람은 부업으로 잡화를 팔거나 군고구마 등의 군것질거리를 팔기도 했다이,

"오늘 아침에 떼어온 고구마가 몇 개를 구워 봐도 심이 많고 맛이 없어서 반응이 영 별로야."

라고 불평을 하길래 팔다 남은(곁에서 봐도 심이 많아 보이고 가늘고 구부러진) 군고구마 몇 개 사서 품에 넣고 목재하치장의 너른 어둠을 등지고 둑길을 건너오는 차가운 밤바람을 맞으며 걷다가 앞쪽 덤불을 향해 소리쳤다.

"어~이, 고구마 사왔다~, 나와라~."

흰둥이와 얼룩이. 금빛 은빛 눈동자가 근처에서 빛나고 있지 않을까? 휘파람을 불려고 입술을 오므렸다가 저도 모르게 "억!" 하고 비명을 질렀을 만큼 왼쪽 어금니 쪽이 아팠다.

개가 있는 기척을 느끼지 못한 채 허름한 대중탕에 도착하고 말았다. 뒤쪽 가마실로 돌아가 보니 석양을 고스란히 가두어둔 것처럼 가마불이 타고 있었다. 그 앞에 기타지가 웅크리고 있다.

발차기 봉변을 당한 직후인지라 그 웅크린 등이 걱정되어 기타이치는 그에게 뛰어가려고 하다가 이내 그만두었다. 달리려고 하니 왼쪽 옆구리와 샅이 아팠던 것이다. 옆구리는 그럴 수 있는데 샅은 왜 이렇게 아프지? 도무지 납득이 안 된다.

"왜 그렇게 버둥거리고 있어?"

기타지가 고개를 들고 이쪽을 돌아다보았다. 기타이치는 한쪽 다리를 끌고 어깨를 씰룩거리며 가까이 갔다.

"다쳤어?"

싸움 실력도 대단하지만 인체의 급소에도 정통한 것으로 보이는 기타지는 이런 모습을 놓치지 않는다.

정작 정월초 사흘간은 만나지도 않다가 4일 밤에 함께 떡을 구워먹었을 뿐 격식 차린 새해인사도 나누지 않았던 기타지를 이렇게 여기 가마실 어둠 속에서 만나 다시금 나란히 앉을 수 있다는 사실이 사무치게 기뻤다. 고마가타도 옆에서 죽었으면 이곳에 올 수도 없었다. 과장이 아니다. 조금만 더 운이 없었으면, 그 발차기를 정통으로 머리에 맞았으면 기타이치는 목숨을 잃었을 것이다. 그렇게 생각하니 가마에서 흘러나오는 온기가 감사하고 온몸을 감싸고 아픔을 치유해주는 것처럼 느껴졌다.

그런데 무엇을 하고 있었는지 살펴보니 기타지는 작은 칼로 손톱 발톱을 깎고 있었다.

"새해 초부터 재수 달아나는 짓 하고 있네. 밤에 손발톱 깎는 거 아냐."

기타이치가 입을 비쭉거리자(이 역시 오른쪽으로만) 기타지가 코웃음을 쳤다.

"어떤 놈한테 호되게 얻어터지는 게 훨씬 재수 달아날 일이지."

응? 알고 있었어?

"사다리에서 떨어지거나 우물가에 자빠지거나 해서 생긴 상처가 아니네. 누구한테 맞은 거네."

"어떻게 알았어."

"주먹에 맞거나 발차기에 당한 게 아니라면 네가 아파서 만지는 곳을 동시에 다치진 않지. 아, 한 가지 가능한 경우가 있다면 큰 짐수레에 치여 나가떨어졌다거나."

기타이치의 느낌으로는 그 소매치기 녀석의 발차기에는 큰 짐수레만 한 힘이 있었다.

"실은, 발차기에 당했어."

기타이치는 나란히 앉아 그 사건을 털어놓았다. 이야기하는 동안 기타지는 딱 한 번 가마에 땔감을 던져 넣고 부지깽이로 두어 번 불을 들쑤셨다.

"……웬 날벼락이냐."

기타지의 낮은 목소리에 위로로 느껴지는 울림이 있었다.

"실은 구체적으로 무슨 일 때문에 이렇게 되었는지 통 기억이 안 나. 내가 한 얘기도 전부 밥집에서 들은 거야."

두 남자가 다투고 있던 것과 한쪽이 소매치기 같았다는 것은 어렴풋이 남아 있다. 하지만 자기 눈으로 똑똑히 보았는지는 확신할 수 없었다. 꿈이나 마찬가지다. 어느 나가우타의 한 소절처럼.

"머리를 심하게 맞으면 그럴 수 있지."

기타지는 자기 옆머리를 가볍게 두드리며 말했다. 덥수룩하게 뒤엉킨 머리에 쓰레기가 붙어 있는 것은 여전했다.

"전후 사정을 기억하지 못하게 돼. 깡그리 잊어버리는 건 아냐. 시간이 꽤 지나서 문득 떠오르기도 하고, 죽을 때까지 생각나지 않는 경우도 많아."

이런 이야기는 처음 듣는다.

"어쨌든 아사쿠사 고마가타도 근처에 난폭한 소매치기가 있다는 거네."

기타이치는 코를 킁 울리고 그 참에 아픈 턱을 만졌다.

"그 말라깽이 놈, 너처럼 뭐랄까 사람의 급소를 잘 알고 있는 것 같아. 위험한 놈이야. 하마터면 발차기 한 방에 죽을 뻔했어."

작년 9월 도시락가게 '모모이'의 일가족 세 명이 독살되었을 때, 기타지는 '독을 먹이는 방법'에 대하여 자세히 말해주었다. 그리고 모모이 사건의 범인이 예전의 자기처럼 수련을 통해 사람을 해치는 기술을 익혀서 그것으로 녹을 받는 놈이라면 용서할 수 없다는 말도 했었다. 알고 보니 범인은 정상인의 한계에 가까스로 들어와 있는, 인간과 악귀의 경계를 헤엄치는 인어 같은 여자였지만, 기타지가 솔직하게 들려준 이야기들을 기타이치는 잘 기억하고 있다.

그러므로 이번에도 비슷한 말을 듣게 되지 않을까 생각하고 있었다.

"그렇게 대단한 발차기를 갖고 있으니 보통사람이라고 생각할 순 없겠지. 혹시 너와 같은 고수랄까 첩자랄까 닌자랄까, 아무튼 그쪽 사람 아닐까. 그렇다면 빨리 체포하지 않으면 조만간 어디서 죽는 사람이——."

죽는 사람이 나올 거라고는 차마 말하지 못하고 있는데 기타지가 후후 웃었다. 입을 다문 채 코로 웃었다.

"응? 뭐야."

기타이치가 불쾌해 해도 여전히 웃었다. 가마 속 불길이 약해지자 자리에서 일어나 땔감을 던져 넣었다.

"그렇게 대단한 발차기는 아냐."

그렇지가 않아. 죽는 줄 알았다니까.

"얼굴과 어깨가 퉁퉁 붓고 열도 나고, 나 정말 죽을 뻔했다고."

"그거야 네가 완전한 무방비 상태에서 정통으로 맞았기 때문이지."

그런…… 거였나.

"하지만 너무 갑작스러웠어. 대비는커녕 발차기를 당할 거라고는 생각도 안 했어."

"맞을 수 있다는 생각은 했을 텐데?"

"그야 그렇지. 녀석을 체포하려고 했으니까. 아니, 아마 그랬을 거야, 나는."

기억은 안 나지만.

"네가 그렇게 생각하고 있었으니까 발차기가 더 잘 먹힌 거다. 그놈은 아마 소매치기였을 테지만 기량이 떨어지는 놈일 거야. 붙잡힐지 모른다고 생각하니까 힘 조절도 못하고 상대방을 메다꽂거나 급소를 차고 잽싸게 튀는 버릇이 들었겠지."

그건 너무 난폭한걸.

"남의 품속을 노리다 실패하고 붙잡히려 하면 비수를 꺼내 휘두르는 놈과 다를 게 없지. 소매치기 중에는 그런 놈이 있어."

그렇다. 소매치기라는 자들에게는 몇 개의 부류랄까 '파'가 있다. 이상한 전문가 근성이 있어서 남의 품속은 노려도 결코 다치게 하지 않는 부류. 실패해서 붙잡히려고 하면 땅바닥에 납작 엎드려 울며불며 사죄하고 병든 아내가 있다느니 자식 다섯 명이 굶고 있다느니 하는 이야기를 지어내서 상대방을 어리둥절하게 만들어놓고 도망치는 부류. 그리고 칼을 휘둘러 위협하고 상대방을 다치게 해서라도 도망치려고 하는 부류. 세 번째가 가장 근성이 비뚤어진 놈들이라는 것은 말할 나위도 없다.

"네가 만난 말라깽이 놈은 비수 대신 주먹이나 발을 쓰는…… 나름대로 대책을 가지고 있었던 거지."

붙들린 팔을 뿌리치는 것이 아니라 상대방 힘을 이용해서 메다꽂는다. 주먹을 휘두르기보다는 상대방이 예상하지 못한 발차기를 날린다.

"시가라키 도자기 너구리 장식시가 현 시가라키 지역에서 만드는 귀여운 도자기 너구리 장식으로, 그 지역 토산물로 유명하다처럼 멀거니 서 있다가 발차기를 당하면 누구라도 소매치기를 체포할 수 없겠지."

실제로 기타이치가 그랬다. 그때 주변에 있던 사람들도 시가라키 도자기 너구리 장식처럼 발차기에 나가떨어진 기타이치를 구하느라 말라깽이 소매치기 놈을 놓쳐버렸을 것이다.

"온몸이 어찌나 아프던지. 발차기 한 방에 이렇게 심하게 다치나?"

납득이 안 된다. 그 발차기는 뭔가 비술 같은 게 아닐까?

그렇게 말하자 기타지는 더 웃었다. 이번에는 입가까지 풀어졌으니 이 녀석에게는 폭소인 것이다.

"물론 그 말라깽이 놈은 몸이 가벼우니까 맞붙어 싸우는 데도 능하고 발차기도 능숙하겠지. 그렇다고 비술이라고 할 것까지는."

쿡쿡 웃으며 손짓으로 기타이치를 재촉했다.

"일어나서 이리 와봐. 옷 좀 벗어봐."

응? 무슨 소리야, 이 녀석.

"가마 앞이니까 잠깐 벗어도 춥지 않아. 배꼽 위를 보려는 거니까 옷을 벗고 몸에 남아 있는 멍이나 부은 데를 보여줘."

그러면 뭔가를 알 수 있다는 건가? 기타이치는 시키는 대로 솜옷과 상의와 하의를 벗었다.

기타지는 실눈으로 기타이치의 몸을 찬찬히 살펴보았다. 기타이치 주위를 한 바퀴 돌고 종종 얼굴을 가까이 대고 관찰하기도 했다.

그러더니 기타이치의 목 왼쪽을 가리켰다.

"말라깽이 놈 발차기에 당한 곳이 여기로군."

귀 밑으로, 목 밑동에서 조금 위.

"여기를 세게 맞아서 머리가 오른쪽으로 심하게 꺾였어. 그대로 몸이 날아가 오른쪽 어깨와 머리 오른쪽을 땅바닥에 찧었고, 머리가 튀어 올라 오른쪽 어깨를 축으로 굴러서 왼쪽 어깨 뒤쪽을 땅바닥에 찧었군."

이번에는 쪼그리고 앉아 옆구리 아래쪽을 손가락으로 만진다.

"사람 몸은 여기서 절반으로 나뉘고, 필요할 때는 비틀 수 있게 되어 있어서 상반신이 힘차게 오른쪽으로 움직이면 하반신은 한 박자 늦게 따라가지. 상반신 동작에 끌려가는 데다가 몸무게까지 가세하면 시계추처럼 힘이 커지면서 움직이고, 거기에 비트는 힘까지 가세하면서 땅바닥에 충돌한다."

그래서 생긴 멍이 왼쪽 갈비뼈 자리와 요골이 튀어나온 자리에 남아 있다고 한다.

"어느 쪽 뼈도 부러지지 않은 것은 운이 좋았던 거다. 너, 뼈는 단단하구나. 어머니한테 감사해라."

기타이치는 미아로 헤매다 센키치 대장의 보호를 받은, 부모에게 버림받은 아이였다. 어미가 어디 사는 어떤 여자인지도 모른다.

"나를 먹여준 센키치 대장에게 감사해야지. 그리고 오소메 씨에게도."

"그건 알아서 하고. 아무튼."

기타지는 다시 한 번 기타이치 주위를 돌며 통증이 있는 자리를 일일이 손가락으로 만졌다.

"발차기에 당한 곳은 한 군데뿐이다. 나머지는 다 네가 땅바닥에 떨어질 때 생긴 상처야. 그러므로 아까도 말했지만 네가 낙법을 썼거나 발차기를 조금이라도 예상하고 대비했다면 이렇게 심한 부상은 당하지 않았을 거다. 이제 옷 입어."

기타이치가 솜옷까지 다 입을 동안 기타지는 다시 가마에 땔감을 넣었다.

오늘 저녁은 욕탕이 조용하다. 노래를 흥얼거리거나 끙끙거리는 소리도 없고 술 취한 목소리도 들리지 않는다. 어이, 가마 담당, 물이 미지근해, 너무 뜨거워, 라는 불평도 없다.

기타지는 가마실 여기저기를 돌아다니며 바람에 날아갈 것 같은 폐지를 정리하거나 아궁이 옆에 땔감을 쌓아올리고 있었다. 기타이치는 빨갛게 타는 가마 속을 들여다보며 잠시 웅크리고 앉아 몸을 데웠다.

기타지가 가까이 돌아오자 기타이치는 가마 속을 바라보며 말했다.

"나, 수련을 하는 게 좋겠지?"

기타지는 대답하지 않았다. 잠자코 뒤에 버티고 서 있다.

"나는 그냥 문고 행상일 뿐인데 소매치기를 잡겠다는 마음에 내 발로 달려갔다가 발차기에 당해 혼쭐이 났지."

일시적인 충동은 아니었다. 평범한 문고 행상이지만 마음속 어딘가에 '오캇피키'스러운 기타이치가 생겨나버렸기 때문에 나온 행동이다.

"앞으로 또 오캇피키처럼 나선다면 발차기 한 방 정도가 아니라 더 위험한 일도 겪게 될 거야. 미리 알고 뛰어드는 것이 아니라 갑자기 위험한 일에 휘말리는 일이 있을지도 몰라."

기타이치는 거기에 대한 대비가 없다. 전혀 없다. 그 말라깽이 녀석의 발차기가 대단하긴 했지만 단 한 방에 죽을 뻔했을 만큼 기타이치는 무방비했다.

자리에서 일어나 기타지 쪽으로 돌아서서 말했다.

"나에게 무술을 가르쳐주지 않을래? 부탁해."

기타지에게는 지금까지 여러 번 도움을 받았다. 기타이치가 신원을 모른 채 기타지 부친의 유골을 수습하여 공양해주자 기타지가 그 보답으로 아무리 위험한 상황이라도 기타이치를 구하고 도와주었다.

언제까지나 그 후의에 기대어 신세질 수는 없다. 그러니 이번에 한 번에 몰아서 신세를 지도록 하자.

"너처럼 될 수 있다고는 꿈도 꾸지 않아. 다만 최소한 내 몸은 내가 지킬 수 있는 사람이 되고 싶어. 내 부탁, 들어주지 않을래?"

이렇게 부탁한다, 라며 기타이치가 허리를 꺾어 절했다.

밤기운이 가득하고 가마 불이 뜨겁고 쓰레기 냄새가 밴 가마실에는 어울리지 않는, 두 사람이 연출하는 일막.

"……밥을 산다면."

기타지가 가만히 대답할 때 땔감더미 너머에서 개 으르렁거리는 소리와 발소리가 들렸다. 으르르르르, 하고 코로 으르렁거리는 소리가 들린다. 한 마리가 아니라 두 마리다.

"녀석들도 배가 고픈 모양이군."

기타지가 "어이" 하고 부르자 흰둥이와 얼룩이가 땔감더미를 돌아 탁탁 발소리를 내며 다가왔다.

"오늘은 선물을 가져왔다."

기타이치가 가늘고 구부러진 군고구마를 품에서 꺼냈다. 쪼그리고 앉아서 여전히 온기가 남아 있는 고구마를 잘라 개들에게 던져주었다.

기타지가 손을 내밀어서 기타이치가 한 개를 건네주자 제 입으로 집어넣었다.

"심이 질기네."

"그래서 안 팔린 것들이야."

고소하다는 듯이 아하하하 웃어주었다. 흰둥이와 얼룩이는 군고구마를 허겁지겁 먹고 있고 기타지는 가슴을 두드리면서도 군고구마 삼키기를 멈추지 않았다. 그리고는 목이 멘 소리로 말했다.

"멍이 가시면 시작하자."

"알았다. 잘 부탁한다."

흰둥이와 얼룩이가 흔드는 꼬리가 기타이치의 어깨를 쳤다. 꼬리가 북슬북슬해서 하나도 아프지 않았다.

5

짱구 산타로와 부인이 사는 집은 핫초보리 하급무사촌과 길 하나를 사이에 둔 시치켄마치에 있다. 전당포 창고를 개조한 셋집으로, 헤아릴 수 없이 많은 문서와 책을 수납하여 살림집이라기보다 서고 같은 곳이다. 사람이 덤으로 붙어 산다.

처음 보았을 때는 그 기이한 풍경에 감탄만 하던 기타이치지만, 이번에 두 번째 방문 때는 짱구가 먼저 후카가와 모토마치의 문고가게가 화재로 사라진 것을 위로해주어서 잠시 화재의 무서움에 대하여 이야기를 나누었다. 기억력이 뛰어나고 얼굴생김도 심상치 않은 짱구는 지난 15년 정도 사이에 혼조 후카가와뿐 아니라 에도 성시에서 일어난 화재를 풍부하게 알고 있었다. 개중에는 불난 집을 터는 좀도둑 사례도 있었다.

기타이치가 '통수치기' 일당이 저지른 짓과 주시로의 주장을 들려주자 짱구는 신 음식을 먹은 표정으로 말했다.

"그건 역시 이치만 앞세우는, 선행을 가장한 도적질이군요."

선행을 가장한 짓인가. 놈들의 주장이 납득되지 않는 이유를 말로 정확히 설명하지 못하고 있던 기타이치는 무릎을 쳤다. 바로 그겁니다, 그래서 영 마음이 불편했던 겁니다!

짱구 부인은 이번에도 외출 중이었다. 근처 기타지마초에 부인의 종조부 내외가 사는데, 내외 모두 여든 살이 다 된지라 일상

생활에 도움이 필요하다. 그래서 부인이 들여다보며 지낸다고 한다.

선물로 들고 간 곤페이토의 매끄러운 포장지를 펴보니 오색영롱한 어여쁜 과자였다. 짱구는 매우 좋아하며 먼저 문서 서고 일각에 설치된 작은 신단에 공양하고 합장했다. 신주는 나미요케이 나리신사波除稲荷神社 도쿄만을 매립하여 에도 영역을 넓히는 작업이 한창이던 17세기 초, 파도로 인하여 매립 공사가 난항을 겪을 때 건립된 신사로, 재액을 막아주는 신을 모신 곳이다에서 받아온 것으로, 신선한 비쭈기나무신이 깃드는 신성한 나무라 하여 신사에서 치르는 행사에 쓰이며, 신사 경내에 심는다와 밀랍처럼 날씬한 술병에 담긴 신주神酒가 공양되어 있었다.

"아내의 종조부는 젊은 시절 문서담당 나가하라라는 요리키 나리의 하인으로 일했는데."

이 요리키가 일흔이 넘어도 은거하지 않고 병으로 쓰러질 때까지 성실하게 근무했다고 하여,

"그 기운을 받고자 종조부 댁 신단에 늘 나가하라 나리의 명함을 모시고 있습니다."

현인신인 셈이다. 실제로 종조부는 내외가 모두 장수했으므로 신단에 모신 보람이 있었다는 것이다. 그 이야기를 계기로 화제는 살아 있는 신——즉 현인신에 얽힌 과거 사건이나 사고로 흘렀다. 기타이치는 그 이야기에 웃기도 하고 놀라기도 하고 등골이 서늘해지기도 했다.

이야기 중에 짱구가 손수 화덕에 물을 끓여 처음 방문했을 때

처럼 메밀차를 내주었다. 다과는 댓잎에 싼 양갱병이다. 부인이 손수 만든 것이라고 했다.
"요즘 과자점에서는 이렇게 밀가루로 만든 양갱병을 팔지 않지요. 예전에는 가게 사환이 휴가를 받아 고향에 돌아갈 때 용돈으로 사들고 갈 수 있는 선물이라는 의미에서 '사환 양갱'이라는 이름으로 많이 팔리던 겁니다."
한천을 넉넉하게 넣어서 고급스러운 반죽 양갱보다 더 속이 든든해서 좋다──라며 맛나게 먹는 기타이치의 입가를 가만히 보던 짱구가 "기타이치 씨, 치통인가요?"라고 물었다.
주문한 곤페이토를 기다리는 며칠 사이, 기타이치의 통증은 한결 가벼워져서 무거운 물건이라도 들지 않는 한 어색한 움직임은 보이지 않게 되었지만, 씹기는 그다지 나아지지 않은 듯하다. 혹은 짱구도 기타지처럼 눈이 예리한 걸까. 그렇다고 해도 이제는 놀라지 않겠지만.
"제가 여러 가지로 수련이 부족해서……."
고마가타도 근처에서 발차기에 호되게 당한 사연을 털어놓고, 열심히 위로하려는 짱구의 말을 적당히 끊은 기타이치는 다른 재미난 화제에 시간가는 줄 모를까 경계하며 자세를 고쳐 앉아 이야기를 꺼냈다.
"이렇게 미더운 데가 없는 맨 밑바닥에 있는 자가 분수도 모르고 나선다고 어이없어하실지 모르지만, 그걸 충분히 알면서도 새해 벽두부터 부탁드릴 일이 있어서 찾아뵀습니다."

짱구는 미소를 짓고 "그래, 무슨 부탁인지요?" 하며 동그란 머리를 살짝 옆으로 기울였다. 툭 튀어나온 넓은 이마가 눈가에 그늘을 드리워도 이 신비한 사람의 미소는 따뜻하다.

"후카가와 사가초에 무라타야라는 대본소가 있습니다. 주인 지혜에 씨에게 저도 종종 신세를 지고 있습니다만."

김을 잘라 붙인 듯한 짙은 눈썹과 튀어나올 것 같은 퉁방울눈. 장대처럼 키가 커서, 대본을 담은 상자를 여러 개 포개어 메고 어디든 가뿐하게 가져간다. 나이는 쉰 살에 가깝고 눈가 주름은 깊은데 살쩍은 1년 내내 눈이 쌓인 것처럼 희지만 목소리는 탄력이 있고 싱싱하다. 오지랖이 넓은 소식통이며 매사 근심이 많아, 센키치 대장의 문고가게가 사라지는 것을 자기 일처럼 안타까워해 주었다.

"후카가와의 명물 주인장 가운데 한 사람이죠."

짱구는 그렇게 말하고 더 환한 미소를 지었다.

"지혜에 씨는 상인 기질이 다분한 분이지만, 같은 무라타야라는 이름으로 서적도매상을 하는 형님…… 고베에 씨는 학자 뺨치게 박식합니다."

그런가? 기타이치는 지혜에에게 형이 있고 서적도매상을 한다는 것은 들어서 알지만 (아마 도미칸에게 들었을 것이다), 인사한 적도 없고 지혜에에게 형 이야기를 직접 들은 적도 없다.

"서적도매상 쪽 무라타야와는 인연이 전혀 없어서요."

"매장 문을 열어 놓고 지나가는 행인을 상대로 하는 장사는 아니니까요. 벌써 20년이나 지난 일이지만, 마사고로 대장이 바다를 건너온 남만 서적의 거래를 둘러싼 분쟁을 중재할 때 어느 서적의 가치를 알고 싶다고 고베에 씨에게 문의할 때까지는 저도 알지 못했습니다."

혼조 후카가와뿐만 아니라 오오카와 건너편에도 단골손님이 많다고 한다. 대부분 무가지만 저명한 다인이나 화가, 소설가도 고베에의 무라타야 도매점을 애용하는 모양이다.

"기타이치 씨가 모른다면 센키치 대장에게 들은 적이 없기 때문일 테고, 대장이 말해주지 않은 까닭은 문고가게로서는 대본소와 긴밀하게 교류하는 것으로 충분하다고 생각했기 때문이겠지요."

무가를 주요 고객으로 하는 상가와 교류하자면 신경 써야 할 부분도 있을 테니까——라고 말했다.

"마치에서 살다 보면 잊기가 쉽지만, 우리와 무가 사이에는 법으로 규정된 신분 차이가 있으니까요."

기타이치는 부베 선생이나 오우미 신베에와 교류하면서 신분을 통감한 적은 별로 없었다. 에이카와 마주할 때 황공하게 느끼는 이유도 눈부신 미모 때문이다.

"제가 제법 아는 것처럼 말하고 있지만, 센키치 대장이 살아 계셨다면 저 같은 것이 이런 추측을 하고 있을 일도 없었겠죠. 대장의 의중과 기타이치 씨의 희망에 따라 여기저기 안면을 넓혀나갔을 테니까."

센키치 대장이 급사한 지 1년이 지났다. 생활이 완전히 바뀐 1년간이어서 경황없고 뒤숭숭한 탓에 시름을 잊을 수 있었다. 대장을 생각하며 눈물지을 틈이 없었다는 점은 나쁘지 않았다.

하지만 지금 짱구의 따뜻한 말이 가슴에 사무쳐 코끝이 찡해지고 말았다. 안 돼, 안 돼.

"그런데, 그 무라타야 지헤에 씨에게 무슨 일이 있었습니까?"

기타이치는 주먹으로 코끝을 꾹 눌러 정신을 가다듬었다.

"새해가 밝았으니 28년 전 일이 됩니다만, 지헤에 씨 부인이 행방불명되었다가 보름이나 지난 뒤 센다가야 숲속의 덤불 안에서 사체로 발견된 일이 있었다고 합니다. 누구 짓인지도 알지 못하고 부인이 왜 그런 일을 당했는지도 전혀 모르는 상태라더군요."

짱구는 아이 같은 동그란 눈동자로 기타이치를 빤히 쳐다보며 고개를 끄덕였다.

"당시 저는 마사고로 대장 집에서 지내고 있었습니다. 집안 청소와 빨래로 겨우 밥값을 하고 있을 때여서…… 사건이나 조사에는 관여하지 못하고 있었지만."

그때 들었던 이야기는 잘 기억하고 있다고 말했다.

"아무튼 아주 오래 전 일이죠. 기타이치 씨가 관심을 기울이는 이유가 있습니까?"

그야 당연히 있다. 기타이치는 조리 있는 설명이 되도록 신경 쓰며 천천히 이야기했다. 지헤에가 자신의 세책과 붉은 술 문고를 결합하여 새로운 장사를 해보자고 제안했다는 것. 이에 자신도 적극 호응했다는 것. 자신은 지헤에의 인품을 (조금 별나기는 하지만) 좋아하고 신뢰할 수 있는 상인으로 존경한다는 것. 하지만 공방 작업의 기둥이며 직인들의 우두머리인 스에조 영감이 28년 전의 그 사건과, 도미칸 나가야의 세입자이며 무라타야와 친했던 젊은 낭인이 참혹하게 살해된 몇 년 전 사건 때문에 지헤에를 몹시 싫어한다는 것.

"젊은 사무라이가 살해된 사건은 센키치 대장이 조금 조사해봤기 때문에 저도 기억하고 있는데, 결국은 그쪽 번의 내부 갈등에서 일어난 일이어서 우리가 끼어들 여지가 없었습니다."

그야말로 신분의 차를 절감할 수밖에 없는 사건이었다. 그러나 지헤에의 부인 사건은 다르다.

"그래서 저는 이런 생각을 했습니다. 범인을 찾아내서 지헤에 씨 부인에게 무슨 일이 있었던 것인지 아직 밝혀지지 않은 사정을 알아낸다면 지헤에 씨를 싫어하는 스에조 영감의 마음을 누그러뜨릴 수 있지 않을까 하고요."

기타이치의 설명을 듣는 동안 짱구는 눈 한번 깜빡이지 않다가 다 듣고 나자 배추흰나비의 날갯짓처럼 바쁘게 눈을 깜빡였다.

"어허 이런, 또."

놀란 것인지 감탄한 것인지 모르지만 살짝 흥분한 기색이다. 아니, 이건 기타이치 편할 대로 바라본 탓인지도 모른다.

"안 될까요?"

희망이 담긴 치뜬 눈. 그러자 짱구는 눈 깜빡임을 그치고 단호하게 대답했다. "안 됩니다."

안 된다고?

"해서는 안 된다는 말이 아닙니다. 기타이치 씨가 기대하는 대로는 안 된다, 기대해서는 안 된다는 말입니다."

기타이치 마음 어딘가가 '덜컥' 하는 소리를 냈다. 짱구는 그 소리를 들은 것처럼 매우 미안해하는 표정이 되었다.

"말하기 곤란한 이야기지만. 스에조 씨처럼 나이든 사람이 그런…… 인생을 살면서 흉한 일을 겪는 사람은 악업이 깊은 탓이라고 생각하는 경우, 아무리 이치로 설득해도 생각이 달라지지 않지요."

장담할 수 있습니다, 라고 말했다.

"제가 직접 보고 들은 사례 중에도 그런 예가 있었습니다. 모시치 큰대장에게 들은 이야기, 마사고로 대장이 안타까워한 사건들 중에서도 여러 가지가 기억납니다."

동그란 머리를 유유히 흔들면서,

"기타이치 씨가 고생해서 과거 사건을 파헤치고 수고와 시간을 들여서 무라타야 사건을 해결했다고 해도 스에조 씨의 마음은 바뀌지 않아요."

논리로 풀릴 일이 아니니까, 라고 말했다.

"지헤에 씨가 살면서 그런 재앙을 겪었다는 사실은 무얼 해도 지울 수 없습니다. 그런데 스에조 씨가 싫어하는 것이 바로 그 점이니 어쩔 수 없는……."

말하고 나서 조금 당황한 모양이다. "그렇다고 스에조 씨가 냉정한 사람이라는 말은 아닙니다. 지혜에 씨가 안 됐지만 본인에게는 아무 잘못이 없지요."

기타이치는 급하게 두어 번 고개를 끄덕였다. "그건 압니다. 저도 그렇게 생각합니다."

셀 수 없이 많은 책과 문서에 둘러싸여 생각했다. 세상에는 이렇게 책도 많고 문자도 많아서 내 머리로는 담을 수도 없이 지혜가 넘쳐나고 있을 텐데, 그래도 뜻대로 안 되는 일이 있는 것은 어째서일까.

"기타이치 씨가 무라타야 씨와 손잡고 장사를 하고 싶다면 센키치 대장의 붉은 술 문고를 물려받은 주인으로서 직인의 우두머리 스에조 씨에게 정식으로 이야기하는 것이 좋겠지요."

"스에조 씨를 설득하라는 건가요?"

"설득일지 애원일지 명령일지는 기타이치 씨가 결정할 일입니다."

명령이라니, 당치도 않다. 기타이치의 깜냥으로는 오오카와를 걸어서 건너기보다 어려운 일이다.

"……잘 생각해 보겠습니다."

지금은 그렇게밖에 말할 수 없다. 진솔한 조언에 머리를 숙일 뿐이다.

짱구는 메밀차를 다시 타주고 여전히 온화한 말투로 말했다.

"그해 정월 초…… 생각해보니 이맘때군요. 오토요 씨는 스무 살 나이에 무라타야 지헤에 씨와 혼인했습니다. 부친은 아사쿠사 다와라초의 불단 목수인데, 단골을 통해 딸 혼담을 받았다고 합니다."

기타이치는 눈을 깜빡였다. 사건을 상세하게 풀어주려는 것이다.

"지헤에 씨의 부인 이름이 오토요 씨였군요."

전혀 몰랐다. 스스로 생각해도 배려 없는 처사로 느껴졌다.

"제게 말씀해주셔도 괜찮은 건가요?"

"앞으로 사건을 생각할 때를 위해서라도 알아두는 게 좋을 거라고 생각합니다."

"네!"

짱구는 편안한 자세로 앉아 담담하게 설명을 계속했다.

"당시 지헤에 씨는 소베에 씨에게 대본소를 물려받아 독립한 참이었습니다. 오토요 씨는 덧니가 눈길을 끄는 사랑스러운 미인으로, 젊은 날의 지헤에 씨와 잘 어울리는 처자였습니다. 부부 금실도 좋았다고 하는데……."

전후 사정은 당시 아사쿠사의 한 지주의 하인으로 생쥐처럼 뛰어다니던 이십대 중반의 도미칸도 조금은 기억하고 있을지 모른다고 했다.

"그 오토요 씨가 후유키초 근처 쇼카쿠지라는 절 옆에 있는 과자점으로 과자를 사러 나갔다가 돌아오지 않은 것은 유월 초하루 일이었습니다."

기타이치는 숨을 죽였다. 오토요가 어느 먼 곳──적어도 후카가와 밖으로 갔다가 행방불명되었을 거라고 짐작해 왔기 때문이다. 쇼카쿠지라면 후유키초 마님 집에서 죽마를 타고도 갈 수 있는 곳이다.

"수량이 많지 않아 금방 매진되고 마는 여름 과자를 사러갔다고 합니다. 아침 설거지를 마치고 바로."

이후 자취를 감추고 말았다.

"아침부터 줄을 서야 하는 과자점이어서 지혜에 씨도 처음에는 걱정하지 않았습니다. 줄 끝에 서서 끈기 있게 기다리나보다 생각했겠죠."

그러나 겨우 과자를 사러 사가초에서 후유키초까지 가서 유월해가 다 지도록 돌아오지 않는 것은 의아한 일이었다.

"과자점에 물어보니 인기 있는 과자는 일찌감치 점심때 매진되었다고 했습니다. 가게 점원은 오토요 씨 얼굴을 기억하지 못했습니다. 그날 처음 사러 갔다니까 단골이 아니었던 거죠."

그래도 하룻밤을 기다리고 나서야 지혜에는 반야에 상의했다. 반야에서도 모두 걱정하여 인력을 모아 오토요 씨를 찾아 나섰다. 운하에 쾌속선을 띄웠을 만큼 적극적인 태세였다.

"그러나 오토요 씨를 찾을 수 없었습니다. 그야말로 연기처럼 사라져버린 겁니다."

오토요를 마지막으로 본 사람은 지혜에였고, 금실이 좋다고 해도 부부가 된 지 반년이 안 되었으니 지혜에도 점차 의심의 눈초리를 받게 되었다.

"당시 후카가와에는 '오이마쓰老松 대장'이라는 늙은 오캇피키가 있었습니다. 기타이치 씨도 알겠지만, 나중에 센키치 대장의 대장이 되는 오캇피키입니다."

오이마쓰란 별칭은 그의 취미가 분재여서, 특히 눈잣나무나 노송 분재를 키우는 데 명인급 실력자라고 해서 붙여졌다고 한다.

"하지만 방범 일보다 그런 취미로 알려질 정도의 인물이고 환갑이 지난 노인이기도 했으니, 두 팔 걷어붙이고 앞장서 뛰어다니며 사건에 임하는 사람은 아니었지요."

지헤에게 그보다 더 불운이었던 것은 오이마쓰 대장이,

"누군가 이상한 방식으로 죽거나 갑자기 자취를 감추었다면 먼저 가족부터 의심하라. 그런 지혜를 머리에 깊이 새긴 오캇피키였다는 겁니다."

사실 기타이치는 센키치 대장의 젊은 시절을 거의 모른다. 오이마쓰 대장에 대해서도, 센키치 대장을 "어이 센키치!"라고 부르며 마구 부릴 즈음엔 이미 꼬부랑 노인이었다는 이야기밖에 듣지 못했다.

기타이치는 이를 이상하게 여긴 적이 없지만, 매사 너그럽고 솔직한 센키치 대장이 자기 상관에 대해서는 거의 말을 하지 않았던 데는 나름대로 이유가 있었을지 모른다고 메밀차를 홀짝이며 생각했다.

"오이마쓰 대장의 그런 태도는 무라타야 주변 사람들에게도 점차 영향을 끼쳐, 다들 지헤에 씨를 기피하게 되었습니다. 반야에도 몇 번 불려가고 혼조 후카가와 담당 도신 나리에게 탐문이란 이름으로 조사도 받고."

지헤에는 결백을 호소하고, 아내가 걱정되니 제발 후카가와 이외의 지역에도 회람장을 돌려서 조사해 달라고 부탁했다. 하지만 조사는 이루어지지 않고 진전도 없었다.

"유월 중순에, 아까 기타이치 씨도 말한 것처럼 센다가야 숲속이라는 엉뚱한 장소에서 오토요 씨의 사체가 발견될 때까지는."

오토요는 외출할 때 입었던 옷을 그대로 입고 있었지만 틀어 올린 머리와 오비는 헝클어지고 신발은 신고 있지 않았으며 주위에서도 발견되지 않았다. 왼쪽 유방 밑에 칼에 찔린 상처가 있고, 그 상처가 심장까지 닿아 절명한 것 같았다.

"양손과 양발에 밧줄 따위로 결박된 흔적이 있고 입에는 재갈 물린 흔적이 있었습니다. 찰과상이나 멍이 남아 있었다는 거겠죠."

사체의 상처로 보건대 죽은 지 이삼일이 지났다. 그렇다면 오토요는 자취를 감춘 뒤 열흘 정도는 살아서 어딘가에 갇혀 있었거나 스스로 머물러 있었다는 말이 된다.

기타이치는 저도 모르게 입을 열었다. "결박 흔적이 있는데 스스로 머물러 있었다니, 있을 수 없는 일이죠."

짱구는 기타이치를 달래듯이 커다란 이마를 앞으로 쓱 내밀었다.

"예, 있을 수 없는 일 같지만, 가령 말입니다, 오토요 씨가 남편이 모르는 어떤 남자와 도망쳐서 자취를 감추었지만 시간이 지나자 후회가 밀려와 무라타야로 돌아가고 싶어졌다. 하지만 남자가 받아들이지 않아 다투게 되고 마침내 오토요 씨는 결박되었다——이런 상황도 있을 수 있으니까."

기타이치는 아무 말도 못한 채 "흐음" 하고 탄식했다.

짱구 눈가에 부드러운 잔주름이 떠올랐다. "제가 기타 씨만 할 때는 친한 친구가 방금 제가 한 이야기를 담담하게 말해서 제가 '흐음' 했었죠. 기타이치 씨, 양갱병을 조금 더 드시겠습니까?"

양갱을 잘라서 건네주는 짱구를 바라보며 기타이치는 열심히 머리를 굴려보았지만 역시 '흐음'밖에 나오지 않았다.

"기타이치 씨는 지혜에 씨 내외를 동정하니까 시각이 그쪽으로 기우는 것은 당연합니다."

짱구의 말투에는 가시도 없고 비난도 없고 훈계하는 울림도 없었다.

"하지만 동정심을 억제하고 냉정하게 바라보지 않으면 30년 가까이나 미해결로 남아 있는 사건을 해결한다는 것은 애초에 힘들 겁니다."

지금까지 아무도 생각해보지 않고 눈길을 주지 않고 귀를 기울이지 않던 무엇인가가 진상으로 연결되어 있을 테니까. 누구나 생각하는 것, 생각하고 싶어 하는 것, 의심하고 싶어 하는 것, 의심하고 싶어 하지 않는 것에만 주목한다면 28년 동안 돌려온 쳇

바퀴를 한 번 더 돌리는 데 지나지 않을 것이다.

"……잘 알겠습니다."

짱구는 빙글빙글 웃으며 새 양갱 조각을 입에 넣었다. 기타이치도 양갱을 먹었다. 입안의 단맛조차 씁쓸했다.

"오이마쓰 대장은 끈질기게 지헤에 씨를 의심했지만 다행히 혼조 후카가와의 사와이 나리…… 지금은 은퇴하신 사와이 렌주로 나리 말인데, 실적을 욕심내지 않은 나리가 오토요 씨를 죽인 사람이 지헤에 씨라고 단정하기에는 앞뒤가 안 맞는 점이 너무 많다며 제지해 주셔서 지헤에 씨는 반야로 끌려가지도 않고 고문으로 자백을 강요당하지도 않은 겁니다."

게다가 오토요가 지헤에와 결혼하기 전에 2년 정도 센소지(浅草寺) 문전 상가 찻집에서 간판 아가씨로 일하며 인기가 많았다는 사실이 알려져, 느리기는 하지만 상황이 바뀌기 시작했다.

"당시 찻집 여주인이 오토요 씨 주위를 끈질기게 맴돈 손님이 세 명 있었다고 말하자, 그들 중에 범인이 있는 게 아닐까 하고…… 특히 사와이 나리가 그럴 가능성이 크다고 생각하셨답니다."

가슴이 뛰는 이야기였다. 기타이치는 흥분하며 물었다. "그래서 그쪽으로 조사가."

짱구는 유감스러운 듯 고개를 저었다. "세 명 중에 먼저 신원이 알려져 있던 두 명은 오토요 씨를 납치하거나, 어디에 가두었다가 센다가야까지 끌고 갈 만한 시간도 없고 주변머리도 없는 자들임을 알게 되었습니다. 구체적으로 말하면 하나는 빚을 잔뜩 진 상인의 방탕한 아들이고 또 하나는 술과 여자를 밝혀서 처에게 버림받은 날품팔이 목수였습니다. 게다가 목수는 중풍으로 왼손을 못 쓰는 상태였습니다."

나머지 한 명은 오토요가 찻집에서 일하기 시작할 때부터 드나들던 손님으로, 유별나게 자주 드나들더니 얼마 전부터 모습이 보이지 않는다고 했다. 본인이 했던 말을 조합해 어렵게 거처를 알아내 찾아가 보니,

"시타야 히로코지의 활터에서 술에 취해 다른 손님과 활터 여자활을 쏘는 유흥장에서 일하는 접대부를 두고 싸우다가 칼에 찔려 죽은 상태였습니다. 그게 오토요 사건 세 달 전이었다고 합니다."

잡았다 싶었던 단서는 사라지고 빛도 꺼지고 말았다.

"풍문으로 전해 듣거나 추측한 이야기가 아닙니다." 짱구가 계속해서 말을 이었다. "당시 조사에는 막 은퇴한 모시치 대장도 조언을 했고 마사고로 대장이 나서서 움직였으니까."

후카가와에서 일어난 사건에 혼조의 대장이 움직였다고?

"오캇피키의 영역이라는 것을 가벼이 봐서는 안 되겠지만 철저히 지켜야 할 것도 아니었습니다. 중요한 점은 오캇피키 목찰을 내준 나리의 의중을 따르는 것. 그리고 최대한 옳은 길을 찾아내는 것."

오토요의 유괴와 살해는 잔혹하고 꺼림칙한 사건이다. 어떻게든 해결해서 범인을 잡고 싶다. 사와이 렌주로는 오이마쓰 대장

과 의견이 맞지 않자 혼조의 노련한 오캇피키 모시치와 마사고로의 힘을 빌리려고 했다.

"마사고로 대장은 센다가야까지 여러 번 가서 조사했는데, 상가나 여염집이 적고 무가저택이 많은 곳이어서 반야가 아니라 쓰지반무가저택이 모여 있는 지역에서 네거리에 설치한 초소을 상대해야 했습니다. 그래서 의견 교환이 쉽지 않다는 어려움도 있었지만, 여하튼 꽤 오래 탐문했습니다."

그러나 이렇다 할 단서는 찾지 못했다.

──아무것도 없을 리가 없다. 모든 게 잘 은폐되어 있거나 이 근방 사람들도 무슨 일이 벌어지고 있는데 알아채지 못했거나, 둘 가운데 하나겠지.

"당시 센다가야의 숲 근처는 낮에도 어둑하고 여우나 너구리들이 어슬렁거리는 곳이었으니까."

원령이 활개치고 사람의 눈은 닿지 않는 곳이었다.

"혼조 후카가와도 지금보다 빈 터가 많고 개간지 풍경이 많이 남아 있을 때였다고 하니까요."

마치는 그다지 들어서지 않았고 운하 물에 비치는 밤의 어둠은 짙었다.

──그래도 당시 센키치 대장이 후카가와를 담당했다면 뭔가 단서를 찾을 수 있었을 텐데.

"마사고로 대장이 그렇게 말하더군요."

기타이치도 전에 이 말을 듣고 가슴이 벅찼었다. 마사고로 대장은 센키치 대장을 높이 평가하고 신뢰했다고 한다.

"또 하나, 모시치 큰대장이 한 말이 있습니다."

——이렇게 난해한 사건이 일어나면 다른 데서 비슷한 사건이 있었는지 찾아보는 것이 중요하다. 당장은 눈에 띄지 않아도 앞으로 다른 곳에서 비슷한 사건이 일어날지 모른다.

"잘 기억해두어라, 짱구. 하시며 제 이마를 살살 문질러주셨죠."

짱구가 손끝으로 제 코끝을 가리켰다.

"기타이치 씨, 나는 지금 이 사건을 말하면서 얼굴을 찡그리고 관자놀이를 찌르거나 머릿속에 담아둔 사건 기록을 뱅뱅 되감으며 말하는 보기 흉한 짓은 하지 않고 있죠."

결코 보기 흉하지는 않지만 정말 바로 지난달의 일을 들려주듯이 말하고 있었다.

"오토요 씨 살해 사건이 바로 지난달 사건처럼 마음에 각인되어 있기 때문입니다."

추한 사건이었다. 지혜에가 너무나 딱했다. 해결하고 싶은데 능력이 미치지 못했다. 그래서 범인은 지금도 거리를 활보하고 있을 것이다.

"용서할 수 없죠. 언젠가 그 사악한 자를 잡아내겠다. 내내 그렇게 다짐하며 지냈습니다."

센키치 대장도 마찬가지였다고 한다.

"센키치 대장이 오이마쓰 대장의 뒤를 이을 때 마사고로 대장에게 인사하러 오셨지요. 혼조 모토마치에서 마사고로 대장 부인이 운영하는 소바가게에 두 분이 앉아 술을 마시며 이야기한 적이 있는데."

그 자리에서 센키치 대장이 말했다고 한다.

――앞으로 무엇을 어떻게 해야 할지, 제가 아직 미숙해서 지금은 우왕좌왕하고 있지만 사가초의 무라타야 사건은 언젠가 꼭 해결하고 싶습니다. 비열한 살인범을 이 손으로 잡아내고 싶습니다.

기타이치는 입을 벌리며 놀랐다. 우리 대장이 그렇게 분명하게 선언했단 말인가.

"오토요 씨 살인으로부터 14, 5년이나 지났을 때여서 마사고로 대장도 놀랐다고 합니다."

센키치 대장의 집념과 가시지 않는 분노를 느꼈던 것이다

"저는 처음 듣는군요."

짱구는 웃었다. "문고 행상 기타이치 씨에게는 아무 말도 하지 않았겠죠. 하지만 센키치 대장이 건재해서 기타이치 씨가 이렇게 오캇피키 견습으로 열심히 뛰는 모습을 보셨다면 필시 속을 터놓고 말해주었을 겁니다."

기타이치는 짱구의 얼굴을 쳐다보았다. 입안의 단맛도 쓴맛도 사라지고 코끝의 찡함도 사라지고 심장 쪽이 따끈해졌다.

"이 사건의 각서를 작성했는데 오래 전에 작성해 놓고 살펴본 적이 없어서 종이가 누렇게 바래고 먹이 흐려졌을 겁니다."

짱구는 얼굴 앞에 손가락 세 개를 세우며 "사흘만 기다려주세요"라고 말했다. "사본을 만들어 두겠습니다. 그 참에, 어디까지나 제가 보고 들은 것으로 한정되겠지만 지금껏 시중에 일어난 유괴 사건이나 여자가 살해된 사건 기록도 모아보겠습니다."

고마운 일이다. 천군만마를 얻은 기분이었다.

"그동안 기타이치 씨는 도미칸 씨와 이야기해보는 것이 좋을 겁니다. 지혜에 씨에게 언제 어떻게 기타이치 씨의 계획을 밝힐지도 도미칸 씨와 상의해보는 게 최선일 겁니다."

자상한 조언에 기타이치는 자세를 바로하고, "옙, 한 치도 어긋나지 않게 하겠습니다!"라고 말했다. 문고 주문을 받을 때나 하던 말인데, 참으로 얼빠진 대답이었다. 그러나 기타이치의 대답이 마음에 들었는지 짱구 산타로는,

"저도 최대한 돕겠습니다."

하고 멋지게 튀어나온 짱구를 찰싹! 치며 말했다.

6

이튿날 기타이치는 행상을 다니다 운 좋게 도미칸을 만나 상담을 청했다. 도미칸은 흔쾌히 응해주었다.

"그럼 '도네이'에 가서 저녁이나 먹을까."

도미칸 나가야 근처에 있는 밥집이다.

"요즘은 유도후가 맛있을 철이지. 조용한 가게라 복잡한 이야기를 하기에도 좋아."

도미칸은 2층의 작은 객실을 잡아주었다. 기타이치가 하루 장사를 마치고 후유키초 마님에게 인사를 하고 달려가 보니 아귀 간을 안주로 기분 좋게 술을 홀짝홀짝 마시고 있었다.

"무슨 좋은 일 있었습니까?"

"새해가 밝았잖아. 그거면 충분히 좋은 일이지."

기타 씨도 내 나이 되면 사무치게 느낄 거야.

"무사히 한 살 더 먹는다는 건 무엇보다 축하할 일이지."

기타이치가 앉자 뜨거운 질냄비가 나왔다. 기타이치는 술은 성의 표시 정도만 맛보고 두부와 대구를 열심히 먹었다. 도미칸이 말하던 맛 그대로다. 감칠맛이 스며들어 온몸을 데워주었다.

짱구를 만나고 지금까지, 겨우 하루라고 해도 이것저것 생각하느라 무엇을 먹어도 건성이었다. 좋은 가게에 불러주니 입맛 다시는 소리가 그치지 않았다.

"마무리로는 이 국물로 잡탕죽을 만들어주니까 그만큼 배를 비워두라고."

유도후로 시장기가 가시자 기타이치는 자세한 이야기를 시작했다. 이야기가 진행될수록 도미칸은 눈 주변이 붉어진 채 점차 표정이 시들어갔다.

"그래, 벌써 28년 전 일이 되었군."

망자는 나이를 먹지 않지, 하고 중얼거렸다.

"오토요 씨는 여전히 스무 살. 지헤에 씨는 나처럼 오십 줄을 앞둔 남자가 되어 재혼도 안하고 홀아비 신세지."

그 사람 마음은 오토요 씨와 함께 묘지 속에 들어가 버린 거야. 도미칸은 짱구 산타로가 말한 것 이상으로 당시 지헤에가 오토요 살해 사건으로 깊은 의심을 사고 가혹한 시선을 받았다고 말했다. 대본소 영업도 영향을 받아 한때 가게를 접거나 형 고베에에게 반환하고 지헤에는 후카가와를 떠날 생각도 했었다고 한다.

"그걸 형 고베에 씨가 꾸짖고 타일러서 말렸지."

──도망치면 더 의심만 산다.

"무라타야 형제에게 충성스러운 호조 씨도 지헤에 씨를 열심히 옹호하고 격려했어. 가게에 와서 함부로 풍문을 떠벌이는 자가 있으면 정말로 빗자루를 휘둘러 내쫓았지."

호조. "무라타야에서 일하는 삭정이처럼 **빼빼** 마른 영감님 말입니까?"

"그래. 선대 때부터 일해 온 지배인인데, 무라타야의 기둥이지."

 기타이치는 인사를 나눈 적이 없다. 하지만 지혜에 곁에 오랜 세월 그런 충직한 사람이 있었다니 참으로 다행이라고 생각했다.
 도미칸은 술병을 든 채 씁쓸한 표정을 지으며 말했다. "하지만 그것도 언 발에 오줌 누기였어."
 지혜에를 바라보는 주변 사람들의 의심에 찬 눈초리는 가시지 않았다. 기타이치가 사건을 재조사한다고 잿불을 들쑤시면 끈질기게 되살아나 활활 타오를 거라고 했다.
 "스에조 씨는 업이 깊은 사람이 그런 흉악한 일을 겪는 거라고 생각하며 지혜에 씨를 싫어하지. 물론 어리석은 생각이지만, 스에조 씨는 그나마 나은 편이야. 범인이 누군지 모르는 상태는 불안해서 안 된다, 차라리 남편 지혜에가 살해했다고 치는 게 개운하겠다고, 그런 위안을 위해서 지혜에 씨를 아내 살해범이라고 믿는 사람이 꽤 많아."
 풀리지 않는 수수께끼는 독이다. 몸의 독, 마음의 독, 인생의 독이 된다. 그렇다면 가짜 해결이라도 없는 것보다는 있는 편이 낫다.
 "이렇게 말하는 나도 다른 상황에서는 비슷한 버릇이 나오곤 하니까 누굴 비난할 처지는 아니지. 지혜에 씨를 옹호할 만한 재료도 없어. 힘들겠구나 하고 멀리서 지켜만 보는 28년이었지."
 맛있는 유도후로 따뜻해진 기타이치의 위장이 바닥에서부터 식어가는 기분이었다.

도미칸이 아련하게 뜨고 있던 눈을 깜빡이며 주걱턱을 휙 쳐들더니,

"승산은 있나, 기타 씨?" 하고 물었다.

대답하기가 몹시 힘들다.

"지금은 뭐라고 말씀드릴 수 없죠."

"그렇겠지." 도미칸은 손수 술을 따라 한 잔 더 마셨다. "혹시나 해서 물어보는데 기타 씨는 지혜에 씨가 의심스럽다고 생각한 적이 있는가?"

설마 도미칸에게 이런 질문을 받을 줄은 생각도 못했다.

"의심할 근거가 없습니다."

"그런가? 가령 오토요 씨가 숨겨둔 정부와 도망쳤다. 분노한 지혜에 씨가 두 사람을 끈질기게 추적해서 오토요 씨를 죽였다는 상황도 있을 수 있지 않나?"

말을 마치자마자 술병 든 손을 쳐들어 기타이치의 반론을 막았다. "이건 당시 지혜에 씨 본인이 했던 말이야. 사람들이 그런 상황을 상상하고 자기를 의심하는 거라고."

그렇게 말할 만하다. 지혜에는 사물을 논리적으로 생각할 줄 아는 사람이다. 애처로울 만큼 반듯하게.

"그 설에 따르면 정부는 어떻게 되었답니까?"

"글쎄, 도망쳤거나 지혜에 손에 죽어서 어디 묻히지 않았을까."

구운 떡보다 잘 부풀어 오른 설이로군.

"어제 짱구님을 만나 좋은 걸 배웠습니다."

정확하게 말하면 모시치 큰대장의 가르침이다.

"이런 예민한 사건이 일어났을 때는 다른 데서 비슷한 사건이 없었는지 찾아보는 것이 중요하다는 거죠."

이 말이 이해되지 않는지 도미칸은 작은 눈을 가늘게 뜨고 취기가 도는 불그레한 턱을 쓱 쳐들었다.

"다른 데서도 일어났었다면 어떻다는 거지?"

"같은 자의 소행일 수 있다는 거죠. 오토요 씨 사건에서는 단서를 남기지 않았지만 다른 사건에서는 뭔가 남겼을지 모릅니다."

도미칸의 뾰족하게 튀어나온 목울대가 꿀꺽 움직였다.

"그 말은…… 그러니까 뭐야."

"오토요 씨 사건에는 우리가 당연하다는 듯이 상상하는 상황이 없었던 것 아니냐는 겁니다."

정부니 야반도주니 남편의 질투니 하는 것들.

"범인은 오토요 씨의 지인이 아니다. 적어도 오토요 씨나 오토요 씨 주변 인물과는 관련이 없다. 그러니 그쪽을 아무리 뒤져봐야 나오는 게 없었던 것이다."

이 살해 사건은 갑작스런 홍수 같은 것이 아니었을까. 오토요는 전혀 모르는, 알 길도 없는 이유가 있는데 그게 28년 전 유월 초하루에 갑자기 밀어닥친 것이다.

"성인 여성을 납치하고 멀리 끌고 가 열흘이나 어딘가에 가둬두고 결국은 찔러 죽이고 사체를 덤불에 내다버린다. 범인은 그런 수고와 비용을 감당할 수 있는 놈입니다. 어쩌면 한 명이 아닐지도 모릅니다."

누군가 이 악행을 돕는 자가 있었는지 모른다. 그렇게 생각하니 기타이치의 팔에 소름이 돋았다.

취한 사람처럼 밥상 가장자리에 팔꿈치를 괴고 있던 도미칸이 딸꾹질을 한 번 하더니 천천히 몸을 일으켰다. "그래, 손이 꽤 많이 가는 짓이지."

"그렇죠. 그러니까 비슷한 사건이 더 있지 않을까 생각하는 거죠."

도미칸은 기타이치의 얼굴을 빤히 바라보다가 잠깐 먼 데로 눈길을 던지며 말했다.

"……센키치 대장도 오토요 씨 사건으로 오래 마음고생을 했지."

사건은 대장이 어렸을 때 일어났다. 후카가와 변두리에 살던 풋내기였고, 나중에 자신이 이 지역의 오캇피키가 되리라고는 꿈에도 생각하지 않았을 것이다.

"그래도 처음 짓테를 받았을 무렵부터 가끔 말했거든."

──사가초 무라타야 사건을 어떻게든 해결하고 싶다.

기타이치는 고개를 크게 끄덕였다. "짱구님한테도 들었습니다. 대장다운 말씀이죠."

잠깐 목이 메는 바람에 헛기침을 해서 얼버무렸다.

"저도 대장에게 직접 들었다면 얼마나 좋았을까요. 그랬다면 좀 더 기합이 들어갔겠죠."

도미칸은 술 냄새 풍기는 콧바람을 훙 뿜었다. "지금도 기합이 너무 들어갔는걸. 의욕만으로 일이 되는 건 아니니 부디 조심하게."

웃고 있지만 눈빛에 웃음기가 없다.

"28년 전에 했던 조사를 반복할 필요가 없다면 지혜에 씨에게는 아직 말하지 않는 게 좋겠지. 세월이 흐르면 아무래도 소소한 일들은 가물가물해지지만 가슴속 아픔은 삭지 않아. 그 사람에게 뭘 묻더라도 본인이 아니면 대답할 수 없는 질문만 정리해서 나중에 하게."

지혜에에 대한 도미칸의 배려를 느꼈다. 지당한 조언이다.

"함부로 들쑤시고 다녀서 별 성과도 없이 지혜에 씨만 힘들게 하는 일이 없도록 항상 조심하겠습니다."

"부탁하네. 아, 대신 은거한 사와이 나리의 말씀은 들어보는 게 좋을 거야. 나리가 조금도 의심하지 않은 덕분에 지혜에 씨가 덴마초 감옥을 면할 수 있었으니까."

사와이 렌주로는 2년 전이었나, 은퇴와 동시에 핫초보리 하급 무사촌을 떠났다. 부인은 오래 전에 타계했고 도신 직책을 물려줄 아들 렌타로도 장성했으므로 홀가분하게 풍류를 즐기는 은거 생활에 들어갔던 것이다. 혼조 북쪽 오무라이무라에서 초가집을 빌려 늙은 식모 모자에게 잡일을 맡긴 채 생활하는 중이라고 기타이치는 들었다.

"부럽기 짝이 없는 은거 생활을 하고 계시지. 아담한 집이지만 마당에 근사한 물레방아가 있어. 물레방아 소리가 얼마나 평화로운지."

하지만 잡다한 세상일에서 깨끗이 벗어날 수는 없어서 종종 도미칸을 부른다고 한다.

"이 사건은 내가 나리께 운을 띄워 놓겠네. 허락하시면 기타나 가호리초 반야에 기별해두지."

이야기가 일단락되었을 때 도네이 주인이 찬밥과 계란을 들고 올라와 잡탕죽을 만들어 주었다. 냄비에 가득한 뜨거운 계란 잡탕죽은 거의 기타이치의 뱃속으로 들어가고 도미칸은 평소와 달리 술만 들이켰다.

본래대로라면 이 건은 제일 먼저 후유키초 마님과 상의해야 한다. 하지만 혹시라도 마님이,

"이제 와서 옛날 일을 파헤쳐서 좋을 일이 뭐 있겠어. 그만둬."

라고 충고하더라도 기타이치로서는 포기할 마음이 없었다. 그래서 마님을 세 번째 조언자로 미루어 두었다. 짱구와 도미칸을 통해서도 센키치 대장의 생각을 들을 수 있었으므로 결과적으로 그러기를 잘했구나 싶었다.

마님은 전혀 놀라지 않고 기타이치의 의지를 존중해 주었다.

"기타 씨 생각대로 조사해봐. 다만 결과가 기대한 대로 나오지 않더라도 순순히 받아들여야 해."

즉 마님도 짱구나 도미칸과 같은 의견이었다. 기타이치가 오토

요 살인범을 잡아내도 무라타야 지혜에를 싫어하는 스에조 영감의 감정은 달라지지 않을 거라는 말이다.

"그러니 목적이 전부라면 그만두는 편이 좋겠지."

"아뇨, 저는 그 사건을 해결하고 싶습니다. 범인을 찾아내고 싶습니다."

그것이 센키치 대장의 바람이기도 하다는 것을 알고 나니 물러설 수 없었다. 기타이치는 그 결의를 솔직하게 말했다.

마님은 감긴 눈꺼풀을 희미하게 떨며 고개를 두어 번 천천히 끄덕이고 나서 말했다.

"왠지 예전의 대장과 이야기하는 것 같구나."

그러더니 마님이 기억하는 대장의 이야기를 들려주었다. 예전에 대장은 전혀 별개의 분쟁(부부싸움이나 친자 간의 다툼, 재물이나 금전 문제, 남녀 간의 갈등)을 해결하거나 중재할 때도 문득 생각난 것처럼 무라타야 사건을 언급하곤 했던 모양이다.

──이렇게 실없는 말썽을 수습하는 것이 내 일이라는 건 알지만 내 사지가 멀쩡할 때 사가초에 남아 있는 숙제를 풀 기회가 있었으면 좋겠어.

대체 오토요의 신상에 무슨 일이 있었던 걸까. 범인은 어떤 놈일까. 인간의 심성을 갖고 있는 자일까. 부부가 마주앉아 그런 이야기를 나눈 것이 한두 번이 아니었다고 한다.

"대장도 마님의 지혜나 직감에 의지하셨던 거군요."

"그 정도는 아니었어. 다만 여자 처지에서 생각하면 다른 가능성이 보일지 모른다는 말씀은 하셨지."

　사실 센키치 대장은 원한에 따른 살인으로 보고 있었다고 한다. 게다가 원한의 대상도 오토요가 아니라 지혜에일 거라 짐작했다.

"범인은 오토요 씨를 납치해 죽이고 사체를 아무렇게나 내다버렸지. 대장은 이 세 가지 비도한 악행 중에서도 특히 세 번째, 사체를 함부로 버린 것이 마음에 걸린다고 하셨어."

　오토요의 사체가 발견되지 않고 행방불명 상태로 남았다면 지혜에는 (하마터면 덴마초 감옥에 갇힐 뻔했을 정도로) 강한 의심을 받거나 비난당하지는 않았을 것이다.

"오토요 씨가 외간 남자와 도망친 게 아닐까 하고 사람들이 수군거리고 동정하고 무시하기는 했겠지만 아마 그 정도로 넘어가지 않았을까?"

　그러나 참혹한 짓을 당했다는 사실을 금방 알 수 있는 상태로 오토요의 사체가 발견되자 지혜에는 대번에 역풍을 맞고 말았다. 센키치 대장은 그 과정을 심각하게 바라보고 있었다고 한다.

"우선 찻집의 인기 있는 간판 아가씨에게 빠져 있던 범인이 욕정을 채우고자 납치한 거라면 오토요 씨가 지혜에 씨와 혼인할 때까지 기다리고 있었다는 점이 납득이 가지 않아."

　오토요가 유부녀가 되기 전에——천박하지만 시쳇말로 하자면 지혜에의 손을 타기 전에 깨끗한 오토요를 납치했어야 하지 않을까.

"사체를 처리한 방법도 이상해. 오토요에게 깊이 빠진 남자가 여자를 차지하려고 납치했지만 뜻대로 되지 않아서 살해했다면 사체를 함부로 내다버리지는 않았을 텐데?"

오토요의 죽음 자체를 은폐하기 위해, 혹은 사체라도 지혜에게 돌려주지 않고 자기가 갖기 위해.

"발견된 사체는 맨발이었지만 속치마와 기모노를 입고 있었고, 오비도 비록 헝클어져 있긴 해도 두르고 있었어. 즉 오토요 씨는 사체가 되고 나서 버려진 것이 아니고, 살아 있을 때 자기 의지로 도망쳤지만, 도망치다 지쳐서, 혹은 신발도 잃어가며 길을 헤맸지만 무사히 도망치지 못하고 센다가야의 깊은 숲속에서 범인에게 붙잡혀 그 장소에서 살해된 게 아닌가 하는 생각도 하고 있었지."

마님의 이야기를 들으며 기타이치는 눈알이 뒤집히듯 흔들리는 느낌이었다. 눈이 번쩍 뜨인다는 말로도 부족하다. 사물을 보는 눈──보는 각도를 달리하면 이렇게 다른 생각이 나오는구나.

얼른 붓을 꺼내 부베 선생의 부인이 '세뱃돈 대신'이라며 선물한 작은 수첩에 적어 나가자 마님은 붓 움직이는 소리를 들었는지,

"기타이치, 좋은 수첩을 구했구나"라고 말했다. "하지만 붓은 너무 낡았네. '쇼로쿠' 씨에게 새 걸 가져다 달라고 주문해야겠다."

쇼로쿠는 니혼바시거리 4초메에 있는 문방구 도매상 '쇼분도'의

로쿠스케라는 점원이다. 줄여서 쇼로쿠로 통한다.

"그러고 보니 쇼분도 주인도 무라타야 씨와 인연이 오래되어서, 오토요 씨 사건 당시는 선대 주인이 지헤에 씨 걱정을 많이 했다지. 심지어 사가초 가게를 접고 니혼바시로 옮기는 게 어떠냐고 제안하기도 했다고 대장에게 들었다."

마님은 역시 기억력이 좋다.

"대장은 그 제안에 대하여 뭐라고 하셨나요?"

"소란한 와중에 이사한다면 도리어 처지가 불리해질 거라고."

──고베에 씨나 지헤에 씨나 인내심 강한 사람이어서 다행이었네.

그 말도 받아 적으며 기타이치는 생각했다. 지헤에에 대한 원한은 혹시 무라타야라는 잘나가는 대본소에 대한 시기와 질투에서 나온 것일까.

"무라타야 주인을 시샘한 경쟁자가 지헤에 씨의 결혼이라는 경사를 짓밟듯이 잔인한 짓을 저질렀을 가능성을 생각해볼 수는 없을까요?"

기타이치가 말하자 마님은 미간에 얕은 주름을 모았다.

"가능성이야 충분히 있을 수 있지. 하지만 책을 빌려주는 장사는 어지간해서는 많은 돈을 버는 장사가 아닌데……."

대본소를 백 군데 모아도 기노쿠니야 분자에몬18세기 초 에도에서 거부를 쌓아올렸다는 전설적인 거상에 미치지 못한다.

"그런데 고작 장사를 잘해서 질투난다는 이유로 상대방을 죽이려고 들까."

"하지만 무라타야에는 대본소만 있는 게 아닙니다. 고베에 씨의 서적도매점도 있어요."

그 말을 하다가 기타이치는 흠칫했다. 자기가 해놓은 말에 뭔가가 퍼뜩 떠오른 것이다.

혹시 원한을 산 사람이 서적도매점을 하는 형 고베에라면? 고베에가 어떤 잘못을 저질렀거나 단골을 화나게 하는 일을 해서 불티가 대본소 지헤에에게 튀었다면——.

서적도매점의 단골 중에는 무가가 많다. 이름난 문인과 묵객도 있다.

기타이치는 숨을 죽이고 마구 날뛰는 생각도 죽였다. 머리에 떠오르는 대로 주절거리는 것은 바보나 하는 짓이다. 어느새 촉새처럼 재잘거리고 있었네.

"뭐, 가정을 하자면 한이 없지."

마님도 생각을 가다듬듯이 말했다.

"기타 씨, 부디 신중하게 움직여야 해."

"예. 지헤에 씨가 다시 아픔을 겪지 않도록 최대한 신경 쓰겠습니다."

마님의 눈초리가 쓱 올라갔다. "신경 쓸 일이 또 있어. 상대는 납치범이고 살인범이잖아. 자기 목숨도 신중하게 지키라는 말이야."

고마운 분부다. 하긴 그렇게 걱정해야 할 만큼 범인을 바짝 쫓을 수 있으면 크게 고생할 일이 뭐 있겠나.

어두운 가마실에서 조메이탕 가마에 불이 활활 타는 모습을 들여다보며 기타지는 억양 없는 목소리로 수를 헤아리고 있다.

"……87, 88, 89."

100까지 11번 남았다. 기타이치는 기타지 뒤에 있는 쓰레기더미에 기대어 놓은 두껍고 새카만 나무판에 대패질을 하고 있었다. 턱 높이에 대패를 들고 나무판 위를 미끄러뜨리는 것이다. 이 동작을 50번 하면 잠시 휴식. 그렇게 총 200번을 해야 한다.

"처음 해보는 일이고 검푸른 멍이 아직 남아 있으니까 200번만 하는 거다. 다 나으며 300번이 기본이야."

기타이치의 대패질이 매끄러워지면 횟수를 빠르게 늘려갈 거라고 한다.

"이런, 게, 무술, 수련, 이, 된다, 고?"

손목이 아니라 팔 전체를 써야 하며, 대패를 밀고 당기고 할 때마다 팔꿈치와 무릎도 함께 폈다 굽혔다 해야 한다. 중심을 낮추고 다시 대패를 쳐든다. 처음 얼마 동안은 "뭐가 이렇게 싱거워"라고 생각했지만 50번을 하니 숨이 가빴다. 목판은 매우 견고하고 대팻날은 무르고 무디다. 다음 50번은 점차 힘들어졌다. 너무 힘들어 등이 저절로 구부러지자 기타지가 막대기를 휘둘렀다. 무릎을 충분히 구부리지 않는다고 오금을 얻어맞기도 했다.

이 새카만 목판은 기타지가 멀리 아카사카 저수지 근방에서 얻어온 어느 무가저택의 마루청으로, 새카만 까닭은 화재의 그을음이 묻어서라고 한다.

"화재로 철거된 무가저택에서 나온 것들이야. 마루청이 끝나면 벽판도 있어."

기둥이 아니라 벽이나 마루청인데, 두께가 족히 두 치(약 6센티미터)는 된다.

"외부 공격에 대비해서 지은 무가저택이니까. 이렇게 두꺼우면 화재에도 강하고."

"하지만 불타버렸군."

"싹 타서 무너진 건 아냐. 보기 흉하니까 불에 그슬린 부분을 철거한 거지."

쓸데없이 두껍고 튼튼한 목판은 다다미보다 조금 길고 폭도 넓다. 불을 끄느라 물을 한 번 뒤집어쓴 나무라도 그냥 쪼개서 아궁이에 던져 넣으면 시꺼면 연기만 폴폴 나고 잘 타지 않는다. 자칫 욕탕에 연기가 들어가면 손님들이 화를 낸다.

"그러니까 대패로 얇게 깎아서 태우는 거다. 대팻밥도 같이 때면 센 불을 만들 수 있어서 목욕물이 금방 끓지. 영업이 끝나면 너도 욕탕에서 목욕해도 돼."

그 참에 욕탕 청소도 하라는 것이다.

"너는 우선 그 얄팍한 근육을 키우기 전에는 아무것도 못해. 이 수련이 최고야."

기타이치는 100번을 못 채우고 쪼그리고 앉아버렸다. 헉, 헉.

"허파도 시원찮군. 다음 쉰 번은 팔 내리고 무릎을 구부리며 대패를 당길 때는 숨을 토하고, 팔을 올리고 무릎을 펴면서 일어설 때는 숨을 마셔 봐."

그런 동작을 반복하니 호흡을 유지하기가 힘들다. 숨을 더 바쁘게 쉬지 않으면 고통스러워 버티지 못한다. "그건 무리야."

"처음에는 뭐든지 힘들어. 계속하다 보면 힘들지 않게 돼. 그게 수련이라는 거다."

후우우, 후우우. 기타이치는 심호흡을 했다. 지금까지 해본 호흡 중에 가장 긴 호흡이었다.

"너도 이 수련을 하면서 컸냐?"

그렇게 묻자 기타지는 코웃음을 쳤다. 가마에서 흘러나오는 붉은 빛을 받으며 헝클어진 앞머리가 콧김에 휙 날리는 것이 보였다.

"뼈와 근육을 튼튼하게 만드는 데는 여러 가지 방법이 있지. 자꾸 쉬면 소용없어. 어이, 일어나, 일어나."

그날 밤 손님이 모두 돌아가자 함께 욕탕을 청소하고 불을 단속하고 캄캄한 가마실 구석에 있는 기타지의 잠자리로 돌아온 뒤에야 무라타야 이야기를 할 수 있었다.

"28년 전 살인 사건을 조사하겠다고? 수고가 많으시네."

기타지도 농담을 던질 때가 있나보다. 이쪽도 농담으로 응수하고 싶지만 기타이치는 온몸이 모래주머니처럼 무거워서, "그래. 진짜 만만치 않을 거야"라고 한심할 정도로 솔직하게 투덜거리고 말았다.

"내가 얼마나 할 수 있을지 모르겠어. 다만 살인을 추적하는 거니까 지난번처럼 발차기 한 방에 뻗어버리면 곤란하지. 수련은 계속할 테니까 잘 부탁한다."

기타지는 쑥대머리를 잡고 빗질하며 침묵을 지켰다. 기타이치는 가만히 있으면 이대로 잠들어 버릴 것 같아서 자리에서 일어섰다.

"그럼 내일 또 보자."

휘청휘청 걷기 시작하는데 낮은 목소리가 뒤따라왔다. 졸음에 취해 걷다가 소망하던 말을 듣는 꿈을 꾸었는지는 모르지만, 그 목소리는 무뚝뚝하게 이렇게 말했다.

"하는 수 없지. 내가 도와주마."

7

약속한 사흘 후 아침, 짱구 산타로가 챙겨준 사본꾸러미를 가져다준 사람은 쇼분도의 로쿠스케였다.

"어제 오후 짱구님 댁에 주문을 받으러 갔는데, 기타이치 씨에게 줄 물건을 꾸리고 있다고 해서서 내가 전해드리겠다고 자청했지."

기타이치는 세수를 하고 난 참이라 축축한 수건을 들고 있었다.

"이거 미안합니다. 날이 쌀쌀하니 일단 안으로 드시죠."

4첩 반짜리 방으로 안내해보지만 대접할 것이 전혀 없다. 자, 이제 어떡한다? 하고 있는데 옆방의 오시카가 백비탕이 담긴 질주전자와 찬밥이 가득 담긴 사발을 가져왔다. 작은 단무지 사발도 곁들여져 있다.

오시카는 쇼로쿠에게 고개를 숙이고, "쇼분도 님, 그쪽에서 일하는 식모 분께서 저번에 가스즈케술지게미 절임를 주문하셨는데, 제가 오늘 중으로 가져다드릴 거라고 전해주시겠어요?"라고 부탁했다.

"예, 예, 그럼요." 쇼로쿠는 흔쾌히 승낙했다. "그럼 오늘 저녁엔 가스즈케를 먹을 수 있겠구나. 기대됩니다요."

기타이치의 이웃 오시카와 시카조는 채소행상을 하는 부부인

귀신 저택 • 363

데, 오시카는 팔다 남은 푸성귀나 뿌리채소를 절임으로 만들어 팔고 있다. 그것만으로도 행상치고는 매상이 제법 좋지만, 작년 초봄부터 도라조에게 제철 생선을 싸게 받아서 된장에 박거나 술지게미에 담가서 팔기 시작하더니 금방 매진될 만큼 잘 팔고 있다. 덕분에 호주머니가 두둑해지자 본래 상냥한 이 부부는, 끼니 잇기도 바쁜 주제에 밥 챙겨 먹을 틈도 없이 바쁘게 뛰어다니는 기타이치를 이렇게 도와주는 것이다.

오시카와 시카조는 대가를 받을 생각이 전혀 없지만 기타이치로서는 염치없이 넙죽넙죽 받아먹을 수 없어서 보름마다 일정액을 건네며 빠짐없이 사례하고 있다. 가끔 달콤한 과자라도 선물로 안겨주면 부부가 그렇게 좋아할 수가 없어 기타이치도 기분이 좋다. 도미칸 나가야는 도미칸이 관리하는 나가야 중에서도 손에 꼽힐 만큼 허름한 곳이지만 세입자들은 모두 착하다.

"대단하네요. 오시카 씨의 가스즈케가 니혼바시에까지 알려져 있다니."

"내가 맛있다 맛있다 소문을 냈거든."

쇼로쿠는 드러내놓고 뿌듯해했다. 얼굴이 수세미를 닮았다고 할까 표주박을 닮았다고 할까 할 만큼 독특하게 생겼고 눈은 실눈에 코는 납작하고 입술도 얇다. 굳이 말하자면 빈상이라고 해야겠지만 애교가 있고 언변이 좋아 호감을 산다. 당연히 단골도 많은 묘한 남자다.

두 사람이 함께 더운 물에 밥을 말아 후루룩 먹고 나서 기타이치가 마님이 추천한 붓 이야기를 꺼내자 쇼로쿠가 즉시 상인 얼굴로 돌아갔다.

"먼저 기타 씨의 필통부터 봅시다."

기타이치가 필통을 꺼내서 보여주자 유쾌하게 웃는다.

"쓸 만큼 썼구먼. 필통도 교체해야겠네. 붓 한 자루 값이면 살 수 있는 중고로 알아봐 줄 테니까 나한테 맡기쇼."

기름 친 것처럼 혀가 매끄럽지만 꼬치꼬치 캐묻지 않는 것도 쇼로쿠의 장점일 것이다. 마치 부교 문서담당 조수인 짱구님이 허름한 나가야에 사는 기타이치에게 왜 문서를 한 보따리나 주는가. 궁금할 게 뻔한데 공연한 질문은 하지 않는다.

하지만 기타이치는 쇼로쿠에게 묻고 싶은 것이 있었다.

"28년 전 사가초의 무라타야 지혜에 씨가 이런저런 일로 마음고생이 심할 때 쇼분도 선대 주인께서 많이 걱정하시고 도와주셨다는 이야기를 들었는데, 너무 오래 전 일이라 쇼분도의 간판 점원 로쿠스케 씨라도 그런 얘기는 못 들어보셨죠?"

그러자 쇼로쿠의 실눈이 반짝 빛났다.

"어딜. 무라타야의 오토요 씨 사건이라면 내 밑에 있는 사환들까지 다들 자세히 들어서 알고 있구먼."

선대 주인은 고령이지만 아직 건강하고 현 주인은 좋은 의미에서 설교를 좋아하는 사람이라고 한다.

"무라타야 씨는 귀한 단골인데다 우리 주인이 지혜에 씨보다 겨우 두 살 연하거든. 남의 일 같지 않겠지. 나처럼 주로 밖을 돌아다니는 점원들한테 기회 있을 때마다 말씀하시지."

──유감스럽게도 세상에는 우리가 상상도 못할 만큼 끔찍한 짓을 눈 하나 깜빡하지 않고 저지르는 사악한 놈들이 있네. 자네들도 밖을 돌아다니다가 어려움에 빠진 사람을 만나면 그냥 외면하지 말게. 혼자서 감당할 수 없겠다 싶으면 큰소리로 외쳐서 사람들에게 알려야 해.

남편을 기쁘게 하려고 이름난 과자를 사러 나갔던 오토요가 과자점 근처 어디에서…… 사람들 눈에 안 띄는 곳이나 골목 안 혹은 때마침 이목이 사라진 길에서 납치당할 때, 누군가 보고 있었다면. 큰소리로 외쳐 사람들을 불러모으는 사람이 있었다면.

"선대 주인과 현 주인이 건재하신 동안에는 오토요 씨처럼 끔찍한 일을 겪는 사람이 다시 나오는 것을 보고 싶지 않다고 하시더군."

그러니까 짓테 받은 사람들이 잘 해줘야 해. 부탁하네! 힘주어 말하던 쇼로쿠가 고개를 갸웃거렸다.

"응? 한데 기타 씨는 문고장수지 오캇피키는 아니잖아. 뭐, 센키치 대장의 수하였으니 어차피 오캇피키나 마찬가지지만."

아뇨, 아뇨, 전혀 그렇지 않아요. 오캇피키는 아니지만, 지금 기타이치는 오캇피키 견습처럼 움직이려고 한다.

쇼로쿠가 떠나자 기타이치는 방 안을 정리하고 보따리를 풀었다. 제일 먼저 나온 것은 펼치면 반 첩 정도 되는 에도 시중 지도였다. 에도 경계선 바깥 마을까지 그려져 있는 자세한 지도다. 그리고 작은 종이쪽이가 한 묶음 들어 있었다. 표시를 해두거나 뭔가를 적어둘 때 이 종이를 사용하시오, 라는 뜻이리라. 친절하시기도 하지.

두께가 다른 문서가 일곱 권이었다. 읽기 편한 필체로 '무라타야의 변사 제1' '제2' '제3'으로 표기되어 있는 세 권 외에는 깨끗한 제첨책 제목을 적어서 표지에 붙이는 종이만 붙어 있다. 기타이치가 알아서 제목을 적어 넣으라는 배려일 것이다.

떨리는 양손을 비비고 나서 먼저 '무라타야의 변사 제1'을 폈다. 히라가나가 대부분인 문장이 나란히 있고 도형이나 작은 그림도 다양하게 곁들여져 있다. 과자점의 위치. 오토요가 입고 있던 기모노의 무늬. 무라타야에서 과자점까지 오토요가 걸었을 두 가지 경로를 점선으로 표시한 시중 지도. 글의 내용은 오토요가 행방불명된 당일의 행적과 사체가 발견되기까지 날짜별 상황. 지혜에를 비롯한 무라타야 사람들, 과자점 점원, 당일 오토요와 함께 가게 앞에 줄을 서 있던 손님 두 명, 무라타야 인근 주민들, 오토요가 일하던 찻집의 여주인, 오토요와 친했던 근처 찻집의 간판 아가씨…… 많은 사람을 상대로 탐문한 내용이다.

다음으로 '제2'를 펼쳤다. 오토요의 사체에 대한 검시 기록이었다. 정면과 배면에서 그린 여성 나체도에 세세한 설명이 적혀 있다.

오토요는 체구가 가냘프다. 신장은 4척 8촌 정도(약 145센티미터), 팔다리도 가늘다. 장대처럼 훤칠한 지혜에와 키 작은 오토요 부부는 그 대비로도 눈에 띄는 조합이었을 것이다. 사체의 위장은 비어 있지 않았고 몸에도 허기나 갈증의 흔적이 없어 자의든 타의든 뭔가를 먹은 듯하다.

　목숨을 앗아간 자상을 제외하면 몸에 특별한 상처가 없지만, 크고 작은 멍 여러 개가 꼼꼼하게 기록되어 있었다. 범인은 오토요를 다치게 할 마음은 없었지만 제압하거나 결박할 때 멍이 생기고 만 걸까? 다만 발바닥과 발가락 사이는 깨끗하며 상처나 진흙은 없었다. 오토요는 칼에 찔리기 전에 맨발로 걷거나 뛰지는 않았을 것이다. 즉 자력으로 도망치던 것은 아니었다는 뜻이다.

　숨죽이고 한 장을 넘기니 오토요가 발견될 당시 입고 있던 기모노와 오비, 속치마나 끈 등이 자세히 기록되어 있었다. 기모노 목깃과 속치마는 오물이 적고 깨끗하게 세탁해서 입힌(또는 입은) 흔적이 있다. 피부에 오물이 들러붙어 있지 않은 것으로 보아 범인에게 감금되거나 붙잡혀 있는 동안 오토요는 입고 있던 옷 하나로 버틴 것이 아니라 깨끗한 옷을 갈아입을 수 있었던 듯하다.

　기타이치는 가슴이 두근거림을 느꼈다. 오토요를 검시한 관리는 구리야마 나리 못지않게 주의 깊고 두뇌 회전이 빠른 사람인 게 틀림없다.

　흥분되는 마음을 억누르고 '제3' 이후 7권까지 빠르게 훑어보았다. '제3'은 사체가 발견된 후 무라타야와 오토요 주변 사람들을 탐문한 내용이며, 4번째 책부터는 마침내 '이와 유사한 기이한 사건들'의 사례를 모아놓은 것이었다.

좋아. 서둘러 외출 준비를 마친 기타이치는 '제2'를 단단히 싼 보퉁이를 등에 둘러매고 고부네초 2초메의 '아즈사'로 향했다. 허공을 걷는 기분으로 달려갔지만, 마주치는 사람들 눈에는 기타이치가 날리는 모래먼지가 보였는지도 모른다.

매듭끈가게에는 부부로 보이는 손님이 와 있다가 기타이치와 자리바꿈을 하듯 나갔다. 오사토는 가게 앞에서 매듭틀 앞으로 돌아가려고 하다가 "어머, 기타이치 씨" 하며 웃는 낯으로 맞아주었다.

"구리야마 나리는 아침부터 검시할 건이 생겨서 투덜거리며 나가셨어요."

"그러셨군요. 실은 나리께서 봐주셨으면 하는 검시 기록이 있어서요."

기타이치는 보퉁이에서 '무라타야의 변사 제2'를 꺼내 오사토 앞에 놓고 사정을 설명했다.

오사토는 미간을 살짝 찡그렸다. "그럼 이건 중요한 거네요. 원본을 필사한 것은 하나뿐인가요?"

"예. 나리께서 자세히 봐주셨으면 해서 여기 두고 가려고요."

오사토는 기타이치를 똑바로 쳐다보며, "내가 봐도 되는 거라면 이 사본을 놓고 사본을 하나 더 만들 수 있는데, 어때요?"

네? 오사토 씨가?

"필사라면 익숙해요. 나리가 각서에 붙여둔 수첩이나 도면을 내가 깨끗하게 정서하거든요. 나리 글씨가 읽기 힘든 필체인데다 그림 역시 도저히 빈말로라도 칭찬하기 힘든 지경이라."

본인이 쓴 수첩 기록도 읽지 못해서 짜증을 내곤 하는데 그런 일로 짜증 내는 모습을 보기 싫어서 오사토가 정서해준다고 한다.

"그러면 고맙죠. 잘 부탁합니다!"

오사토에게 '제2'를 맡기고 기타이치는 도미칸 나가야로 급하게 돌아와 자기 방에 틀어박혔다. 공방의 스에조 영감에게는 볼일이 있다고 말해두었으므로 오늘은 공방에 얼굴을 비치지 않아도 괜찮을 것이다. 찬찬히 나머지 여섯 권을 읽어나갔다.

짱구는 배움이 없는 기타이치를 위해 글은 거의 (가끔 가타카나도 있지만) 히라가나로 써 주었다. 한자를 쓰면 바로 밑에 훈을 달아서 뜻을 쉽게 알 수 있고 그 참에 한자도 배울 수 있게 해 놓았다.

그래도 정돈된 문장을 읽어본 적이 없는 기타이치에게는 몹시 힘든 일이었다. 처음 얼마 동안은 눈이 금방 마르고 정신이 산만해졌지만, 오토요를 둘러싼 다양한 사람들의 진술을 차근차근 읽고 새기고 이해해 나가다 보니 어느새 집중할 수 있었다.

우선 첫 번째 의문은 오토요가 언제 어디서 납치되었는가 하는 점이다.

무라타야를 나선 오토요는 분명히 세이카쿠지 옆 과자점에 도착했다. 점원은 오토요를 기억하지 못했지만, 기다리는 줄 앞뒤에 서 있었다는 두 여성이 오토요와 나눈 잡담까지 기억하고 있다가 당시 사와이 나리(지금은 은퇴한)의 질문에 대답했다. 그에 따르면 오토요가 사려고 했던 과자는 구즈요세(칡가루로 쑨 풀에 다양한 재료를 넣고 틀에 부어 굳힌 간식)인데,

——사자마자 집으로 뛰어가지 않으면 다 녹아버린대요.

라고 할 만큼 입안에서 살살 녹는 고급 과자라고 한다.

한 사람은 근처 밀초가게의 하녀이고 또 한 사람은 창호 장인의 부인으로, 오토요가 대본소 주인과 결혼한 참이라는 말을 듣고 매우 부러워했다. 대본소는 벌이가 좋다더라, 넉넉하게 살 수 있겠다면서. 오토요는 쑥스럽게 웃었다고 한다.

마침내 구즈요세를 산 오토요는 바로 귀로에 올랐을 것이다. 돌아가는 모습을 본 사람은 없고 대화를 나눈 이도 없었다. 구즈요세가 녹지 않도록 그늘을 골라 걸었으리라는 정도밖에 짐작할 수 없다. 그러나 이 대목이 중요했다.

기타이치는 최근 며칠간 행상을 나간 김에 사가초에서 세이카쿠지 사이를 여러 번 걸어보았다. 28년 전보다 더 번잡해지고 상가도 많아졌다. 그래도 유지 장지가 찢어진 채 방치된 작은 폐가나 빗물 통이 묘하게 외진 자리에 있다거나 가지를 풍성하게 드리운 버드나무 때문에 시야가 나쁜 운하변 모퉁이를 볼 수 있었다.

6월 초하루의 아침 해가 동쪽에서 빛나고 있다. 그늘진 자리를 주의 깊게 택한다면 몸집 작은 여자 하나를 사람들 모르게 가마

에 밀어 넣거나 폐가로 끌고 가서 없애버릴 수 있음직한 장소가 있었다.

오토요는 남편을 위해 대기 줄까지 서서 산 구즈요세를 든 채 홀연히 자취를 감추었다. 탐문 내용을 읽어보니 그 뒤 사체가 발견될 때까지 지혜에에 대해 점점 강해지는 주변의 압박이 마치 그때 그 자리에 있던 것처럼 느껴졌다. 점차 가슴이 답답해진 기타이치는 사본을 방 안에 두고 우물가로 나가 물을 떠 마시고, 그걸로 부족해 세수까지 했다.

왜들 그렇게 의심할까. 왜 지혜에가 오토요를 해쳤다는 걸까. 탐문 내용에 따르면 젊은 부부의 주변 사람들(극히 일부일 거라 생각하고 싶지만)은 제멋대로 말하고 있다. 인기 있는 찻집 간판 아가씨 오토요가 스스로 지혜에처럼 변변치 않은 사내의 아내로 들어갔을 리가 없다. 지혜에가 돈을 써서 무리하게 오토요를 아내로 삼기는 했지만 전혀 정을 주지 않자 애정이 깊은 만큼 증오가 깊어져서 그랬겠지. 사내에게는 그런 일이 종종 있지. 실제로 오토요가 사라지기 전날, 젊은 부부가 큰소리로 다투는 소리를 들었다는 이야기도 나왔다. 그러나 한 가게 한 집에 있던 형 고베에와 지배인 호조는 이 진술을 강하게 부정했다.

사체가 발견된 이후의 기록에서는 오토요가 일했던 찻집 여주인의 진술이 전체를 통틀어 가장 길고 상세했다. 오토요에게 추파를 던지는 손님이 세 명 있었기 때문인데, 여주인은 오토요를 친동생처럼 아꼈는지 깊이 슬퍼하는 모습을 기록으로도 알 수 있었다.

　——내가 대신할 수만 있다면 대신 죽고 싶어요. 그렇게 좋은 아이가 좋은 남자 만나서 막 결혼한 참인데, 왜 이런 잔인한 일을 당해야 하는지. 세상에는 신령님도 부처님도 없어요. 이제는 아무것도 믿지 않을 겁니다.

　오토요의 부모가 비탄에 빠진 모습도 문서에 남아 있었다. 분량은 적지만 슬픔의 깊이, 사태의 심각성은 더 선명하게 느낄 수 있었다. 부모는 오토요가 누구의 원한을 살 아이는 아니었다고 말했다. 무라타야 주인과 결혼하기로 했을 때는 어릴 때부터 알던 주변 사람들이 모두 기뻐하고 축하했다고 한다. 불구佛具 장인인 부친은 자신의 기량 어딘가에 오만과 태만, 부처에 대한 무례가 있어서 딸에게 재앙이 내린 모양이라 여기고 부부가 함께 출가할 계획이라고 말했다. 하지만 실제로 출가하지는 못했다. 딸의 횡사로 받은 충격을 이겨내지 못하고 딸을 뒤따르듯 이후 1년이 되기도 전에 타계하고 말았기 때문이다. 모친은 쇠약사하고 부친은 밤에 강물에 떨어져 익사했는데 자살로 짐작된다고 한다.

　기타이치는 지저분한 수건으로 얼굴을 썩썩 닦고 눈을 끔뻑거리며 "아아!" 하는 의미 없는 소리를 질러 애써 기운을 차린 다음 네 번째 문서를 읽기 시작했다.

　이 문서에는 '유사한 점이 있어 수상하다'고 생각되는 사건들이 발생 날짜 순서대로 엮여 있었다. 먼저 오토요 사건 이전에 일어난 수상한 사건은 전년도 8월 말 고이시카와 양생소에도의 서민을 무상으로 진료하던 시설 근처 고케닌쇼군 직속의 하급 무사 저택에 기숙하며 일하던 열여섯 살 하녀 오마키가 대낮에 통칭 '이나리 골목'이라는 좁은 길로 심부름을 나갔다가 행방불명되었다──라는 것이었다.

그런데 이 사건은 또 다른 의미에서도 수상했다. 오마키가 자취를 감추고 한 달쯤 뒤, 유일한 친척인 숙모 부부(간다묘진 옆에서 찻집을 했다)를 찾아와 돈을 받아갔다는 이야기가 있기 때문이다. 숙모는 이 말을 완전히 부인하며 조카딸 오마키는 납치당한 거라고 낙담해 있었지만, 남편은 처조카 오마키를 그다지 좋게 보지 않았는지 어느 근본 모를 사내놈과 눈이 맞아 도망쳤을 거라고 했다. 오마키는 그 후에도 발견되지 않아 누구 말이 옳은지는 알 수 없었다.

그래도 짱구 산타로가 이 사건을 문서 앞머리에 배치한 까닭은, 가을이 되어 해가 짧아지는 계절이라 해도 환한 대낮에 팔팔한 열여섯 살 처자가 연기처럼 사라졌다는 불온함이 두드러지기 때문일 것이다. 오마키가 누구에게 납치당했든 스스로 자취를 감추었든 이목을 교묘하게 피해야 했을 것이다. 대낮에, 더구나 사람들이 오가는 상황에서도 그 일이 가능했기 때문에 오마키는 사라졌던 것이다.

그리고 오토요 사건으로부터 2년 후 11월 초순, 이리야 변두리에서 또 수상한 사건이 일어났다. 이때 행방불명된 사람은 자식 셋을 둔 스물아홉 살 오스에라는 여자다. 오스에의 남편은 오랫동안 이발사로 일해왔는데 손님을 상대하는 처지답지 않게 성질이 사납고 툭하면 다투었다. 발끈하면 숯가루에 불이 붙듯이 폭발해서 좀처럼 단골이 붙지 않았다.

그 모자람을 보완해준 이는 선녀 같은 미녀와는 거리가 멀어도 피부가 뽀얗고 머리카락 풍성하고 늘 미소를 잃지 않는 오스에였다. 오스에도 여성을 상대로 미용사 일을 했는데, 나이든 부인들은 친절한 오스에를 좋아해서 출장 미용을 부탁했다. 따라서 이발소는 남편이 혼자 운영하고 자식들 셋은 서로 챙겨주며(열 살 장녀의 도움이 컸다) 집을 지켜야 했다. 오스에는 종종 도구 상자를 들고 손님 집으로 출장을 갔다. 행방불명되던 날도 매월 초 머리를 만지는 손님 네 사람의 집에 출장을 마치고 이발소로 돌아가는 길이었다고 짐작된다. '짐작된다'고 한 까닭은 오토요와 마찬가지로 오스에도 어디에서 자취를 감추었는지 분명하지 않기 때문이다.

그날 네 번째 손님의 집은 이리야의 번화한 상가 북쪽 끝에 있어서 상가와 논밭이 섞여 있는 곳이었다. 손님은 그곳 지주이며 귀족의 후예라는 노파인데, 삭정이처럼 메말라 늘 자리보전을 하지만 매달 한 번 오스에가 와서 머리를 감기고 빗으로 다듬어주는 것을 낙으로 삼았다고 한다.

미용이라는 일은 날이 밝을 때 마쳐야 하므로 오스에가 노파의 집을 나선 시간은 오후 간식 때오후 2시 전후였다. 도중에 아는 채소 행상을 만나 잠시 이야기를 나누고 생기 있는 걸음으로 떠났다고 한다. 그러나 오스에는 남편과 자식들이 기다리는 이발소에 돌아오지 않았다. 이 행방불명 사건도 진상이 무엇인지는 알지 못한다.

맨 뒤에 후기가 있었다. 오스에의 남편은 아내가 돌아오기를 기다리다가 술에 빠져 3년 뒤 사망했고, 자식들은 친척과 지인들 집으로 뿔뿔이 흩어졌다고 기록되어 있다. 큰딸은 당시 열 살이었다고 하므로 지금도 수소문하면 만나서 이야기를 들을 수 있을 것 같았다. 기타이치는 짱구가 보내준 종이쪽지에 커다랗게 'O'를 그려서 책장에 붙여두었다.

이렇게 기타이치는 문서 기록을 차근차근 읽어나갔다. 종이쪽지 표식을 붙여두는 것만으로는 부족해서 쪽지에 요점을 적고 해당 책장을 즉시 펼쳐볼 수 있도록 종이쪽지를 붙여두기도 했다.

짱구 산타로가 선별해서 필사해준 사건들의 피해자는 연령에 폭은 커도 (아래로는 아홉 살 아이부터 위로는 일흔둘 노파까지) 전부 여성이었다. 물론 모두 오토요 사건과 비슷한 것은 아니었다. 가령 아홉 살 여자애의 경우는 자취를 감추고 나흘 뒤 집 근처 마른 우물에서 사체로 발견되었다. 아마도 운 나쁘게 추락하여 목숨을 잃었을 것이다. 일흔둘 노파는 하나카와도의 뱃놀잇집 여주인으로, 홀연히 자취를 감춘 지 8일 후 가게보다 하류에서 익사체로 발견되었다. 이것도 본인이 실족하여 강물에 빠졌으리라. 그 정도는 기타이치도 추측할 수 있었다.

그런데도 짱구가 일일이 필사해준 까닭은 확실한 사례를 열거하여 기타이치의 이해를 돕고자 했기 때문일 터였다. 사람은 종종 홀연히 자취를 감추기도 한다는 것이다.

　주변 사람들 모두가 문득 눈길을 뗀 사이. 어쩌다 만난 사소한 계기. 불행한 우연. 본인 의사와 무관한 사고. 본인에게는 그럴 마음이 전혀 없어도 곁에서 보면 '연기처럼' 사라지고 마는 일이 있다. 사고 때문이든 타인의 행위 때문이든.

　오토요가 홀연히 사라졌을 때 수군거리는 자들이 있었다. 이렇게 깨끗하게 자취를 감추다니, 남자랑 눈이 맞아 도망친 거네. 오마키 때도 오스에 때도 그런 자들이 나와서 소문을 퍼뜨렸으리라.

　하지만 역시 추측일 뿐이다. 사람은 본인 의사에 관계없이 깨끗이 사라질 수 있고 지워져버릴 때도 있다. 그 점을 새기며 기타이치는 종이쪽지에 장소와 이름을 적고 쪽지들을 순서대로 늘어놓았다.

　시간이 얼마나 흘렀는지, 문득 돌아보니 머리가 어지러웠다. 그래, 일찍 아침을 먹은 뒤로 아무것도 먹지 않았다. 더운 물은 고사하고 찬물 한 잔 마시지 않았다. 일단 우물로 나가려고 토방에 내려서 장지문을 열었다.

　어, 햇살이 붉게 변해 있다. 눈이 부셔 실눈을 뜨면서 한 걸음 나섰다가 하수구덮개 튀어나온 곳에 발이 걸려 휘청거리며 넘어지고 말았다.

　"앗, 기타 씨. 왜 그래?"

　어린 목소리가 들리고 뛰어오는 발소리도 들린다. 이웃 세입자 오히데의 딸 오카요다. 공책을 들고 있는 것으로 보아 부베 선생의 습자소에서 돌아온 참인가보다.

"아, 어서 와, 오카요 짱."

오카요는 기타이치 옆에 쪼그리고 앉아 작은 손으로 이마를 짚어 주었다.

"열은…… 없네. 기타 씨, 다리가 풀렸나봐."

"그런 것 같구나"라고 대답하는데 갑자기 위장이 천둥 치듯 구릉구릉 울렸다.

"이런, 창피해라."

아하하하~ 하고 얼빠진 웃음소리를 내는데 오히데가 밖에 나와 깜짝 놀랐다. 골무를 하고 있으니 바느질 부업을 하던 중이었을 것이다.

"기타 씨, 허리 다쳤어?"

오카요가 고개를 젓는다. "엄마, 기타 씨는 배가 고픈 거 같아."

그러자 오히데가, "아하하하~" 하고 웃었다.

"조금 이르지만 밥을 지어드리지. 마침 오늘은 우리 집이 밥 당번이니까."

도미칸 나가야 세입자들은 매사 돕고 사는데 식사는 그 '매사'에서도 제일 앞자리에 있다.

"오타쓰 씨~, 들었죠?"

오히데는 나가야의 제일 안쪽 집에 기대어 놓은 갈대발을 향해 활기차게 외쳤다. 노점을 하는 다쓰키치와 노모 오타쓰가 사는 방인데, 다쓰키치가 낮에 장사하러 나가면 오타쓰는 그 갈대발 그늘에 웅크리고 앉아 있다. 무슨 생각을 하는지 알 수 없지만, 오타쓰는 그곳에서 사바세계의 안 좋은 일들을 지켜보고 끊임없이 투덜투덜 욕을 하며 하루의 태반을 보낸다.

"지금 밥 지을 테니까 이따가 가지러 오세요~."

도미칸 나가야의 여인들은 다들 다부지다. 오히데는 명랑하고 오킨은 지기 싫어하며, 화내는 얼굴은 물론이고 눈살 찡그리는 것조차 보여준 적이 없는 오시카는 뭐랄까 '버드나무 가지가 눈 쌓였다고 부러질까'라는 말을 그대로 보여준다는 인상이다. 오타쓰 노파는 딱하게도 노망 때문에 늘 화를 내는 것일 테지만, 아들 다쓰키치가 건실하고 인품 좋은 상인인 것을 보면 노망들기 전에는 성실한 부인이었으리라.

오히데가 지은 하얀 밥을 오킨과 오시카가 주먹밥으로 쥐어서 기타이치가 그 자리에서 먹을 수 있게 해주었다.

"갓 지은 밥으로 만든 주먹밥이라 맛있지?"

"오카요도 먹을래? 엄마도 아예 일찍감치 저녁을 해결해버릴까."

기타이치는 오히데와 오카요가 집 앞에 내놓은 나무상자에 걸터앉아 따끈한 주먹밥을 먹고 목이 메지 않도록 종종 더운 물을 마시면서 건강한 여인들과 하루 일을 마치고 하나둘 나가야로 돌아오는 이웃 남자들을 바라보고 있었다.

"기타 씨, 어쩐지 풀이 죽어 보이네. 어디 아파?"

제일 먼저 걱정해준 사람은 오킨의 동생 다이치였다. 기타이치보다 두 살 어린 열다섯 살이지만 체격은 훨씬 다부지다.

"아니, 뭘 좀 하느라 바짝 긴장하고 나니까 너무 허기가 져서 눈알이 뱅뱅 돌더라고."

나란히 앉아 주먹밥을 우적우적 씹던 오카요가 과장스럽게 눈을 동그랗게 떴다.

"폭삭 엉덩방아를 찧었어."

"폭삭? 거 참 큰일날 뻔했네."

행상 도라조가 돌아오자 풍로를 꺼내 놓고 팔다 남은 생선을 굽기 시작했다. 기타이치가 그 연기 속에서 일어섰다.

"잘 먹었습니다. 내일은 행상을 나가니까 돌아오는 길에 쌀과 소금을 사올게요."

고소한 연기 속에서 오히데와 오킨이 힐끔 얼굴을 마주보았다. 그리고 오킨이 말했다.

"기타 씨, 정말 기운이 하나도 없네. 괜찮아?"

괜찮아요, 괜찮아요, 하며 손을 살랑살랑 젓고 자기 방으로 들어갔다. 실은 괜찮지 않다. 연기처럼 행방을 감춘 여자들 모습과 친근한 이웃 세입자 모습이 겹쳐 떠올라 가슴이 못 견디게 먹먹했다.

내가 소중히 여기는 누군가에게 그런 무서운 일이 닥치지 않기를. 뱃속에서 진저리가 쳐지도록 힘을 주고 기도했다.

오토요, 오마키, 오스에, 기타이치가 종이쪽지에 적어둔 행방불명된 여인들의 가족과 친한 지인들도 아마 기타이치처럼 기도했겠지. 하지만 소용없었다. 기도는 전해지지 않고 소망은 이루어지지 않아, 사라지는 여인들의 이름만 늘어갔다.

그날 밤 나가야 사람들이 모두 잠든 뒤 기타이치는 조메이탕으로 갔다. 기타지에게 잔소리 듣기 전에 먼저 대패를 잡고 지저분한 나무판과 마주했다. 기타지는 땔감더미를 분류하고 있었고, 기타이치가 대패질을 시작하자 그 더미를 돌아 흰둥이와 얼룩이가 나타났다.

사악, 사악. 무릎을 구부렸다 폈다 할 때마다 대팻밥이 떨어진다. 기타이치의 말없는 동작을 흰둥이와 얼룩이가 옆에 나란히 앉아 얌전히 지켜보고 있다. 턱, 하고 대패가 걸려 기타이치의 자세가 무너지자 개들도 귀를 쫑긋하거나 고개를 갸웃거렸다.

"손목이 굳었군."

기타지의 무뚝뚝한 목소리가 날아왔다.

"쓸데없이 힘을 주니까 대패가 걸리지."

기타이치는 말없이 팔과 무릎을 계속 움직였다. 머리가 점점 멍해지고 눈앞이 어두워지고…… 문득 정신을 차리니 가마실 바닥에 누워 있었다.

시선이 닿는 곳은 온통 별이 깔린 하늘이었다. 발이 따뜻한 건 가마불 때문이다. 몸 양쪽이 따뜻한 건 얼룩이와 흰둥이의 북슬북슬한 털 사이에 끼어 있기 때문이다.

내가 기절했나.

칠칠치 못하게. 발딱 일어설 기운도 없네. 에라 모르겠다, 하며 별 하늘을 올려다보니 대패질 소리가 들린다. 슥, 슥, 슥. 훨훨 허공으로 날아오른 긴 대팻밥이 기타이치 몸으로 날아왔다. 윗몸을 일으키고 살펴보니 기타지가 나무판에 대패질을 하고 있었다.

한 치의 낭비도 없는 강하고 부드러운 동작. 무릎을 굽히고 펴는 동작에도 덜걱거리는 기미가 없다.

시범을 보여주고 있다.

대패질 소리. 가마 속에서 땔감이 터지는 소리. 종종 날아오르는 미세한 불티. 흰둥이와 얼룩이의 콧김 소리.

달력으로는 봄이지만 오늘 밤은 한층 쌀쌀하다. 어두운 가마실 바닥에서 기타이치와 흰둥이와 얼룩이의 입김이 하얗게 섞인다. 하지만 기타지의 숨은 전혀 흐트러지지 않고 녀석의 입김도 하얘 보이지 않는다. 기타이치는 눈을 감고 조금만 더 쉬기로 했다.

나중에 일어나 남은 100번을 끝내자.

8

짱구가 보내준 문서와 시중 지도를 보면서 사흘을 보내고 나니 기타이치의 사고도 손 맡에 있는 비망록도 제법 체계가 갖추어졌다. 이른 아침 나가야에서 공방으로 가려고 하는데, 이때를 기다렸다는 듯이 기타나가호리초 반야의 서기가 찾아왔다.

최근 며칠간 기타이치의 마음처럼 날은 풀리지 않고 추위가 심해서, 달력으로는 봄인데 매화 봉오리가 얼어붙지나 않을까 걱정될 정도였다. 그날 아침도 날은 흐려서 서기는 감기에 걸렸는지 목소리가 갈라져 있었다.

"요리키 구리야마 나리께서 기타 씨를 부르십니다."

낯익은 서기는 언제 만나도 온화하고 친절한 아저씨인데 왠지 기타이치에게 존대를 한다.

"고맙습니다. 바로 찾아뵙겠습니다."

꾸벅 인사하고 바로 집을 나서려고 했다. 문서와 눈싸움만 하고 있을 수는 없으므로, 다른 때보다 조금 적게 팔더라도 행상은 거르지 않고 있었다. 스에조 영감 보기가 미안하기 때문이다. 그래서 마음이 급했다.

"잠깐만요, 용건이 하나 더 있습니다. 간에몬 씨에게 부탁받은 것도 있어요."

도미칸을 정식 이름으로 부르는 것도 이 서기밖에 없다.

"이곳에 찾아가 보라고 하시더군요."

여기, 하며 건네준 것은 접어서 매듭지은 종이쪽지였다. 그 자리에서 풀어보니 시중 지도의 일부를 옮겨 그린 것이다. 가장자리에 '고무라이무라'라고 적혀 있고 논밭과 사찰, 농가, 그리고 표식이 될 만한 지장당지장보살을 모신 작은 사당, 커다란 감나무 따위가 그려져 있다. 그리고 목적지에 동그라미(○)가 쳐져 있었다.

그곳은 은거한 사와이 나리의 집이다. 문서와 글자에 푹 빠져 지낸 기타이치의 머릿속에 며칠 전 도미칸과 나눈 대화가 떠올랐다.

"무슨 용건인지 아시겠소?"

서기의 물음에 이번에도 힘차게 고개를 숙여 인사했다.

"알고말고요. 고맙습니다."

뛰어나가려고 하다가 급하게 뒤를 돌아보며 소리쳤다. "어서 감기 나으세요!"

서기는 입을 손으로 막고 콜록콜록 기침하며 전송해주었다.

공방에 도착하니 스에조 영감을 필두로 공방 식솔들이 한 자리에 모여 에이카가 그려준 새로운 그림을 보고 있었다. 어제 저녁 오우미 신베에가 가져다주었다고 한다. 매화꽃 다음이니 벚꽃과 유채꽃일 것이다. 계절에 맞게 문양을 바꾸는 문고는 제철보다 조금 일찍 팔기 시작하므로 이제부터 바빠질 것이다.

"쓰바키야마 나리의 친척 중에 경사를 맞은 분이 계시다고 하더군. 에이카 님과 시녀님은 본저로 불려 가시고 신 씨까지 종종 호출을 받아서 경황이 없나 봐."

덕분에 기타이치는 요즘 공방에서 신베에와 마주치지 않을 수 있었던 것이다.

스에조 영감에게는, "따로 급한 볼일이 생겨서"라고 양해를 구하고 멜대에 싣고 나갈 수량을 줄이고 있는데, 신베에를 만나버리면 그렇게 쉽게 넘어가기 힘들다. 신베에가 안색을 살피며 걱정하는 말을 하면 아마도 "실은요" 하며 다 털어놓고 말 것이다.

하지만 새로운 단서를 하나도 찾지 못한 상태에서 무라타야 사건을 재조사하고 있다고 떠벌일 수는 없다. 일단은 신베에와 계속 길이 엇갈리는 것이 마음 편하다.

기타이치가 오늘 팔 붉은 술 문고를 멜대 양쪽 짐칸에 싣고 있는데 스에조 영감이 다가와,

"기타 씨, 어째 기운이 없어 보이네" 하고 말했다. "감기라도 걸렸나?"

기타이치는 서기가 그랬던 것처럼 콜록콜록 기침하는 척했다. "간밤에 자는데 춥더라고요."

스에조 영감은 자기 목을 만져 보이며, "파를 송송 썰어 사발에 가득 담고 된장을 한 숟가락 넣고 젓가락으로 잘 비벼. 거기에 팔팔 끓는 물을 부어서 풀고 후후 불면서 마셔보라고. 식으면 안 돼, 뜨거울 때 마시는 거야."

감기가 뚝 떨어지지, 라고 일러주었다.

공방을 나선 기타이치는 후카가와 모토마치의 이발소로 향했

다. 우타총의 가게다. 구리야마 나리와 은거한 사와이 나리를 찾아가야 하므로 오늘은 행상을 다닐 수 없다. 문고들을 이발소에 두고 혹시 원하는 손님이 있으면 팔아 달라고 부탁할 생각이다.

잔소리를 각오하고, "피치 못할 사정이 생겨서……"라고 변명부터 꺼내는데 우타총이 커다란 눈으로 기타이치의 머리끝에서 발끝까지 훑어보더니,

"좋아. 맡아주지. 마침 나도 붉은 매화 흰 매화가 그려진 문고를 한두 개 더 사려고 하던 참이야."

하고 받아주었다. 키와 폭이 다 넉넉한 우타총 몸에서 거대한 후광이 비쳐 기타이치는 허리를 꺾어 절했다.

"혹시나 해서 말하는데, 장사 땡땡이치고 센 짱한테 혼날 짓 하려는 거면 곤란해."

"대장 위패를 걸고 맹세하건대, 전혀 아닙니다."

"그럼 됐네. 다녀와."

구리야마 나리는 낮에는 관청에 출근하는데, 검시할 일이 생기면 언제 귀가할지 알 수 없다. 오라는 지시를 받았지만, 간다고 바로 만날 수 있을지 확실하지 않았다. 그래도 기타이치는 고부네초 2초메로 향했다. 고무라이무라에 가서 사와이 은거 나리에게 지금까지 알아낸 것을 보고할 때 구리야마 나리에게 받은 의견을 보태는 것이 좋겠다고 생각했기 때문이다.

매듭끈가게 '아즈사'에 가보니 오사토가 손님을 응대하고 있고 계산대 안쪽에서는 솜옷을 입은 구리야마 슈고로가 책상에 커다

란 장부를 펴고 앉아 붓으로 뭔가를 쓰고 있었다.

기타이치가 툇마루로 돌아가 인사하자 올라오라고 손짓하더니,

"오사토한테 얘기 들었다."

라며 말머리를 놓았다.

"시치켄초의 산타로라면 문서 담당 미와타 밑에서 일하는 자로군. 나도 소문은 들었지만 이 정도로 문서 귀신인 줄은 몰랐지."

문서 귀신이라니, 참으로 마침맞은 표현이다. 짱구님의 인품은 귀신과는 정반대지만 기억력에 관한 한 귀신 뺨치는 능력이 있으니까.

"원본은 그대로 두고 내 의견은 이쪽에 적어두었다."

손 밑에 펴 놓은 장부를 일단 덮어서 기타이치 쪽으로 밀어주었다.

"고맙습니다. 저도 서툴기 짝이 없는 가나뿐이지만 비망록을 만들어 보았습니다. 그리고 이것도."

품에서 시중 지도와 비망록을 꺼내 구리야마 앞에 펴 놓았다. 시중 지도에는 사건이 일어난 장소를 표시하고 날짜를 적어 두었다. 이것을 보면 머릿속이 어지럽지 않고, 짱구의 문서에 기록된 사건들의 전체 흐름이 일목요연하게 보인다.

짱구가 문서 네 권으로 정리해준 사건들은 모두 열세 건. 전부 여성의 행방불명이다. 그중에서 기타이치가 무라타야 오토요 건과 관계가 있을 법하다고 생각한 사건은 여섯 건.

공통되는 중요 요소로는,

• 본인에게나 가족에게나 행방불명이 될 만한 상황(애정, 부채, 주변인과의 갈등 등)이 없다.

• 직전까지도 평소처럼 지냈다. 행방불명될 당시의 외출 이유도 장보기, 용무, 강습 등 부자연스러운 점이 없다.

• 남은 가족도 사태를 의아하게 생각하며 행방을 찾으려 했다.

• 그 후 당사자가 목격되었다는 소식은 풍문처럼 모호한 형태로도 들려오지 않았다. 혹은 기별을 전하지 않았다.

• 여섯 건 모두 사체가 발견되지 않았다.

그 밖의 일곱 건은 이 조건을 충족시키지 못한다. 가령 이나리 골목의 오마키는 그 후 돈을 구하러 나타났다. 아홉 살 아이와 일흔두 살 놀잇배가게 여주인은 언뜻 보기에 사고에 따른 익사로 보인다. 오토요 사건으로부터 마침 10년 후, 아사쿠사 신토리고에초라는 작은 마을에서 춤 강사가 행방불명되어 이웃 주민과 제자들을 놀라게 했지만, 반년쯤 후 실은 강사에게 남들이 모르는 정부가 있어서 함께 자취를 감추었다는 사실이 밝혀졌다. 처자식이 있던 이 정부는 아내에게 편지를 남겼는데, 눈에 잘 안 띄는 곳에 끼워둔 탓에 금방 발견하지 못한 것이 소동의 원인이었다. 나머지 세 건은 행방불명이 된 지 보름 안에 사체가 발견되었고 용의자도 있었다. 다만 체포하지는 못했다는 점, 세 건의 사체에 구타 흔적이 남아 있었다는 점 때문에 짱구가 '수상하다'는 범주에 넣었을 것이다.

이리하여 기타이치가 선별한 여섯 건은 오토요 사건을 더하여 일곱 건. 시중 지도에는 일곱 군데에 동그라미(○) 표시가 되어 있었다. 그 위치는 한눈에 알 수 있을 만큼 고루 흩어져 있고, 일어난 시기도 띄엄띄엄이었다. 여기에 뭔가 의미가 있는 걸까?

"심혈을 기울였구나."

구리야마는 칼칼한 목소리로 그렇게 중얼거리고 기타이치의 비망록을 훑어보기 시작했다. 종종 확인하려는 듯이 시중 지도 쪽으로도 시선을 옮겼다.

기타이치는 구리야마의 비망록을 읽었다. 짱구의 문서보다 한자가 많아 서글프게도 해석할 수 없는 구절이 많았다. 다만 대형 장부를 전부 활용한 커다란 그림이 들어가 있어서 살펴볼 수 있었다.

"……혼자 용케 정리했어."

구리야마는 굵은 한숨을 토하고 그렇게 말했다.

기타이치는 꿇은 무릎 위에 손을 놓고 공손히 말했다. "짱구님이 문서로 정리해 주지 않았다면 저는 아무 생각도 못했을 겁니다."

구리야마도 턱을 쓰다듬으며 고개를 끄덕였다.

"오토요가 사라지기 한 해 전에 일어난 사건에서부터 헤아리면 30년 가까이 되었는데 이렇게 세세한 기록을 용케 모아두었구나."

짱구는 각 사건의 내용을 거기 정리한 순서대로 전해들은 것은 아니다. 그 시기는 기록에 일일이 토를 달아서 밝혀 두었다. 그도 그럴 것이 문서로 정리되어 있는 열세 건의 '수상한' 사건은 모두 혼조 후카가와 이외의 지역에서 일어났다. 그러므로 모시치 큰대장, 마사고로 대장, 센키치 대장의 눈과 귀에 곧장 날아들지는 않았을 것이다. 10년 가까이 지난 뒤에야 전혀 다른 사건과 관련하여 내용을 알게 되는 경우도 있었다. 짱구는 그것을 빠짐없이 기억하고 끈기 있게 수집해주었던 것이다.

"지금까지 이 사건과 관련하여 누구와 이야기해보았나?"

"관리인 간에몬 씨한테 당시 이야기를 조금 들었습니다. 그래서."

다음은 사와이 은거 나리를 만나러 갈 거라고 말하자 구리야마 슈고로는 바로 일어섰다.

"지금 고무라이무라로 갈 수 있느냐?"

예?

"예, 나리 말씀을 듣고 가려고 했으니까요……."

"그럼 나도 가자. 같은 얘기를 두 번 하지 않아도 될 테고, 사와이 부친 나리 의견도 들어보고 싶다."

사와이 부친 나리? 기타이치가 입을 멍하니 벌리고 있자 구리야마가 빠르게 말했다.

"왜 먹이 조르는 잉어 같은 얼굴을 하고 있나. 이건 서두를 가치가 있는 중요한 사안이야."

그는 오사토를 불러 칼칼한 목소리로 뭔가를 지시하고 안쪽 방으로 들어갔다. 기타이치는 펼쳐 놓은 문서와 비망록, 시중 지도를 정리하여 보자기에 싸고, 이번에는 품에 넣기에는 너무 부피가 나가므로 등에 둘러메고 단단히 묶었다.

화로 숯불 빛깔과 보글보글 끓는 무쇠주전자의 김을 멍하니 바라보는데 구리야마가 외출 준비를 마치고 나왔다. 자갈무늬 고소데통소매 평상복에 줄무늬 히라바카마(옷자락이 길게 발목까지 내려오는 하카마). 여기에 가타기누(어깨가 강조되도록 풀을 세게 먹인 민소매 겉옷)를 걸치면 쓰기카미시모가타기누와 하카마를 서로 다른 옷감이나 색깔로 구성하는 것. 일종의 약식 예복가 되지만, 지금은 공무로 외출하는 것이 아니므로 부쓰사키바오리칼을 차거나 말을 탈 때 불편하지 않도록 허리께까지 터놓은 하오리를 입었다. 먼 길을 앞두고 추위와 흙먼지를 대비한 옷차림이다.

"방금 비각에게 부탁하고 왔어요."

오사토가 밖에 나갔다가 돌아와 말했다.

"사와이 은거 나리 댁에 곧 도착할 거라고 기별해 달라고요. 기타이치 씨, 나리의 도구 상자를 들고 같이 가주실 거죠?"

'아즈사'를 바삐 나설 때 오사토가 구리야마와 기타이치의 등 뒤에서 부시를 쳐서 정화를 해주었다먼 길 떠나는 이를 위해 부싯불로 정화하는 관습이 있었다.

"조심해서 다녀오셔요."

성큼성큼 앞서는 구리야마를 뒤따르는 기타이치의 마음속에도 불꽃이 튀어올랐다.

주변은 온통 논밭이어서 두렁길이 종횡으로 뻗어 있다. 마구간이 딸린 초가지붕 저택, 곡물창고, 농기구 창고가 점점이 흩어져 있는 고무라이무라 풍경 속에서 관개용수로 옆에 처마보다 높은 수차가 돌고 있는 농가를 보지 못하고 지나치는 일은 없다.

은퇴한 사와이 나리는 고소데 밑에 작업복 바지를 입고, 진바오리 같은 찬찬코(소매 없는 상의) 위에 목도리를 둘둘 감은 모습이다. 사와이 렌주로는 은퇴한 뒤에도 기타이치가 볼일이 있어서 찾아가 보면 기나가시하카마를 입지 않는 약식 복장든 하오리든 늘 비단옷을 입었고, 테두리를 비로드로 마감한 셋타를 신고 있었다. 그랬던 사와이 렌주로가 농가에서 은퇴 생활을 하는 노인으로 변모했는데 정말이지 잘 어울렸다.

기타이치와 함께 온 요리키 구리야마 슈고로를 보고 은거 노인은 조금 놀란 얼굴을 했다. 검시의 고수이며 성격이 별난 독불장군 구리야마 슈고로가 왜 기타이치와? 하는 표정이다.

구리야마는 마치부교소의 요리키이고 사와이는 은퇴한 도신이므로 신분은 구리야마가 더 높다. 하지만 천생 별종인(말이 심했다면 세상을 제 편한 대로 살아가는) 구리야마는 신분이나 가문 따위에 관심이 없는 사람이다. 오랜 세월 도신으로 일해 온 경험 풍부한 은거 노인에게 무뚝뚝하지만 정중하게 인사했다.

"오랜만입니다. 집이 참 괜찮군요."

자못 구리야마다운 인사였다. 그 말에 은거 노인도 정중하게 대답했다.

"구리야마 나리, 일단 불 옆으로 오르십시오."

은거 노인의 안내로 구리야마는 이로리 앞에 털썩 앉았다. 기타이치는 그 뒤에 조아리고 앉았다.

도미칸에게 들었던 은거 노인을 시중든다는 노파와 그 아들은 보이지 않았다. 대신 기타이치와 구리야마는 한 여성을 소개받았다.

나이는 삼십대 중반에서 사십대 정도나 될까? 왜 그렇게 짐작했느냐고 묻는다면 표정, 특히 입가와 눈가의 잔주름, 그리고 목덜미의 인상이다. 그래도 피부는 희고 매끄럽고 우바코 머리_{여성의 평상시 머리 모양으로, 정수리 뒤에서 머리를 한 데 묶고 좌우에 고리 모양을 만들어 비녀와 비슷한 고가이를 질러 고정하고, 남은 머리카락을 또아리 밑동에 둘둘 감아 고정한다}에도 새치가 거의 보이지 않았다. 세련된 잿빛 삿자리무늬 고소데에 대나무무늬 주야오비_{겉과 안이 다른 천으로 지은 여자 옷의 띠}를 로코 매듭_{오비 묶는 방식 가운데 하나}으로 묶었다. 체구가 작지는 않지만 조릿대처럼 아담하다는 인상이다.

상가의 안주인……처럼 보이지는 않는다. 화류계 출신……처럼 보이기도 한다. 기품이 있으니 귀인의 시녀……라고 하기에는 살짝 어울리지 않는 분위기가 있다. 기타이치가 아는 귀인의 시녀(의 우두머리)는 느티나무집의 세토 님뿐인데, 그분은 관록과 기품이 있으면서 어딘지 동녀 같은 귀여운 구석도 있어서(이런 소리를 했다가는 단칼에 베일 테지만) 모난 구석이 조금도 느껴지지 않는다.

어떤 사람일까. 물 흐르는 듯한 동작으로 차 대접을 준비하면서 사와이 은거 나리를 시중드는 모습은 하녀라기보다 부인 같은 인상이다. 앞치마도 멜빵도 없으니 요리점 여주인이 귀한 단골을 몸소 접대하는 것처럼 보이기도 한다.

혹시 사와이 은거 나리와 동거하는 사람인가? 도미칸도 모르게? 기타이치가 당혹감이 얼굴에 드러나지 않도록 애쓰는데,

"기타이치, 괜한 생각 하지 마라. 나는 진즉에 고구마말랭이보다 더 말라버린 몸이니까."

하며 은거 노인은 쓴웃음을 지었다. 구리야마의 눈이 게슴츠레해졌다. 흥미가 솟아날 때의 표정이다.

"구리야마 나리, 이쪽은 예전에 제 '풀#'로 일하던 여인입니다."

은거 노인이 소개하자 여자는 이로리 뒤쪽으로 한 단 내려선 자리에 단정하게 앉아 손가락을 모으며 절했다.

'풀'은 정보원을 말한다풀처럼 지극히 평범한 모습으로 한 지역에 자리 잡고 살지만 실은 특정 정보나 인물을 추적하는 간첩을 이르는 은어이다. 조메이탕의 기타지가 그런 자가 아닐까 하고 막연히(하지만 꽤 가능성이 높다고) 생각하는 기타이치이지만, 설마 이곳에서 진짜배기 간자를 만날 줄은 생각지도 못했다.

기타이치는 잠깐 눈이 휘둥그레졌으나, 구리야마는 이로리 불 앞에 양손을 비비며 요즘 계절에 어울리지 않는 말이지만 선선한

얼굴을 하고 있었다.

놀랄 일이 전혀 아닌 모양이군.

그러고 보니 사와이 은거 나리는 현역 시절 내내 혼조 후카가와만 담당했던 것은 아니다. 마치를 관리하는 관리에도 다양한 직책이 있다. 다른 직책으로 옮기면 그만큼 인맥도 확대될 테고 오캇피키에게만 맡겨둘 수 없는 사안도 생기므로 간자를 활용하는 것은 능히 있을 수 있는 일이다.

"예전이라면?"

구리야마가 가볍게 묻자 은거 노인은 턱을 당기며 대답했다.

"지금은 그 일을 떠나 이 마을에 사는 지인 집에서 지내고 있습니다. 이 허름한 집에도 가끔 도와주러 옵니다만."

이 대목에서 기타이치 얼굴을 똑바로 쳐다보며 계속했다.

"네가 28년 전 여름에 일어난 무라타야 오토요 사건을 재조사하려고 한다는 것. 그밖에 비슷한 사건이 여러 건 있는데 혹시 동일범의 짓은 아닐까 생각한다는 것은 간에몬한테 들었다. 사실이냐?"

기타이치는 아랫배에 힘을 주고 대답했다. "그렇습니다."

"이렇게 구리야마 나리까지 나서실 만큼 분명한 근거가 있느냐?"

기타이치보다 먼저 구리야마가 대답했다.

"나도 한번은 같이 얘기해볼 가치는 있다고 생각하고 있소."

아들 사와이 렌타로는 영리한 사람이지만 부친 사와이 렌주로는 대흑천칠복신 가운데 하나로, 풍만한 체구에 인자하게 웃는 노인 모습으로 알려져 있다 같은 풍모를 하고 있다. 머리카락뿐만 아니라 눈썹과 수염도 절반 이상 하얘진 지금은 한층 온화한 인상을 풍긴다.

그러나 지금 구리야마의 말을 듣는 노인의 눈 속에는 번들거리는 빛이 스쳤다. 바늘처럼 예리한 빛이다.

"그러시군요. 알겠습니다."

그렇게 말하고 은거 노인은 요리점 여주인 같은 여인에게 시선을 돌렸다.

"이 사람은 지금은 오케이라는 이름을 쓰고 있습니다."

여자는 다시 바닥에 손가락을 대고 "케이라고 합니다"라고 인사했다. 목소리가 샤미센의 저음처럼 들렸다.

"구리야마 나리께서 오실 거라는 기별을 받고 오케이를 부른 데는 다 이유가 있습니다. 자세한 이야기는 기타이치의 이야기를 듣고 난 뒤에……."

은거 노인의 말허리를 자르듯이 구리야마는 기타이치가 등에 둘러메고 온 문서꾸러미를 집어 들고 이로리에서 조금 떨어진 자리로 옮기더니 먼저 시중 지도부터 펼쳤다.

"이 지도를 보면서 이야기하는 것이 이해가 빠를 거요. 자, 기타이치. 이제 네 설명을 들어보자."

기타이치는 이야기를 처음부터 시작했다. 애초에는 스에조 영감의 마음을 바꾸고 싶은 바람에서 시작했다는 것부터 솔직하게.

사건의 다양한 면에 대해서는 비망록을 만들며 생각을 정리해

왔으므로 막힘없이 설명할 수 있었다. 사와이 은거 나리는 시중 지도를 뚫어져라 들여다보며 이야기를 들었다. 구리야마 나리는 여전히 게슴츠레한 눈이었다. 이로리의 불기운을 닿지 않는 기타이치의 등에 차가운 외풍이 불고 있지만 기타이치는 긴장한 탓에 어느새 땀을 흘리고 있었다.

설명이 일단락되자 오케이가 가볍게 일어나 마른 수건을 가져다주었다.

"조금 더 가까이 옮겨서 불을 쬐시지요. 그곳은 찬바람이 붑니다."

살짝 억양이 느껴지는 특징적인 말투였다. 낮지만 알아듣기 쉬운 목소리였다.

그리고 커다란 잔에 더운 물을 가득 따라주어서 기타이치는 고맙게 목을 적셨다.

"열세 건 가운데 여섯 건이라……."

은거 노인은 기타이치가 표시를 해둔 시중 지도를 양손으로 펴 들고 다시 찬찬히 살펴보았다.

"제가 그렇게 생각하는 것일 뿐 시각을 달리하면 건수는 더 늘어날 수도 줄어들 수도 있습니다."

"그런데 산타로의 사본에 나오는 첫 번째 사건은 아무래도 본인이 가출을 한 것 같군. 그렇다면 비슷한 사건으로 묶을 수 있는 것은 오토요 사건이 처음인 것 같은데."

그렇게 말하며 은거 노인은 오케이에게 시중 지도를 넘겼다.

오케이는 보물이라도 다루듯 지도를 받아들고 널문으로 구획된 옆방으로 모습을 감추었다. 잠시 후 시중 지도를 붙인 머릿병풍을 가져왔다. 기타이치는 놀라며 머릿병풍 옮기는 것을 거들었다.

"밥풀로 붙여보았습니다. 이 지도는 하나밖에 없겠지요. 더러워지지 않도록 조심해야 할 것 같아서" 하고 오케이는 말했다.

주변머리 있는 사람이군. 기타이치가 아는 범위에서는 오사토가 그런 사람이다.

구리야마는 이로리 옆에서 허리를 꼿꼿이 펴고 특유의 컬컬한 목소리로 말했다.

"여섯 건으로 한정해서 생각하자면, 오토요 사건이 28년 전 유월. 다음 사건은 그로부터 2년 뒤인 26년 전 11월. 세 번째는 공백이 길어서 20년 전 2월. 네 번째는 그로부터 다시 8년 공백이 있었고, 그런데 다섯 번째 사건은 겨우 반년 만에 일어났는데,"

"여섯 번째는 5년 전. 역시 2월이군요. 세 번째는 월말이고 이쪽은 월초라는 차이가 있지만."

기타이치는 두 나리의 말을 머릿속으로 확인해가면서 들었다. 그러다가 마음먹고 입을 열었다.

"5년 전 2월부터 지금까지는 수상해 보이는 사건이 발견되지 않았습니다. 하지만 짱구님 귀에 들어가지 않았을 뿐 어디선가 일어났는지도 모릅니다. 문서에 있는 열세 건도 짱구님이 알게 되기까지 몇 년이 걸린 경우도 있었으니까요."

두 나리는 이로리 불을 노려보며 말이 없고, 오케이는 기타이치 얼굴에 시선을 고정한 채 가볍게 눈을 깜빡였다. 기타이치의 말을 인정하는 것인지 어떤지 읽어내기 힘든 눈 깜빡임이다. 다만 그렇게 정면에서 쳐다보니 오케이는 중년치고 제법 아름다워서 젊을 때는 주변에 미인으로 널리 알려졌을 것 같았다.

"하고 싶은 말은 많지만 오토요 건부터 시작하지. 어차피 그게 시작이었으니까."

구리야마는 이제 게슴츠레 눈이 아니었다. 뭔가를 재는 듯이 실눈을 뜨고 말했다.

"산타로 문서의 검시 기록을 보면 오토요의 신상에 어떤 일이 일어났는지 어느 정도는 추측할 수 있다."

그리고 은거 노인에게 얼굴을 돌렸다.

"사와이 부친 나리."

아들 사와이 렌타로가 있으니 이 호칭도 납득할 수는 있지만, 구리야마의 입에서 나오니 재미있게 들린다.

"예!"

요리키와 도신의 신분 차이가 있으니 은거 노인이 등을 펴고 대답했다.

"먼저 한 가지 분명히 말해두겠소. 이 사건은 기타이치가 발굴해낸 거요."

기타이치의 사건이다.

"나는 검시를 조금 알고 있어서 고문으로 관여하고 있소. 부친

나리도 의견이 있다면 전부 기타이치에게 전해주기 바라오."

은거 노인과 오케이의 눈이 휘둥그레졌다. 하지만 이내 자세를 가다듬었다.

"잘 알겠습니다. 기타이치, 잘 부탁한다."

기타이치가 놀라서 말을 잇지 못하는데 구리야마가 문서 가운데 오토요의 검시 기록을 폈다.

"먼저 오토요가 어디서 목숨을 잃었는가, 장소가 어디인가 하는 문제부터."

목숨을 앗아간 것은 왼쪽 유방 아래의 찔린 흉터이다. 흉기가 심장을 찌르고 왼쪽 폐를 관통하여 자칫 등까지 관통할 뻔한 깊은 상처였다고 한다.

"비수나 와키자시 같은 칼로 찌른 것은 아니다. 칼로 찔렀다면, 외날이라면 상처에서 날이 있는 쪽에, 양날이라면 상처 양쪽에 창상이 생겼을 텐데, 오토요의 상처에는 그게 없다. 다만 아주 가는 끈이 지나갈 만한 둥근 구멍이 있을 뿐이다. 이 점을 감안하면 흉기는 물건에 구멍을 뚫는 데 쓰는 송곳 같은 것이고, 그 길이는 최소한 두 치가 넘는다."

그 상처에서 피가 과도하게 나와서 오토요는 절명했다.

"사체가 발견된 덤불과 그 주변에는 많은 피를 흘린 흔적이 없었다. 검시할 때 관리들이 근처 마을의 주민을 앞세워 상당히 넓은 범위를 수색했다고 한다. 그래도 피가 고인 자리나 핏자국은 찾지 못했다고 기록되어 있다."

숲이나 산속에는 짐승과 새와 벌레가 있어서 사람 피가 떨어지면 금방 몰려든다. 오토요의 사체가 발견된 덤불 주위에는 그런 흔적도 찾을 수 없었다.

"그렇다면 오토요는 다른 곳에서 살해되어 센다가야 숲의 그 덤불까지 옮겨졌을 것이다. 몸에 걸친 옷과 오비, 내의에는 피가 그리 많이 묻어 있지 않았다고 하므로 살해될 때는 다른 옷을 입고 있다가 나중에 갈아입혀졌을 것이다. 게다가 사체에 남아 있던 멍을 통해서도 짐작되는 점들이 있다."

오토요 몸 여기저기에는 검붉은 멍이 흩어져 있었다. 찢어진 상처는 아니지만 멍 상태로 보아 고통스러웠으리라.

"기타이치는 이런 멍이 구타당해서 생긴 거라고 생각하는 모양인데……."

그건 오해다, 라고 말했다.

"네가 사체를 더 능숙하게 읽을 수 있게 되면 자연히 알게 되겠지만."

사람 몸에는 손발 구석구석까지 피가 돌고 있다. 그야말로 살아 있는 피다. 그러나 사람이 죽으면 피도 죽어서 흐름이 멈춘다.

"흐름이 멈추면 피는 물과 마찬가지로 낮은 곳에 고인다. 사체가 바로 누워 있었다면 등 쪽에, 엎드려 있었다면 배 쪽에, 좌우 어느 쪽이든 모로 쓰러져 있었다면 그 아래쪽에."

피가 고인 자리는 외부에서 보면 멍처럼 보인다고 한다.

"이 시반을 제대로 읽으면 사람이 절명한 후 어떤 자세로 있었는지를 상당히 정확하게 추측할 수 있다."

그렇다면 오토요의 사체는 어떤가.

"대부분의 시반은 몸뚱이 아래에 흩어져 있는데, 특히 등에 있는 커다란 멍은 오토요가 절명하여 피 순환이 멈추자 즉시 바로 눕혀졌다는 것을 보여준다. 온몸의 피가 전부 아래로 고일 때까지…… 길게는 한나절 정도 걸릴 텐데, 그렇게 바로 눕혀진 채 움직이지 않았다는 것을 보여준다. 양팔과 양 무릎 밑의 시반은 대부분 오른쪽 면에 치우쳐 흩어져 있는데, 이는 몸이 조금 기울어 있었기 때문일 것이다."

기타이치는 어느새 모이를 조르는 아기 새처럼 입을 벌리고 있었다.

"그 멍이…… 타박상이 아니었다니."

그렇다, 하고 구리야마는 고개를 끄덕였다. "현장에서 기록을 남긴 검시관은 읽는 사람이 일정한 지식을 갖고 있다는 것을 전제로 기록했다. 그래서 그냥 '멍'이라고 적고 위치와 크기를 표시해 두었다. 만약 구타나 압박으로 생긴 멍이라고 생각했다면 형태나 색의 농도에 대해서 더 상세히 기록했겠지."

구타로 생긴 멍은 (구타당하거나 짓눌린) 중심부가 진하고 거기서 멀어질수록 옅어진다는 특징이 있다. 그 멍을 만든 물체(손이나 발이나 도구나 무기)의 형상을 추측할 수 있는 경우도 있다. 이에 반해 시반은 단순히 피가 밑에 고여서 생긴 것이므로 낮은 자리는 진하고 높은 자리는 옅어진다.

"예. 시반……입니까."

기타이치는 다시 식은땀이 흘렀지만 요란하게 반응하지 않으려고 자제했다. 사와이 은거 나리와 오케이는 숨을 죽이고 구리야마 슈고로의 설명에 집중하고 있었다.

"오토요 몸에 사람 손 혹은 무기나 도구를 사용해서 뭔가 고문한 듯한 흔적은 보이지 않는다. 분명한 것은 양손과 양발이 결박된 채 재갈을 물렸고, 묶고 풀고가 여러 번 반복되었다는 것이다."

손목과 발목, 입가의 부드러운 피부에 남아 있는 여러 가닥이 겹쳐진 끈이나 천 자국으로부터 알 수 있는 사실이다.

"사체의 상처 상태로 추측건대 살해된 후 발견되기까지는 길어야 이틀이다. 그러므로 후카가와의 과자가게 옆에서 자취를 감춘 뒤 열흘가량 오토요는 어딘가에 살아 있었다. 처음부터 손발이 계속 묶여 있었는지 아니면 어느 시점부터 결박되었던 것인지까지는 알 수 없지만, 살아 있는──살려둔 동안에는 먹고 마시고 변소에도 갔으며, 몸에 걸친 것들이 더럽지 않았다는 점으로 미루어 보아 옷도 갈아입고 몸을 씻는 정도는 하고 있었던 모양이니, 그때마다 결박이나 재갈을 풀어주고 볼일이 끝나면 다시 결박했다고 생각해도 좋겠지."

무섭다. 구리야마 나리의 신랄해진 컬컬한 목소리가 지금처럼 귀를 쿡쿡 쑤신 적은 없었다.

"고문을 당하지 않았다는 기록이 있는데 오토요 몸에는 난폭하게 강간당한 흔적도 없었다."

기타이치는 그만 "우욱" 하고 신음하고 말았다. 검시 기록에도 그렇게 한 줄로 정리되어 있지만 기타이치는 납득이 되지 않았다. 하지만 깊이 생각하고 싶지도 않았다. 지혜에게 미안하기 때문이다. 그래서 구리야마 나리의 의견을 듣고 싶었다.

상식적으로 그렇지 않은가? 여자를 납치해서 감금하는 무섭고 간악한 짓을 저지르는 놈이므로 여자 몸을 마음대로 희롱하려고 들 게 뻔하다. 만약 그것이 애초의 목적이었다면 제일 먼저 그런 짓부터 하지 않겠는가.

"안심해라. 나도, 그러니까 범인은 여자라고 쓸데없이 뒤집을 생각은 없다."

범인은 남자다, 라고 말했다.

"우선 범인의 행동만 봐도 알 수 있다. 여자를 납치하고 감금하고, 직성이 풀릴 때까지 잡아두었다가 살해했다. 즉 지배하고자 했던 것이다. 여자에게 뒤틀린 형태로 욕구를 느끼는 남자라는 걸 보여준다."

오토요 몸에 성행위를 강요당한 흔적이 보이지 않는 까닭은 뭘까.

"생각해볼 수 있는 가능성은 두 가지다. 하나는 범인이 여자를 학대하고 공갈하는 것으로 만족하고 성교에까지 이르지는 않거나, 혹은 나이나 건강 등의 이유로 성교를 할 수 없는 남자인 경우다."

이때 오케이가 몸을 움찔했고, 그것을 감추려는 듯 기모노 목깃을 매만졌다. 입술을 꼭 다문 채 눈을 내리뜨고 있다.

"또 하나는 때리고 차고 하는 난폭한 짓을 하지 않고도 여자를 겁주고 속이는 방법은 얼마든지 있다는 것이다."

구리야마는 다시 게슴츠레한 눈으로 돌아가 찬찬히 말을 이어나갔다. 내 말을 듣지 않으면 죽을 때까지 여기서 내보내주지 않겠다. 밥도 물도 주지 않겠다. 산채로 묻어버리겠다. 물에 던져 죽이겠다. 하지만 내 말에 순순히 따르면 며칠 뒤에 집으로 보내주겠다. 얌전히 따를수록 집에 빨리 갈 수 있다. 반항하면 돌아갈 집안 자체를 없애버리겠다.

"내 생각은 아무래도 남자 쪽으로 치우칠 수 있으니 여자의 생각도 들어보았는데……."

구리야마 나리와 그런 이야기를 할 수 있는 사람은 오사토뿐이다.

"결박되고 재갈이 물린 채 어딘가에 갇혀 있다는 것만으로도 대부분의 여자는 저항할 마음이 꺾이고 만다고 한다."

물론 감금된 곳의 상황에 따라서도 달라질 수 있겠다. 지하 감옥이나 어두컴컴한 폐가라면 장소부터가 무섭다. 하지만 새 다다미의 풋내가 나고 오동나무 옷장과 훌륭한 구리거울이 달린 경대가 있는 다다미방인데 삼엄한 격자로 막혀 있는 곳이라면? 깨끗하고 편안해 보이는 곳이지만 감옥이 분명한 곳에 결박된 채 갇혀 버린다면?

"하기야……," 은거 노인이 낮은 소리로 중얼거렸다.

어디 사는 누구인지도 모를 남자가 자신을 납치하고 가두었는데 이자가 시키는 대로 하지 않으면 이곳을 나갈 수 없다, 아무에게도 알릴 수 없다, 도움을 청할 방법이 없다, 애초에 자신이 지금 어디에 있는지도 모른다, 섣불리 거스르면 남편과 가족한테까지 재앙이 닥칠 거라고 눈앞에 있는 무서운 남자가 말한다면——.

"그렇게 제압되고 마음이 무너진 상태에서 성교를 강요당하면 눈에 띄는 흔적은 남지 않는다. 그러므로 오토요가 어떤 일을 당하고 있었는지를 사체에서 읽어내는 데는 한계가 있다."

검시란 이런 것이다.

"여자를 폭행하고 다치게 하는 자는 성미가 느긋한 자일 수 없다. 충동이 시키는 대로 앞뒤 살피지 않고 즉각 해치워버리지. 머리도 나쁘고 지혜도 없고."

하지만 오토요를 죽인 범인은 다르다. 금붕어와 붕어만큼이나 다르다고 구리야마는 말했다.

"기타이치, 속이 메스꺼우면 물을 마시거라. 할 이야기가 아직 많으니까."

그러더니 손 맡에 있는 문서의 다른 책장을 펼치며 말했다.

"급소를 한 번 찔러서 오토요를 죽인 점. 그 흉기를 곁에 두고 있었을 것이라는 점. 오토요를 열흘 이상 가두어 둘 수 있는 장소를 갖고 있었으리라는 점. 이상의 세 가지를 종합해보면——,"

범인에게 오토요 살해는 첫 악행이 아니라고 봐야 할 것이다.

"오토요 전에도 몇 명을 죽이며 경험을 쌓았겠지."

구리야마가 권하는 대로 오케이가 갖다 준 더운 물을 한 모금 머금은 기타이치는 마신 물을 토할 것 같아 입을 꼭 다물었다.

"다만 오토요 전에 죽임을 당한 몇 명은…… 역시 여자들이겠지만, 그 사건들은 드러나지 않았다. 문서 담당 미와타가 높이 평가하는 짱구 산타로조차 듣지 못했다는 것이지. 드러나지 않았으니 사건이 되지 않았고."

여성이 행방불명된 사건 혹은 살해된 사건이 되지 못한 채 넘어가고 말았다.

"왜 그랬을까. 두 가지를 생각해볼 수 있다. 하나는 무가 내부에서 일어난 사건일 가능성인데."

말하면서 구리야마는 고개를 저었다.

"실제로는 있을 수 없다고 생각한다. 살인이나 여성을 괴롭히는 걸 즐기는 악한은 신분을 불문하고 어디에나 있지만, 오토요라는 상가 여인을 택한 이자가 전에는 오로지 무가 여자만 노려서 악행을 수련해 왔으리라고는 생각하기 힘들다. 왜냐하면—."

속이 메스꺼운 말이겠지만, 하며 단서를 두고 말을 이었다.

"이런 악행을 저지르는 악한에게는 나름의 취향이 있기 때문이다."

그래, 알 만하다. 기타이치는 그 납득을 메스꺼움과 함께 꿀꺽 삼켜버렸다.

"무가의 처자는 애초에 혼자 다니는 일이 없고 밤에 돌아다니지 않으니 사냥감으로는 마치의 여자보다 훨씬 까다롭다. 그럼 하녀나 밤에 돌아다니는 상인은 어떨까. 무가저택에 종속된 하녀나 상인들이 잇달아 살해되거나 행방불명된다면, 어지간히 먼 지방의 다이묘 영내라면 몰라도 에도 시중에서는 말이 나돌지 않을 수가 없다. 오메쓰케_{막부의 정무나 다이묘를 감찰하는 벼슬}가 그렇게 허술하지 않다. 효조쇼_{막부의 최고재판기관이며 정책 입안과 심의도 했다} 안팎에서 그런 이야기로 시끄러워지면 미와타를 통해 짱구 산타로도 듣게 되지."

은거 노인은 고개를 한두 번 끄덕이고, 오케이는 말하는 나리와 듣는 나리 사이에 앉아 이로리 불을 쳐다보고 있다. 숨은 쉬고 있는 건가? 인형처럼 미동도 없다.

기타이치는 가슴에 고인 나쁜 공기를 토해내며 입을 열었다.
"제가 듣기로는 짱구님도 효조쇼 출입을 허락받았다고 하니까요."

생각했던 것보다 온전하게 말할 수 있었다. 숨을 쉴 수 있으니 구토 기운도 조금 가라앉았다.

"그래? 그렇다면 더욱 확실하군."

구리야마가 콧김을 흐음 뿜고 나서 말했다.

"또 하나는 오토요보다 먼저 희생된 여자, 혹은 여자들이 가령 종적을 감추어도 누구 하나 걱정해줄 사람이 없는 처지였을 가능성이다."

에도 시중에서 가장 가난하며 몸을 팔아 하루하루를 연명하는 여자들.

"유곽의 유녀에도 미치지 못하는 밤거리 창녀나 에도 인근 역참의 메시모리여인숙에서 손님 시중을 들고 매춘도 하던 여자, 불법 매춘부나 사게쥬찬합을 팔러 다니며 매춘도 하는 여자 부류다. 포주나 기둥서방이 있는 경우는 여자가 자취를 감추면 도망친 줄 알고 찾으러 다니겠지만 철저한 추적이 이루어지지는 않는다. 흐지부지되어도 사건으로 다루어지는 일은 없지."

"그런 여자들이라면 처음부터 돈으로 낚을 수도 있겠지요."

은거 노인이 글을 낭독하는 투로 말했다.

"뒤탈이 없도록 포주에게 얼마간 돈을 쥐여주면 되겠지. 그다음은 삶아먹든 구워먹든 알아서 할 수 있겠고."

"그, 그렇지만." 자기도 모르게 더듬으며 기타이치가 말했다. "가슴을 찔려 죽은 여자 사체가 어디선가 나온다면 역시 사건이 될 텐데요."

"그러니까 그런 사체가 나오지 않은 거다."

구리야마는 어깨를 떨어뜨리고 문득 생각난 듯이 부쓰사키바오리를 벗었다.

"사체가 나와도 기록으로 남아 있지 않은 경우도 있다. 창부나 메시모리의 목숨은 버러지처럼 취급되니까. 발견한 자가 반야에 알리지 않으면 그만이지. 그러면 검시도 이루어지지 않고."

구리야마가 내뱉듯이 말했다. 쓴 것을 씹는 듯이 얼굴이 일그러져 있다.

이로리의 불이 어느새 약해졌다. 은거 노인이 나뭇가지를 꺾어 던져 넣자 불티가 날아올랐다. 인형이 갑자기 생명을 얻은 듯 날아오른 불티를 오케이가 눈으로 좇았다.

"현재 내가 말할 수 있는 것은 여기까지다, 기타이치."

기타이치도 불티를 시선으로 좇으며 잠깐이지만 마음을 다른 곳으로 보내고 있었다. 그렇게라도 하지 않으면 마음의 경첩이 떨어져나갈 것 같았기 때문이다. 잠시 도망치고 싶었.

어떡하나. 이제 무엇을 물어봐야 할까.

등 뒤를 지나가는 외풍과 상관없이 깊은 오한을 느꼈다. 그냥 살과 피를 식히는 추위가 아니다. 차갑고 무서운 작은 생물 무리가 피부 밑에서 마구 꿈틀거리는 것 같았다.

제 발로 뛰어들어, 구리야마의 말을 빌리면 '발굴해낸' 예전 사건은 생각보다 깊은 웅덩이였다. 더구나 기타이치는 가장자리에 서 있었다.

"기타이치, 정신 차려."

구리야마의 일갈에 기타이치는 멀리 가 있던 정신을 가다듬었다.

눈의 초점이 돌아와 두 나리와 오케이의 얼굴이 또렷하게 보이게 되었다.

"구리야마 나리 말씀에 이어서 다음은 내가 하고 싶은 이야기가 있네."

은거 노인이 이야기를 시작했다. 오케이의 눈길도 기타이치 쪽으로 향하고 있다.

"일전에 관리인 간에몬에게 네가 28년 전의 무라타야 오토요 사건을 재조사해서 범인을 잡고 싶어 한다는 이야기를 들었을 때,"

벌써 28년 전 일이 되었군, 하던 도미칸의 탄식이 떠올랐다. 오토요 씨는 스무 살 그대로인데 지혜에 씨만 나이를 먹고 말았다.

"나는 놀라지 않았다. 아니, 센키치가 졸지에 급사했을 때 그 자리를 계승할 가능성이 가장 희박했던 기타이치 네가 그 사건을 거론했다는 사실에는 많이 놀랐지만."

무엇 하나 뛰어난 점이 없고, 재능이라고는 요만큼도 없으며, 정식 수하도 아니고, 어디서 데려온 미아 출신의 맨 밑바닥에 있는 꼬마 기타이치가.

"실은 나도 지금의 너처럼 오토요를 죽인 범인을 잡고 싶어서 열심히 뛰어다닌 적이 있다. 당시, 그래 봐야 겨우 3년 전 일이구나."

3년 전. 사와이 신임 나리는 수습 딱지를 떼고 도신으로 승진한 참이고 은거 나리는 혼조 후카가와를 담당하는 고참 도신이었다. 은거 이야기는 아직 나오지 않았을 때였다. 센키치 대장은 건강했고 기타이치는 열네 살이어서 멜대를 메고 행상 다니기가 힘겨워 비틀거리던 시절이었다. 가끔 대장에게 칭찬을 듣거나 부엌에서 오소메에게 맞난 것을 얻어먹으면 그렇게 기분이 좋을 수 없었다.

"실마리는 오토요 사건과는 전혀 무관한 곳에 있었다."

별개의 사건을 조사하다 발견하고 잡아당긴 실이 오토요 살해 사건으로 이어져 있었다. 은거 노인에게도 지금까지의 도신 인생에서 손에 꼽을 만큼 놀라운 일이었다고 한다.

"나는 센키치와 여기 오케이를 지휘해서 조사를 시작했지. 그 결과——,"

거의 하얗게 변한 기다란 눈썹(장수의 표식이다)을 살짝 찡그리고 사와이 은거 나리는 기타이치가 꿈에도 생각지 못한 말을 했다.

"범인의 정체는 알아냈다. 진상을 아마도 거의 정확하게 파악할 수 있었어."

에? 네? 에? 에? 에?

한층 커다란 소리를 내며 장작이 터졌다.

"하지만 더 파고들어서 범인을 체포하는 데까지는 이르지 못했다."

분하지만 진상 파악이 너무 늦어서——그 전에, 사건 전반에 대한 파악이 너무 늦어서 이미 손을 쓸 수 없었다——대흑천 같은 은거 노인의 입에서 지옥 옥졸의 처벌처럼 기타이치를 때려눕히는 말들이 이어졌다.

"지혜에게 차마 진상을 말해주지 못했다. 공연히 쓰라린 기억만 불러일으킬 테고, 범인에게 접근할 수 없다고 말하면 더욱 고통스러워질 테니까."

그래서 누군가에게 이야기한 것은 오늘이 처음이라고 한다.

9

 3년 전 봄, 오케이가 들은 어떤 소문이 계기가 되어 조사가 시작되었다.
 그즈음 오케이는 다마 군 나카노무라에 있는 짐마차꾼 집에 하녀로 잠복해 있었다. 다마 군의 치안은 마치 부교쇼가 아니라 군다이郡代 관청의 관할이다. 오케이는 대륙에서 건너온 아편을 섞은 살담배를 조사하고 있었는데, 거래 흐름을 추적하여 요쓰야 대문에도성 서쪽에 있는 성문 근처의 짐꾼 집이나 통가게, 상자가게 등을 끈질기게 감시하여 마침내 나카노무라에까지 접근한 참이었다.
 아편 담배 수사는 전년도 여름에 시작되었다. 한 모금만 피워도 극락에 오른 기분이 된다는 아편은 사용자의 목숨을 위협할 뿐 아니라, 정신이 온전치 못하게 된 중독자가 난동을 부리거나 주변 사람을 해칠 위험이 있었다. 조사의 계기가 된 아편 중독자를 발견한 이가 고이시가와 양생소의 의원이었던 점도 있어서 조사는 양생소 담당 도신이 지휘하고 그 지역 오캇피키와 수하들, 그리고 오케이 같은 '풀'이 은밀하게 움직여야 하는 어려운 수사였다.
 일동의 노력이 결실을 맺어 '짐마차꾼 아편 사건'은 그해 벚꽃이 질 무렵 아편 담배의 매매 실상이 모두 밝혀져 수사가 일단락되었다. 두목은 나이토신주쿠의 오래된 요리점의 주인 부부였다.

마치부교쇼가 삼엄하게 감시하는 에도를 피해 고슈가도, 오우메가도, 이쓰카이치가도의 역참에 있는 여관이나 유곽에서 유흥객에게 아편 담배를 팔아 돈을 벌고 있었다. 그런데 값비싼 순수 대륙산 아편으로는 수익이 적으므로 몇 년 전부터 집 부지의 일부를 양귀비 밭으로 만들고 원료인 양귀비 씨앗을 수확하여 직접 아편 담배를 만들게 되었다. 하지만 아편 정제가 제대로 되지 않아 불순물이 많은 탓에 심각한 중독자가 나오고, 이것이 발각의 계기가 되었으니 악당도 욕심이 과하면 망한다는 것을 보여주는 이야기였다.

한데 문제의 소문은 아편 담배와는 관계가 없었다. 눈치 빠르고 성실한 하녀로 인정받아 짐마차꾼 집에 자연스럽게 자리 잡은 오케이가 우연히 주워들은 이야기였다. 다만 그 내용이 몹시 불온해서 마음에 걸렸다.

고슈가도와 오우메가도의 첫 번째 역참으로 북적이는 나이토 신주쿠에서 요쓰야 관문가도를 이용하여 에도에 출입하는 사람과 화물을 단속하는 관문 쪽으로 1리(약 4킬로미터)쯤 들어온 곳에 '다마루야'라는 짐꾼 집이 있다. 오십대 초반인 하치스케와 오우타라는 부부와 열여덟 살 아들 후우타, 그리고 오우타의 모친 오토키까지 4인 가족이 살았다. 다마루야는 오토키의 남편이 시작한 가게인데, 장사 재능, 금전운, 나아가 수명까지 자기 가게를 마련하느라 모두 탕진하고 말았는지 남편이 일찍 죽고 말았다. 혼자 남은 오토키는 다마루야 운영이 힘에 부치자 짐꾼으로 고용한 하치스케(당시 열아홉 살)를 사위로, 즉 오우타의 남편으로 들여서 간신히 생계를 이을 수 있었다는 내력이 있다.

하치스케도 타고난 장사꾼은 아니었지만 매일 두 개의 가도에서 나그네들의 짐을 날라주다가 문득 좋은 착상을 떠올렸을 것이다. 빈 나무통이나 나무상자, 짐을 묶는 데 쓰는 새끼줄, 충전재로 쓰는 왕겨 등을 추가로 취급하고, 요쓰야 관문의 짐 조사를 탈 없이 통과할 수 있도록 도구와 지혜를 빌려주는 일도 소소한 돈벌이가 되었다.

덕분에 제법 돈을 벌게 된 다마루야지만 고민이 없는 것은 아니었다. 오우타는 아들 후우타를 낳기 전에 임신을 세 번 했으나 모두 유산하거나 아이가 일찍 죽고 말았다. 네 번째 아기 후우타가 마침내 건강하게 태어났지만 무리한 출산이었는지 이번에는 오우타가 자리보전을 하여 반 병자가 되었다. 집안일은 물론이고 딸 오우타와 손주 돌보는 일에 장사일까지 어느새 노파가 된 오토키가 다부지게 혼자 감당했지만, 아무리 다부진 사람이라도 나이가 들면 몸이 말을 듣지 않는 법. 하치스케는 장모를 보살피고 아내를 위로하며 몸이 가루가 되도록 일했다. 다행히 아들 후우타가 착하고 일찍 철이 들어서 아버지를 잘 도왔다. 부부 금실은 여전히 좋았다. 가족도 화목했다.

나카노무라 짐마차 집과 하치스케의 다마루야가 서로 알고 있던 것은 같은 업종이라는 접점이 있었기 때문이다. 짐꾼과 짐마차꾼은 커다란 역참에 번듯한 사무소를 두고 하는 장사가 아니고, 짧은 구간을 오가며 행상이나 나그네를 상대로 잡다한 일을 대행해 주는 작은 장사이므로 서로 으르렁거리기보다 상부상조하는 편이 훨씬 유리하다. 특히 나카노무라 짐마차 집은 하치스케가 빈 통이나 왕겨 등을 취급하기 시작하자 얼른 흉내 내어 재미를 보았으므로 하치스케의 동향에 늘 주의를 기울이고 있었다.

그런데 최근 하치스케가 이상하다는 이야기가 들려왔다. 근거도 없는 풍문이 아니라 하치스케에게 빈 통이나 상자를 대주는 도매상이 전하는 말이었다.

"대낮에 꿈이라도 꾸는 것처럼 표정이 멍하고 자꾸 이상하게 흠칫거린단 말이지. 아무도 없는 곳을 빤히 쳐다보는가 하면 갑자기 얼굴이 새파랗게 질려서 제 머리를 감싸 쥐고."

——제발 용서해 줘. 제발 봐줘.

"그 소리를 염불처럼 외는 거야."

오우타도 불안해서 도매상 주인과 상의했다고 한다. 오토키 노파는 자기보다 하치스케가 먼저 노망이 나면 어떻게 하냐고 화를 내고, 효자였던 후우타도 아버지가 이상해지자 팩 토라져서 나가버리곤 한다고 했다.

대체 어찌된 일이야. 무슨 병에 걸린 건 아닐까요? 아니면 진짜 노망이 났나? 짐마차꾼 부부가 함부로 씨불이자 도매상 주인은 조금 어색한 얼굴로 물러가버렸다.

성실한 하녀로 잠복하여 짐마차꾼 부부의 동향을 살피던 오케이는 처음 이 이야기를 듣고 하치스케도 아편 담배에 중독된 모양이라 여겼다. 하지만 만약 그게 사실이라면 짐마차꾼 부부가 (도매상 주인이 떠난 뒤에도) 진심으로 의아해했다는 게 이상하다. 제일 먼저 아편을 의심해야 마땅한 처지니까.

그 점이 마음에 걸려 연락을 맡은 심부름꾼을 통해 급보를 보냈다. 이틀도 지나기 전에, 다마루야는 아편 담배 밀매와 무관하다, 남편 하치스케가 정신이 온전치 않아 보이지만 아편에 의한 증상과는 다르다, 라는 답변이 돌아왔다.

그래서 오케이도 다마루야 건은 일단 관심 밖으로 밀어 두었다. 아편 담배에 관한 내사가 막바지에 접어들어 머지않아 대대적인 체포가 이루어져 아편 담배 매매 일당은 두목부터 짐마차꾼 부부까지 일망타진되었다.

주인 잃은 하녀가 된 오케이는 짐마차꾼 집의 하인들이 의심하지 않도록 날짜를 충분히 끌다가,

"우시코메에 지인이 사는데, 일자리를 부탁하러 가봐야겠어요. 그동안 신세 많이 졌습니다."

라는 인사를 남기고 보퉁이 하나만 둘러멘 채로 나카노무라를 떠났다.

그로부터 보름 후, 아편 담배를 단속할 때 막 피기 시작하던 벚꽃이 완전히 졌을 무렵, 깜짝 놀랄 소식이 오케이 귀에 날아들었다. 나이토신주쿠에 있는 짐꾼 집에서 실성한 남편이 처와 장모를 칼로 찔러 죽이고 아들까지 죽이려 하다가 몸싸움이 벌어져 두 사람 다 앞으로 며칠이나 살지 모를 정도로 치명상을 입었다

는 것이다. 그제 새벽에 일어난 사건이며, 주민들은 한때 밤도둑들이 난동을 부리나 하고 수군거렸다고 한다.

다마루야에서 일어난 사건이 틀림없었다. 아편 담배 건을 마무리 짓고 정말로 지인이 있는 우시코메 헌옷가게에 가서 여유롭게 일하고 있던 오케이는 자세한 상황이 궁금해서 곧장 가보기로 했다. 주인 내외가 죄를 짓고 잡혀간 짐마차꾼 집에서 하녀로 일하던 사람입니다만, 예전에 다마루야 주인에게 신세를 많이 졌습니다, 소식을 듣고 걱정이 돼서 병문안을 왔다고 말하면 접근하는 것은 어려운 일이 아니다.

이때 오케이의 연락 담당으로 일하던 하인도 걱정이 되니 같이 가겠다고 했다. 원래 다마루야 소식을 오케이에게 전해준 사람으로 오케이보다 더 놀랐던 것이다.

"하치스케의 상태는 물론 이상했지만 아편 중독 같지는 않았어. 그래도 일이 이렇게 되니 나도 마음이 개운치 않아."

하치스케는 대체 무엇 때문에 발작하고 말았는지, 가능하면 알아내고 싶어서 동행해 준 것이다. 이 하인의 이름은(오케이와 마찬가지로 부모에게 받은 이름은 아니겠지만) 모쿠이치라고 하며, 오케이보다 조금 연하로 보였다. 오캇피키의 수하가 아니라 아편 담배 수사를 지휘하는 양생소 담당 도신의 수하로, 악당을 체포하는 거친 일보다는 각종 병, 생약, 독극물 따위에 해박했다.

서둘러 다마루야에 가보니 가게 문에 판자를 덧대어 못질을 해서 막고 통용문에는 소금을 뿌려 놓았다. 근처 찻집에 있는 사람들은 온 집안이 피바다다, 무서워서 아무도 못 들어간다, 이제 저 집은 기름을 뿌리고 불태우는 수밖에 없다는 등 극단적인 말을 하고 있었다.

"길가에 철쭉이 흐드러지게 피어서 본래는 아름다운 풍경이어야 하지만 그때는 철쭉의 붉은 색이 끔찍해 보였습니다."

오토키와 오우타 모녀의 사체는 검시가 끝나자마자 매장되고, 하치스케와 아들 후우타는 다마루야와 교류가 있던 나이토신주쿠의 '모미지'라는 여인숙에서 거두어 돌보고 있지만 곧 사망할 것 같다고 했다. 결국 일가족 동반 자살과 같은 것이어서, 관리도 반야 사람들도 들여다보기를 거부했다. 그래서 반야로 옮기지 못하고 여인숙으로 옮긴 것이다.

오케이와 모쿠이치에게는 잘된 일이었다. 모쿠이치는 약장수인 척하며 모미지에 들어가고, 오케이는 '걱정이 돼서 왔습니다' '잠시 보살피게 해주세요' '아, 마침 약장수가 와 계시네요. 잘 됐습니다'라고 한바탕 연극을 하여 두 사람 모두 하치스케와 후우타의 베갯맡에 접근할 수 있었다.

첫눈에도 후우타의 상태가 더 안 좋다는 것을 알 수 있었다. 상처는 여러 군데인데, 특히 오른쪽 옆구리의 두 군데는 상처가 깊어 이미 썩은 내가 나고 있었다. 후우타는 하치스케가 갑자기 달려들어 두 군데를 찔렀음에도 반항했다고 한다. 젊음과 체력이 있어서 간신히 숨이 붙어 있을 뿐, 이미 말을 할 수 있는 상태는 아니었다.

하치스케 쪽은 오른쪽 가슴 밑의 자상 한 군데가 목숨을 앗아갈 결정타였다. 그밖에는 식칼이 스친 절상이 양 손바닥과 양 손가락에 몇 군데 있을 뿐이었다. 후우타가 식칼을 빼앗아 역으로 하치스케에게 들이대어 떼어놓으려고 했을 것이다. 그래도 하치스케가 달려들어 손바닥과 손가락을 베이면서도 물러서지 않자 최후에는 가슴을 찌르고 말았겠지.

하치스케는 아직 말을 시키면 눈을 뜨고 대답했다. 그러나 숨에 악취가 심하고 호흡은 얕고 가빴으며 손발 끝은 피가 돌지 않아 차가웠다. 하치스케의 죽음도 그리 멀지 않아 보였다. 잔인하지만 확실하게 물어서 대답을 들어야 한다——라고 오케이는 마음먹었다.

하치스케는 언뜻언뜻 기억이 나는지 시선을 허공 여기저기에 던지며, "용서해 줘, 용서해 줘"라고 호소했다. 맥락 없이 영문 모를 소리를 중얼거리거나 우는 소리로 신음하기도 했다. 누군가에게 몹시 나쁜 짓을 했다고 사죄하는 것 같았다. 오케이는 이런 모습이 단서가 될 거라고 생각했다.

"하치스케 씨가 이토록 괴로워하고 있으니 뭐든지 용서해드릴게요. 무슨 일이 있었던 겁니까."

곱게 단장하고 상냥한 목소리로 묻는 오케이의 모습이 하치스케의 멍한 머리와 마음에도 닿았는지 모른다. 육신의 죽음이 임박하자 얼마 남지 않은 온전한 정신이 마음 위로 떠올랐는지도 모른다.

"우리, 아기, 번번이 죽어버린 것도, 내 탓이었어."

하치스케는 후우타를 얻기 전에 임신했던 세 아이를 모두 잃었다.

"가만히, 생각해보니, 내 탓이라는 거, 알게 됐어. 죄 값이야. 원한 때문이야. 그만두었어야 했는데. 그런데, 욕심에, 눈이 멀었지. 관리한테 들키면, 모두 내가, 한 짓이라고, 감옥에 갈 거라고, 무서워서, 나는 이제, 하기 싫었는데. 용서해 줘, 내가 잘못했어."

하치스케는 갑자기 침상에서 몸을 버둥거렸다. 제대로 움직이지 않는 몸이지만 도망치려고 하는 것 같았다. 눈을 홉뜨고 아무것도 없는 천장을 노려보았다.

"그렇게, 나를, 노려보지 마, 제발. 부탁해, 나 좀 봐줘. 그만 성불해줘. 당신, 누구야. 그 얼굴은 누구야."

나무아미타불, 나무아미타불. 울면서 염불을 외고 용서해달라는 말을 반복하며 버둥거렸다. 하치스케는 아무래도 누군가의 망령을 보고 있는 듯했다. 망령이 너무 무서워 실성한 얼굴로 몸부림치는 것이다.

"천장에 누가 있나요?"라고 오케이가 물었다. "이름을 말해보세요. 그러면 제가 불러서 하치스케 씨를 그만 괴롭히라고 부탁해볼게요. 하치스케 씨가 깊이 후회하고 있으니까 이제 그만 용서해달라고 부탁해볼게요."

그러자 하치스케는 몸부림치며 눈물을 흘렸다.

"여러 명이야. 하지만, 난 안 죽였어. 다만, 시키는 대로, 뒤처리만, 한 거야."

눈물 넘치는 눈으로 허공을 이리저리 올려다보며 피가 통하지 않아 퍼렇게 변한 입술을 부들부들 떨고 굳어버린 손가락으로 천장을 가리키더니 말한다.

"오사키 씨야? 당신이, 마지막이었지. 거기 웅크리고 있는 건, 오쿠와 씨? 이름을 모르는 여자도, 내가······."

하지만, 처음에는.

"나도, 얼마나 후회했는지. 그때, 그만두었어야 했는데. 오토요 씨라고, 했던가? 당신을, 남편에게, 돌려보냈어야, 했는데."

오케이는 하치스케의 베갯맡에서 벼락을 맞은 양 굳어버렸다.

은거 노인의 이로리에서 장작이 탁탁, 소리를 내며 타고 있다. 불티가 날아올라 기타이치의 볼이 따끔거렸다.

"오토요 씨 이름이 나온 순간 온몸이 굳어버리는 줄 알았습니다."

오케이는 차분하게 말했다.

"후카가와에서 일어난 무라타야 사건에 대해서는 사와이 나리에게 들은 적이 있어서······."

사와이가 고개를 끄덕였다. "해결 못한 것이 영 아쉬워서, 어떤 형태로든 오토요 사건의 실마리를 찾고자 수하나 풀에게는 내가 직접 사건의 전말을 이야기해주었지."

눈앞이 환해졌다 어두워졌다 해서 기타이치는 내내 꼼짝도 않고 앉아 있었다. 어두워질 때는 고마가타도 근처에서 발차기를 당할 때처럼 한순간 캄캄해졌다. 그러다가 다시 환해지면 눈이 따끔따끔했다.

"하치스케에게서 어디까지 이야기를 이끌어냈지?"

구리야마는 조금도 동요하지 않은 모습이어서 특유의 갈라진 목소리도 갈라진 나름대로 평온하게 울렸다.

"거의 반나절에 걸쳐 쉬엄쉬엄 묻고 대답을 들었는데, 하치스케는 그날 밤 죽었습니다."

죽은 자는 말이 없다.

"죽기 직전에 잠깐씩 정신이 맑아지는 것 같기도 했지만 불쑥불쑥 실성한 듯 울부짖는 바람에……."

정말로 애먹고 괴로웠다고 오케이는 말했다.

"무섭고 슬프고 분노가 치밀어 점차 제 상태까지 나빠져서 모쿠이치 씨에게 너무 못난 모습을 보이고 말았습니다."

이 정보원 여인이 지금처럼 솔직하게 심정을 밝히는 것은 아마 눈 오는 날 무지개가 뜨는 일처럼 진기한 경우이리라. 사와이 은거 나리가 마련한 이 자리와 구리야마 나리의 담담하고 진중한 모습에 오케이도 마음이 풀어졌을 것이다.

"저와 모쿠이치 씨가 가장 알고 싶었던 사실은 다마루야 하치스케를 고용해서 여자 사체를 처리하게 한 사람이 누구냐 하는 거였습니다."

그러나 아무리 끈질기게 캐물어도 하치스케는 이름을 말하지 않았다. "돈 걱정 없는" 상인이라는 말은 나왔지만 가게 상호는 말하지 않았다.

"집요하게 캐묻다가 깨달았습니다. 하치스케는 말을 안 하는 게 아니라 모르는 거다. 이름을 들어본 적이 없었던 겁니다."

처음에 다마루야의 하치스케를 찾아와 이 '일'을 제안했던 상가의 지배인 아니면 지주의 수하처럼 보이는 중년 남자는 그 인물을,

——저희 '큰나리님'.

이라고 불렀다고 한다. 중년 남자는 '큰나리님'이 자신을 '청지기'라 부른다면서 하치스케에게도,

——나를 청지기님이라고 부르시게.

라고 말했다고 한다.

이 대목에서 기타이치는 간신히 목소리를 되찾았다.

"그게, 언제였습니까?"라고 물었다. "끼어들어서 죄송합니다. 하지만, 언제——."

오케이가 대답했다. "하치스케가 청지기를 처음 만난 것은 지금으로부터 28년 전 6월 10일이었습니다."

같은 달 초하루에 오토요가 행방불명되었다. 그로부터 적어도 열흘 이상 어딘가에 살아 있었던 것으로 보인다고 했었다.

"당시 하치스케는 스무 살이었고 같은 해에 오우타가 첫 아이를 임신했습니다. 다마루야는 벌이가 빠듯하여 오토키가 채소 행상을 해서 간신히 끼니를 잇는 형편이었다고 합니다."

하치스케는 돈이 절실했다. 청지기가 제안한 '일'은 '입이 무거운 사람이 아니면 맡길 수 없으며 한밤에 해야 한다' '그 대신 삯은 후하게 쳐준다'고 하므로 하치스케는 야반도주나 도둑질 같은 건가, 하고 생각했던 모양이다.

"어쨌거나 위험한 일이라 해도 돈이 너무나 절실했던 하치스케는 깊이 생각해보지도 않은 채 제안을 수락했는데 청지기가 그때 이런 말을 남기고 돌아갔다고 합니다."

——앞으로 이삼일 사이에 적당한 때가 오면 당신을 부르러 오겠다.

그러더니 정말로 사흘 후 밤중에 청지기가 다마루야를 찾아와 하치스케를 불러냈다. 하치스케가 수레를 끌고 가려고 하자 청지기는 몸만 오면 된다고 했다. 두 사람은 함께 밤길을 서둘러 걸었다. 초승달이 뜬 밤인데도 하치스케에게 초롱도 주지 않았다.

"처음에는 어디로 가는지도 모르고 따라갔는데 거의 일각을 걸어서 소나무 방풍림에 둘러싸인 커다란 저택에 도착했다더군요."

저택의 모습이 어둠에 가라앉아 있어서 하치스케는 어떤 집인지 가늠할 수 없었다. 빙 둘러싼 산울타리에서 희미한 꽃향기가 났다.

안으로 데리고 들어가나 했더니 그게 아니었다. 산울타리 안으로 들어선 청지기는 저택 밖을 빙 돌아서 뒤쪽으로 갔다. 그곳에 허름한 대울타리를 두른 곳이 있었는데, 마름이 초롱을 들고 가까이 가자 안에서 뭔가가 움직이는 기척과 날갯짓소리가 났다.

"대울타리는 닭장이었고 밤이라 잘 보이지는 않았지만 싸움닭과 메추라기가 헤아릴 수 없을 만큼 많았다고 합니다."

싸움닭이나 메추라기나 울음소리가 독특하고 고기는 식용할 수 있다. 취미로 기르는 사람도 있으므로 이상하게 볼 일은 아니었다.

그러나 청지기는 닭장 안으로 들어가 한쪽 구석에 쪼그리고 앉았다. 그곳에는 나무문짝을 절반으로 자른 듯한 문이 있었고, 문 손잡이를 잡고 들어 올리자 지하로 내려가는 계단이 나타났다. 경사가 급했지만 사다리가 아니라 분명히 계단이었다.

——자네가 할일이 저 밑에 기다리고 있네.

하치스케는 청지기가 재촉하는 대로 그를 따라 계단을 내려갔다. 깊지는 않아서 금세 바닥에 내려섰다. 그러자 이번에는 위로 올라가는 계단이 청지기의 초롱 불빛에 드러났다. 요컨대 닭장을 통해 저택 안으로 들어가는 비밀 통로였던 셈이다.

"계단을 올라가자 복도가 나오고, 그 끝에 납초 몇 개를 밝힌 넓은 방이 나오더랍니다."

그냥 방이 아니었다. 튼튼한 격자로 짠 사설감옥이 방의 절반을 차지하고 있었다.

"하치스케는 그곳에서 처음으로 '큰나리'를 만났고, 감옥 안 이부자리에 쓰러져 있는 여자 사체를 보았다고 합니다."

여자가 입은 기모노와 오비에 피가 묻어 있었지만 흘러나온 피는 얇은 담요가 거의 다 흡수해 버린 듯했다. 주변은 온통 피비린내로 가득했다.

"헛소리처럼 중얼거리던 하치스케가 그 이야기만큼은 명확하게 반복해서 말하더군요. 산울타리의 꽃향기와 감옥의 피비린내 이야기 말입니다."

하치스케가 해야 할 '일'은 사설감옥을 청소한 다음 여자 사체를 메고 밤길을 걸어 멀리 옮기는 것이었다. 다만 작업을 거들 사람이 한 명 있었다.

"놀랍게도 열서너 살쯤 돼 보이는 어린아이가 '큰나리'와 청지기가 시키는 대로 움직이고 있었다는데……."

오케이와 모쿠이치가 아이의 이름을 물었지만 하치스케는 대답하지 못했다. 역시 모르고 있거나 질문을 이해하지 못했을 것이다. 다만,

──짐승이었어. 짐승 같은 아이였어.

피거품을 뿜으며 그렇게 말했다.

오케이와 모쿠이치가 '큰나리'의 인상착의를 묻자 "얼굴이 인자하다" "나이가 많아 보이지는 않았다" "웃고 있었다. 늘 웃고 있었다"는 대답이 두서없이 돌아왔다.

──나는 여자들의 저주를 받고 있었는데 그 사람은 아무렇지도 않았어. 어찌된 일인지 아무렇지도 않아 보였어.

간간이 하치스케를 격려해가며 오케이와 모쿠이치는 끈질기게 이야기를 끌어내려고 했다. 처음으로 처분해야 했던 여자의 이름이 '오토요'라는 것과 유부녀라는 사실은 일하다가 들었다고 한

다. '큰나리'와 청지기는 하치스케를 전혀 경계하지 않고 여자에 관해 이러쿵저러쿵 이야기를 했던 모양이다.

당장 돈이 급해서 야반도주나 도둑질 정도라면 괜찮겠지 하는 얄팍한 생각으로 한밤의 암흑 속으로 뛰어든 하치스케는 급한 계단을 오르내린 것뿐인데 이미 빠져나갈 수 없는 암흑의 수렁으로 빨려들고 말았다. 청지기가 재촉하는 대로 손에 여자의 피를 묻히며 청소하고 사체를 메고 다시 닭장을 통해 밖으로 나갔다. 짐승 같은 아이가 끌고 온 수레에 사체를 싣고 거적으로 덮은 뒤 밤길을 달렸다. 어디든 좋으니 사람 눈이 없는 곳에 버리고 와라. 어설프게 묻느니 짐승들 먹잇감으로 던져두는 것이 간편할 것이다──.

"나는, 무서워서, 무서워서……."

수레는 하치스케가 사용하는 것과 많이 달랐고 심하게 망가져 있었다. 바퀴는 삐걱거리고 손잡이도 덜걱거려서 종종 하치스케의 배나 팔을 쳤다.

"숲속을, 달리는데, 바퀴가 하나, 빠져서, 여자 시체가, 덤불에."

굴러 떨어진 사체를 손으로 더듬어 찾아 다시 수레에 실어야 할 텐데, 하치스케는 도저히 그럴 수 없었다. 청지기가 말한 대로 이곳은 사람 눈에 띄지 않을 텐데. 여기면 충분하지 않으려나. 미안합니다, 미안해요, 하고 속으로 소리치며 간신히 거적만 거두어서 한층 시끄럽게 덜걱거리는 수레를 힘겹게 끌어 다마루야로 도망쳐 돌아갔다.

하룻밤의 악몽은 끝났다. 하지만 진짜 악몽은 그때부터였다. 이튿날 하치스케가 가족들에게 아무 말도 하지 않고 망가진 수레를 손도끼로 해체하여 땔감으로 만들고 있는데 청지기가 다마루야에 나타났다.

——고생했네. 약속한 술값이네.

하치스케의 눈앞에 반짝거리는 고반1573년 이후 유통된 타원형 금화. 1냥짜리 '고반'과 반냥짜리 '한킨'이 있었는데, 평소 서민들이 구경하기 힘든 고액이었다을 내민 청지기는 싹싹하게 웃으며 다음에도 잘 부탁하다고 말했다.

——이건 한킨인데, 남들 모르게 조심해서 써야 하네. 나머지 한킨은 잠시 상태를 보고 나서 주도록 하지. 뭣하면 돈이 아니라 당신 모친이나 부인에게 보양이 될 음식이나 인삼으로 줄 수도 있네.

앞으로도 잘 부탁함세.

하치스케는 시키는 대로 따르는 수밖에 없었다.

끔찍한 악행인 만큼 자주 있는 일이 아니었다. 오토요라는 여자를 처분한 뒤로는 몇 년의 공백이 있었다. 마침내 끔찍한 기억이 잊힐 즈음 '일'이 있다는 통고가 와서 하치스케를 다시 무서운 암흑으로 끌어내렸다.

청지기는 '일'이 없을 때도 이런저런 핑계를 만들어 스스럼없이 다마루야에 찾아왔다. 오토키와 오우타하고도 안면을 트고 말았다. 오우타가 낳은 맏딸이 두 해를 넘기지 못하고 죽었을 때는 고맙게 조문까지 해주었다. 그 뒤 아기를 낳았을 때도 축하금을 챙겨주었다. 그 아기도 일찍 죽었을 때는 향을 공양하며 조문해주었다.

하치스케는 가업과 가족을 버리지 않는 한 도망칠 수 없었다. '일'이 있다고 호출하면 가지 않을 수 없었다. 누구에게도 호소할 수 없었다. 악행에 가담하고 돈을 받았다. 배움도 지혜도 없는 하치스케가 뭐라고 폭로하더라도 언변이 부족하니 도리어 모든 죄를 뒤집어쓸지도 모른다.

"실은 상자와 통도 팔아 봐라, 급체나 간질을 일으키는 사람을 위해 약을 비치해 두라, 하고 다마루야에 조언한 이도 청지기였다고 합니다."

'일'이 생겨 '큰나리'의 호출을 받을 때 말고는 청지기는 그냥 친절한 지인이었다.

맨 처음 '오토요'에서 마지막 '오사키'까지 하치스케는 20년 넘게 '일'에 묶여 있었다.

"기타이치 씨가 추린 여섯 건을 보면 5년 전 2월에 일어난 사건이 마지막이었죠."

기타이치는 고개를 끄덕이려다가 목이 뻣뻣해졌음을 깨달았다. 내내 이를 악물고 있었던 것이다.

"그러나 그 2월 사건의 피해자는 '오사키'가 아니야. 료고쿠 대로변에 있는 간이식당의 하녀 '오미치'다."

구리야마가 비망록을 내려다보며 대신 말해주었다.

"하치스케가 모든 사건에 관여한 것은 아닐 수도 있고, 그냥 착각했거나 혼동했는지도 모르지. 나는 후자가 아닐까 생각한다. 정신이 온전치 않은데다 사경을 헤매던 상태 아니냐."

미간에 주름을 모은 채 입술이 일그러지도록 입을 꾹 다물고 있던 구리야마가 말했다. "오토요 이후로는 왜 여자 사체가 발견되지 않았지? 짐승들 먹잇감으로 던져두는 것이 간편하다고 지껄였다면서."

오케이도 날카로운 표정으로 대답했다. "하치스케에게 물으니 다른 여자 사체들은 매장했다고 합니다. 아마 오토요 씨 사체를 덤불에 버렸다가 '큰나리' 일당이 생각한 것보다 훨씬 큰 소동이 일어나자 신중해진 게 아닐까요."

그렇게 사체를 옮겨서 매장하는 것이 하치스케의 '일'이었단 말인가.

"납치는 다른 사람이 맡았던 걸까?"

적어도 하치스케는 그 일에는 관여하지 않았다. 죽기 직전의 자백에 납치에 관한 내용은 없었다. 위험이 더 많이 따르는 납치는 하치스케 같은 외부인이 아니라 '큰나리'의 영향력 아래 있는 자(가령 청지기 같은 자)가 맡았는지도 모른다.

"문제의 '큰나리'를 잡으면 알 수 있는 일입니다."

기타이치는 그제야 목소리를 되찾아 말했다. 장난치는 것처럼 몹시 떨리는 목소리가 나와서 스스로도 놀랐다.

"잡아야죠, 빨리."

오케이 이야기에 몰두한 나머지 기타이치는 잊고 있었다. 아까 사와이 은거 나리가 했던 말을.

진상 파악이 너무 늦어 범인을 잡을 수 없었다고.

"분하지만 이미 오래 전에 죽었습니다."

조용한 목소리로 오케이가 말했다.

"하치스케가 제 가족을 해치기 1년 남짓 전에 청지기가 오랜만에 하치스케를 찾아와서."

——큰나리가 돌아가셨어. 편안한 임종이었네.

"그러니 앞으로 하치스케를 찾을 일은 없겠지. 지금까지 고생 많았네, 하고 고반 1닢을 쥐어주더니."

——다들 마다하는 더러운 일인데 용케 잘해 주었어. 건강하게 지내게.

라는 말을 끝으로 청지기는 다시 나타나지 않았다. 하치스케 역시 호출을 받고 여러 번 찾아갔던 숲속의 저택을 다시 가보지 않았다. 청지기가 분명히 말했으니 '큰나리'는 정말로 죽은 것이다. 이제 끝났다. 용케 풀려났다.

그러나 일은 생각처럼 쉽게 끝나지 않았다.

지금까지는 좋으나 싫으나 누름돌 역할을 해오던 청지기가 사라지고 '큰나리'도 죽어서 '일'을 강요받는 일은 없어졌지만 목돈을 벌 기회도 사라졌다. 오우타는 청지기가 가져다주는 쌀과 계란, 병약한 몸에 좋다는 값비싼 생약 덕분에 예전보다 많이 건강해졌다. 오토키는 아무래도 나이가 있어서 쇠약해지고 있었지만,

그런 장모에게 기운을 북돋아주는 음식과 과자를 줄 수 있어서 기뻤었다. 후우타가 건강하게 자란 것도 한참 클 때 먹을 음식이 부족하지 않았기 때문이다.

한데 기쁨은 사라지고 캄캄한 죄책감과 후회만 남았다. 하치스케는 누구에게 속을 털어놓지도 못한 채 혼자 고립되어 한 달 또 한 달을 보내는 가운데 조금씩 평정을 잃었고, 마침내 자신이 처리한 여자들의 망령을 보게 되었다. 하치스케가 이름을 아는 여자든 모르는 여자든 망령들은 모두 하치스케를 알고 있었고 뚫어져라 노려보았다. 눈을 감아도 보였다. 밤낮을 가리지도 않고 나타났다.

사체의 피를 닦아낸 뒤에 메고 나가 땅속에 묻었다. 그것은 악몽 속의 사건 같기도 하고 생생한 기억이기도 했다. 기억은 하치스케를 괴롭혔고 결코 용서해주지 않았다.

"하치스케가 정신을 잃고 숨이 끊어질 때까지 저희는 '큰나리' 저택의 위치를 끈질기게 물었습니다."

하치스케가 하는 말은 분명치 않았다. 그래도 겨우 두 군데 후보지를 특정할 수 있었다. 그래서 찾아가 확인해 보기로 했다.

"처음 찾아간 곳은 분명히 아니었습니다. 숯 굽는 오두막밖에 없었으니까요."

다음으로 찾아간 곳은 두툼한 초가지붕을 얹은 저택인데, 푸른 산울타리를 두르고 뒤쪽 구석에 가시나무가 있었다. 여름이면 기품 있는 향기가 나는 꽃이 피는 정원수도 보였다. 처음으로 '일'을 위해 찾아갔던 밤에 하치스케가 맡았다는 꽃향기가 그것이었을까.

"저택에는 커다란 대울타리를 두른 닭장도 있었습니다."

오케이가 찾아낸 것이다. '큰나리'의 저택을. 숲으로 둘러싸이고 저택 안에 사설감옥을 갖춘 악귀의 거처를.

그런데 왜 이렇게 심란한 얼굴일까.

"그 저택은 이미 마치 담당이 손댈 수 있는 곳이 아니었다."

사와이 은거 나리가 말했다. 기타이치는 그 말을 이해하지 못하고 나리의 얼굴만 쳐다보았다.

"우리가 찾아낸 저택은 사가미국에 영지가 있는 다이묘 하코가와 사가미노카미 나리의 하번저였다."

근처 센다가야무라나 하라주쿠 주민들이 통근하며 넓은 뜰에 밭을 일구고 대마를 키워 실을 잣고 닭장에 메추리와 싸움닭을 키우고 있었다.

"너도 들은 적이 있을 게다. '가카에 저택_{다이묘나 하타모토의 저택 부지는 기본적으로 막부가 할당해주는 것이었다. 토지나 건물이 더 필요한 다이묘나 하타모토는 에도 근교의 저택을 매입하여 운영하였는데 이를 '가카에 저택'이라고 한다. 막부가 할당해준 저택은 각종 세금이 면제되지만, '가카에 저택'은 기존 집주인이나 농민이 부담하던 각종 세금을 대신 부담해야 한다}'이다. 본래 그곳 지주가 은퇴 생활을 위해 지은 저택으로, 오랫동안 빈집으로 있다가 불과 반년 전에 하코가와 나리의 하번저로 편입되었다고 한다."

다이묘 가문은 저렴한 임대료로 빌려주기보다는 토지를 개방

하고 농민을 고용하여 그들이 경작한 잉여 농작물을 내다파는 돈벌이를 허용한다. 다이묘 가문이나 하타모토 가문은 저택을 새로 짓거나 임대하자면 많은 돈이 들지만 가카에 저택은 부담이 덜할 뿐 아니라 현지 주민들에게도 이득이 크다.

그러나…… 도저히 믿기지 않는다.

"아무 문제도 없이, 그 저택에 살고 있다고요?"

말을 하면서도 기타이치는 자기 목소리가 아득하게 들린다고 생각했다.

"아무 문제 없이, 활기차고 평온한 가카에 저택으로서, 사람을 살게 하고 있더군요."

왠지 오케이는 저택을 주어로 해서 말했다. 마치 저택이 '큰나리'의 피비린내 나는 과거를 잊고 작지만 이름 있는 다이묘 가문의 편안한 하버저가 되는 쪽을 선택하기라도 한 것처럼.

"저는 차마 포기할 수 없어서 몇 번 숨어들어가 뒤져보았지만……."

닭장의 지하 통로는 흙과 벽돌더미에 묻혀 있었다. 저택 안쪽 출구도 못질을 해서 막아 두었다. 사설 감옥이 있다는 방이 어디인지도 알 수 있었지만 격자는 흔적도 없이 치워져 있었다.

"천장 가장자리 몇 군데에 격자 때문에 움푹 들어간 자리만 남아 있을 뿐이었습니다."

기타이치는 다시 어금니를 깨물었다. 뭔가 방법이 있지 않을까. 추적의 실마리가 있을 것이다.

"사실은 빈집이 아니었으니까 전 주인이 '큰나리'에게 임대할 때 작성한 문서라든가 영수증 따위가 남아 있지 않겠습니까?"

'큰나리'가 죽고 반년 남짓 만에 다이묘가의 하번저로 내주다니, 주인 역시 사설 감옥에서 벌어진 악행을 일부라도 알고 있지 않았을까. 아니, 가카에 저택으로 내놓음으로써 모든 증거를 덮어버린 이 철면피한 행동 자체가 '큰나리' 측에 의해 이루어진 것 아닐까?

오케이는 아무 말이 없었다. 사와이 은거 나리가 고개를 저었다. "지금은 하코가와 나리의 하번저가 된 이상 그런 증서가 남아 있다고 해도 우리가 손쓸 길이 없네. 정말 그런 증서가 있는지 어떤지도 확실하지 않지만."

"나라면 남겨두지 않아. 불태워 없애버리고 말지."

구리야마의 가차 없는 한 마디. 기타이치는 식은땀을 흘리며 열심히 머리를 굴리고 있지만 왠지 머리만 어지러울 뿐이다.

모두 죽어버렸다. 사악한 놈도 납치당한 여자들도 '일'을 해준 하치스케도. 단서는 남아 있지 않다. 분명한 것은 하나도 없다. '큰나리'가 어디 사는 누구였는지, 어느 상점의 주인인지도 알지 못한다.

"최소한 저택 위치라도 알려주세요."

내가 가보겠다. 내 눈으로 저택을 확인해봐야겠다. 조사해보겠다.

"오케이가 조사했지만 아무것도 알아내지 못했다. 네가 무엇을 할 수 있겠나."

포기해라. 구리야마 나리의 칼칼한 목소리가 고춧가루를 뿌린 것처럼 귀를 따끔따끔 찌른다. 하지만 기타이치는 포기할 수 없었다.

"오, 오케이 씨도 몇 년 전에 가본 게 다잖아요?"

오케이는 가만히 한숨을 짓더니 말했다. "끈기라면 저도 누구 못지않아서 바로 반년쯤 전에도 살펴보러 가보았습니다."

물론 밖에서 보았을 뿐 잠입한 것은 아니었다. 여름이어서 밭은 푸르고 매미는 시끄럽게 울어대고 저택을 에워싼 산울타리에는 기모노 널어두는 나무판이 기대어져 있었다고 한다.

기타이치는 침묵했다. 고개를 떨어뜨리고 이를 악문 채 침묵했다. 실은 고개를 들고 소리치고 싶었다. 뱃속에서 터져나오는 맹렬한 소리로 울부짖고 싶었다. 이 집의 들보를 부러뜨리고 지붕을 날려버릴 기세로.

젠장, 젠장, 젠장!

그때 번뜩 스치는 것이 있었다.

멀리 개 짖는 소리가?

기타이치가 퍼뜩 얼굴을 드는 바람에 이로리 옆에 있던 세 사람은 깜짝 놀랐다.

"오, 오케이 씨나 저나 사람 몸이죠!"

오케이의 눈이 휘둥그레졌다. "네?"

"풀이든 닌자든 결국 사람이죠. 코는 어차피 사람 코잖아요."

오케이와 은거 노인이 얼굴을 마주보았다. 구리야마는 떨떠름한 표정으로 턱 끝을 쥐고 있었다.

기타이치는 힘차게 말했다.

"개를 데려갈게요. 개 하면 코죠. 저택 안팎에 남아 있는 뭔가를 냄새로 찾아줄지 모릅니다."

흰둥이와 얼룩이, 또 너희들 차례다!

10

"그런데 말이야."
기타지가 한숨 섞인 목소리로 말했다.
"개를 부린다는 게 그리 쉬운 일이 아니거든."
평소처럼 한밤의 조메이탕, 가마불의 열기가 닿는 자리에 앉아 있다.
기타이치는 오늘 밤도 대패질 수련을 해야 하지만, 그보다 먼저 저간의 사정을 모두 들려주고 싶어 숨이 차도록 말했다. 처음에는 가마불을 조절하며 듣던 기타지는 곧 손길을 멈추고 이쪽으로 돌아앉더니 내내 기타이치의 얼굴에 시선을 못박아두고 들었다. 가마불을 방치하자 곧 불이 잦아들어 욕실 손님들이 물이 식었다고 불평할 정도였다. 기타지는 얼른 땔감을 던져 넣어 불길을 키웠다.
하지만 기타이치의 묘안에는 전혀 긍정적이지 않았다.
"개는 네 뜻대로 움직이는 도구가 아냐."
"하지만 흰둥이와 얼룩이는……."
'통수치기' 삼인방의 신원을 알아낼 때는 도와주었잖아? 기타이치가 주장하자 기타지는 더욱 못마땅한 표정이 되었다.
"그때는 놈들에게 냄새를 묻혀 두고 개들에게 추적하게 했지. 무엇을 찾아야 하는지도 모르는 이번 상황과는 근본부터 달라."

게다가 왜 함부로 흰둥이와 얼룩이를 이용하려고 들어. 심보가 틀려먹었잖아――라고 핀잔을 주었다.

"말했잖아. 녀석들은 나나 네가 키우는 개가 아냐. 나나 너나 주인이 아니라고. 대등한 아이들이야."

이런 핀잔이 돌아올 줄은 생각지도 못한 터라 기타이치는 주눅이 들기보다 어이가 없었다. 멀거니 서 있자 기타지가 다가와 나무판을 가리키며 말했다. "자, 대패."

하는 수 없다. 기타이치는 순순히 대패질을 시작했다.

잠시 동안 말없이 수련을 했지만 이야기를 여기서 끝낼 수는 없었다.

"하…… 하지만 말이야, 오케이 씨가."

기타지는 이쪽을 등진 채 땔감을 분류하고 있었다.

"우리가 간다면 같이 가주겠다고 했거든. 안내해주겠대."

물론 꼭 오늘내일 가야 한다는 건 아니다. 그곳이 하번저라고 해도 다이묘의 영역이므로 절대로 발각되어서는 안 된다. 따라서 상당한 준비도 필요하고,

――아무리 빨라도 다음 초승달을 기다려야 해요.

야음을 이용하지 않으면 결행할 수 없다.

"게다가 내가 개를 데려가겠다고 하자 그건 생각도 못했다면서 깜짝 놀랐거든."

열심히 설명해도 기타지는 수긍해주지 않았다. 기타지는 화가 난 기색이다. 그걸 알고 더욱 놀랐다. 지금까지 늘 무뚝뚝한 놈이

었다. 먹을 걸 나눠줄 때 말고는 상냥함이라고는 눈곱만치도 없는 놈이었다. 돌이켜보면 기타지가 진지하게 화내는 모습을 본 적이 없다.

지금이 처음이다. 기타이치는 주눅이 들었다.

대패질을 계속했다. 슉, 슉. 무릎을 구부렸다 폈다 하면서.

"내 맘대로 우리라고 해서 미안하다."

슉, 슉. 공교롭게도 오늘 밤은 대패질이 잘 된다. 얇은 대팻밥이 어둠 속을 춤춘다.

"함부로 흰둥이와 얼룩이 얘기를 한 것도 미안해."

생각 없이 굴어서 미안하다.

"하지만 어떻게든 해보고 싶단 말이야."

오토요 씨 사건을 해결하고 싶다. '큰나리'의 정체를 밝혀내고 싶다. 몇 명의 여자들이 살해되어 어둠 속에 매장되었는지 밝혀내고 싶다.

"아무것도 안 하면 내일부터 목구멍으로 밥이 넘어가지 않을 것 같아."

가슴이 답답할 뿐, 배고프면 잘 먹을 테고 목마르면 달게 물을 마실 테고 피곤하면 꾸벅꾸벅 졸다가 잘 잘 테지. 기타이치는 그런 놈이니까.

하지만 그런 놈일망정 '큰나리'를 이대로 그냥 놔두고 싶지 않다.

기타지는 땔감을 한 아름 안고 가마 앞에 앉았다. 잔가지나 작은 나무판은 손으로 부러뜨리고 폐지는 가볍게 뭉쳐서 아궁이로 던져 넣고 부젓가락으로 들쑤셨다. 통수치기 일당 주시로와 이곳에서 대화할 때 기타지가 불쾌하게 냅다 던져 넣었던 부젓가락은 다시 손에 돌아와 있었다.

가마불이 타오른다. 밤이 깊었다. 대패질을 계속하느라 기타이치는 양 무릎에서 점차 힘이 빠졌다.

센다가야 숲속의 어둠을 그냥 놔둔다면 앞으로 살면서도 결코 편안하게 웃지 못할 거라고 기타이치는 생각했다.

"……그, 하치스케란 짐꾼은."

무거운 침묵을 슬쩍 밀어내며 기타지가 중얼거렸다. 기타이치가 저도 모르게 대패질을 뚝 그쳤다.

"쉬지 마."

"아, 예."

슉, 슉, 슉.

"본인도 모르게 꽤 오래전부터 조금씩 정신이 망가지고 있었을 거야."

아마 그랬겠지, 라고 기타지가 말했다.

"어디에 선을 딱 그어놓고 선 이쪽은 정상이고 선을 넘으면 실성하고 하는 게 아냐. 떡을 구우면 죽죽 늘어나듯이 온전한 정신도 차차 녹아나지. 선한 것과 나쁜 것의 경계도 녹아나고. 그렇지 않았다면 계속 그 일을 떠맡았을 리가 없어."

기타지가 하는 말을 곱씹으며 기타이치는 생각해보았다.

"그 '일'과 '일' 사이에 꽤 긴 공백이 있었던 것 같아."

그러므로 온전한 마음을 되찾아서 지내는 기간이 대부분이었을 테고, 그 사이 가끔 악몽 같은 '일'이 들어와 하치스케는 조금씩 녹이 슬어간 게 아닐까.

기타지는 고개를 저었다. "그것도 포함해서 하치스케가 진실을 어디까지 자백했는지 알 수 없다는 말이야."

순순히 믿지 못하겠다. 하치스케의 말도, 기억도.

"과장했는지도 모르고 축소했을 수도 있어. 완전한 날조는 아니더라도 세세한 점에서는 사실과 다를지도 몰라. 어쨌든 오케이 씨에게 말한 시점에서도 25년이나 지난 사건이었으니."

다만 '큰나리'가 죽자 '일'이 끊겨서 악행을 거들지 않게 된 대신, 대가로 받던 금품이 끊기고 나서야 하치스케의 '비정상'이 겉으로 드러난 것은 납득이 돼——냉혹하리만치 담담하게 기타지는 말했다.

"늘 내면의 어둠에 숨어 있다가 밖으로 나오자 정신이 완전히 이상해졌겠지. 그래서 저지른 짓이 일가족 몰살이야. 그런 놈이 하는 말을 믿는다고? 게다가 가장 멀게는 30년 전 사건이라며?"

"어, 28년 전이야."

"그런 걸 오십보백보라고 하는 거다. 뭘 찾을 수 있겠냐."

그럴지도 모른다. 하지만 기타이치는 포기하고 싶지 않았다. 오케이도 기타이치의 마음을 이해하고 약속해주었던 것이다.

——정말 그렇게 기특한 개가 있다면 데려가 보죠. 내가 안내

귀신 저택 • 443

할게요.

개 주인도 아니면서 자랑이라도 하듯 경박하게 말하고 말았다. 정말이지 나는 생각이 있는 놈인가.

가슴에 생긴 딱딱한 응어리가 사라지지 않는다. 괴롭다. 슉, 슉, 슉. 무릎은 힘이 빠지는 정도를 지나 후들거리기 시작했다.

산더미처럼 쌓인 땔감 쪽에서 개 짖는 소리가 들렸다. 왕, 왕. 그리고 낮게 으르렁거리는 소리. 이어서 왕, 우우우왕, 하고 조금 높게 우짖는 소리. 그리고 콧김소리.

가벼운 발소리가 다가온다. 두툼한 발볼록살이 바닥을 두드리는 소리가 넓은 가마실을 가로지른다. 호랑이도 제 말하면 온다더니.

그래, 나는 이 녀석들의 주인이 아니다. 녀석들이 나의 대장이라고 해도 나는 수하될 자격이 없다. 왜냐하면 목소리와 발소리만 듣고 흰둥이인지 얼룩이인지 분간할 능력이 없으니까.

가마에서 넘쳐나는 붉은 빛 속에 개들의 모습이 나타났다.

"늬들, 하필 이럴 때 나타나냐."

기타지가 언짢은 듯 중얼거리며 두 마리를 맞았다. 특별히 머리를 쓰다듬어 주거나 하지는 않는다. 그저 손윗사람이 찾아온 것처럼 자리에서 일어선다.

흰둥이는 꼬리를 세우고 얼룩이는 두 귀를 쫑긋 세운 채 나무판 앞에 서 있는 기타이치 옆으로 다가왔다. 주변에 흩어진 대팻밥에 코를 대고 킁킁거리기 시작한다.

"그거 먹는 거 아냐. 미안. 오늘은 맨손으로 오고 말았네. 다음엔 또 고구마라도 가져다줄게."

기타이치는 대패를 내려놓고 흰둥이와 얼룩이의 턱을 가볍게 한손으로 쳐들었다. 이 녀석들이 삼키기 전에 대팻밥을 치워야겠다.

흰둥이와 얼룩이가 자리에 앉았다. 기타이치의 말을 알아듣지 못하고 뭔가 먹을 걸 주리라 기대하는 걸까. 아니면 무슨 하고 싶은 말이라도 있나?

"……뭐야, 너희들."

기타지는 화가 나 있다. 흰둥이와 얼룩이가 목만 틀어 그쪽을 쳐다보았다. 그러더니 바로 기타이치 쪽으로 머리를 돌렸다.

두 마리가 두 사람을 중재하려는 것 같았다. 너희들, 싸우냐? 싸우는 건 좋지 않아.

기타이치는 울고 싶은 심정으로 자리에 쪼그리고 앉았다. 그것만으로는 부족해서 정식으로 무릎을 꿇은 채 두 마리에게 말했다.

"너희에게 또 부탁을 하고 싶다. 들어줄래?"

두 마리가 눈을 깜빡이고 귀를 쫑긋 움직였다. 흰둥이는 기타이치를 보고 있다. 얼룩이도 고개를 돌려 기타지를 쳐다본다.

"저번에 받아먹고 재미를 붙였구나."

서 있던 기타지가 별안간 머리를 벅벅 긁어댔다.

"젠장, 이놈이고 저놈이고 다들 뭐하자는 거야."

개 코에 의지해서 뭔가를 찾아내자고?"

"여자 사체들은 저택 주위에 매장되어 있겠지."

첫 희생자 오토요도 그리 멀리 옮긴 것이 아니었다.

"20년 묵은 사체라면 이젠 무리야. 가장 나중 사건이 5년 전이라고 했던가. 그거라면 혹시 어떻게 될지도 모르지."

기타이치는 눈을 동그랗게 떴다. "흰둥이와 얼룩이에게 여자 사체 냄새를 맡게 하고 똑같은 냄새를 찾게 할 거야?"

기타지는 몹시 언짢은 표정으로, "멍청하긴" 하고 말했다. "먼저 묘지에 가는 거다. 이 녀석들에게 묘지 냄새를 충분히 맡게 해서 기억하게 해야지. 하지만 그것만으로는 부족하고 우리도 훈련을 해야 해."

기타지는 기타이치를 노려보며 말했다.

"이 녀석들을 제대로 부리는 건 생각처럼 쉬운 일이 아냐."

그때 욕실 쪽에서,

"어이! 가마 담당, 졸고 있냐? 물이 왜 식었냐!"

쩌렁쩌렁 울리는 커다란 질타가 날아오자 기타이치는, 나중에 생각하니 정말 미안한 일이었지만, 와락 웃고 말았다.

실제로 해보니 역시 어려웠다.

흰둥이와 얼룩이를 생각대로 움직이게 하려면 그냥 명령하거나 목줄을 당기거나 손가락질만으로는 전혀 효과가 없다. 두 마리가 알아서 움직이도록, 이쪽 생각이 잘 전해지도록 행동해야 한다. 오만한 태도도 금물이다.

흰둥이와 얼룩이의 목에 목줄을 매는 것도 어디까지나 우리와 두 마리가 떨어지지 않도록 하기 위해서다. 통수치기 일당을 냄새로 추적하게 할 때는 기타이치의 생각이 거기까지 미치지 못했다.

체구가 큰 흰둥이는 한쪽 귀끝이 찢어져 있고 눈 한쪽은 절반쯤 감겨 있지만 놀랄 만큼 민첩하고 힘이 세다. 몸집이 작고 약한 얼룩이는 다리가 강해서 빠르게 달릴 뿐 아니라 이층집 처마쯤 되는 높이도 쉽게 뛰어넘는다. 두 마리의 그런 차이도 실제로 함께 돌아다녀보기 전에는 실감할 수 없었다.

기타지는 마치 동네 신사에 참배라도 다녀오자는 듯 가볍게 "묘지에 가서 냄새를 맡게 하자"라고 말했다. 두 사람과 두 마리는 사루에부터 오오지마무라 일대까지 묘지를 몇 군데 정해 두고 밤마다 일대를 뛰어다녔다.

후카가와의 새로 매립한 주만쓰보+万坪는 논밭밖에 없는 곳이라 누가 지켜볼 염려는 거의 없지만, 혹시 누가 보면 수상하게 여길 게 뻔했다. 실제로 야간 훈련을 시작하고 사오일 지났을 때 사루에 공방에 풀을 쒀주러 온 노파가,

"요즘 밤마다 개가 시끄럽게 짖어대는 소리가 들린다고 우리 손주가 얼마나 무서워하는지."

라고 불평해서 오금이 저렸다. 죄송, 죄송. 이제 곧 끝납니다.

덩치 큰 흰둥이는 얌전한데 몸이 작은 얼룩이는 성질이 급해 뛰

어다니다 제풀에 흥분해서 멍멍 짖어댄다.

그런데 이레째 되는 날 한밤중에 기타지는,

"저곳은 묘지는 아니지만 망자가 묻혀 있던 곳이니까 가볼까."

라고 말하더니, 작년 이른 장마가 질 때였나, 기타이치가 기타지 부친의 (것으로 짐작되는) 유골을 수습했던 고혼마쓰 옆 지주 집 별채로 걸음을 옮겼다.

"그 뒤 아버지 유골에 공양한 적 있어?"

기타이치의 질문이 안 들리는지 못 들었는지 기타지는 흰둥이 머리를 별채 쪽으로 유도하며 말했다.

"아무 냄새도 안 나냐? 벌써 시간이 꽤 지났네."

기타이치가 데려가는——이라기보다는 멀리 뒤처지지 않게 따라다니는 얼룩이는 처음부터 그 별채에는 흥미가 없어서 시종 반대쪽으로 기타이치를 끌고 가려고 했다. 하는 수 없이 따라가니 둑길의 마른 풀숲에 까마귀인지 솔개인지 모를 새의 사체가 떨어져 있었다.

"그런 거 물면 안 돼. 땅에 떨어진 새는 병이나 독으로 죽은 거니까."

그래? 라는 듯이 얼룩이는 동그란 눈으로 기타이치를 올려다보고 멍! 짖었다.

"알아들었으면 그냥 눈만 맞춰. 꼭 짖어야 할 때만 짖으라고. 그때는 내가 먼저 짖을 테니까. 왕, 왕, 하고. 그러면 호응해줘, 알았지?"

얼룩이와 마주보며 정말로 짖어 보이는 기타이치를, 기타지와 흰둥이가 냉담하게 쳐다보고 있다는 것은 밤눈에도 알 수 있었다.

후카가와 주만쓰보에 점점이 자리 잡은 작은 묘지를 몇 군데 돌아보고 좁은 둑길을 앞뒤로 나란히 달려서 사루에 목재창고 쪽으로 돌아오니 왠지 초롱불 하나가 보였다. 공방 근처에 누가 서 있는 것 같았다.

무슨 일이 있었나? 가슴이 뛰는 것을 느끼며 기타이치는 얼룩이를 재촉하여 앞장섰다.

"어이, 잠깐 기다려."

기타지의 말을 무시하고 뛰어갔다. 아무 표시가 없는 초롱불을 들고 공방 앞에 서 있는 것은 오우미 신베에였다.

"호오, 용케 잡았네."

응? 무슨 소리지?

"최근 며칠간 한밤중에 개를 데리고 뛰어다니는 게 누군가 했더니, 기타 씨였어?"

이런. 어떻게 알았지? 신베에가 관리하는 쓰바키야마 가의 저택은 물론 여기서 가깝다. 하지만 '젊은 나리' 에이카와 시녀 세토 님의 잠자리를 시끄럽게 해서는 안 되므로 근처는 피해다니고 있었는데.

기타이치가 당황하는데 기타지가 흰둥이와 함께 다가왔다. 신베에는 스에조 영감이나 다카하시 기원 주인을 대할 때처럼 웃는 얼굴로 말했다.
"기타 씨의 친구신가? 방해해서 미안하네. 나는 기타이치와 함께 일하는 오우미 신베에라고 하네. 앞으로 잘 부탁하네."
기타지와 흰둥이는 오려붙인 것처럼 똑같은 무표정으로 입을 다물고 있었다. 얼룩이는 붕붕 소리가 나도록 꼬리치고 있다.
"그래, 여기 두 분과 두 마리는 대체 뭘 하고 있는 거지?"

세상에는 가만히 있어도 개나 고양이가 살갑게 따르는 사람이 있다. 신베에가 바로 그렇다. 흰둥이와 얼룩이는 신베에의 후줄근한 하카마 주름에 머리를 비비며 코를 킁킁거렸다. 개들이 이러고 있으니 따라다니던 기타이치와 기타지는 저항도 못하고 한밤중에 느티나무집으로 따라 들어가고 말았다.
때문에 '대체 뭘 하고 있는' 것인지 실토할 수밖에 없었다.
물론 기타이치도 쉽게 실토한 것은 아니다. 다이묘의 하번저 염탐을 준비하는 것이므로 하타모토 쓰바키야마 가의 가신 신베에를 끌어들일 수는 없었다. 자칫 신베에에게 무슨 변고가 생길지 알 수 없기 때문이다.
하지만 졸음과 피로와 식욕을 이길 수는 없었다.
처음부터 기분이 좋았던 신베에는 두 사람과 두 마리를 부엌으로 데려갔다.
"우리 젊은 나리도 세토 님도 요즘은 본저에 가 계시거든. 나도 빈집 지키는 데 슬슬 싫증이 나던 참이네. 자, 들어들 와. 편히 앉게. 두 사람 다 뛰어다니느라 시장하지? 먹다 남긴 저녁밥이라 미안하네만, 토란국이 있네. 찬밥을 넣고 잡탕을 만들까 하는데, 어떤가?"

먹는 얘기가 나오자 기타지는 눈이 초롱초롱해지고 무표정은 금세 사라졌다. 녀석, 하여간 먹는 거라면.

"개들한테는 물을 줘야겠군. 기타 씨, 거기 항아리에서 물 좀 퍼주지. 함부로 먹을 걸 주면 안 될 것 같은데, 그래? 이 아이들이 찐고구마는 좋아한다고? 그거라면 있지. 마침 어제 한꺼번에 항아리에 구워 두었네항아리 테두리에 고구마를 매달고 밑바닥에 숯을 피워서 구웠다."

항아리구이 고구마는 달고 맛있지만 손이 많이 간다. 그런 걸 개한테 줘도 좋을까.

"잘 됐군. 혼자 먹는 데 질린 참이거든."

화덕에 불을 피우고 넓은 부엌에 토란국의 따끈한 냄새가 감돌자 기타이치는 허기에 졸음이 겹쳐서 하품을 흘리고 말았다. 밤마다 조메이탕 영업이 끝날 때까지 가마불을 피우고 기타이치가 대패 수련을 마치면(최근 며칠은 나무판을 앞뒤로 놓고 몸을 틀면서 앞뒤 번갈아가며 대패질을 계속하는 어려운 훈련을 부여받고 있다) 개들을 데리고 나가 장거리를 뛰어다녔으니 지치고 졸린 게 당연했다.

밤기운에 몸이 식고 배가 고픈 것은 두 사람과 두 마리가 마찬가지였다. 그러던 참에 신베에가 구원의 신처럼 나타나 빙글빙글 웃는 낯으로 먹을 것을 내주자 게 눈 감추듯 해치웠다.
 저간의 사정을 설명하고 났을 때 기타이치는 배가 부르고 눈꺼풀은 처지고 온몸이 축축 늘어졌다.
 "뭘 덮어주지 않으면 감기 걸리겠다."
 신베에가 토방에서 올라가는 마루방을 돌아보며 말했다. 기타이치도 그쪽을 보고 흠칫 놀랐다(잠깐이지만 졸음이 확 달아날 정도로). 기타지가 마루방에 널브러져 자고 있었다.
 "헐, 뭐야, 이 녀석!"
 "괜찮아, 괜찮아."
 흰둥이와 얼룩이도 어느 새 화덕 앞에 웅크리고 있었다. 창고에서 솜옷을 꺼내 기타지를 덮어주며 신베에가 말했다.
 "기타 씨는, 나를…… 아니, 에이카 님의 쓰바키야마 가를 끌어들이고 싶지 않겠지만."
 물론이죠! 기타이치가 고개를 힘주어 끄덕이자 코고는 듯한 콧소리가 났다.
 "하지만 나도 개를 넣을 함 정도는 준비해줄 수 있네."
 졸음과 싸우느라 신베에가 무슨 말을 하는지 금방 이해하지 못했다. 개를 넣어? 함에? 하품을 참으며 간신히 말했다.
 "흰둥이와 얼룩이는 어디든 잘 뛰어다니는걸요."
 "후카가와 끝에서 센다가야 숲까지 목줄을 끌고 가겠다고? 그건 무리야, 무리. 틀림없이 어느 반야에서 저지할 거야."
 그건…… 깊이 생각해보지 않았다.

"밤이 깊은 뒤라면."

"대낮보다 더 눈에 띄지."

반야의 의심을 피하고 흰둥이와 얼룩이의 후각을 어지럽히지 않기 위해서도 센다가야 근처까지는 개들을 함에 넣어서 옮겨야 한다고 신베에는 역설했다.

"요쓰야의 검문소는 물론 피할 생각이겠지? 그렇다면 더욱 그렇게 해야지. 개들이 관심을 끌지 않도록 재빨리 이동해야 해."

그리고 개와 기타이치 일행이 한밤중까지 숨어 있을 장소도 필요하다고 했다.

"오케이 씨와 상의해 볼게요."

"풀이었다는 여자? 그래, 그게 확실하겠지. 하지만 함은 내가 준비하지. 실은 쓰바키야마 나리가 개를 좋아하시거든."

본저에서 크고 작은 개 네 마리를 키우고 있다고 한다.

"세토 님이 개를 싫어해서 여기에는 두지 않지만, 내가 본저의 호출을 받아서 가면 대개 애완견 산책을 담당하지."

애완견과 신베에 중에 어느 쪽 지위가 더 높을까.

"별저를 관리하는 가신이란 게 그 정도지, 뭐. 아주 귀여운 개라서 나는 전혀 개의치 않지만."

그런 연유로 신베에는 개 관련 용품을 잘 안다고 한다.

"그렇다면 잘 부탁드려요."

기타이치가 졸음에 취해 고개를 꾸뻑하자 신베에 얼굴에 화색이 돌았다. 도저히 축시(오전 2시)라고 생각할 수 없는 환한 얼굴이다.

 신베에 씨, 진짜 좋아하네. 그런데 이 묘한 소리는 뭐지? 내 콧김 소리? 아니, 기타지가 코고는 소리다. 녀석, 넉살좋게 잘도 자네.

 비웃음도 졸음에 녹아든다.

 "그런데 기타 씨, 허리띠에 묶어 놓은 그거, 매듭끈인가?"

 기타이치는 조금 정신이 들었다. 매듭끈. 아아, 오사토한테 받은 거였지.

 "아. 구리야마 나리의…… 음, 구리야마 나리한테, 새해 선물로 받은 겁니다만."

 신베에는 미소를 지었다. "훌륭한 끈이군. 요긴하게 쓰게. 목숨을 맡겨도 부족하지 않을 만큼 일품인걸."

 이 말이 사실이라면 흰둥이와 얼룩이의 목줄도 이 끈으로 만들었으면 좋겠다고 생각했지만, 이미 늦었겠지. 아깝네, 앞일을 생각해서 하나 만들어 달래도 좋겠다. 아마 값이 꽤 나가겠지만——

——신베에 이야기를 자장가 삼아 어느 새 기타이치도 잠들어 버렸다.

11

 기타이치가 문의하자 오케이는 바로 움직여 주었다. 밤이 깊을 때까지 숨어 있을 장소라면 기타이치가 말하기 전에 이미 준비해 둔 모양이다.
 "그래도 커다란 개를 옮길 함은 나도 준비하지 못합니다. 기타이치 씨 지인 중에서 찾아보세요."
 오케이와의 의사소통은 기타나가보리초 반야의 서기를 통해 이루어졌다. 감기가 떨어져 기운을 찾은 서기는 평소의 온화한 아저씨로 돌아가 아무것도 묻지 않고 중개 역을 맡아주었다.
 애초에 기대하지도 않았지만 기타지는 준비 작업에 전혀 얼굴을 비치지 않았다. 기타이치와 오케이는 의견을 주고받으며 준비하다가 초승달이 뜰 때까지 닷새 정도 남았을 때, 오나기가와 운하 변의 작고 추레한 놀잇배 집에서 만났다. 오케이는 또래 남자를 하나 데려왔다.
 얼핏 직인처럼 보이지만 기타이치는 바로 짐작할 수 있었다.
 "모쿠이치 씨군요?"
 그러자 남자는 여유로운 미소를 지었다. "기타이치 씨로군."
 28년 전 사건을 다시 캐보겠다고 나선 별난 문고장수 말이야, 라고 말했다.
 "아직 점포도 마련하지 못한 행상일 뿐입니다." 기타이치도 가볍게 인사했다. "모쿠이치 씨는 그런 저를 도와줄 별난 분이시고요."

모쿠이치는 오케이를 힐끔 보고는 웃었다. "아카사카 초입에서 센다가야 숲까지 살펴서 적당한 오두막을 찾아두었네. 예전에 어느 상가 숙소의 장작창고였다고 하는데."

숙소 본채는 화재로 불타고 장작창고만 남아 있다고 한다.

"센다가야 숲이라고 쉽게들 말하지만 면적이 상당하지. 숲 가장자리를 에두르듯이 센다가야무라, 하라주쿠무라, 고슈가도의 나이토 역참, 나루코 역참, 쓰노하즈무라 등이 흩어져 있어서 주민들이 정착해 살지만, 그 '큰나리'의 저택이나 방금 말한 화재로 사라진 상가처럼 숲속에 외따로 들어선 저택도 있네."

그런 저택의 내력이나 내부 상황은 대체로 파악하기가 어렵다.

"지주나 촌장과 관청, 혹은 대관소가 파악하고 있으면 다행이지만, 주변 마을이나 역참 사람들하고는 교류가 없으니까."

오히려 현재의 '큰나리' 저택처럼 하코가와 가문이라는 번듯한 다이묘의 하번저가 되어 버리면 파악하기가 한결 쉬워진다.

"주변 평판을 조금 알아보았는데, 인근 마을 주민들이 하코가와 나리의 하번저에 자주 가서 일하고 있다더군. 주민들이 질 좋은 채소를 재배하고 싸움닭과 오리도 키워서 푼돈이나마 살림에 보태고 있다고 하네."

기타이치 일행은 이때 오나기가와 운하 변 허름한 놀잇배 집 뒤에 모여 있었다. 시중에 매화 향이 감돌기 시작했지만, 운하 수

면을 미끄러져 가는 바람은 여전히 쌀쌀하여 코끝과 귓불이 시리다. 하지만 뱃속에서 냉기가 느껴지는 까닭은 아마도 모쿠이치의 이야기 탓이리라.

여자들이 몇 명이나 잔혹하게 목숨을 잃었는지 모를 저택이 지금은 일변하여 인근 주민을 행복하게 만들어주고 있다니――.

이 세상에는 신령님도 부처님도 없고 원한 맺힌 망령도 없단 말인가. 그렇다면 하치스케를 괴롭힌 여자 망령들은 무엇인가.

"설마 엉뚱한 저택을 알아보신 것은 아니겠죠?"

잘못짚은 거라면 차라리 납득이 간다. 하지만 오케이는 고개를 저으며 말했다. "잘못짚었을 리가 없어요."

모쿠이치도 그 저택이 하코가와 가의 하번저가 되었을 때 상황을 직접 확인하고 싶어서 찾아가 보았다고 한다.

"분하지만 그 저택이 맞네. 누가 사느냐에 따라 저택은 선으로 기울 수도 있고 악으로 기울 수도 있지."

일반적으로 하번저에는 다이묘나 하타모토의 처자식은 출입하지 않는다. 그러므로 규율이 느슨해서 자칫 주겐무가의 하인 숙소가 도박장으로 쓰이거나, 하녀들이 가부키 배우나 정부를 끌어들여 방탕하게 노는 수상쩍은 은가로 쓰이기도 하는데, 하코가와 저택에는 그런 기미도 없다고 한다.

모쿠이치가 기타이치에게 물었다. "기타 씨, 혹시 가금류에 대해서 잘 아시나?"

응? "거의 모릅니다."

지금까지 먹어본 계란이 몇 알 안 될 정도다.

"그래? 집오리나 메추리는 얌전한데 싸움닭은 성질이 사납고 경계심이 강하지. '큰나리'가 훌륭한 대나무울타리를 설치해서 싸움닭을 키웠던 이유는…… 달리 보자면 사설 감옥으로 통하는 비밀 통로의 입구에 싸움닭을 풀어놓은 것인데, 만에 하나 감금한 여자가 거기로 도망치려고 하면 싸움닭이 소란을 피워서 즉시 알 수 있기 때문일 거야."

속이 메스꺼워지는 구조이다.

"그러니 그곳에 개를 풀어서 냄새를 맡게 한다면 닭장을 조심해야 하네. 개는 닭 냄새에 예민하게 반응하니까."

"나보다 똑똑한 개들이니까 그런 걱정은 안 해도 됩니다."

오케이와 모쿠이치는 허풍으로 듣는 것 같았다. 빈말이 아니라 사실임을 알았을 때 노련한 풀 두 사람이 어떤 표정을 할지 생각하니 기타이치는 조금 기운이 났다.

기대와 두려움이 교차하는 가운데 드디어 초승달 뜨는 날 해질 무렵이 되었다.

조메이탕 가마실에서 신베에가 큰 수레에 실어다 준 커다란 함의 뚜껑을 들어 올린 기타이치와 기타지가 휘파람 소리를 듣고 달려온 흰둥이와 얼룩이를 안에 넣었다. 묵직한 흰둥이가 올라타자 수레 짐칸이 축 처졌다.

"낡은 수레지만 중간에 주저앉는 일은 없을 거야. 마음껏 쓰게."

 신베에가 지원한 큰 수레를 기타지가 못미덥다는 얼굴로 여기저기 두드려 보았다. 이 녀석, 제발 적당히 해라.

 기타이치가 흰둥이와 얼룩이에게 말했다. "이제부터 오오카와 강을 건너고 시중을 가로질러 조금 멀리까지 갈 거다. 조용히 잠자고 있어라. 미안하다."

 도중에 두 마리에게 줄 물을 담기 위해 기타지가 (웃음이 나올 만큼) 커다란 표주박을 꺼내왔다. 그리고 여기저기 묘지에서 조금씩 담아온 흙 자루.

 기타이치가 기타지를 데려가기로 했으니 조메이탕도 하루저녁 휴업하려나 했더니 노인이 대신 가마불을 땔 거라고 한다. 하룻저녁 정도는 괜찮네. 그런데 내가 워낙 추위를 타니 오늘 저녁은 목욕물이 펄펄 끓겠어. 내가 깜빡 졸기라도 하면 아예 목욕탕이 활활 불타버릴지도 모르지——제발 그런 말씀 마셔요.

 "이제 젊은 나리가 본저에서 돌아오셔서 다음 그림을 준비하기 시작하셨네. 기타 씨, 이 일이 만족할 만큼 정리되어서 다시 장사에 열중하기를 기다리고 있겠네."

 신베에는 그렇게 말하고 기타이치 일행과 두 마리를 전송해 주었다.

 "후카가와 안에서는 누굴 만나도 적당히 웃는 낯으로 인사하고 통과하면 돼. 내가 그럴 듯하게 얘기해 놓을 테니까."

 "부탁합니다!"

해 저무는 후카가와 시중을 지나 교량 검문소가 있는 료고쿠하시와 에이타이바시를 피하고 신오오하시를 건너자 오케이가 기다리고 있다가 합류했다. 거기부터는 오케이의 안내로 최대한 이목이 없는 길을 골라 에도성 아카사카 성문을 향해 서쪽으로 걸었다.

아카사카에서는 잠복할 곳으로 정해둔 장작창고로 가는 오솔길 입구에서 모쿠이치가 기다리고 있었다. 부부와 두 아들로 구성된 일가족이 야반도주라도 하나? 그러기에는 시간이 이른데? 자칫 그렇게 비칠지도 모르는 일행은 센다가야 숲으로 들어섰다. 오솔길은 거의 마른 덤불에 묻혀 있었다. 수레는 눈에 띄지 않게 감춰 두고 기타지가 흰둥이를, 기타이치가 얼룩이를 데려가기로 했다.

장작창고는 강풍이 불면 쓰러지겠다 싶을 만큼 허름했지만, 내부는 말끔하게 청소되어 있었다. 개들과 기타이치 일행은 그곳에서 쉬면서 모쿠이치가 가져온 주먹밥을 먹고 숲에 난 (오케이가 돌아다니며 확인한) 길이나 표식이 될 만한 지형지물, 저택의 위치, 근처 무가저택의 보초들이 순찰하는 (가능성이 있는) 범위 등을 기록한 시중 지도를 가운데 펴놓고 마지막 회의를 했다.

기타이치와 얼룩이와 모쿠이치가 한 조를 이루고 기타지와 흰둥이와 오케이가 한 조를 이루었다. 두 개 조가 남북으로 갈라져 저택에 접근한다. 대울타리 두른 닭장과, 그 안의 비밀 통로 출입구는 남쪽을 맡은 기타지 조가 맡기로 했다. 기타이치는 아쉬웠지만 닭장에 접근하는 위험성을 잘 알고 있으므로 소리 없이 움직일 줄 아는 기타지 쪽이 맡는 것이 당연하다.

오케이가 두건까지 갖춘 검은 옷을 준비하고 모쿠이치는 등에 메도 걸리적거리지 않도록 자루를 짧게 한 괭이를 가져왔다. 개를 위해 예비용 목줄도 준비했다. 새끼줄은 꺼칠꺼칠하므로 흰둥이와 얼룩이의 목에 닿는 부분은 색 바랜 부드러운 천을 감아두었다. 기타이치는 별 도움이 못 되는 것 같아 미안했다.

"한밤중이 될 때까지 쉽시다."

모쿠이치가 그렇게 말하자 제일 먼저 기타지가 흰둥이와 얼룩이 사이에 들어가 벌렁 누웠다.

"너 말이야!"

기타이치는 정말로 화가 났다.

"저번에 느티나무집 부엌에서도 신베에 씨한테 양해를 구하지 않고 쿨쿨 잤지. 긴장을 푸는 게 너무 빠르지 않나? 뻔뻔하다고 생각하지 않아?"

"전혀."

기타지는 조금이라도 편하게 자려고 팔베개 형태를 굴리며 대답했다. "전혀 그렇게 생각 안 해. 그때는 개들이 알아서 오우미란 사람을 따르니까 나도 안심한 거다. 너는 지금 여기서 긴장을 푸니 마니 떠들어야겠냐. 너야말로 제정신이야?"

모르는 척하고 있던 오케이가 슬며시 미소를 짓고, "이걸 쓰세요" 하며 도롱이를 기타이치에게 건네주었다.

"불을 피울 수 없으니 추울 거예요."

그러네요. 뜨뜻하게 쉬는 사람은 개 두 마리 사이에 끼어 있는 기타이지뿐이다. 기타이치는 입을 삐죽이며 말없이 도롱이를 썼다.

당연한 일이지만 거의 잠을 이룰 수 없었다. 슬슬 때가 됐다고 모쿠이치가 입을 떼기 훨씬 전부터 기타이치는 장작창고의 어둠 속에서 눈을 뜨고 있었다. 심장 뛰는 소리를 듣고 있었다.

움직일 채비를 마치고 개들에게 물을 주고 목줄을 채우고 자루에 담긴 흙을 코에 대주어 냄새를 맡게 했다. 흙은 각자 나누어서 가져가기로 했다.

달이 없을 뿐 아니라 맞춤한 듯 두터운 구름이 밤하늘을 뒤덮어 별도 보이지 않는 밤이었다. 야음과 숲속 어둠의 밑바닥을 모쿠이치가 앞장서 걸었다. 기타이치와 얼룩이는 모쿠이치가 뒷사람에게 표식이 되도록 (철포 불씨를 넣어 다니는 화명火皿을 보며 고안한 거라고 한다) 허리에 찬 작은 불을 보며 뒤를 따라갔다.

시중 지도에 따르면 하코가와 가의 하번저까지는 그리 멀지 않을 텐데, 얼룩이 숨소리에 맞춰 호흡하는 탓인지 기타이치는 금세 숨이 찼다. 기타이치가 조사하려는 곳은 유서 깊은 후다이 다이묘의 하번저가 아니라 피로 얼룩진 '큰나리'의 저택이므로 가까이 갈수록 호흡이 답답해지고 심장이 옥죄어드는 것도 당연했다. 그곳은 불과 4년쯤 전까지도 이 세상에서 지옥에 제일 가까운 곳이었으니까.

"등이 켜져 있군."

모쿠이치가 걸음을 멈추고 전방의 야음 너머를 가리켰다. 과연 쌀알만 한 불빛이 기타이치가 바라보는 동안 옆으로 가만히 이동하다 사라졌다.

"저택에 화재 감시탑은 없다. 저 높이라면 1층 처마 위다. 보초가 순찰을 돌고 있을 거야."

보초가 있다니, 하코가와 가의 요인이 머물고 있는지도 모른다.

"번거로워졌네요."

"아니, 하코가와 가의 정실부인은 하번저를 한 번도 방문한 적이 없네. 누군가 머물고 있다고 해도 가신이겠지. 내가 알기로는 평소에 젊은 무사 한두 명이 뒤뜰에서 목검으로 훈련을 하고 있을 뿐이야."

귀엣말로 대화하며 나무들 사이를 걸었다. 센다가야 숲의 나무들은 줄기가 굵고 키가 커서, 야음 속에 한층 캄캄하게 버티고 서서 기타이치를 저지하려는 것처럼 느껴졌다.

얼룩이는 한밤중 산책을 즐기는 듯 내내 꼬리를 쳤지만, 저택이 온전히 보일 만큼 접근하자 귀를 뾰족하게 세우고 꼬리치기를 멈추었다.

"……무슨 냄새라도 맡은 거야?"

기타이치가 작은 소리로 물어도 동그란 눈으로 눈을 맞춰줄 뿐이다. 하지만 짖으려고 하지는 않는다. 혀를 내밀고 하아하아 숨쉬고 있다.

"착하지. 조용히 가자꾸나."

두 사람과 한 마리는 곧 저택을 두른 산울타리를 만났다. 그곳에서부터는 산울타리를 따라 오른쪽으로 걸었다.

이 산울타리는 나한송이라고 모쿠이치가 가르쳐주었다. "높이 자라는 나무라서 심은 지 오래 되었다면 더 높이 자랐을 거야. 가카에 저택이 되면서 새로 교체해 심었는지도 모르지."

"좋은 향이 난다는 가시나무꽃은요?"

"지금은 피는 철이 아냐. 가까이 가보기 전에는 알 수 없지만, 닭장 반대쪽이 아닐까?"

얼룩이는 얌전히 기타이치를 따라왔다. 뭔가에 흥분해서 내달리지는 않고 있지만 귀는 쫑긋 세우고 있다. 왠지 이곳을 싫어하는 듯 보이는 것은 기타이치의 마음 탓일까?

산울타리에 너무 붙지 않도록 하며 몸을 숙이고 걸었다. 기타이치는 여기저기 켜져 있는 등롱을 헤아려보았다. 그냥 넓기만 한 저택이 아니었다. 2층이 있지만 1층 위로 한두 칸 정도 올렸을 뿐이다. 초가지붕은 두텁고 사방 모퉁이는 한층 높게 쳐들려 있다.

사람 목소리는 들리지 않는다. 움직임도 없다――라고 생각하는데 아까와는 다른 장소에서 또 불빛이 천천히 어둠을 가로질렀다. 이번에는 세로로 긴 초롱처럼 보인다. 누가 얌전히 쳐드는 초롱이 아니라 한손으로 잡고 움직일 수 있는 유미하라 제등활 모양으로 휜 대나무에 초롱의 위아래를 고정한 제등. 등불의 종이봉지를 활의 탄력을 이용해 안정적으로 유지할 수 있어 야간에 민첩하게 움직여도 심하게 흔들리거나 불이 꺼지는 일이 없도록 한 것인 듯하다. 역시 보초가 순찰을 돌고 있는 것이다.

"마침 순찰 도는 시각인지도 모르지."

모쿠이치가 귀엣말을 하고 기타이치에게 '몸을 숙여'라고 손짓했다. 기타이치가 쪼그리고 앉자 얼룩이도 혀를 내밀고 바로 옆에 엉덩이를 붙였다.

제등 불빛이 문득 사라졌다. 저택 저쪽으로 돌아갔을 것이다. 모쿠이치가 일어나 몸을 숙인 채 걷기 시작했다. 기타이치와 얼룩이도 뒤따랐다.

이렇게 천천히 저택 주위를 반 바퀴 돌아 미리 이야기해둔 지점에서 기타지 일행과 합류했다.

"닭장은 조용해."

소리를 낮춰 기타이치가 말했다. 기타지는 흰둥이 목을 쓰다듬어주며 말했다.

"비밀 통로는 메워져 있어. 물이 차 있더군."

"물?"

"빗물이겠지." 오케이가 말했다. "벽을 제대로 마감하지 않고 묵히면 물이 새어나와요. 이렇게 깊은 숲속이니 샘이 나온대도 이상할 게 없고."

어쨌거나 이제 비밀 통로는 사용할 수 없다. 누군가 사용하는 흔적도 없고 들어가 조사할 수도 없다.

"순찰 도는 등불 봤지?"

"네, 누가 묵고 있나 봐요. 크게 긴장해서 경계하는 기미는 없지만."

기타이치와 기타지는 잠시 흰둥이와 얼룩이를 쓰다듬어주고 나서 소분해 둔 묘지 흙을 코에 대주고 냄새를 충분히 맡게 했다.

어서 숲속을 탐색하자.

애초에 저택 내부에 수상한 냄새의 근원이 있으리라고 기대하지 않았다. 하치스케의 '일'은 여자 사체를 저택 밖으로 옮겨서 처분하는 것이었으니까.

"하지만 숲을 벗어나지는 않았겠지."

숲이 만들어주는 어둠을 활용하지 않았을 리가 없다.

"좋아, 가자."

계획한 대로 다시 두 편으로 나뉘어 숲속을 갈지자로 걸어간다. 곧장 걸으면 냄새를 놓칠 수 있으므로 뱀처럼 좌우로 왔다 갔다 하며 걸었다. 저택에서 멀어지다가 방향을 돌려 가까이 간다. 다시 멀어지다가 돌아온다.

기타이치와 모쿠이치가 그렇게 세 번째로 저택 쪽으로 접근했다가 다시 멀어져 가려고 할 때였다.

"어."

모쿠이치가 낮은 소리로 말하고 몸을 돌려 땅바닥 위에 있는 뭔가를 피했다. 그러더니 등에 메고 있던 자루가 짧은 괭이를 가볍게 뽑아내어 발 밑으로 던졌다.

낙엽과 마른 풀과 축축한 흙이 허공에 날리며 뭔가가 괭이자루를 물면서 모쿠이치 발 옆에서 튀어올랐다. 어른 머리만 한 여우 덫이다. 모쿠이치가 허리에 찬 작은 불빛에 날카로운 엄니 같은 쇠붙이가 반짝였다.

기타이치는 몸서리를 쳤다. 왜 이런 곳에 덫이 있지? 모쿠이치는 민첩하게 피했지만 기타이치나 얼룩이가 밟았다면 큰일났을 것이다. 그런 사태를 막으려고 모쿠이치가 괭이를 던져 덫을 작동시켜주었다.

살았다——하며 가슴을 쓸어내렸지만 안심하기에는 이르다. 얼룩이는 기타이치보다 더 놀란 모양이라 귀가 바짝 서고 꼬리도 바짝 섰다. 눈은 더 동그래지고 네 다리도 긴장해서 서 있다.

"멍!"

이내 짖는다 싶더니 기타이치를 끌고 여우 덫 반대 방향으로, 즉 저택에서 멀어지는 숲 쪽으로 맹렬하게 뛰기 시작한다. 기타이치는 순간적으로 판단해야 했다. 목줄을 당겨 얼룩이를 세울 것인지 목줄을 놓아 알아서 뛰어가게 할 것인지, 얼룩이를 따라갔다가 다시 데려올 것인지.

판단하기도 전에 손바닥이 데는 듯이 뜨거워서 기타이치는 줄이 끄는 대로 뛰기 시작했다.

잠깐, 잠깐, 기다려. 크게 소리칠 수도 없다. 얼룩이도 단 한 번 짖은 뒤 공포와 경악에 쫓겨 맹렬하게 달렸다. 붙들어서 살살 달래주기 전에는 차분해지지 않을 것이다. 이 녀석은 용감하지만 성질이 급하고 거칠다. 기타이치는 양손으로 목줄을 꼭 잡고 달렸다.

모쿠이치는 뒤쪽에 남아 있다. 기타이치는 얼룩이를 따라 온 힘을 다해 달렸다. 발목에 덤불이 감겨 속도를 늦추자 즉시 목줄에 채여 넘어질 뻔했다. 다리를 벋대고 얼룩이를 끌어당기려 하자 잠깐은 생각대로 되는 듯하다가 다음 순간 더 강한 힘에 끌려간다. 쓰러져 있는 나무 따위는 거침없이 뛰어넘는데다 얼룩이는 몸집은 작아도 흥분하면 흰둥이보다 더 힘이 세다.

나무에 몇 번이나 머리를 부딪칠 뻔하며 한밤의 숲속을 얼마나 달렸을까. 마침내 얼룩이의 발이 느려져서 기타이치도 헉헉거리며 숨을 고를 수 있었다. 얼룩이의 목줄을 세게 당기면 안 된다. 이쪽에서 다가가 목줄을 덜 팽팽하게 해줘야 한다.

"워, 워. 이제 좀 차분해진 거냐?"

얼룩이가 소는 아니지만 달리 자제시킬 말이 떠오르지 않았다.

"너, 깜짝 놀랐구나. 나도 혼이 쏙 빠져나가는 줄 알았다. 좋아, 좋아."

늦춰진 목줄을 잡고 얼룩이에게 다가간다. 얼룩이는 아직 걸음을 멈추지 않고 기타이치를 느슨하게 끌면서 걸었다.

그러다가 귀를 쫑긋 세운 채 코를 땅바닥에 가까이 대고 뭔가를 냄새 맡더니 그 '뭔가'를 추적하듯 잔달음질치기 시작했다.

저택에서는 많이 멀어졌다. 돌아다봐도 구름이 두터운 탓에 밤하늘에 윤곽을 드러낼 초가지붕을 확인할 수 없었다. 불빛도 보이지 않았다. 캄캄한, 그야말로 새카만 어둠, 축축한 밤공기와 흙.

"이번엔 뭐냐, 얼룩이. 이젠 사람 놀래키지 마라."

미소 지으며 말을 건넬 수 있을 만큼 기타이치도 차분해졌다. 호흡도 안정적이다. 머릿속은 바쁘다. 오케이와 모쿠이치도 숲속에 덫이 있다는 말은 한 적이 없으니 아마 몰랐을 것이다.

──요즘 저택 정원이나 주변에 짐승이 나타나는 모양이야. 여우나 너구리나 족제비처럼 쥐보다 큰 놈이.

농작물을 망치거나 닭장 속을 어지럽히거나 밭일하는 농부를 위협하거나. 그래서 하코가와 저택 사람들이 덫을 놓고 밤에도 순찰을 도는 것이리라.

그렇게 이해하고 나니 한결 차분해질 수 있었다. 기타이치는 심호흡을 하고──그러다가 문득 느꼈다.

진흙탕 냄새.

얼룩이가 머리를 들고 낮게 으르렁거렸다. 기타이치는 덤불을 헤치고, 시야를 가리는 축 늘어진 나뭇가지와 마른 덩굴을 헤치며 나갔다.

눈앞에 작은 늪이 있었다. 아니, 늪치고는 작다. 하지만 물이 적당히 고인 웅덩이라고 하기에는 크다. 면적이 그 장작창고의 두 배쯤 될까.

얼룩이가 멈춘 곳이 마른 땅의 끝이다. 거기부터 늪의 물까지는 꽤 급한 비탈이 있다. 게다가 매우 질척해 보인다.

한밤중의 숲속. 달도 별도 없고 기타이치는 등불도 없는데 어떻게 그런 것들을 알 수 있을까.

작은 늪 건너편 물가에 밀초 몇 자루가 켜져 있었다. 그 불빛 덕분에 보였던 것이다.

대충 열 자루쯤 될까. 길이는 제각각이고 진흙에 직접 꽂혀 있다. 붉은 밀초들을 가신처럼 좌우에 거느린, 큼지막한 닭 둥지 상자가 보인다. 아니, 닭 둥지 상자처럼 보이지만 둥지 상자는 아니다. 다리 세 개가 달린, 밀감이나 감을 담아두는 나무상자만 한 함이 하나 있고, 그 위에 합각지붕처럼 생긴 간소한 지붕이 있다.

아무래도 사당 같다. 왜냐하면 그 함에는 문이 달려 있으니까. 열면 신체나 위패가 모셔져 있지 않을까?

이상한 장소에 이상하게 생긴 사당. 이 늪의 신일까? 다리 세 개가 묘하게 길쭉한 까닭은 진흙이 묻는 것을 막기 위해서?

흰둥이가 낮게 으르렁거리고 있다. 기타이치는 흰둥이 머리를 쓰다듬어주고 손목에 감아둔 목줄을 풀어 옆의 나뭇가지에 묶어 놓았다.

"내가 건너편으로 가서 살펴볼 테니까 넌 여기서 기다려."

늪은 개흙을 빙 두르고 있고 물가에는 굵은 나무뿌리나 덤불이 복잡하게 얽혀 있다. 크게 우회하여 가는 것은 망설여졌다. 깜깜하고 낯선 곳이므로 자칫 늪에서 멀어지면 다시 돌아올 수 없을지도 모른다.

기타이치는 각오를 다지고 늪을 질러가기로 했다. 물가로 들어가 발을 넣어 확인하면서 간다면 작은 늪이므로 빠져죽을 염려는 없다. 다만 가급적 흙탕물에 젖지 않게 주의하지 않으면 온몸이 얼어붙고 말 것이다.

어떡하나…… 생각하다가 허리띠에 묶어둔 오사토의 매듭끈을 떠올렸다. 끈 양쪽에 체결용 쇠붙이가 달려 있는데, 그중 하나는 뭔가를 걸 수 있게 되어 있고 길이도 충분했다. 매듭끈 한쪽을 얼룩이 목줄을 묶어둔 나무의 더 굵은 가지를 골라서 감았다. 감은 끈에 체결용 쇠붙이를 걸고 세게 당겨 보았다. 탄탄한 손맛이 느껴진다.

다음은 반대쪽에 달린 체결용 쇠붙이를 자기 허리띠 속에 끼워 넣고 허리에 한 바퀴, 두 바퀴 감았다. 매듭끈에는 한참 여유가 남아서 늪가의 개흙에 늘어졌다.

기타이치는 그 자리에서 조리를 벗어놓았다. 늪을 건너자면 맨발이 낫다.

"자, 그럼 갔다 올게."

매듭끈을 단단히 쥐고 개흙 너머로 발을 디뎠다. 물이 무릎 밑까지 차올랐다. 얼룩이는 귀와 꼬리를 바짝 세우고 새까만 눈동자로 기타이치를 쳐다보고 있다. 호흡이 거칠다.

한 걸음, 두 걸음, 세 걸음. 발바닥에 닿는 진흙의 감촉이 섬뜩하다. 뭔가가 복사뼈 옆을 쓱 문질렀다. 물고기이거나 개구리이거나 낙엽이거나 물풀일 것이다.

건너편의 둥지 상자 같은 사당. 타는 밀초. 불꽃의 흔들림만 응시하며 걸었다. 멍, 하고 얼룩이가 짖었다. "괜찮아?" 하고 묻는 것 같다.

"괜찮아, 괜찮아." 기타이치는 소리 내어 대답했다. "자, 거의 다 건넜어."

사당이 잘 보이게 되었다. 새로 만든 것은 아닌 듯했다. 만들어 놓고 방치한 수신水神 사당인지도 모른다. 아니면 제법 큰 물웅덩이일 뿐인지도 모른다. 마른 날이 계속되어 물이 마르면 그냥 조금 움푹 팬 곳이고, 이 사당은 전혀 다른 신을 모시는 버려진 사당인지도 모른다.

하지만 밀초를 켜둔 누군가가 있다.

기타이치는 건너편 개흙에 발을 디뎠다. 힘을 주며 올라서려고 하자 발이 쑥 빠져들었다. 매듭끈에는 아직 여유가 있다. 사당에 조금 더 가까이 가볼까.

그러나 밀초가 켜져 있는 곳에서 물이 빠르게 깊어지고 있었다. 더구나 밀초 때문에 수면에 희미한 파문이 이는 것이 보였다. 사당 바로 밑의 연못 바닥 쪽에서 샘물이 솟아나고 있다. 아주 작은 수량이지만 분명히 알아볼 수 있었다.

기타이치는 몸에 감은 매듭끈을 일단 풀어내고 밧줄 올가미 던지기 요령으로 사당 옆 나뭇가지에 던져서 걸었다. 당겨보았다. 탄탄한 손맛. 이제 끈을 당기며 물가의 개흙으로 올라가자.

좋은 생각이었다. 발은 개흙에 푹푹 빠지지만 몸은 제대로 당겨졌다. 네 걸음 만에 마른 풀밭까지 올라가 숨을 고르면서 매듭끈을 다시 몸에 단단히 감았다.

밀초를 발로 넘어뜨리지 않도록 조심하며 물가로 몸을 기울여 사당 앞으로 상체를 뻗었다. 좌우로 여닫는 문에 잠금장치는 없었다. 동근 손잡이를 당기자 장난감 같은 가벼운 손맛과 함께 문이 양쪽으로 확 열리고 말았다. 문이 덜걱거린다. 이렇게 가까이서 보니 다리 세 개도 꽤 부실한 상태였다. 조금 세게 밀면 넘어질 것 같았다.

기타이치는 조심스레 움직여 사당 속을 들여다보았다.

오래된 사당이고 늪의 수신을 모시는 것 같다는 짐작은 아무래도 맞는 듯했다. 상자 안에는 똬리 튼 백사를 그린 짤막한 족자가 걸려 있었다. 아마 신체神體일 것이다. 적당히 흠집이 난 낡은 상태지만 좌우 가장자리는 비단으로 마감해 놓았다. 그림 속 백사 밑에는 수많은 작은 뱀들이 꿈틀거리는 듯한 필체로 (아마도) 백사신의 유래나 길흉에 대하여 적은 것으로 보이는 한자가 나열되어 있었다.

상자 속에 있는 것은 그것만이 아니었다.

상자는 바닥이 깊고 짧은 문은 중간쯤에 달려 있었다. 목을 한껏 뽑아 들여다보지 않으면 상자 속 바닥은 보이지 않는다.

기타이치는 보았다. 처음에는 그게 무엇인지 알 수 없었다.

제일 위에는 수첩이나 작은 귀적망자의 이름, 법명, 사망 연월일을 기록해두는 장부 같은 책자가 놓여 있었다. 그 밑에는——,

이건 뭐지?

기타이치의 머릿속에서 의식이 깜빡거렸다. 마음속에서 감정이 술렁거렸다.

이것은, 뭐지?

신발이다.

조리. 게다. 심하게 긁히고 더러웠지만 원래 무슨 색깔인지는 알아볼 수 있었다. 색색가지 실로 짠 코 끈. 게다는 굽이 비스듬히 닳았다. 그 밑에 뭉쳐 둔 것은 각반인가? 덩굴무늬가 남아 있다.

대체 몇 사람분의 신발일까.

이렇게 많은 신발이 왜 이런 곳에 모여 있을까?

받들어 모시나?

아니, 소중하게 보관해둔 것이다.

신발의 주인은 이제 제 발로 걷지 못한다. 신발은 필요가 없어졌다. 하지만 추억을 남기려고 모아둔 것이다.

전부 여자 신발이다.

기타이치는 떨리는 손을 뻗어 수첩인지 귀적인지 모를 것을 집어 들려고 했다.

그때.

꽝, 하고 오른쪽 어깨 뒤에서 소리가 났다. 그곳에서 불꽃이 튀는 듯한 통증이 느껴졌다.

"도, 도, 도오."

기타이치가 돌아보기도 전에 노성이 들렸다. 악취. 심한 악취. 이건 누군가의 입김이다.

"도, 도, 돌려…… 주어어어어."

다시 얻어맞기 전에 기타이치는 재빨리 몸을 틀며 옆으로 쓰러졌다. 뭔가가 허공을 가르며 개흙을 때려 개흙이 요란하게 튀어 올랐다. 튀어 오른 개흙을 뒤집어쓰기 직전에 기타이치는 재빨리 얼굴을 늪 물에 처박았다. 발이 미끄러지며 사당 밑 깊은 곳으로 몸이 가라앉았다.

누군가 기타이치에게 달려들었다. 붙들어서 끌어 올리려는 건가? 흙탕물 속에 머리를 처박으려고 하나? 얼룩이가 짖어댔다. 안 돼, 얼룩아, 물에 뛰어들지 마.

오사토에게 받은 매듭끈을 꽉 쥐고, 손가락이 떨어져라 꽉 쥐고, 기타이치는 힘껏 몸을 들어올렸다. 붙들 수 있는 무언가가 없었다면 이 동작은 불가능했다. 매듭끈으로 나뭇가지와 연결되어 있었기 때문에 할 수 있었다.

기타이치의 기세에, 달려들던 누군가가 뒤로 비틀비틀 물러나다 물에 자빠졌다. 그 틈에 필사적으로 물가로 올라가 자세를 가다듬고 늪 쪽으로 돌아섰다. 온몸이 진흙탕에 젖어 썩은 내를 풍겼다.

얼룩이가 짖고 있다. 늪의 흙탕물 속에서 기타이치를 붙잡아 가라앉히려고 했던 놈이 일어섰다. 온몸이 진흙탕 범벅이 되고 머리카락은 물풀을 뒤집어쓴 것처럼 들러붙어 있다. 해골처럼 비쩍 마른 체구에 얇은 한텐인지 고소데인지 모를 옷이 거반 벗겨져서 허리에 감겨 있다.

순간적으로 기타지인가 하는 생각이 스쳤다. 너무나 미안한 일이지만 정말 눈 한 번 깜빡할 사이보다 짧은 찰나였다. 미안.

"도, 도올려주우우어어어."

깡마른 해골은 다시 양손을 쳐들고 기타이치를 붙들려고 했다. 손톱이 짐승처럼 길다. 이를 드러낸 입에 거품을 물고 있다.

돌려줘? 아까부터 "돌려줘"라고 말하는 건가? 기타이치가 상자에서 뭔가를 꺼냈다고 믿는 듯하다.

"그, 그, 그건."

거품을 흘리며 그놈이 으르렁거렸다.

"큰, 나리, 님의, 보물, 이다."

기타이치의 머릿속에서 소리가 연결되어 언어가 되었다. 그것은 큰나리님의 보물이다.

——그것은 큰나리님의 보물이다.

정말 그렇게 말한 건가, 이놈이?

기타이치는 재빨리 양손을 번쩍 쳐들어 보였다.

"난 아무것도 꺼내지 않았어."

진흙을 뒤집어쓴 해골 같은 얼굴의 유일하게 하얀 흰자위 속에서 바늘귀처럼 작은 검은자위가 흔들렸다.

기타이치는 아무것도 꺼내지 않았고 갖고 있지 않다. 손을 살살 저어 보였다.

의미를 알아챘는지 비쩍 마른 해골은 늪의 물을 저으며 급하게 사당으로 돌아가려고 했다. 목에서 크룽크룽 우는 듯한 소리가 흘러나오고 있다.

놈이 이쪽으로 등을 보이는 찰나, 목덜미 바로 밑에 문신 같은 것이 보였다. 커다란 글자 하나.

'犬'

개다. 인간에게 혹사당하고 시키는 대로 움직이는 개.

──짐승 같은 아이가 있었다.

하치스케가 말한 바로 그놈이다. 28년 전에는 꼬마였지만 이제 어른이 된 지 오래일 텐데도 '돌려줘'라는 말조차 제대로 못한다. 웅얼거리거나 끙끙대는 것이 전부다. 아마 누구에게 뭘 배운 적도 없고 보살핌을 받지도 못했으리라. 너는 개처럼 살면 돼, 라면서.

하지만 '큰나리'가 죽고 청지기가 사라지고 저택이 하코가와 저택이 된 뒤에도 이놈은 숲에 남아 '큰나리님'의 무서운 '보물'을 망가져가는 백사신 사당에 넣어둔 채 소중히 간직하고 있었던 것이다. 밀초를 밝히고 받들어 모신 것이다.

보물을 감추어 두고 지키는 개처럼.

더는 이렇게 놔둘 수 없다. 이놈을 잡아야겠다.

"속았지?"

기타이치가 크게 외쳤다. 해골처럼 비쩍 마른 짐승이 늪의 물을 저으며 황망히 돌아서려고 했다.

"이 장부 보이지? 내가 갖고 있다. 자!"

기타이치가 늘 가지고 다니는 수첩을 품에서 꺼내 머리 위에 쳐들어 보였다. 하지만 비쩍 마른 짐승 같은 놈은 구분하지 못한다. 딱할 정도로 고스란히 믿고 굉장한 기세로 기타이치를 향해 돌아왔다.

좋아, 어서 와라. 더, 더 가까이. 내 발이 닿는 데까지 와라.

주먹을 휘두르면 피할 수도 있다. 기습이다. 발차기를 날리는 거다.

한손으로 오사토의 매듭끈을 꽉 잡았다. 이번에야말로 손가락이 끊어져도 좋다. 이 일격을 날릴 수만 있다면.

고마가타도 근처에서 당했던 일격. 비열한 소매치기 놈한테 당했던 일격. 기타이치도 그런 일격이 가능할까. 그동안 했던 수련이라고는 대패질밖에 없는데, 그게 과연 효과를 발휘할지 어떨지는 알 수 없다.

하지만 지금 차보지 않으면 언제 차보나.

비쩍 마른 짐승이 다가왔다. 흰자위 속에서 흔들리는 검은자위. 눈물이 고여 있다.

너에게는 눈물이 날 만큼 귀한 것이냐? 그렇게 귀한 보물이냐.

들이마신 숨을 멈추고 기타이치는 재빨리 발을 날렸다.

맞았다.

비쩍 마른 짐승의 옆머리를 기타이치의 오른발 발등이 때렸다. 짐승 같은 놈이 날아가 물에 떨어졌다. 착지하는 기타이치의 발이 미끄러져 바보처럼 철퍼덕 물가에 자빠졌다. 머리를 부딪쳤다. 아파!

얼룩이가 짖고 있다. 아니, 얼룩이가 아니다. 흰둥이다. 바로 옆이다. 물 휘젓는 소리도 들린다. 기타이치는 눈앞이 캄캄해지고 가슴이 메스꺼워 토할 것 같았지만 온힘을 쥐어짜 소리쳤다.
"그, 사당, 속에 있어! 거기 들어 있어!"
물에 떨어뜨리지 마! 하고 외쳤다.
누군가 물로 뛰어들었다. 기타이치 씨, 하는 오케이의 목소리가 들린다. 얼룩이는 무사하다. 흰둥이도 무사하다. 짖고 있다. 콧김 소리도 들린다. 기타이치는 오사토의 매듭끈을 쥐고 있다. 목숨을 맡기는 데 부족함이 없는 강인함을 꼭 쥐었다.

12

기타이치가 외치는 소리를 듣고 주저 없이 검은 늪의 흙탕물에 뛰어들어 백사신 사당이 쓰러지지 않도록, 그 속에 든 것들이 물에 빠지지 않도록 들고 나온 이는 기타지였다. 덕분에 상자 속에 가득 들어 있던 여자 신발들과 수첩 같은 물건들을 무사히 확보했다.

그것들은 즉시 기타나가호리초의 반야로 옮겨졌다. 사와이 은거 나리가 나서서 신중하게 조사한 결과.

──수첩 같은 물건은 역시 수첩이었다.

──뭔가가 가득 적혀 있다. 연월일이 있는 것으로 보아 일기로 짐작된다. 다만 암호로 기록되어 있어서 해독하기 전에는 내용을 알 수 없다.

라고 일단 급한 대로 그 정도만 가르쳐주었다.

기타이치에게 머리를 걷어차여 기절하고 늪 속으로 가라앉는 '개' 문신을 한 남자는 모쿠이치가 끌어냈다. 오케이가 놈의 가슴과 배를 눌러 흙탕물을 게워내게 하자 호흡이 살아났다. 기타이치 일행은 신베에의 수레에 그자를 싣고 동트기 전에 서둘러 조메이탕으로 돌아왔다. 말이 나온 김에 기타이치는 걷기가 힘들 만큼 발이 아파서 도중에 흰둥이와 얼룩이의 함 옆자리에 올라타고 돌아왔다. 자신의 진흙투성이 몸에서 풍기는 냄새도 힘들었지만 짐승 같은 자가 풍기는 냄새가 훨씬 지독해서 괴로웠다.

그자를 조메이탕 안에 뉘어 놓자 곧 눈을 뜨고 입도 움직이게 되었다. 물도 마셨다. 하지만 말은 못하고 헛소리를 중얼거리는데 무슨 말인지 알아들을 수 없었다. 그리고 이틀째 되는 날 밤, 열이 나고 목에서 가랑가랑 가래 끓는 소리를 낸다 싶더니 이튿날 아침 숨을 거두고 말았다. 입가에 피거품이 묻어 있었다.

질병에 해박한 모쿠이치가 살펴보더니 말했다.

"늪에 빠졌을 때 폐에 물이 차서 폐렴에 걸렸을 거야. 하지만 몸이 어지간히 허약해져 있지 않고서는 하룻밤에 죽는 일은 없지."

기타이치의 발차기 탓이 아니라고 에둘러 말해준 것이다.

배려는 고마웠지만 기타이치는 여전히 악몽 속에 있는 듯했고 이런저런 일에 대한 반응도 무뎌져 있었다.

구리야마가 급하게 달려와 그자의 사체를 검시했다. 역시 폐부에 물이 차고 부어 있다고 한다. 꼼꼼하게 검사했지만 '개' 문신이 있는 것과, 굶어죽기 직전이라고 할 만큼 수척해져 있었다는 점 외에 신원을 알 수 있는 단서를 찾지 못했다.

검시가 끝나자 오케이와 모쿠이치 두 사람이 개 문신 사내를 조용히 장사지낼 수 있도록 수배해 주었다. 두 사람이 '풀'에게 뒤처리를 전부 맡긴 이유는 기타이치가 움직일 수 없었기 때문이다.

개 문신 사내와 함께 수레를 타고 조메이탕에 도착한 기타이치는 기타지가 평소 자는 곳에서 잤다. 하룻밤 지나면 나아질 거라고 생각했지만, 흙탕물을 많이 마신 것이 좋지 않았는지 그 뒤 며칠이나 내내 설사로 고생했다. 강력한 발차기에 성공한 오른발도 통증이 가시기는커녕 점점 부어올라 제대로 디딜 수도 없고 신발을 신을 수도 없었다. 이것도 모쿠이치에 따르면,

"발 뼈가 부러진 것은 아니지만 금이 갔네"라고 하니 참으로 한심한 상황이었다.

결국 초승달이 상현달로 굵어지는 동안 기타지의 잠자리에 내내 누워 있어야 했다.

상황을 살펴보러 온 신베에가 지체 없이 도미칸 나가야에 가서 "기타 씨는 다치기는 했으나 내 방에서 몸조리 잘 하고 있다"고 알려서 이웃 세입자들을 안심시켜 주었다.

사당에 들어 있던 물건들을 꺼낼 때 (밧줄이나 매듭끈으로 몸을 나무에 연결하지 않고) 기타지도 흙탕물을 들이켰지만 부상도 없고 배앓이도 없이 팔팔해서, 이튿날부터 아무렇지도 않게 땔감을 구해 오고 가마불을 지폈다. 내공이 다른 것이다. 그래, 내가 졌다!

가는귀 멀고 눈은 침침하고 어떤 일에도 놀라지 않고 하루하루가 즐거운 조메이탕 노인들은 여전했다. 앓아누운 기타이치는 덕분에 노인들의 친절한 보살핌을 받았다. 기타이치와 기타지가 한곳에 있으니 그 후의 상황이나 새로 알아낸 사실을 알려주러 종종 찾아오는 오케이와 모쿠이치로서는 발품을 아낄 수 있어서 좋

앉으리라. 그런 이점조차 없었다면 기타이치는 정말로 성긴 머리나마 삭발하지 않고는 면목이 없었을 것이다. 모쿠이치는 조메이탕 욕실을 (뭐가 좋다는 건지 모르겠지만) 마음에 들어해서 올 때마다 목욕을 하고 갔다.

그런데 사와이 은거 나리는 몸소 조사에 참여할 뿐 아니라 마사고로 대장에게 수하를 빌려서 센다가야 숲 근방에 있는 무가저택이나 상가 숙소, 사찰 등에 탐문했다. 그 결과 소소하나마 수확을 거두었다.

우선 최악이자 최선의 순간에 덜컥! 작동해서 결과적으로 길을 열어준 여우 덫은 숲 북쪽에 있는 다이묘 저택에서 너구리와 여우의 출몰로 애를 먹다가 설치한 것이었다. 다만 터무니없이 많은 수량을 터무니없이 꼼꼼하게 설치한 탓에 숲을 지나가는 사람들 중에도 다치는 사람이 나왔고, 이에 놀라서 작년 여름부터 가을까지 모두 철거했다고 한다. 모쿠이치가 그날 밤 하마터면 당할 뻔한 덫은 그때 마침 철거하지 못한 것 같다.

그 무가저택도 하번저인데, 하코가와 저택과는 대조적으로 신분과 빈부에 관계없이 한바탕 질펀하게 놀고 싶은 자들이 은밀히 모여드는 비밀 유흥장으로 변하여 한밤중에도 저택 안팎에 어슬렁거리는 자가 많았다. 숲속 짐승이 출몰하는 것도, 짐승을 노리고 설치한 덫에 사람이 당한 것도 그런 뒷사정이 있어서였다.

그리고 이번 탐문을 통해, 주변의 무가 초소를 지키는 보초나 그곳을 지나간 적이 있는 행상, 채소 팔러 가는 농민, 장작을 구

하러 숲에 들어가는 주민, 노름을 하러 드나드는 자들 사이에,

"4년쯤 전부터였나."

"재작년쯤부터였나?"

"작년 여름이었나?"

"글쎄, 그게 언제부터였더라?"

숲 언저리를 지나가면,

"빼빼 마른,"

"허수아비가 걸어 다니는 것처럼,"

"그건 사람이 아니었어, 망자였어."

"저승사자였어."

"텁수룩한 머리카락을 뒤집어쓴 해골 같았어."

"지저분한 홑옷을 걸쳤어."

그렇게 무섭게 생긴 남자(로 짐작되는 자)를 보았다거나 마주친 적이 있다는 이야기를 들을 수 있었다. '개' 문신을 보았다는 사람은 없었지만 엉클어진 긴 머리카락과 뼈와 가죽만 남은 몸이었다는 점은 개 문신 사내와 일치했다. 멀리서 봐도 정신이 온전한 자로 보이지는 않았다는 점도.

저잣거리에 사는 사람은 모르겠지만, 변두리 숲에는 갈 데 없는 자, 여러 가지 사정으로 호적대장에 누락된 자들이 둥지를 틀고 지내는 경우가 있다고 한다. 물론 대개는 겨울을 넘기기 전에 자취를 감추어 버린다. 그대로 숲에서 죽어버리는 자도 있을 것이다.

숲에서 채취하거나 사냥한 것만으로는 생존하기 힘드니 날품팔이 일을 구하러 나오거나 거리에서 구걸을 하는 자도 있다고 한다.

아마 어릴 때부터 '큰나리님'에게 사육되며 허드렛일을 하고, 예의범절과 글을 배우지 못한 채 번견처럼 '큰나리님'의 하수인 청지기를 따라다니던 개 문신 사내는 '큰나리님'이 죽고 저택이 하코가와가에게 넘어가자 제자리를 잃어버렸으리라. 그래도 '큰나리님'의 소중한 보물을 모셔둔 늪을 차마 떠나지 못하고 숲에서 버티고 있었겠지.

제아무리 마사고로 대장의 수하라도, 오케이와 모쿠이치라도, 저 작고 망가져가는 백사신 사당의 유래는 알아낼 수 없었다. 다만 신체神體로 보이는 두루마리에 적혀 있던 꿈틀거리는 듯한 글자들은 기타이치 들이 알고 있는 한자와 달라서, 오른쪽에서 왼쪽으로 읽어나가는 글일본어 문서이 아니라는 사실은 알 수 있었다.

"옛날에 모시던 영력 뛰어난 백사신 사당이 아닐까. 개 문신 사내도 사당을 멋대로 사용하다가 벌을 받은 거겠지."

비록 힘주어 주장한 바는 아니라도 기타지가 평소의 그답지 않게 내놓은 의견이므로 기타이치도 "음" 하고 대답해 두었다.

개 문신 사내가 사당을 '멋대로' 사용했는지, '큰나리님'이나 청지기가 사당을 '멋대로' 끔찍한 추억의 보관소로 사용한 것을 개 문신 사내가 충견처럼 지키고 있었을 뿐인지는 알 수 없다. 알 수는 없지만 사당 덕분에 악행의 증거를 확보할 수 있었던 건 사실이다. 모두 신의 뜻이었을 거라고 기타이치는 생각했다.

하치스케는 망령의 저주로 정신이 온전치 못하게 되었지만 '큰 나리'는 평온하게 죽었다. 그 저택에 망령은 깃들지 않았고 지금은 많은 사람이 거기 드나들며 안락하게 지낸다. 망령도 지옥도 원령도 귀신도 존재하지 않는다면 최소한 신의 뜻 정도는 존재한다고 믿고 싶다. 그렇게 생각했다.

초승달 밤 흰둥이를 데리고 저택 남쪽을 탐색했던 기타지는 산울타리 일부에 가시나무가 심어져 있는 것을 발견했다. 꽃은 없었지만 오케이가 잎을 알아보고 가르쳐주었다고 한다.

"싸움닭은 두세 마리밖에 없더군. 식용으로 팔았거나 저택에서 전골로 만들어 먹었겠지. 너도 싸움닭이나 한 마리 고아먹고 몸보신 하는 게 좋을 듯한데."

"설사병 떨어지면 그렇게 하자."

보초가 제등을 들고 왔다갔다 순찰한다는 것은 기타지와 오케이도 알고 있었지만 개의치 않았다고 한다.

"달도 없는 밤이니까 경계했겠지. 무가저택에서는 드문 일도 아냐."

그런가? 하나 배웠네.

기타지는 말로 모호하게 설명하기보다는 (사실대로 말하면 몹시 서툰) 그림을 그려서 저택 남쪽 어디에 어떤 것이 있었는지 말해주었다. 여기 닭장이 있고, 여기에 가시나무가 있고, 여기에 쓰레기장이 있고, 여기는 똥구덩이.

"쓰레기장은 깨끗이 청소되어 있고 썩은 낙엽만 쌓여 있었어. 똥구덩이는 누가 실수로 빠지지 않도록 뚜껑을 덮어 두었고."

뚜껑으로 덮어둔 것은 운두가 얕은 나무상자라고 할까 테두리를 두른 네모난 받침대 같은 것이고,

"크기는 이 정도."

두 팔로 쉽게 안아 올릴 수 있는 크기다.

"그런 받침대가 여러 개 있었어. 면적이 다다미 2첩쯤 되는 똥구덩이에 도리를 두 개 걸쳐 놓고 그 위에 나란히 덮어 놓았더군. 구덩이 옆에도 쌓여 있었고."

새것처럼 보이지는 않았다. 어쩌면 '큰나리' 시절부터 사용했던 것인지 모른다고 생각해 가까이서 살펴보았다고 한다.

"그랬더니 밑바닥에 희미한 낙인이 남아 있더군. 이런 모양이었어."

○ 속에 ×표를 그리고, 가위표의 교차되는 자리에 작고 까만 점이 찍혀 있어.

"문장인가? 아니면 옥호?"

"모르겠어. 시중에서 그런 옥호는 본 기억이 없어. 그 여자도 모른다고 했고."

오케이라고 불러. 기타이치도 이런 표식은 본 적이 없다. 『강호매물독안내江戶買物獨案內 직역하면 '에도 장보기 완벽 안내서'. 1824년에 오사카에서 간행된 에도 시내의 장보기 정보나 요식업소 2,600개 점포를 업소의 게재료를 받고 안내한 책』에 나오는 상가의 옥호라면 세 사람 가운데 한 사람 정도는 기억하

귀신 저택 • 487

고 있었을 것이다. 달리 단서가 없으니 추적하기는 어렵겠지만, 이 진기한 형태만은 기억해두자.

가마실에서 상현달을 올려다보며 천천히 몸을 푸는 감각으로 대패질을 한 기타이치는 이튿날 아침 마침내 도미칸 나가야로 돌아갔다.

"어서 와. 아파서 드러누워 있었다며? 그러고 보니 많이 수척해졌네."

"기타 씨, 괜찮은 거야?"

"아침엔 뭘 좀 먹었어? 죽이라도 쒀 줄까?"

이웃 세입자들이 걱정해주었다. 특별할 것도 없는 온정이 반가웠다.

"오우미 나리는 걱정하지 말라고 했지만, 기타 씨 얼굴을 보니 이제야 마음이 놓이기는 하는데……."

평소 말이 많아 귀찮던 오킨이 작은 목소리로 이렇게 말했다.

"기타 씨 인상이 어딘지 달라진 것 같네. 어서 예전의 기타 씨로 돌아와."

그 말을 듣고서야 기타이치는 자기가 달라졌음을 깨닫고 이전으로 돌아갈 수 없을지 모른다고 생각했다.

의혹이 말끔하게 풀리기 전에는 돌아갈 수 없지 않을까. 캄캄한 어둠의 밑바닥에서 진흙을 뒤집어쓰며 짐승 같은 사내와 목숨 걸고 싸웠으니 이전으로는 돌아갈 수 없지 않을까.

그래도 해는 뜨고 질 것이다. 밥맛도 차차 돌아오고 있다. 발의 통증이 나아서 행상도 다시 시작했다. 많이 기다렸네, 요즘 통 얼굴을 볼 수 없더군, 하고 말을 걸어주는 손님을 만나니 코끝이 찡하도록 기뻤다.

후유키초 마님은 눈이 보이지 않는 대신 다른 감각이 특출나게 예민하므로 기타이치의 모습이 평소와 다르다는 사실 정도는 금방 알아챌 터였다. 하지만 아무것도 묻지 않고 의아해하지도 않았다. 그 완벽한 '아무 일도 없는' 척이야말로 마님이 확실히 뭔가를 감지하고도 애써 잠자코 있음을 보여주었다. 기타이치의 모습이 (마님이 감지한 바로는) 너무 이상하니까 신중하게 살펴보고 있는 것이 틀림없다. 그 정도로 기타이치를 믿는다는 뜻이리라.

배려에 부응하듯 기타이치는 아무것도 숨기지 않는 척하며 입을 다물고 있었다. 목숨이 위태로웠던 오캇피키 행각을 떠나 문고 행상에 전념했다.

사당 속에 있던 수첩의 내용을 해독했다는 기별은 쉬이 오지 않았다. 오케이와 모쿠이치도 만나지 못했다. 그러는 사이에 달력이 바뀌더니 벚꽃이 피는 계절이 되었다. 그동안 도미칸이라면 몇 번 만나서 도네이에서 밥을 얻어먹었다. 재조사 결과를 들려주자 도미칸은 술을 들이켜며, "도와주지 못해서 미안하네"라고 말했다.

"기타 씨, 돌아온 뒤에 무라타야 지혜에 씨는 만나봤나?"

기타이치야말로 지혜에의 근황을 물으려던 참이었다. 요즘 통 얼굴을 볼 수 없다.

"그 건과는 상관없는 사정이 있었네. 지배인 호조 씨가 머리를 다치는 바람에 거의 움직이지 못하게 되어서 큰일이야. 고베에 씨와 지혜에 씨는 자기들이 드러누워도 가게는 돌아가지만 호조 씨 없이는 아무 일도 안 된다며 한탄하고 있지."

그랬단 말인가. 호조 씨에게는 미안한 말이지만, 덕분에 기타이치는 지혜에의 장대 같은 모습을 발견하고 허겁지겁 피하지 않을 수 있어서 좋았다.

이튿날에는 행상을 나갔다가 시중의 벚꽃 명소가 인파로 붐빈다는 풍문을 듣고 그곳으로 달려가 벚꽃 그린 붉은 술 문고를 일찌감치 다 팔아치울 수 있었다. 그러고는 공방으로 돌아가는 길이었다. 시루시반텐에 작업복 바지를 입은 사내가 손수레에 운두 낮은 사각 받침대 같을 물건을 수레에 높이 쌓아 올리고 골목에서 나오는 모습을 보았다.

받침대는 여러 개가 실려 있었다. 거기에 뭔가를 담아서 배달하고 돌아가는 길일 듯했다. 기타이치가 남자에게 말을 건넸다. 시루시반텐의 목깃에는 '우에한植半'이라는 두 글자가 있었다.

"저희는 묘종가게입니다. 정원수로 알맞은 꽃과 나무의 묘종을 팔죠."

묘종상이라고? 기타이치는 남자의 수레를 가리켰다. "묘종을 여기에 담아서 배달합니까?"

"네, 그렇죠."

"어느 묘종상이나 다 이렇게 합니까?"

"글쎄…… 아마 그럴 것 같은데요."

"묘종상이나 묘종도매상에는 이런 받침대가 많겠군요."

"뭐 그렇죠. 물건을 팔려면 꼭 필요하니까."

기타이치는 남자에게 부탁해서 빈 받침대를 하나 샀다. 그것을 옆구리에 끼고 멜대를 흔들며 조메이탕으로 달려갔다. 마침 기타지도 땔감 수집을 마치고 돌아온 참이었다.

"네가 본 똥구덩이 덮개가 이렇게 생긴 받침대냐?"

기타지는 주저 없이 고개를 끄덕였다. 둘이 짐칸을 살펴보고 뒤집어 보니 '우에한'이라는 낙인이 찍혀 있었다.

"묘종상이라면 우리하고도 인연이 없진 않잖아?"

통수치기 일당의 두목 무토야의 주시로가 있었다.

주시로를 호출하자 그는 혼자서는 겁이 났는지 동료와 함께 왔다. 지난번 통수치기에서 한패로 움직인 생약가게 '마스쇼'의 '이노'라는 남자인데 각혈을 하며 누워 있는 부인에게 인삼을 사 먹이고 싶어 했었다.

"이제 적당히 넘어가주시죠. 문고가게 돈도 다 돌려주었는데."

못마땅하게 입을 삐죽거리던 주시로는 가마실 어둠 너머에서 흰둥이와 얼룩이가 걸어 나오자 이내 기가 죽었다. 이노는 처음부터 겁먹은 모습이어서, 이러다 어둠 속에서 목을 부러뜨려 가마에 던져넣는 것은 아닌가 하며 떠는 듯했다.

"이 낙인을 잘 보게."

기타이치는 베껴두었던 'O 속에 ×표가 있고 가위표 교차점에 작고 까만 점'을 그린 그림을 두 사람 눈앞에 디밀었다.

"묘종과 씨앗을 파는 무토야, 혹은 생약 재료 작물을 묘종에서부터 키우는 마스쇼의 당신들이라면 이 표식을 사용하던 가게를 알고 있지 않을까?"

주시로와 이노는 얼굴을 마주보다가 개들이 으르렁거리자 천둥번개에 놀라는 애들처럼 서로 몸을 바짝 밀착시켰다.

"이런 거, 모르는데."

"모른다고 말로 끝나는 문제가 아냐. 찾아!"

"아, 아, 아아알았소."

"확실하게 찾아내. 못 찾으면 죽는다 생각하고 찾아내."

부젓가락을 어깨에 메고 고개를 살짝 갸웃거리며 기타지가 말했다. "진짜, 진짜로, 다시 한 번 묻는데, 염라대왕께 맹세코, 당장 떠오르는 가게가 없다는 건가?"

엉? 하고 윽박지르는 물음에 개 두 마리가 으르렁거리는 소리로 가세했다. 주시로는 안색이 두부처럼 변하고 이노는 울상이 되었다.

"진짜, 진짜로, 염라대왕께 맹세코 나는 모릅니다."

"차, 차, 찾아볼게요, 예."

기타이치도 겁을 주었다. "이게 어느 가게 표식인지 알아내면 당신들이 통수치기로 해먹은 것의 몇 배, 몇 십 배는 세상에 도움이 된다. 죽으면 극락에 갈 수도 있어."

내 입에서 이런 말이 나오다니, 기타이치는 조금 통쾌한 기분이 되었지만 이내 스스로가 싫어졌다. 그 마음의 동요가 얼굴에도 비치는지 주시로가 기타이치를 치뜬 눈초리로 쳐다보며 말했다.

"형씨, 작년 말에 만났을 때랑 사람이 달라졌네. 뭔가 되게 안 좋은 일이라도 있었소?"

"시끄러."

거칠게 소리치자 얼룩이가 반응했다. 귀를 쫑긋 세우고 꼬리를 바짝 세웠다. 그걸 본 주시로 얼굴이 두부를 으깨놓은 것처럼 일그러졌다.

"어! 미, 미, 미안합니다."

기타이치는 주시로와 이노를 가마실 밖으로 데리고 나갔다. 주시로는 빨리 이곳을 뜨고 싶은 생각밖에 없는 것 같은데 이노가 왠지 자꾸 뒤를 돌아다보았다. 기타지 혹은 조메이탕의 가마가, 혹은 양쪽이 다 공격하지나 않는지 경계하지 않고는 못 배기겠다는 듯이.

기타이치가 그런 생각을 하는데 이노가 빠른 말투로 인사를 남기듯이,

"우리 마누라는 그때 번 돈으로 구입한 약이 효험이 있어서 조금 좋아졌소."

그러니 용서해주길 바란다거나 통수치기도 마냥 악행만은 아니라든가 하고 변명하는 모습이 아니었다. 기타이치에게 들려주고 싶어서 말했을 뿐이다.

그래서 기타이치도 말해주었다.
"다행이다."
그러고는 자리에 주저앉아 양손으로 자기 얼굴을 감쌌다.
개들이 촐랑촐랑 다가와 주었다. 그 온기를 느끼며 기타이치는 짖어대듯이 목청껏 울음을 터뜨렸다. 조메이탕의 가마는 평소처럼 빨갛게 타고 있었다.
그리 오래 울지는 않았다. 울음을 그치자 몸에서 독기가 빠져나간 듯했다. 눈물을 닦고 일어나 가슴 가득 밤공기를 들이마셨다가 토해내니 원래의 기타이치로 돌아와 있었다.

그로부터 사흘 뒤, 기타나가호리초 반야의 서기가 사와이 은거 나리로부터 온 기별을 전해주었다. 작게 접은 쪽지에는 백사신 사당 안에 있던 수첩의 암호를, 히라가나로 읽을 수 있는 부분뿐이지만 해독해냈다고 적혀 있었다.
──'토요'와 '스에'라는 두 여자의 이름이 나왔다.
암호가 매우 난해하여 해독의 열쇠를 좀처럼 찾아내지 못했다고 한다. 은거 노인이 아는 사람 중에 이런 암호를 감당할 만한 사람에게 빠짐없이 해독을 부탁해 보았지만 좋은 소식은 돌아오지 않았다.
은거 노인은 고민 끝에 문서에 해박한 짱구 산타로를 찾아갔다. 그러자 짱구는,
"제 친구 하나가 이런 걸 잘 풉니다."

라며 즉각 사본을 만들어 나가사키에 산다는 친구에게 보내주었다. 그러자 나가사키 친구는 다른 누구보다 빨리 열쇠를 찾아내서 먼저 히라가나 부분을 해독해 알려주었다고 한다.

오토요와 오스에.

그 수첩은 역시 일기였다. '큰나리'가 해친 여자들에 대하여 기록한 일기.

──한자 암호는 히라가나에 비교할 수 없이 어렵다고 하지만 가능성이 보인다. 반드시 전부 해독해서 알려주마.

주시로와 이노에게서는 아직 아무런 기별이 없다. 개에게 겁먹은 주시로와 부인이 소중한 이노는 지옥 불처럼 활활 타는 조메이탕의 가마가 못 견디게 무서운 듯하니, 여기저기 열심히 알아보고 다닐 것이다. 그래도 얼른 찾아내지는 못하는 걸 보면 그게 옥호나 가문이라고 해도 이미 쓰이지 않을 수도 있다. 가게라면 폐업했거나. 가문이라면 망해서 뿔뿔이 흩어졌거나.

이제 또 여자가 납치되는 일은 없으리라.

──그렇다면 얼마든지 느긋하게 기다릴 수 있다.

30년 가까운 세월을 누구에게도 알려지지 않은 채 어둠의 밑바닥에 가라앉아 있던 악행이다. 새삼 안달할 이유가 없다. 기다려주마.

*

"죽기 전에 한 번쯤은 오오쿠보 철쭉을 봐야 하는데."

오히데와 오킨이 우물가에서 빨래하면서 하는 말소리가 들린다. 벌써 땀이 날 만큼 포근하고 햇살도 눈부시게 내리쬔다. 두 사람 옆에서 오히데의 딸 오카요가 물장난을 하는 모양이다.

"너무 젖으면 안 돼, 오카요 짱. 손 시려울라."

"아, 오시카 씨, 그것도 빨 거야? 빠는 김에 내가 빨아줄 테니 이리 줘요."

"미안하네. 그럼 끝나면 우리 집으로 와. 그이가 경단을 사들고 돌아올 테니까."

"어머, 맛나겠네!"

어지러이 오가는 새된 목소리를 흘려들으며 기타이치는 혼자 둑에 앉아 있었다. 도미칸 나가야 뒤에는 좁은 운하가 있고, 나가야의 빨래 건조터와 운하 사이에 둑이 있었다. 거기에 매년 착실하게 꽃을 보여주는 벚나무 한 그루가 서 있다.

그 외에는 아무것도 없는 곳이지만, 이렇게 푸르른 벚나무 아래 앉아 있으니 바람이 싱그럽고 마음이 편해진다.

점심때가 지나도록 게으름을 피우고 있는 것은 아니다. 일은 이른 아침부터 시작해서 끝냈고, 널어놓은 빨래가 다 말랐는지 확인하려고 일단 나가야로 돌아왔다. 그 참에 잠깐 둑에 앉으니 기분이 상쾌해서 차마 움직이지 못하고 말았다. 어서 뭐라도 먹고 공방에 가야 하는데 말이지.

눈을 감는다. 눈꺼풀에 아무것도 떠오르지 않는다. 이제야 아무엇도 떠오르지 않게 된 것이다. 기타이치는 숨을 깊이 마셨다. 며칠 전 그 수첩이 '언제, 누구에게, 왜, 얼마를 주었나'라는 상세한 내역을 기록한 장부이기도 하다는 사실을 알았다고 사와이 은거 나리가 알려주었다.

그에 따르면 사체 처분을 맡은 하치스케에게 수고비를 얼마나 주었는지를 제일 먼저 해독했다. 그것이 단서가 되어 여자를 납치하여 저택으로 끌고 오거나 여자 신병을 사들이기 위하여, 즉 (메스꺼운 말이지만) 여자를 조달하기 위해 '큰나리'가 고용한 자들이 있다는 사실이 드러났다. 야쿠자들로 보이며, 악당 간의 상부상조 관행에 따라 대가만 제대로 지불하면 그만이었던 듯하다. 다만 그런 야쿠자들도 사체 처분 일은 싫었을 것이다. 그렇지 않으면 굳이 하치스케를 고용할 필요가 없었으리라.

새로 파악한 사실은 매일 밤 수련하러 가서 기타지에게도 전했다. 이 이야기를 하면서 기타이치가,

"사체 처분도 꼬마 때부터 키워온 그 짐승 같은 사내를 시키면 공짜로 해결할 수 있었을 텐데."

하고 (애써 독기 어린 말투로) 중얼거리자 기타지가 쌀쌀맞게 이렇게 말했다.

"그놈 혼자서는 그런 작업을 못했던 거지. 사실 하치스케도 너무 겁에 질려서 사체 옷을 벗겨야 한다는 것도 잊어버렸지만……."

그 후 조금씩 경험을 쌓으며 (다시 메스꺼운 말이지만) 배워서

사체가 발견되지 않도록 처리할 수 있게 되었다. 그것도 하치스케니까 가능했지 그 개 문신 사내라면 어려웠을 것이라고 했다.

사와이 은거 나리가 전한 소식을 뒤쫓듯이 통수치기 일당의 주시로도 어느날 가마실에 들렀다. 그 표식을 옥호로 삼았던 가게를 찾아냈으며, 아마 틀림없을 거라고 했다.

"우리 가게처럼 묘종과 씨앗을 취급하는 도매상인데, 생약 재료 작물만 취급하는 조금 별난 도매상이었던 것 같소."

등잔 밑이 어둡다고, 주시로의 증조할머니가 기억하고 있었다고 한다.

"다만 이미 30년 전에 문을 닫았다고 하더군."

오토요 사건이 일어나기 전에 해당 도매상은 이미 없었던 것이다——.

"그 도매상 주인의 외아들이 다쓰미 게이샤에 빠져서 재산을 탕진하는 바람에. 기적에서 빼내 아내로 삼으려고 했지만, 게이샤 뒤에 있던 악질적인 기둥서방과 옥신각신을 거듭한 끝에."

두 사람은 이승에서 원치 않는 이별을 하느니 두 손 맞잡고 저승으로 가자며 동반자살을 했다고 한다. 주시로는 통수치기나 하는 처지이지만 이 대목에서는 묘하게 진지한 표정으로 '정사'라는 단어를 썼다.

"귀한 외아들을 그렇게 잃자 먼저 안주인이 덜컥 쓰러져 아들을 뒤따르듯이 죽고 말았소. 혼자 남은 부친은 장례를 마치자 폐업을 선언해 버리고."

가게도 살림집도 전부 처분해서 점원들에게 전별금을 나누어 주자 연기처럼 자취를 감추었다고 한다.

"생약가게였다면 주주가 있으니 관청에 신고하지 않으면 멋대로 폐업도 개업도 할 수 없기 때문에 기록이 남았을 텐데. 종묘상이니까 가게를 말끔하게 접어버리면 아무것도 남지 않지."

실제로 그렇다. 용케 기억해 주었다.

"그리고, 이 도매상은 다른 가게에서는 '지배인'이라고 부르는 사람을 '청지기'라고 부르는 관례가 있었다고 합니다. 뭔가 의미가 있었겠지만, 증조할머니도 거기까지는 모르더군."

그 정도면 충분하다.

"증조할머니에게 고맙다는 말을 전해주게."

"도움이 되었소?"

흰둥이와 얼룩이가 없는 밤, 주시로가 충견 같은 얼굴을 하고 있었다.

가마 불에 땔감을 던져 넣으면서 기타지가 물었다. "이노의 처는 좀 어떤가?"

주시로는 까꿍~ 하는 모습이라도 본 것처럼 당황했다.

"요즘…… 계속 상태가 좋다고 합니다."

말하고 나서 작은 소리로, "고맙소" 하고 말했다. 그리고 더 작은 소리로, "어쩐지 좀, 미안하네" 하고 말했다.

기타이치는 말없이 수련에 열중하고 있었다. 요즘은 새끼줄을 세차게 휘두르며 뛰어오르기도 하고 바닥에 두 팔을 짚고 버티는 등 수련 내용이 다양해졌다.

귀한 외아들을 게이샤에게 빼앗기고 낙담한 아내까지 죽으니 행복했던 생활이 흔적도 없이 무너졌다. 그것을 계기로 '큰나리'는 여자를 증오하게 되었을까. 그렇다면 오토요를 비롯하여 독니에 걸려든 여자들은 혹시 아들을 빼앗은 다쓰미 게이샤를 닮은 여자들이었을까? 뭔가 공통점이라도 있었던 걸까?

그게 무슨 대수인가. 도저히 납득할 수 없다. 기타이치는 새끼줄을 휘두르고 기타지는 가마 앞에서 돌부처처럼 미동도 없이 앉아 있었다. 그날 밤은 그렇게 깊어갔다.

무라타야에는 호조가 요통을 고치고 복귀하여 지헤에도 대본소에 열중하게 되었다. 누가 언제 어떤 식으로 지헤에게 사실을 말해줘야 하는지를 묻자 사와이 은거 나리는 "아직이다"라고 말했다. 그래서 기타이치도 지레 마음고생 하는 것은 그만두기로 했다.

후유키초 마님은 여전히 아무것도 묻지 않고 있다. 기타이치가 입을 열 때까지 기다리는 것이다. 지헤에가 모든 것을 알게 되면 그때는 기타이치도 후유키초 마님에게 센다가야 숲속의 어둠을 이야기하자고 마음먹고 있었는데.

마침내 결말을 지었다. 그래서 이렇게 앉아 있을 수 있는 것이다. 눈꺼풀 속 어둠에 주눅들지 않은 채 평온하게 눈을 감고서.

──슬슬 움직이지 않으면 정말로 잠들어버리겠다.

눈꺼풀을 열고 후우, 하고 숨을 내쉴 때 가까이에서 누가 부르는 소리가 들렸다.

"실례합니다만 혹시."

목소리가 들리는 쪽을 돌아보니 둑에 한 남자가 서서 기타이치를 내려다보고 있었다.

"미안하지만 길 좀 묻겠습니다. 이 근처 도미칸 나가야라는 곳에 문고 행상 기타이치 씨라는 분이 살고 있다고 들었습니다만……."

남자는 손을 들어 기타이치가 사는 다 기울어져가는 나가야를 가리켰다.

"저기가 도미칸 나가야입니까?"

기타이치는 일어나 엉덩이의 먼지를 털었다. 무례하게 앉은 채 대답해도 되는 상대가 아니었다. 상대는 상인도 아니고 직인도 아니고 흔한 심부름꾼도 아니다.

나이는 삼십대 정도일까. 아니, 그보다 조금 위일까? 사카야키를 밀지 않고 머리를 뒤에 하나로 묶었다. 짓토쿠를 입고 셋타를 신었는데 어느 쪽이나 몹시 낡았다. 그리고 손에는 공구함을 들고——.

깜짝 놀랄 만큼 별난 이발사가 아니라면 의원이 틀림없다. 마치 의원 선생이다. 그렇다면 들고 있는 것은 공구함이 아니라 약상자일 것이다.

"예, 저기가 도미칸 나가야 맞습니다. 문고 행상 기타이치는 여기 있습니다."

꾸벅 절하고 고개를 드니 짓토쿠 입은 남자가 온화하게 웃었다.

"아, 이거 실례했습니다."

정중한 말씨. 웃으니 눈초리에 주름살이 깊어진다. 기타이치는 그 선한 얼굴에 넋을 잃었다.

"꽤 오래 전 일입니다만, 볼일이 있어 후카가와에 왔다가 꽃 그림이 있는 아름다운 문고를 산 적이 있습니다. 오늘 문득 그게 생각나서 그때 샀던 가게를 찾아왔습니다만……."

무례한 말투가 되지 않도록 기타이치는 천천히 말했다. "그 문고가게는 이제 찾으실 수 없습니다. 작년 연말에 화재로 불타버렸으니까요."

네, 네. 상대방은 고개를 끄덕였다. "사람들에게 들었습니다. 해서 그 문고를 구하고 싶으면 도미칸 나가야의 기타이치라는 문고 행상을 찾아가라고 해서."

기타이치는 허리를 꺾어 절했다. "그러셨군요. 못난 얼굴을 찾아 먼 걸음을 해주셔서 감사합니다."

고개를 숙인 동안 속에서 올라오는 감정이 얼굴에 드러나지 않도록 어금니를 꽉 물었다.

마치 의원 선생. 종자도 거느리지 않고 가마도 타지 않고 혼자 약상자를 들고 낡은 짓토쿠를 입고 얄팍한 셋타를 신고 걸어왔다. 기량은 뛰어나지만 가난하게 사는 의원이다.

──눈언저리가 오소메 씨를 쏙 뺐군.

이 의원 선생은 오소메 씨의 아들이다. 어렵게 거처를 알아냈지만 재회하기도 전에 방화범이 되어 죽어버려서 이제는 섣불리 이름을 부를 수도 없게 된 모친. 그 모친과 인연이 깊은 사람을 찾아온 것이다. 기타이치만이 아니라, 문고가게에서 일하던 오소메를 안다는 사람이 있으면 최대한 찾아가 만나려고 하는 것인지도 모른다.

"선생이 말씀하신 꽃무늬 문고는 흔히 붉은 술 문고라고 합니다. 본래 후카가와 모토마치의 문고가게에서 팔던 것입니다. 수고스럽게 찾아주셔서——."

오소메 씨도 기뻐할 것이다, 라고는 말 못한다. 입이 방정맞으면 못쓴다. 안달해도 안 된다. 이 선생도 오소메의 슬픈 사건 이후 지금까지 시간을 묵히며 저잣거리의 호기심이 식기를 기다렸을 것이다.

"공교롭게도 지금 제 수중에는 문고가 다양하지 않습니다. 선생께서 견본책을 직접 보시면서 원하시는 무늬를 고르시는 게 좋을 겁니다."

눈매가 오소메를 꼭 닮은 의원은, "하하, 선생이라뇨……" 하며 쑥스러워한다.

"당연히 의원 선생이시죠. 척 보면 압니다."

"능력 없이 바쁘기만 한 마치 의원일 뿐입니다. 기쿠치 준안이라고 합니다."

"준안 선생이시군요. 정말 고맙습니다."

나가야를 향해 둘이 나란히 둑을 걸었다. 운하를 건너오는 바람이 의원의 짓토쿠 자락을 펄럭인다. 초여름 햇살이 잔물결에 반짝였다.

그 눈부신 윤슬에 기타이치는 실눈을 떴다. 눈꺼풀 안쪽까지 빛으로 가득했다.

편집자 후기

최근 몇 년 사이에 미야베 미유키 작가가 집중해서 쓰고 있는 작품은 미시마야 시리즈와 기타기타 시리즈입니다. 둘 다 라이프 워크(필생의 사업)라 공언했고 반드시 마무리하겠다는 의지를 여러 차례 밝힌 바 있지요. 두 시리즈는 차이가 명확한데 미시마야는 괴이가 중심이고, 기타기타는 사건이 중심이라서 미시마야에는 귀신이 나오지만 기타기타에는 실제로 귀신이 등장하진 않아요. 그렇다면 미시마야 시리즈를 완결하기 전에 기타기타 시리즈를 시작한 이유는, 현대 미스터리를 쓰지 않는 대신 시대물에서 현대 미스터리적인, 가령 법의학적 지식이 들어간다거나 하는 식으로 리얼리티가 있는 시대물을 쓰고 싶어서가 아닐까 짐작했는데, 이번 작품 『귀신 저택』을 보면 아무래도 맞는 듯합니다.

오래전부터 작가는 포물첩(일본 시대물의 주류 장르 가운데 하나이며 주로 에도를 무대로 한 탐정소설)을 쓰고 싶어 했습니다. 하지만 기존의 포물첩과는 달라야 한다고 생각했겠죠. 고민 끝에 차별화한 지점은 어엿한 어른 탐정(오캇피키) 대신 열여섯 살가량의 젊은이 기타이치를 주인공으로 삼는 것이었습니다. 낯설지 않은 광경이죠. 기타이치를 보면 어쩐지 스기무라 사부로가 떠오르지 않나요. 작가가 유일하게 만든 탐정 스기무라도 기존의 탐정물과 달라야 한다는 고민 끝에 만들어진 캐릭터입니다. 탐정으로서 뛰어나다는 생각이 전혀 들지 않지만 남의 이야기를 잘 들어주고 공감력이 강해서 여성들로부터 사랑받는 인물이죠. 전부 기타이치에게도 해당되는 특징입니다.

부모는 물론 의지할 곳 하나 없는 기타이치는 오캇피키인 센키치 대장 덕분에 겨우 살아가는 처지로 본업이 문고 판매상이지요. 문고란 '책'이 아니라 '책을 넣어 보관하는 상자'를 뜻하는데, 작가가 일본인들에게도 낯선 문고 판매상을 주인공의 직업으로 삼은 이유도 차별화 때문이라고 합니다. 오캇피키들은 탐정 일이라는 본업 외에 먹고살기 위한 방편으로 다양한 부업에 종사했는데 기존의 포물첩에서는 문고 판매를 부업으로 삼은 사례가 전혀 없었던 모양이에요. 그래서 작가가 택한 문고판매상으로 기타이치는 하루하루 살아갑니다. 한데 그를 보살펴주던 센키치 대장이 복어 독에 중독되어 목숨을 잃으면서 오캇피키 견습으로서의 걸음을 내딛게 되지요.

초보 탐정 스기무라 사부로에게 그를 백업해 줄 대형 탐정사무소 '오피스 가키가라'와 인터넷의 마법사 기다 같은 이들이 있었던 것처럼, 견습 오캇피키인 기타이치 주위에도 그를 돕는 인물들이 있습니다. 어렸을 때 포창에 걸려 눈이 먼 대신 귀가 좋고 추리력이 뛰어나며 책을 잔뜩 읽어서 박식하기까지 한 마쓰바, 한 번 보고 들은 것은 절대로 잊어버리는 법이 없는 천재적 암기력의 소유자 짱구, 탁월한 법의학적 능력과 집요한 수사력으로 요리키라는 대단한 지위에까지 올랐지만 '곤란한 일이 있을 땐 내 이름을 대도 좋다'며 뒷배를 자처한 구리야마, 그리고 무엇보다 아직은 그 정체가 철저히 베일에 싸인 기타지. 이들 덕분에 기타이치는 제대로 된 오캇피키로 성장해 갑니다.

여기부터는 스포일러가 있으니 아직 본문을 읽지 않은 형제자매님들은 나중에 거들떠봐 주시길 부탁드리겠습니다. 『귀신 저택』에는 두 개의 중편이 수록돼 있지요. 1화는 쥐가 나서 고통스러워하는 아이를 기타이치가 구해주는 장면으로 시작합니다. 그때 문고상에 큰 화재가 발생하고 그곳에서 일하는 오소메가 범인으로 지목되지요. 이를 '누명이라 여긴' 기타이치는 독자적으로 조사에 나서는데, 그 과정에서 화재로 갈 곳을 잃은 사람들의 '뒤통수를 치는' 자들과 맞닥뜨리게 됩니다. 이 수상한 자들에 대해 작가는 이렇게 얘기한 바 있습니다.

"첫 번째 이야기는 에도 시대를 무대로 하고 있지만, 요즈음 젊은이들이 SNS상에서 '쉽게 돈 벌 수 있는 일이 있어'라며 모르는 사람들끼리 간단히 뭉쳐서 나쁜 일을 저지르는 걸 염두에 두고 썼습니다. (최근 일본은 인터넷에서 고액의 아르바이트라는 명목으로 젊은 사람들을 모집해 절도, 강도, 사기, 계좌 대여 등 범죄에 가담시키는 '어둠의 아르바이트'가 사회적 문제가 되고 있다.) 에도 시대에도 그렇게 슬쩍 말을 걸어오는 사람과 함께 나쁜 일을 벌이는 자들이 존재했겠죠. 지금은 저도 당할 수 있는, 제 생활과도 가까워 무섭다고 생각한 범죄이기 때문에 이번 작품에서 다루어보았어요."

마지막에 범인이 '타인의 돈을 훔친 건 맞지만 숨겨진 돈을 모두가 나눠 쓰는 효과가 있으니 결과적으로 선행이 아니겠는가'라며 자기 멋대로 늘어놓는 장광설을 듣다 보면 현재의 한국에서 '계엄은 했지만 나라를 위한 선행이었다'고 주장하는 이들이 떠오르지요. 이 작품에는 시대를 초월한 '독'이 정교하게 표현되어 있습니다. 한편 문고상의 방화는 의외의 전개를 거쳐 뜻밖의 진상에 도달하며 결과적으로 누가 정말 나쁜 인간인지 생각하게 만듭니다. 저는 문득 『이름 없는 독』을 떠올리기도 했는데 다들 어떠셨는지.

2화에서 기타이치는 대본소 주인 무라타야 지혜에와 관련된 미해결 사건을 쫓습니다. 28년 전 지혜에의 부인 오토요가 과자를 사러 갔다가 행방불명되고 약 보름 뒤 센다가야의 숲에서 시체로 발견된 사건입니다. 당시 범인으로 지혜에가 의심을 받았고 여전히 그를 살인자라고 여기는 사람이 적지 않은 상황에서 '이건 누명이다'라고 생각한 기타이치가 나선 겁니다. 작중에 "해결하지 못한 수수께끼는 독이다. 몸의 독, 마음의 독, 인생의 독이 된다"는 문장이 있는데 과연 그렇습니다. 원인을 알지 못하는 병이 사람을 좀먹듯 해결되지 못한 사건이 사람들에게 얼마나 많은 영향을 미치는지를 환기시킵니다. 이 대목에서 놀라운 점은 기타이치 외에도 많은 이들이 지혜에 사건을 신경 쓰며 암암리에 조사하고 있었다는 것입니다. 사람의 마음이 이어지자 차츰 숨겨진 전모가 드러나지요. 오토요 한 사람만이 아니라 더 많은 여성들이 고통받았다는 사실이.

여성 연쇄 살인 사건……. 저도 읽으면서 여러 번 한숨을 쉬고 말았습니다. 어째서 이런 이야기를 썼을까 궁금하기도 했는데. 마침 북스피어 창립 20주년을 맞아 진행한 인터뷰(야매 장르문학 소식지 Le Zirasi 15호 20주년 특대호)에서 미야베 미유키 작가를 직접 만나 물어보았더니 이렇게 얘기하더군요.

"기타기타 1권(『기타기타 사건부』), 2권(『아기를 부르는 그림』), 3권(『귀신 저택』)을 쓰면서 3권째에 이렇게 어두운 이야기를 배치한 까닭은, 이 시리즈의 주인공에게 시련이 필요했기 때문입니다. 열여섯 살 무렵 다른 사람에게 조금쯤 도움이 되어 감사 인사를 받은 일로 '좋다, 오캇피키가 되자'고 결심한 기타이치에게 그 정도 마음가짐으로 될 수 있는 게 아닌데 정말 괜찮겠냐, 라는 질문을 던지기 위해 시리즈가 거듭될수록 점점 무서운 사건을 배치하다 보니 3권째에 피크를 찍었다고 할까요. 엄청난 시련을 극복하고 나면 사랑의 결실도 단단해지는 것처럼 매우 힘든 경험을 하고 인간의 어두운 면을 보고 나서도 오캇피키가 되려는 주인공의 결기를 드러내기 위한 에피소드입니다. 거기서 약간 쪼그라들었다가 회복하여 4권째에 이르면 결국 확고히 결심하게 되는 거죠. 지금 쓰는 중인데 '그래도 나는 오캇피키가 되겠다', '다른 사람들에게 도움이 되어 그들이 기뻐하는 모습을 보는 것만으로도 충분하다, 나는 오캇피키가 되고 싶다'는 모습을 그릴 요량입니다. 그러니 『귀신 저택』을 읽고 너무 어두워서 싫었다는 분들에게는 모쪼록 용서해 달라고 부탁드리고 싶습니다."

즉, 힘든 경험을 하고 인간의 어두운 면을 보고 나서도 오캇피키가 되려는 주인공의 결기를 드러내기 위한 에피소드였던 겁니다. 더구나 『귀신 저택』에서 밝혀지지 않은 이야기가 다음 권까지 이어진다고 하니 안심하셔도 좋겠어요. 제가 힘닿는 데까지 최선을 다해 신속히 만들도록 하겠습니다. 아울러 미시마야 시리즈 대망의 10권은 올가을쯤 선을 보일 수 있을 듯하니 모쪼록 기대해 주시길.

삼송 김 사장 드림.

귀신 저택
초판 1쇄 발행 2025년 6월 20일

지은이 미야베 미유키
옮긴이 이규원

발행편집인 김홍민 · 최내현
책임 편집 조미희
편집 김하나
마케터 마리
표지디자인 이혜경디자인
용지 한승
출력 블루엔
인쇄 · 제본 대원

펴낸곳 도서출판 북스피어
출판등록 2005년 6월 18일 제105-90-91700호
주소 (10595) 경기도 고양시 덕양구 동송로 23-28 305동 2201호
전화 02) 518-0427
팩스 02) 701-0428
홈페이지 https://blog.naver.com/hongminkkk
전자우편 editor@booksfear.com

ISBN 979-11-92313-76-4 (04830)
ISBN 978-89-91931-29-9 (SET)

책값은 뒤표지에 있습니다.
파본은 구입하신 곳에서 교환해 드립니다.